LORELEÏ PLUME

Éléonore et les démagicatrices

Copyright © 2020 by Loreleï Plume

Autoédition

Loreleï Lesterlin / 131 rue de l'église 60640 VILLESELVE

Prix public : 17 euros

ISBN : 9798679999466

Dépôt légal : septembre 2020

Impression à la demande

Loi n°49-956 du 16 juillet 1949 sur les publications destinées à la jeunesse - septembre 2020

First edition

ISBN: 9798679999466

Cover art by Christophe Ribbe Schrib

This book was professionally typeset on Reedsy.
Find out more at reedsy.com

*À ma maman,
qui m'a ouvert les portes de la littérature,
et qui, à sa disparition,
ne les a pas refermées.*

Chapitre 1

La fraîcheur de l'automne pénétrait sa peau, mais elle la remarqua à peine. Assise sur le plancher en bois de son balcon, elle admirait à travers la rambarde le paysage qui s'offrait à elle. Des champs à perte de vue, entrecoupés çà et là d'arbres ou de ruisseaux. Respirant posément, elle écoutait chaque bruit qui arrivait à elle: le chant des oiseaux se préparant pour l'hiver, l'aboiement d'un chien. Elle se laissait porter par cette nature qui la lavait de toute cette peine. Elle avait toujours aimé se réfugier ici, car elle était la seule à y accéder depuis sa chambre. Maintenant cela n'avait plus d'importance: toute la maison lui appartenait.

Le soleil s'était couché, mais l'horizon reflétait son passage récent par un dégradé de couleurs chaudes. Ses longs cheveux épais réverbéraient toutes ces teintes magnifiques du crépuscule naissant. La lisière de la forêt qu'elle apercevait à droite ressemblait à une immense ombre chinoise. Le froid lui paralysait le visage mais elle se sentait bien. Une étoile commença à apparaître dans le ciel encore clair. Elle la fixa jusqu'au moment où son image se brouilla.

Résignée, elle se leva. Jetant un dernier coup d'œil sur cette campagne apaisante, elle se réfugia chez elle en prenant bien soin de fermer la porte. Elle traversa sa chambre et descendit au rez-de-chaussée. Le feu qu'elle avait allumé en arrivant réchauffait le salon. Elle se servit un verre d'eau puis s'assit en tailleur dos à la cheminée. Elle avait une vue sur toute la pièce. Bien qu'elle y ait vécu les plus beaux souvenirs de son enfance, elle éprouvait des difficultés à rester dans cette demeure qui lui rappelait l'absence de ses grands-parents. Les parents d'Éléonore l'avaient eue très jeunes, alors qu'ils étudiaient tous les deux. Ses grands-parents se chargèrent de son éducation et l'élevèrent comme leur propre fille. Ils lui donnèrent l'amour et comblèrent tous les besoins nécessaires à un enfant de son âge. Malheureusement, son grand-père, Émilien, était décédé d'un cancer un an auparavant. Adélaïde, sa chère et tendre épouse, inconsolable, avait succombé quelques mois plus tard d'une tristesse infinie dans son sommeil. Éléonore, du haut de ses dix-huit ans, avait hérité de la maison. Elle poursuivait son cursus afin de satisfaire ses parents, mais elle sentait que sa place était ailleurs. Elle ne parvenait pas à expliquer comment elle le savait, mais quelque chose d'autre l'appelait. Puisqu'ils n'auraient jamais accepté qu'elle interrompe ses études, elle les continuait, mais passait le plus clair de son temps à trier l'habitation.

Ce soir-là ne faisait pas exception. Elle avait révisé durant une heure, mais son esprit s'échappait sans cesse vers l'accumulation d'objets présents autour d'elle. Se séparer de ce qui avait appartenu à ses grands-parents constituait un crève-cœur, mais elle savait qu'elle ne pouvait pas tout garder. Alléger son espace équivalait à alléger son cœur, et faire table rase d'un passé qui ne la concernait pas lui permettrait sûrement d'avancer.

Depuis un mois, elle avait vidé la moitié de la «salle sur demande». Elle et sa grand-mère, qui adoraient Harry Potter, avaient surnommé ainsi le grenier, où s'entassait un incalculable ensemble d'objets hétéroclites venus d'une autre époque. Elle gravit les deux étages qui la menaient à une porte grinçante. Elle se faufila parmi les meubles trop lourds à déplacer. Elle s'accroupit. De vieux habits à la mode du siècle dernier tapissaient une malle dont elle avait commencé le tri quelques jours auparavant. Il s'agissait surtout de capes élimées et de robes qui évoquaient davantage des déguisements que de véritables vêtements. Elle fourra le tout dans un sac en plastique et continua de vider l'énorme valise. Elle y trouva des babioles cassées qu'elle jeta directement à la poubelle, puis une photographie. Celle-ci représentait une petite fille devant un château. Elle en ouvrit le cadre, et y lut «Adélaïde 1951». Il s'agissait d'un vieux cliché de sa grand-mère. Éléonore la mit de côté puisqu'il s'agissait du dernier objet du bahut. Elle en referma le couvercle, posa ses mains sur le côté et poussa le coffre qui inscrivit de longues lignes nettes sur le plancher poussiéreux. Malgré le vide que la jeune femme avait fait au préalable, la lourdeur du coffre l'empêcha de le déplacer à plus de dix centimètres. Elle s'y reprit à plusieurs fois, mais le meuble refusa de bouger. Elle le contourna, le souleva puis tira. Il céda enfin et elle découvrit ce qui l'avait bloqué: une latte de plancher s'était déboitée. Éléonore l'ôta. Un objet y était entreposé. La curiosité attisée, elle retira les lattes contigües et découvrit une boite en bois, dont seul le couvercle apparaissait. Elle se pencha pour attraper avec moult précautions le coffret puis essuya d'un geste délicat la poussière accumulée au fil des ans. Des arabesques dorées se dessinèrent pour former «Éléonore» sur la face supérieure. Elle descendit les marches qui la menaient au salon puis se dirigea vers la lumière de la cheminée, au même endroit où elle était installée quelques minutes plus tôt. Elle épousseta ses mains sales sur ses vêtements et but une gorgée d'eau. Beaucoup de questions se bousculaient dans sa tête. Pourquoi existait-il un coffret à son nom? Et surtout pour quelle raison était-il dissimulé sous le plancher? Ses grands-parents ne cessaient de la surprendre, même après leur mort.

Elle retint sa respiration au moment d'ouvrir le couvercle.

L'écriture de sa grand-mère, couchée sur une feuille jaunie par le temps, surgit. Elle l'attrapa délicatement et la lut:

«Chère Éléonore,

J'espère que tu ne liras jamais ces lignes, cependant je ne puis m'empêcher de les rédiger. Je t'écris pour te mettre en garde, car l'ouverture de cette boite transparente provoquerait de grands changements, voire de grands dangers. Je l'ai cachée pour ta sécurité, au moment où c'était à moi de veiller sur toi. Aujourd'hui, tu es maitre de ton destin. Ne néglige pas ton intuition, elle te guidera.

Je t'aime.

Adélaïde.

PS: Si vous n'êtes pas Éléonore, merci de laisser cette boite fermée.»

Voir son écriture, si énergique et sûre d'elle, lui rappela à quel point elle lui manquait. Elle entendait sa voix à travers la lettre qui lui était adressée.

Elle se sentait totalement perdue face à cette découverte. Que lui avait caché sa grand-mère? Elle déposa la feuille sur le sol et aperçut le reste du coffret.

La boite transparente dont parlait Adélaïde était déjà entrouverte. Éléonore fut bouche bée par le scintillement de l'écrin. Elle l'extirpa. Puisqu'il tenait dans la paume de sa main et qu'il semblait fait en verre, la jeune femme l'avait imaginé léger. Elle fut étonnée de découvrir un objet dense. En l'examinant de plus près, elle comprit qu'elle s'était fourvoyée quant au matériau utilisé, mais elle n'arriva pas à en déterminer l'origine. Qu'est-ce qui pouvait briller autant, conserver cette transparence et peser si lourd à la fois?

Elle scruta l'intérieur sans oser l'ouvrir davantage, obéissant à feu sa grand-mère. La boite ne contenait absolument rien. Après l'avoir posée sur le côté, elle remarqua le tissu couvrant le fond du coffret en bois.

Elle pensa tout d'abord à un tissu décoratif pour combler l'espace restant et maintenir l'écrin, mais lorsqu'elle tira dessus, elle ne rencontra aucune pression: l'étoffe chatoyante glissa dans ses mains comme de la soie. Une chaine très fine dévala le textile. Le pendentif qui y était suspendu s'écrasa sur le sol en pierre. Éléonore lâcha le tissu qui effleura ses genoux et attrapa le pendentif qui tournait sur le carrelage. Le pendule en citrine jaune transparent ressemblait à une goutte d'eau inversée. Quand on le fixait, on voyait à l'intérieur des tourbillons dorés qui se mouvaient très lentement. Elle le tourna et approcha ses yeux de plus près pour observer la minuscule gravure présente au-dessus du pendentif. Il s'agissait d'une tête de lion de profil, portant une couronne qui recouvrait l'imposante fourrure. La sérénité qui se dégageait de l'animal prouvait qu'il reconnaissait sa suprématie face aux autres et que rien ne troublerait sa tranquillité. Elle le trouvait calme, magnifique, reposant, éclairant le monde par ses rayons lumineux qui étaient dessinés tout autour de lui. Elle l'observa un long moment puis le remit dans le coffret. Elle se tourna vers l'âtre et ferma les yeux. Elle sentit la chaleur du feu affluer sur son visage, et elle resta ainsi quelques instants, jusqu'au moment où ses jambes la démangèrent d'être bloquées dans la même position. Elle se leva en attrapant l'étoffe du coffre posée sur elle. Celle-ci se déplia pour révéler une longue cape rouge en velours, constellée des mêmes figures de lion que sur le pendentif en citrine. Elle l'enfila, la noua autour du cou grâce aux ficelles prévues à cet effet, et remonta la capuche. La tenue correspondait exactement à sa morphologie, alors qu'Éléonore l'avait imaginée beaucoup plus courte au premier abord. La capuche se fixait parfaitement sur son épaisse crinière et la cape, malgré sa finesse et son peu d'attache, était bien chaude, moelleuse et se réajustait à chaque mouvement. Éléonore se sentait dans un cocon de bien-être. Elle s'éloigna de la cheminée et déambula avec ce merveilleux vêtement. Elle remarqua alors que sur le sol se balançaient les gueules de lion à la vitesse de ses mouvements. Elle pencha la tête et vit que les motifs de la cape flamboyaient. La lumière qu'ils dégageaient se reflétait partout: sur le dallage en terre cuite, mais également sur les murs, sur les objets, sur le plafond. Elle offrait un spectacle magnifique à regarder. Éléonore ne comprenait pas comment une telle chose était possible. Tout paraissait surréaliste. À quoi rimait toute cette histoire? À qui pouvait-elle demander? S'il y avait une chose dont elle était certaine, c'est qu'elle éviterait d'interroger ses parents. Elle n'avait pratiquement aucun lien avec eux, et ils habitaient loin maintenant. De plus, ils ne voulaient pas entendre parler du côté ésotérique de sa grand-mère. Mais alors à qui pouvait-elle se confier sans passer pour une folle?

Elle réfléchit quelques instants. Elle se leva, la cape toujours sur les épaules, et parcourut lentement la pièce. Elle regarda tendrement les photos dispersées çà et là, relatant les souvenirs de toute une vie. Sur le buffet, l'une d'elles attira son attention: Adélaïde et sa meilleure amie Jacqueline, se reposant sur des transats sur une plage, il y a des années de cela. Mais oui! Elle était la seule qui pourrait comprendre. L'heure trop tardive la dissuada de l'appeler. Elle rangea l'étoffe et l'écrin scintillant dans le coffret. Elle avait hâte de revoir l'amie de sa grand-mère!

Le lendemain, elle petit-déjeuna puis pris la route avec son précieux coffre. Jacqueline habitait à quelques rues de chez elle, aussi si rendit-elle à pied dans la fraîcheur automnale. Elle monta la petite allée menant au seuil de la maison. Une septuagénaire aux cheveux gris ouvrit la porte avant même que la sonnette retentisse.

— Éléonore Beaulieu, quelle bonne surprise! se réjouit Jacqueline Duval.

— Bonjour, ça fait longtemps.

— Viens te réchauffer à l'intérieur.

Éléonore suivit la vieille femme en fauteuil roulant. Malgré ce handicap, elle restait très énergique et parvenait à circuler partout au rez-de-chaussée. Son fils Dimitri avait voulu lui acheter une résidence plain-pied, mais elle avait refusé de quitter sa demeure.

Elles traversèrent le hall d'entrée et s'assirent autour de la petite table de la cuisine.

— Que veux-tu boire?

— Du café si tu as.

Jacqueline répondit par l'affirmative et lui servit un mug fumant, ainsi que le sucrier et un gâteau qu'elle avait préparé la veille. Elles échangèrent des banalités, tournant autour du coffret qu'Éléonore avait posé sur la nappe blanche à carreaux, sans jamais l'évoquer.

Jacqueline, patiente, attendait qu'Éléonore entame le premier pas. La jeune femme ne savait pas comment aborder le sujet. Une fois le dialogue tari, elle n'eut pas d'autre choix que d'exposer les raisons de sa visite.

— J'ai découvert ce coffre hier. Comme tu le vois, mon prénom y est inscrit. Un mot de ma grand-mère y était entreposé, et je ne comprends pas ce que ça signifie. Je me suis dit que tu aurais peut-être la réponse à mes questions.

Éléonore poussa le coffret vers Jacqueline qui le saisit délicatement. Elle souleva le couvercle. Elle lut la lettre puis attrapa l'écrin. Sa figure se décomposa.

— Pourquoi as-tu ouvert la démagicatrice?

Face à ce ton culpabilisateur, Éléonore se défendit aussitôt:

— Je n'y ai pas touché, je l'ai trouvé comme ça.

Éléonore attendit une réponse, mais Jacqueline examinait attentivement l'objet. Elle bascula entièrement le couvercle et scruta l'intérieur, espérant y voir quelque chose.

— Démagicatrice, c'est son nom? interrogea Éléonore.

CHAPITRE 1

— Oui...

Jacqueline était pensive. Lorsqu'elle plongea ses yeux marron dans ceux de la jeune femme, celle-ci perçut une note d'inquiétude.

— Lève-toi s'il te plait, enjoint-elle.

Éléonore obtempéra sans poser de question.

— Tourne-toi doucement.

Elle s'exécuta.

— Mmm. Je ne vois rien. Tu peux te rasseoir.

— Qu'est-ce que tout ça signifie? demanda Éléonore, qui ne comprenait rien au manège de la vieille femme.

— Sais-tu depuis combien de temps cette boite est ouverte?

— Non, je n'en ai aucune idée.

Éléonore raconta en détail sa découverte de la veille.

— Elle a dû se déverrouiller à sa mort, chuchota Jacqueline comme pour elle-même.

— Est-ce si grave? Qu'est-ce que ça signifie?

Jacqueline leva le regard sur les yeux noisette d'Éléonore. La jeune femme attendait des réponses. Elle n'avait pas d'autre choix que de tout lui avouer.

— Tu es devenue une sorcière.

Chapitre 2

— Je suis une sorcière? Tu plaisantes?

Éléonore ne put s'empêcher de rire. Elle savait que sa grand-mère et son amie aimaient la spiritualité, mais Jacqueline la poussait dans les limites de ce qu'elle pouvait entendre.

— Je suis sérieuse, crois-moi. J'imagine à quel point ça doit te paraitre étrange, toi qui n'as jamais connu la magie… Mais c'est la vérité. Tu es une sorcière. Comme ta grand-mère, comme tes arrière-grands-parents, comme tous tes aïeux.

— Mais c'est impossible, aucun évènement magique ne s'est manifesté! contesta Éléonore.

— Tes parents ne possèdent aucun don, alors Adélaïde estimait que tu en serais dépourvue, toi aussi. Mais lorsqu'elle a vu tes pouvoirs apparaitre lorsque tu étais enfant, elle les a immédiatement contenus dans cette démagicatrice.

— C'est donc à ça qu'elle sert? À emprisonner les pouvoirs?

— Oui. Adélaïde pensait sûrement qu'elle resterait fermée éternellement… réfléchit Jacqueline. Mais elle s'est ouverte plus tôt que ta grand-mère l'avait prévu… As-tu remarqué des changements récents chez toi?

Éléonore secoua la tête. Non elle n'avait perçu aucune différence. À l'évidence, Jacqueline se trompait. C'était impossible. La magie n'existait que dans les livres. Sa grand-mère, une sorcière? Elle lui en aurait forcément parlé, aucun secret ne s'interposait entre elles. Jacqueline sembla lire dans ses pensées:

— Elle voulait te protéger. Elle a cru bien faire, et si la démagicatrice était restée fermée, tu aurais pu peut-être mener une vie calme, sans jamais rien connaitre de tout ça.

La stupéfaction d'Éléonore face à cette annonce entraina un silence pesant. Jacqueline cherchait ses mots.

— Des moments compliqués t'attendent Éléonore. Recevoir la magie représente un don que Mère Nature t'offre, il s'agit d'un cadeau magnifique, mais vivre avec exige des efforts et des renoncements. Surtout pour toi.

— Pourquoi surtout pour moi?

— Car tu viens d'une grande lignée de sorciers, et beaucoup verraient d'un mauvais œil ton apparition soudaine.

***

Éléonore désira se retrouver seule pour faire le point. Jacqueline comprit la charge émotionnelle que représentait cette nouvelle, et la laissa partir en lui faisant promettre de revenir l'après-midi même.

Dès le départ de la jeune femme, Jacqueline appela en urgence son fils, en lui expliquant la situation. Dimitri devina l'enjeu et la rejoignit peu de temps avant le retour d'Éléonore. Celle-ci fut surprise de le trouver là. Elle connaissait Dimitri depuis sa naissance, même si elle l'avait moins rencontré ces dernières années. Il était plus âgé que les parents d'Éléonore. Ses quarante-cinq ans avaient apporté avec eux quelques touches de sel sur sa chevelure poivre. Il mesurait 1m80, et un léger embonpoint avait recouvert son abdomen au fil des années. De ses yeux bleus émanait une sorte de détermination.

— Bonjour Éléonore. Maman m'a parlé brièvement de ce qui vient de se passer. Asseyons-nous autour du salon, veux-tu?

Éléonore acquiesça. Dimitri avait toujours été d'une humeur égale, très sympathique, avec toutefois une tendance à diriger, qui provenait de son enfance sans père, selon Adélaïde.

— Réfléchis sérieusement Éléonore. Je sais que ta grand-mère est décédée il y a seulement un mois, mais te souviens-tu de choses inhabituelles qui auraient pu se produire depuis sa mort?

— J'ai beaucoup considéré la question depuis ce matin. D'ailleurs je n'ai pensé qu'à ça. Je ne vois vraiment pas de quel pouvoir je bénéficierais. Tout se passe comme d'habitude… La première chose inattendue qui me soit arrivée, c'est hier soir.

— Oui je comprends, la découverte de la démagicatrice a dû te surprendre.

— Effectivement, mais ce n'est pas l'objet le plus étrange du coffre. Pour moi, il s'agit de la cape!

— Quelle cape? intervint Jacqueline.

— Celle qui recouvrait la démagicatrice. Je l'ai amenée, vous voulez la voir?

Sans attendre la réponse, elle sortit le vêtement et le passa à Jacqueline et Dimitri.

— Oh! elle s'est très bien conservée, se réjouit Jacqueline d'un œil nostalgique. Il s'agit de la cape de ta grand-mère. Le lion symbolise ta famille.

— Oui elle est très jolie, concéda Dimitri, mais que veux-tu dire par «étrange»?

— Regardez.

Éléonore récupéra la cape et la glissa sur ses épaules comme la veille. Aussitôt, les fauves s'embrasèrent comme des braises sur lesquelles on souffle et la lumière se propagea dans toute la pièce.

— Par la Magie! Je considérais cela irréalisable! s'extasia Jacqueline.

Dimitri était tout aussi abasourdi.

— Qu'est-ce que ça veut dire? demanda-t-il à sa mère.

— Je… je n'en suis pas sûre, répondit Jacqueline qui ne pouvait détourner les yeux du spectacle. Il se pourrait que sa magie soit puissante. Elle court un danger supérieur à ce que nous pensions! Nous devons absolument la protéger. Un tel pouvoir magique, sans aucune maitrise! Elle met en péril elle-même et les autres également.

— Que proposes-tu?

— Convoque Axel. À trois, nous ne serons pas de trop pour installer les protections nécessaires, certifia Jacqueline.

— Je vais appeler Axel pour qu'il vienne après ses cours.

La mère et le fils palabraient sans tenir compte de la troisième interlocutrice.

— Je ne comprends rien! explosa Éléonore, qui se sentait exclue de la conversation. Que se passe-t-il?

Jacqueline s'excusa.

— Tu comprendras tout en temps voulu, je te le promets.

— Tu penses vraiment que je suis dotée de pouvoirs alors?

Je ne le pense pas, j'en suis persuadée.

Éléonore resta silencieuse.

— Je n'imagine pas à quel point toutes ces informations te perturbent. Je suis désolée qu'Adélaïde te l'ai caché, regretta Jacqueline.

— Une part de moi est excitée à l'idée d'avoir des pouvoirs, avoua Éléonore, mais l'autre part est terrifiée.

— Je comprends que tu aies peur. Sois rassurée, nous sommes là et nous ne te laisserons jamais tomber, affirma Dimitri.

— C'est vrai, ajouta Jacqueline. Éléonore, ta grand-mère et moi étions très proches, et je l'ai toujours protégée. Dimitri et Axel en feront autant avec toi.

— Pourquoi m'aidez-vous?

— Nous possédons le pouvoir de protection. C'est notre rôle! assura Dimitri.

Chapitre 3

Tout le dialogue résonnait dans sa tête. Sorcière. De grands pouvoirs. Elle se demandait si tout ceci était une farce ou s'ils appartenaient à une secte et essayaient de l'entrainer avec elle. Elle avait besoin de réfléchir, de prendre l'air, de se retrouver seule. Mais Dimitri et Jacqueline le lui déconseillèrent.

— Il n'est pas autorisé pour une sorcière de se promener dans le monde humain. Comprends-tu pourquoi nous devons te protéger? Beaucoup aimeraient t'éliminer avant que tu ne fasses parler de toi.

— Vous commettez une erreur. Il est impossible que je sois une sorcière.

— Oh! Crois-moi, j'en suis sûre. Mais c'est la première fois que je constate des pouvoirs chez une personne dont les parents ne sont pas sorciers. C'est un cas sans précédent, du coup je ne peux pas répondre avec exactitude. Mais tu as observé la transformation de ta cape lorsque tu la portes? Ce n'est pas donné à tout le monde! Regarde.

Dimitri l'attrapa et l'enfila. Elle s'adapta cette fois-ci parfaitement à sa physionomie, s'agrandissant encore plus. La jeune femme était ébahie de découvrir ce vêtement magique sous son vrai jour.

— La cape s'adapte à la morphologie de la personne qui la porte! conclut-elle

— Exactement! Et que remarques-tu d'autre?

— Les lions ne brillent pas! Pourquoi? Je croyais que tu étais sorcier?

— Effectivement, j'en suis un. Malgré un pouvoir que je maitrise à la perfection, il ne dégage pas une puissance magique nécessaire pour faire briller cette cape.

— Tu veux dire que mon don serait plus fort que le tien?

Dimitri regarda Jacqueline pour savoir jusqu'où il pouvait se confier.

— C'est possible oui, avoua-t-il.

Éléonore restait sceptique.

— Quel est votre pouvoir?

Comme nous te l'avons dit, nous sommes des scutateurs, c'est-à-dire des protecteurs, expliqua Jacqueline. La bulle protectrice qui apparait autour de nous, le scutatus, empêche la plupart des sorts de nous atteindre.

— Vous possédez le même pouvoir?

— Oui, car généralement les pouvoirs se transmettent. C'est un peu comme la génétique, compara Dimitri. Il y a de grandes chances pour que des sorciers de la même famille héritent du même pouvoir, mais ce n'est pas systématique.

— Et avez-vous d'autres pouvoirs?

— Non, chaque sorcier ne bénéficie que d'un seul pouvoir, répondit Jacqueline. Excepté le roi ou la reine du royaume sorcier, mais on en parlera plus tard.

— Je détiens donc un pouvoir, mais on ignore lequel?

— On l'identifiera bien assez tôt. Mais je n'ai aucune idée de l'impact des démagicatrices sur des personnes ayant été privées de leur pouvoir dès la plus tendre enfance, regretta Jacqueline.

Éléonore dévia la conversation.

— Pouvez-vous me faire une démonstration de votre pouvoir?

Éléonore avait hésité à le demander plusieurs fois, mais elle n'avait pas osé le formuler. Elle voulait tout d'abord identifier si elle n'avait pas affaire à des fous. Si la magie existait réellement, elle souhaitait l'observer. Dimitri hocha la tête sous les yeux brillants d'intérêt d'Éléonore. Mais à ce moment-là, la porte s'ouvrit brusquement.

— Papa, Mamie!

— On est dans le salon! cria Dimitri.

Un homme brun à la peau hâlée et à l'allure sportive entra dans la pièce et déchargea sa veste sur la première chaise venue. Il fut surpris de découvrir une jeune femme à la chevelure blonde épaisse et aux yeux noisette assise à côté de son père.

— Axel, tu te souviens d'Éléonore? présenta Jacqueline.

— Vaguement.

— Mais si! Vous jouiez de temps en temps ensemble lorsque vous étiez petits.

— Oui oui, céda le jeune homme pour couper court aux réminiscences de sa grand-mère.

Il s'était approché d'eux et s'installa près de Jacqueline après avoir dit bonjour à tout le monde. Quand il embrassa Éléonore, elle put remarquer ses yeux vairons. Elle n'avait jamais croisé une personne avec cette particularité. Elle eut une légère expression de surprise qu'elle s'empressa de masquer. À la mine renfrognée d'Axel, elle comprit que son stratagème n'avait pas fonctionné.

— Tu tombes bien, tu vas démontrer ton pouvoir à Éléonore, proposa Dimitri.

— Quoi?!

Axel resta interdit quelques secondes. Ils lui expliquèrent succintement la découverte de la démagicatrice.

Axel était mal à l'aise de montrer sa magie devant une parfaite inconnue qui le fixait dans l'attente d'un spectacle comme s'il était une bête de foire. D'autant plus qu'il détestait la magie. Enfant, elle l'avait privé d'une scolarité classique, adolescent, elle avait provoqué un sentiment d'anormalité, et adulte elle l'avait contraint à mentir à ses amis. On lui avait rabâché de garder le secret coûte que coûte, mais eux se permettaient d'en parler à n'importe quelle personne trouvant une boite magique.

Il était contrarié. Il échoua à matérialiser sa bulle.

Éléonore l'observait attentivement, son cœur palpitant à l'idée d'admirer de la magie. Axel avait dix-neuf ans, soit un an de plus qu'elle. Elle essaya de se remémorer les fois où ils avaient joué ensemble enfants, mais peu de souvenirs remontaient à la surface.

Axel se détacha de sa propre irritation. Il recommença l'opération: de minuscules particules bleu clair, semblables à des gouttes d'eau cristallisées,

CHAPITRE 3

s'échappèrent du jeune homme. Elles s'éloignèrent de lui délicatement en volant jusqu'à une distance de cinquante centimètres. Là, elles s'immobilisèrent puis grossirent pour atteindre les particules voisines. Elles s'assemblèrent les unes aux autres, formant une bulle ovale d'un bleu transparent légèrement scintillant. On pouvait encore observer le reflet de certains cristaux qui brillaient sous la lumière du salon.

Les yeux d'Éléonore pétillaient. Elle admirait le spectacle sublime qu'Axel lui offrait. C'était magique! La formation de la bulle dura moins d'une seconde, mais Éléonore savait qu'elle se souviendrait de ce moment pendant très longtemps. Lors d'un instant, elle envia la magie qui semblait si fluide entre les mains d'Axel.

Celui-ci resta quelques secondes avec sa protection, le temps de s'asseoir près d'eux, puis la fit disparaitre. Elle éclata comme une bulle de savon et ses composants se détachèrent pour virevolter vers le sol qui les absorba.

— Tu dois t'entrainer à en récupérer un maximum au lieu de les rendre à la terre, je te l'ai déjà dit, le sermonna Dimitri.

— Pourquoi? La magie ne me sert à rien.

— Elle risque de te servir un peu plus dorénavant.

— Comment ça?

— Nous aimerions que tu nous aides à protéger Éléonore, expliqua doucement Jacqueline.

Axel lança un regard sceptique à sa famille.

— Vous êtes capables de le faire sans moi.

— Un sorcier supplémentaire ne serait pas de refus.

Axel ne comprenait pas la raison pour laquelle sa famille le plébiscitait. Les aptitudes de Jacqueline et de Dimitri surpassaient les siennes et deux personnes avec leurs connaissances suffisaient à protéger Éléonore. Pourquoi lui demandaient-ils de l'aide? Il refusait de se mêler des histoires de magie!

— Donc, résuma Axel, en plus de mes cours, il faudrait que je donne des leçons à Éléonore et que je la protège? Je n'ai pas le temps.

— Eh bien tu le trouveras, rétorqua son père d'un ton sans appel. Il faut qu'on s'assure tous de sa sécurité.

Éléonore était gênée de la situation car elle voyait l'air contrit d'Axel. Elle ne voulait en aucun cas constituer un fardeau, et elle le leur dit.

— Rassure-toi, tu ne représentes une charge pour personne, bien au contraire! Tu vas mettre un peu de piment dans nos vies! plaisanta Dimitri.

Malgré son air enjoué, Éléonore n'était pas rassurée pour autant, mais elle n'insista pas. Jacqueline lui prit la main.

— Éléonore, si tu ne désires pas ton pouvoir, il faut une personne apte à le remettre dans la démagicatrice et cette personne, nous la trouverons uniquement dans le monde magique, encore faut-il qu'elle veuille nous aider. Pour l'instant il est inenvisageable de t'amener là-bas. Peut-être plus tard. Dans tous les cas, il faut t'apprendre à maitriser ta magie, sinon elle se retournera contre toi. Tu mettrais les autres et toi-même en danger. Tu comprends?

— Oui, je comprends.

— Parfait. L'idéal est de s'exercer ici, car notre maison est protégée. Je ne sais pas si la protection que j'ai installée pour ta grand-mère fonctionne toujours depuis qu'elle est décédée. Je préfère ne pas prendre de risque. Du coup, il faudrait que tu ailles chercher chez toi tes affaires indispensables. Dimitri, peux-tu l'accompagner?

Éléonore aurait voulu répliquer, mais visiblement elle n'avait pas son mot à dire. Un peu retournée par tous les évènements de la journée, elle avait perdu la répartie dont elle savait pourtant faire preuve, et se laissa précéder par Dimitri qui avait déjà mis son blouson.

— Toi, tu prépares le lit pour Éléonore, ordonna-t-il à l'intention d'Axel.

— Ce dernier leva les yeux et ne répondit rien.

Dehors, l'après-midi touchait à sa fin, assombrissant le ciel et refroidissant l'air. Elle remonta la fermeture de son manteau. Ils marchèrent silencieusement sur le trajet séparant les deux maisons. Dimitri comprenait certainement ce que ressentait Éléonore. Le calme de la nuit l'apaisait, même si elle aurait préféré retourner seule chez elle. Leurs pas résonnaient dans la rue. Il n'y avait qu'eux. Ce petit village en bordure de forêt ne disposait d'aucun commerce. Seulement des habitations, des fermes et quelques prés. En ce début de soirée d'automne, les gens rentraient à leurs domiciles. Ils croisèrent deux voitures en dix minutes de marche. Une fois arrivés devant la demeure de ses grands-parents, elle précéda Dimitri pour déverrouiller la porte et s'engouffra chez elle.

Ils se pétrifièrent sur le seuil. La maison avait été saccagée. Les tiroirs étaient ouverts, des objets avaient été jetés au sol. Certains avaient explosé sous l'impact, éparpillant des débris de verre dans la pièce. Éléonore était paralysée. Dimitri développa un meilleur réflexe: sa bulle apparut bien plus rapidement qu'Axel, et y engloba Éléonore.

Se retrouver à l'intérieur de la protection magique était étrange. Elle sentait l'énergie tiède qui s'y dégageait et qui se mouvait autour d'elle, comme vivante. C'était déstabilisant. Dimitri passa devant elle. Il lui ordonna de rester collée à lui. Leurs inquiétudes étaient donc fondées. On était à sa recherche.

Dimitri avança prudemment dans chaque pièce, Éléonore sur ses talons. Elle n'osait pas l'avouer, mais elle éprouvait de la peur. Heureusement que Dimitri l'accompagnait. Elle se sentait bien plus en sécurité. On venait de violer son intimité! Elle inspecta son salon: il était ravagé. Des photos avaient disparu. Elle se baissait sur le sol pour ramasser un cadre lorsqu'elle aperçut du coin de l'œil un mouvement. Elle tourna sa tête: un homme bondit sur eux.

Chapitre 4

Elle n'eut pas le temps de réagir. Prise par surprise, Éléonore hurla. Elle se recroquevilla. Son cœur battait la chamade. Elle s'attendait à une attaque, mais aucun coup ne vint. Lorsqu'elle rouvrit les yeux, l'homme gisait à terre, inconscient. Ses vêtements étaient inondés du sang qui coulait de son nez. Des fragments d'un miroir étaient éparpillés à ses côtés. Le corps d'Éléonore fut parcouru de tremblements incontrôlables. Dimitri passa un bras autour d'elle pour la soutenir avant que ses jambes ne la lâchent.

— Tu vas bien?

— Oui, balbutia-t-elle.

— En tout cas, bien joué! la félicita Dimitri.

Éléonore ne comprit pas tout de suite de quoi parlait le quadragénaire.

— L'homme! Tu l'as assommé!

— Je n'ai rien fait! contesta Éléonore.

— Bien sûr que si. Un miroir s'est écrasé sur son crâne grâce à la magie, et je ne dispose pas de ce pouvoir. Donc la seule personne qui ait pu accomplir cela, c'est toi, rétorqua Dimitri, pragmatique.

Il s'agenouilla près de la victime et examina son pouls. Il vivait toujours.

— Ainsi donc tu te révèles télékinésiste, un pouvoir plutôt rare. En tout cas il nous a bien servi.

Dimitri restait très calme, comme pour contrebalancer l'état de choc d'Éléonore.

— Va chercher immédiatement quelques affaires. Je te suis, et on fiche le

CHAPITRE 4

camp.

Éléonore obéit et, face à l'urgence, elle ne réfléchit pas. Elle attrapa un sac, y enfouit quelques vêtements, une photo d'elle et de ses grands-parents, et ils dévalèrent les escaliers. Heureusement, personne d'autre ne se trouvait dans la demeure. Ils enjambèrent l'inconnu puis franchirent le seuil. Ils jetèrent des coups d'œil de chaque côté de la rue, mais ne remarquèrent rien de suspect. Ils se précipitèrent, cherchant à fuir au maximum le guet-apens.

Ils arrivèrent en trombe chez Jacqueline et verrouillèrent la porte.

— Que se passe-t-il? demanda-t-elle, étonnée de voir la tête d'Éléonore paniquée.

— Un inquisiteur nous attendait! expliqua Dimitri.

La mine de Jacqueline se décomposa.

— Déjà? Ils ont enquêté rapidement! Même pour la milice magique.

— Peut-être qu'ils ont repéré la maison à la mort d'Adélaïde, et qu'ils souhaitaient découvrir ce qui se passerait. On aurait dû se douter qu'il fallait renforcer la protection mise en place. C'est notre travail! maugréa Dimitri.

— Non, c'est le mien, rectifia Jacqueline. Ça n'a jamais relevé de ta responsabilité. Il ne sert à rien de se le reprocher, ce qui est fait est fait. Prenons les choses en allant. Par quoi commençons-nous? Sommes-nous assez protégés ici?

— Je pense oui, mais une protection magique supplémentaire serait bénéfique. Éléonore, peux-tu avertir Axel que sa présence est nécessaire?

Éléonore trouva le jeune homme à l'étage, en train de s'acquitter de la corvée qu'avait ordonnée son père.

— Déjà de retour?

Elle lui résuma les derniers évènements et lui rapporta la demande de Dimitri.

— Je pense qu'ils désirent que tu les aides à renforcer la maison avec ton pouvoir.

— J'ignore la façon dont on s'y prend! grommela-t-il.

Malgré tout, il descendit immédiatement, suivi d'Éléonore. Elle s'assit dans un coin en regardant la famille Duval discuter en termes magiques.

Axel était très concentré sur ce que lui expliquait Jacqueline. Éléonore le remarquait à la ride du lion apparue sur son front et à la contraction de ses mâchoires carrées. Ils formèrent tous les trois leurs scutatus qui reflétèrent différentes nuances de bleu, puis les hommes se rapprochèrent lentement de Jacqueline pour que leurs pouvoirs s'unissent. Les sphères se collèrent puis fusionnèrent. Axel était aussi surpris qu'Éléonore, ce qui provoqua l'explosion de leur bouclier. Jacqueline et Dimitri absorbèrent les résidus qui dégringolaient, tandis qu'Axel s'excusa de l'essai raté.

— Il est tout à fait normal d'échouer la première fois que tu le tentes. Reste bien concentré.

Axel hocha la tête et reforma sa bulle, suivi de près par les deux autres. Cette fois-ci elles se mélangèrent parfaitement, offrant une vision sublime. L'énorme boule s'agrandit encore et encore. Éléonore la regarda s'approcher lentement d'elle. Puisqu'elle s'y était déjà retrouvée protégée, elle était rassurée. Elle impressionnait tout de même la jeune femme qui eut un mouvement de recul. La sphère la toucha, l'engloba puis continua sa progression jusqu'à recouvrir les murs de la maison. Le processus perdura encore quelques minutes, puis Jacqueline brisa le silence.

— C'est bon, mais restez bien concentrés tous les deux. Même si ce sortilège ne nécessite pas autant d'attention qu'une bulle de protection renforcée, il faut être très vigilant à ne pas baisser la garde. Ça risque de vous pomper un peu d'énergie. On ferait bien de manger un morceau.

Je vais plutôt rejoindre Céline et lui expliquer la situation. Quant à toi, dit-il à l'intention d'Axel, je préfère que tu évites de sortir pour l'instant.

— Quoi? Je ne vais pas en cours demain? s'étonna Axel.

— Non. Je t'autorise à sécher pour une fois, tu devrais te réjouir.

— Comme si j'attendais ton autorisation, murmura Axel.

Éléonore sourit, mais Dimitri n'avait rien entendu. Il partit en promettant de revenir le lendemain matin avant le travail. Avant de sortir, il dressa son bouclier qui engloba sa voiture. Éléonore se demanda ce que penseraient les voisins s'ils apercevaient cela.

— Les humains ne perçoivent pas la magie, expliqua Jacqueline.

— Pourquoi les appelles-tu «humains»?

CHAPITRE 4

— Les sorciers considèrent les humains —ou les «Autres», c'est aussi leur nom— comme une espèce différente. Comme un peu les lions et les chats. Je te laisse deviner à quel animal ils préfèrent se comparer... plaisanta Jacqueline.

— Est-ce la raison pour laquelle des lions figurent sur ma cape et sur ma pierre?

— Non, il n'y a pas de rapport. Il représente le symbole de ta famille. Vois-tu, la plupart des lignées sorcières nobles possèdent un animal emblème. Le tien est le lion. Mais nous parlerons de tout ça en détail plus tard. Allons préparer le dîner.

Jacqueline débordait d'énergie malgré l'activité de la journée, alors qu'Axel était totalement vidé par le sortilège.

Éléonore se coucha la première, car Jacqueline souhaitait expliquer à son petit-fils comment continuer le sort la nuit.

Les évènements récents avaient dû l'épuiser, car elle s'endormit aussitôt.

Avec la perte de ses repères, le sommeil ne fut pas aussi reposant que prévu, et Éléonore se réveilla désorientée. Axel n'avait pas dû passer une meilleure nuit, car le petit-déjeuner se déroula en silence jusqu'à ce que Jacqueline les rejoigne. Elle se réjouissait de recevoir du monde chez elle malgré les circonstances, et donner un but à sa journée lui permit de se lever en pleine forme.

La première leçon pour Éléonore consista à découvrir la méditation. Quand la vieille dame lui proposa cet exercice, elle ne comprit pas le lien avec la magie, mais obéit tout de même. Elle s'assit dans une position confortable, mais droite, et devait se concentrer sur sa respiration.

L'impatience commençait à la gagner. Combien de temps devait-elle rester immobile ainsi, à attendre? Qu'apprenait Axel? Sûrement des choses plus intéressantes qu'elle. Elle regarda sa montre. Juste une minute s'était écoulée! Comment le temps pouvait-il s'écouler si lentement? Elle ferma de nouveau les yeux et se concentra. Une voiture passa dans la rue. Des gens discutaient. Dire qu'hier encore elle leur ressemblait. Comment les humains réagiraient-ils s'ils savaient que la magie existait? Compareraient-ils les sorciers à des phénomènes de foire ou les pendraientils pour des êtres supérieurs? Sûrement le premier cas! «Zut mes pensées m'envahissent», songea-t-elle. «Jacqueline m'avait bien conseillé d'arrêter de penser pourtant! Comment arrête-t-on de penser? Rien que de penser à arrêter de penser, je pense non?»

— Alors, comment t'en sors-tu? demanda Jacqueline.

— Mal. Je ne comprends pas comment fonctionne la méditation.

— Je conçois que ça peut te paraître difficile, car ton mental a dirigé toute ta vie. Contente-toi d'accepter qu'une idée te soit passée par la tête, et laisse-la partir. Reviens à ton corps, à ton âme. Tu y trouveras la base de la magie. Elle ne peut exister quand ton mental est trop présent.

— Est-ce pour ça que j'ai provoqué ma magie quand j'ai eu peur? J'ai réagi par instinct, sans réfléchir?

— Tu as tout compris. Être de plus en plus consciente te permettra de développer tes pouvoirs. Nous allons procéder à un petit test. Ferme les paupières, et focalise-toi sur ta respiration. Appréhende l'entièreté de ton corps, de l'énergie et de la magie qui s'y abritent. C'est bon? Maintenant, ouvre les yeux en restant concentrée sur les sensations que tu éprouves. Regarde la plume devant toi, mais sans l'analyser. Intègre-la comme faisant partie intégrante de toi, comme si vous étiez un tout. Puis, lorsque tu es prête, demande-lui de se lever.

La plume posée sur la table se souleva, puis retomba aussitôt. Éléonore avait réactivé ses pensées, étonnée de pratiquer cette magie qu'elle avait cru impossible pendant des années. L'expérience contredisait son mental qui niait la capacité d'Éléonore à posséder de tels dons.

— Super!

— Mais je n'ai réussi qu'une seconde…

— C'est une seconde de gagnée.

La façon de percevoir de Jacqueline rasséréna Éléonore, qui décida de positiver. Elle expérimenta de nouveau tandis que la septuagénaire rejoignait Axel dans le bureau. La plume se souleva puis retomba, mais cette fois-ci elle resta plus longtemps en l'air. Les premiers essais se montrèrent très concluants, contrairement aux suivants: la plume refusa de bouger. Énervée, Éléonore retrouva Axel. Il connaissait la magie, mais ne maitrisait pas assez son pouvoir. Aujourd'hui, il s'entrainait à récupérer l'énergie de sa protection lorsqu'il arrêtait de l'utiliser. Éléonore entra silencieusement dans la pièce. La bulle d'Axel était éclose autour de lui. Il l'éclata et réussit à se réapproprier quelques morceaux.

— On fait une pause, conseilla Jacqueline.

Les deux jeunes gens hochèrent la tête. Axel était livide des entrainements du début de matinée, et petit-déjeuna de nouveau, comme s'il n'avait rien ingurgité le matin même.

Éléonore était contrariée par son manque d'efficacité. Comment se pouvait-il qu'elle y parvienne dès la première fois, puis qu'elle échoue par la suite? Elle fit part de ses questionnements aux deux sorciers confirmés.

— Plus tu veux réussir, moins tu y arrives, il faut lâcher prise, expliqua Axel.

— Je ne comprends pas.

— Le fait de vouloir que ça fonctionne, ton mental s'active, il souhaite que tu performes, que tu battes tes propres records, et à ce moment-là, tu sors de la pleine conscience.

— Mmm. Comment améliore-t-on son pouvoir tout en ne cherchant pas à l'améliorer? Toutes ces notions me dépassent!

— Tu as les capacités. Fais-toi confiance. Lâche tes peurs et tes doutes, et tout se déroulera bien, conseilla sagement Jacqueline.

Éléonore garda précieusement ces conseils dans un coin de la tête, et alterna méditations et télékinésie. Elle arrivait de plus en plus souvent à soulever la plume, et la maintenir en l'air requérait de moins en moins d'effort.

Elle pensait qu'après une journée de magie intense, elle serait exténuée, mais ce ne fut pas le cas. La méditation avait empêché son mental de pomper trop d'énergie, lui expliqua Jacqueline. Axel, quant à lui, était épuisé. La bonne nouvelle résidait dans le fait qu'ils avaient tous les deux progressé.

* * *

Tandis que les jours passaient, Axel était de plus en plus contrarié. Éléonore se sentait coupable de la conjoncture. Le fait d'être enfermés et de mettre leur vie en pause était très compliqué à gérer pour tous. Elle ne savait pas quoi dire pour améliorer la situation, alors elle préféra garder ses distances pour le moment.

Ce sentiment de culpabilité remontait régulièrement à la surface, mais elle l'étouffa plusieurs fois pour pouvoir exercer correctement sa magie. D'ailleurs, elle avait progressé: elle déplaçait désormais la plume dans toute la pièce, tant qu'elle se trouvait dans son champ visuel.

Axel aussi s'était perfectionné. Il parvenait à récupérer toute l'énergie qu'il avait mise dans son bouclier, et restait en forme malgré l'utilisation intensive de son pouvoir.

Quelques soirs après la découverte d'Éléonore, les parents d'Axel se joignirent à eux pour dîner. Ils étaient arrivés dans la bulle de Dimitri, pleins d'entrain qui masquait mal leur légère anxiété. Céline, la mère d'Axel, une femme aux cheveux ondulés couleur ébène, dormait difficilement depuis qu'elle avait appris que son mari avait failli se faire attaquer. Elle avait peur pour son fils et avait souhaité absolument le retrouver.

Éléonore comprit mieux le physique d'Axel en observant le couple côte à côte. Son teint hâlé était le parfait mélange entre la pâleur de son père et la peau mate de sa mère. Ses yeux vairons reflétaient de ses deux parents: l'un bleu comme Dimitri, et l'autre marron semblable à ceux de Céline.

— Les défenses de la maison ne tiendront pas éternellement si les sorciers continuent d'explorer les alentours, assura Dimitri. Ils ne tarderont pas à découvrir que nous sommes tous cachés ici. Il faudra songer à évacuer les lieux.

— Ils partiront bientôt, affirma Jacqueline. Ils ont trouvé ce qu'ils cherchaient depuis longtemps: la demeure d'Adélaïde II. Ils ont compris qu'elle était décédée, leur mission est finie.

— Je n'en suis pas aussi sûr que toi.

— Ils ne nous ont jamais repérés en quarante ans, pourquoi nous découvriraient-ils maintenant?

— Parce qu'ils savent où fureter désormais, répondit gravement Dimitri.

CHAPITRE 4

***

Éléonore et Axel jouissaient de l'étage de la maison pour eux seuls, puisque Jacqueline vivait uniquement au rez-de-chaussée. Ils disposaient chacun de leur chambre, petite, mais confortable, mais une salle de bain commune. Elle toqua à la porte. Personne ne répondit. Tant mieux! Elle se glissa à l'intérieur. Le sol en carrelage blanc était froid et elle frissonna. Elle se doucha sous l'eau brûlante qui la réchauffa. Elle sortit, prit le sèche-cheveux et pencha la tête. Le souffle chaud sur son crâne la raviva. Elle se releva tout en continuant de sécher son épaisse chevelure. Elle remarqua un reflet brillant dans le miroir. Prise d'un doute, elle s'approcha: une mèche dorée était apparue.

***

Plus les jours avançaient, mieux Éléonore maitrisait ses pouvoirs. Elle avait abandonné la plume pour des objets de plus en plus lourds et avait moins besoin de se canaliser pour les soulever. Elle avait appris également à varier la vitesse, mais éprouvait des difficultés à arrêter un mouvement en pleine action.

Jacqueline lâchait les informations sur le monde magique au goutte-à-goutte, mais Éléonore voulait toujours en savoir davantage.

— Tu m'as dit il y a quelques jours que les sorciers et les sorcières ne possédaient qu'un seul pouvoir, sauf le roi et la reine. Pourquoi?

— Ils sont désignés par Mère Nature pour régner. La personne choisie reçoit alors deux dons, bien plus rarement trois. On peut la reconnaitre grâce à son physique: la puissance de sa magie la métamorphose. La couleur de ses cheveux et de l'iris de ses yeux se transforme jusqu'à se teinter d'un doré étincelant.

— Éléonore repensa au regard ambré de sa grand-mère, qui pétillait lorsqu'elle lui racontait des histoires de son enfance.

— Jacqueline… hésita-t-elle. Est-ce que ma grand-mère était reine?

— La vieille femme soupira.

— Oui, lâcha-t-elle.

Éléonore n'arrivait pas à croire ce qu'elle entendait. Sa grand-mère, la souveraine des sorciers? Cela paraissait invraisemblable! Et si c'était le cas…

— Est-ce que cela veut dire que je deviens la reine alors? continua-t-elle à voix haute.

Jacqueline chercha les mots adéquats avant de répondre.

— Non. La succession au trône ne repose pas sur l'hérédité. La magie choisit toujours la personne la plus apte à gouverner, qu'il s'agisse de l'enfant royal ou d'un simple habitant à l'autre bout de la contrée. Ce n'est pas forcément toi.

Éléonore lui sourit, mais la peur lui tordait le ventre. Par réflexe, elle toucha sa mèche dorée, mais elle était profondément enfouie sous sa masse de cheveux. Cela relevait d'un hasard, tenta-t-elle de se convaincre. Une reine gouvernait déjà le royaume. C'est juste l'apparition de la magie qui avait provoqué un changement physique. Mais au fond d'elle, elle savait qu'elle se mentait.

* * *

Éléonore s'entrainait du matin au soir. La magie s'avérait belle, douce, naturelle. Comme si elle avait toujours été présente en elle, mais qu'elle attendait le bon moment pour se révéler à la surface. Les mouvements devenaient de plus en plus amples, fluides, et Éléonore ressentait le besoin de mouvoir son corps de la même façon. L'envie irrésistible d'exprimer le bonheur de la vie par une danse instinctive demeurait incompréhensible pour elle. Elle obéit à cet élan dont elle ignorait l'origine, sans se préoccuper des pensées que les gens pourraient émettre en la voyant. La plume virevoltait tandis que ses bras tournaient, puis elle tendit la main et la plume s'y posa. Elle se sentait entière, heureuse, d'une joie qu'elle n'avait jamais ressentie jusqu'alors et qu'elle ne parvenait pas à expliquer. Elle profita de ce moment de pure félicité qu'elle aurait aimé éternel. Mais il fut contrecarré par les plans du destin: un inconnu frappait à la porte.

Chapitre 5

Alertés, ils se rejoignirent tous les trois dans l'entrée. Jacqueline se tourna vers les deux jeunes gens, paniquée:
— C'est un sorcier.
— Je croyais qu'on était protégé? s'inquiéta Éléonore
— Pas assez malheureusement. Il n'est sûrement pas seul.
Jacqueline se tourna vers Axel:
— Tu sais ce que tu dois faire? demanda-t-elle d'un regard entendu.
— Mais papa n'est même pas là! se plaignit Axel.
— Tu ne discutes pas, tu as promis! Allez!
Axel hocha la tête à contrecœur. Il prit un sac de sport dans une commode et saisis Éléonore par la main. Ils se dirigèrent vers l'arrière de la maison qui donnait sur un jardin bordant la forêt. Axel sortit le premier, scruta chaque côté puis fit signe à Éléonore de le suivre. Ils traversèrent l'étendue herbeuse et Axel fit la courte échelle à Eléonore pour la hisser sur la barrière, tandis que lui l'escalada sans peine. Une fois de l'autre côté, il la tira par le poignet pour l'emmener en lisière de forêt. Ils coururent à travers bois, sautant pour éviter les racines et les anfractuosités du sol. Certaines mauvaises herbes griffaient leurs vêtements, mais ils ne le remarquèrent même pas. Au bout d'un moment, quand il fut certain de ne pas être pisté, Axel ralentit la cadence. Alors qu'il était à peine essoufflé, Éléonore bramait à en réveiller toute la forêt. Le jeune homme ouvrit le sac de sport et lui tendit un déguisement.

CHAPITRE 5

— C'est le style vestimentaire des sorciers. Il faut se changer.

Axel avait déjà commencé à se déshabiller. Son tee-shirt retiré révéla un corps fin, mais musclé. Éléonore se détourna pour se dévêtir. Elle tenait entre les mains une robe beige, dont elle chercha l'entrée. Le tissu était épais et désagréable au toucher. Il glissa difficilement sur sa peau. Son corsage ivoire se nouait par des rubans marron. Axel revêtait un pantalon lâche assorti à la tenue d'Éléonore, ainsi qu'un haut à manches longues qui lui arrivait à mi-cuisses. Quand Éléonore finit de chausser ses bottes, lui fixait sa ceinture sur laquelle un triskell était représenté.

— Ma grand-mère m'a donné cette carte en m'expliquant que ça nous conduirait à Vénéficia, mais je ne remarque rien de particulier…

Éléonore regarda le plan que lui tendit Axel. En effet, il s'agissait d'une vieille carte répertoriant tous les sentiers de la forêt de Compiègne. Elle n'indiquait rien, en tout cas, rien qui ressemblait à une capitale sorcière.

— Maintenant, il faut jeter tout ce qui nous relie au monde humain et avancer au maximum. Donne ton portable, ordonna Axel.

— Quoi?! Tu veux qu'on s'enfonce dans une forêt sans aucun moyen de communication?

— C'est exactement ça. Premièrement, ils nous géolocaliseront s'ils ont appris à se servir de traqueurs, deuxièmement, la magie et les ondes électromagnétiques ne font pas bon ménage. Tu n'as peut-être pas remarqué, mais ton téléphone fonctionne moins bien depuis que tu développes ton pouvoir. Là-bas, il ne fonctionnera plus du tout, d'après ma grand-mère.

Résignée, Éléonore offrit son portable à Axel qui le pulvérisa, ainsi que le sien, en donnant de grands coups de pied. Ils cachèrent leurs vêtements derrière un arbre, sous un tas de feuilles mortes, nouèrent leurs capes marron autour du cou, puis se remirent en route avec pour seul objet la carte.

Après une demi-heure de marche à parcourir les sentiers, ils s'arrêtèrent devant une église située au centre d'une prairie. Ils s'assirent sur des troncs d'arbres coupés et regardèrent de nouveau le plan.

Éléonore ferma les yeux. Elle écouta la multitude de bruits dans la forêt, le chant des oiseaux encore présents, le murmure des feuilles sous le vent. Elle respira profondément. Un immense calme l'envahit. Prise d'une impulsion, elle effleura lentement la carte de sa main droite, en maintenant les paupières closes. Elle sentit la rugosité du papier sous ses doigts. Après trois secondes, sa paume fut repoussée, comme rejetée par le plan qu'elle caressait. Elle ouvrit les yeux. Des éléments en trois dimensions s'élevaient de la carte. Axel était ébahi. Il l'avait vue onduler, puis des bâtiments grimper à la verticale un à un. Le dernier édifice qui prit forme fut une sorte de château, avec des tours inégales.

— OK. Maintenant il nous reste à savoir comment on se rend là-bas, dit Éléonore.

— Regarde si cette petite église y est dessinée.

Ils ne virent rien qui ressemblait à cela. Axel saisit le document des mains d'Éléonore, puis il regarda de plus près. Il leva les yeux sur les alentours, puis pivota lentement sur lui-même pour essayer de repérer un point d'intérêt qui figurerait sur le parchemin. Au fur et à mesure, les volumes de la carte s'affaissèrent.

Perplexe, il reprit la position de départ. Peu à peu, les édifices reprirent forme. Il recommença l'expérience: il tourna la carte vers la gauche, et les bâtiments de gauche disparurent. Puis il la tourna vers la droite, et il constata le même phénomène.

— Il faut aller par là, conseilla-t-il en montrant du doigt une direction dans la forêt.

Ils se levèrent et poursuivirent leur route. Ils furent parfois obligés de s'écarter du chemin et de couper à travers les arbres pour continuer d'observer la carte. Au fur et à mesure, les bâtisses de la carte devinrent de plus en plus grandes, le plan de plus en plus précis. Après une heure à marcher, les deux jeunes gens voyaient désormais, sur leur document, les pavés des rues ou les fenêtres des maisons.

Ils s'attendaient tellement à trouver un espace dégagé qu'ils ne se rendirent pas compte qu'ils étaient enfin arrivés. À peine perceptibles, les premières habitations se dessinaient entre la végétation. Elles étaient complètement intégrées dans la nature. Des arbres immenses, sans doute

CHAPITRE 5

plusieurs fois centenaires, les traversaient, ou poussaient en plein milieu du passage.

Les feuilles de leurs branches dominant la ville obscurcissaient les rues pavées, mais plus pour longtemps. En ce mois d'automne, le vent les arrachait et les faisait pleuvoir sur les passants. Des enfants couraient en soulevant le tapis orangé, et essayaient de grimper aux arbres sans y parvenir. Certains troncs étaient gigantesques. Il fallait sûrement une demi-douzaine d'hommes pour les entourer.

Un petit garçon sanglotait. Éléonore observait la scène avec attention. Il pleurait car deux enfants plus grands que lui venaient de le bousculer. Il se releva avec peine —il avait environ cinq ans— tendit son bras boudiné et un jet d'eau gicla de sa main. Les têtes de ses deux ennemis furent noyées.

Ébahie dans un premier temps, Éléonore pouffa de rire. La mère du petit garçon le gronda.

— Tu sais ce dont on a déjà discuté! La magie ne sert pas à blesser les autres!

— Mais maman, ils m'embêtaient, se plaignit le garçon d'une voix fluette.

Éléonore le trouvait tellement mignon qu'elle aurait voulu le réconforter, mais sa mère n'était pas du même avis.

— Ce n'est pas une raison. S'ils t'embêtent, tu viens me voir!

Ils s'éloignèrent alors que le petit garçon pleurait dans les bras de sa mère.

Les deux jeunes gens étaient émerveillés. Alors qu'ils s'imaginaient un modeste village au centre de la forêt, ils arrivèrent en réalité dans une grande ville. Les maisons à colombages dominaient l'architecture des lieux. Construites en bois et en torchis, elles étaient collées les unes aux autres. Elles s'étaient complètement intégrées dans le paysage, comme si la nature elle-même avait créé ces édifices recouverts de chaume ou de branches tressées. Les rues formaient des zigzags, suivant l'implantation des chênes centenaires. Quelques-uns traversaient les chaussées et leurs branches sillonnaient les maisons.

Plus Éléonore et Axel pénétraient à l'intérieur de la ville, plus la foule s'intensifiait. Personne ne leur prêtait attention. Ils vaquaient à leurs tâches quotidiennes. Certains portaient des capes de multiples couleurs, d'autres ternes, à l'instar des leurs. Ils avancèrent et tombèrent sur un immense panneau en bois suspendu dans les airs. Il se balançait au rythme du vent. Les lettres gravées en noir annonçaient «Bienvenue à Vénéficia». Il régnait dans la ville un air de fête. Beaucoup de monde se baladait dans les rues, dans les auberges et devant les différentes vitrines de magasins. D'ailleurs, de nombreux étals proposaient des objets hétéroclites dont ils ignoraient totalement l'utilité. Des stands de nourriture et de boissons étaient répartis çà et là. Puisqu'on approchait de la fin du mois d'octobre, Éléonore demanda à Axel si c'était Halloween qu'ils fêtaient tous avec un certain entrain.

— Aucune idée. Mais ça arrange bien nos affaires. On risque moins d'attirer l'attention.

Axel sortit la carte de nouveau, et Éléonore y jeta un coup d'œil.

— Il faut partir de ce côté, dit-elle en pointant du doigt un coin de rue.

Deux agents en uniforme bleu canard à la mine renfrognée venaient d'apparaitre dans la direction qu'Éléonore montrait. Ils arrêtaient chaque sorcier qui croisait leur route, en demandant à vérifier leur avant-bras. Certains baissaient la tête, d'autres furent parcourus d'un tic nerveux. Tous évitèrent de passer devant eux.

— Je pense qu'on va devoir faire un détour.

Il rangea la carte et attrapa Éléonore sous le bras en marchant lentement dans l'axe opposé. Ils se repéraient difficilement dans ses artères sinueuses incorporées dans la nature. La configuration de la ville se distinguait de ce qu'ils avaient observé dans le monde humain. Il semblait que rien n'était réglementé. Heureusement, plus ils se dirigeaient vers leur point de rencontre, plus les rues s'élargissaient. Les pierres apparaissaient dans la construction des habitations. Cependant, elles gardaient cette forme arrondie très différente des maisons rectangulaires humaines, en s'adaptant aux immenses arbres qu'offrait la forêt.

Ils continuèrent d'avancer prudemment, la lumière du crépuscule pénétrant difficilement les feuillages denses des chênes, et trouvèrent finalement ce qu'ils cherchaient: l'officine des Sauge. Elle faisait partie d'une des demeures les plus grandes de la rue. Elle était constituée du même matériau que les autres, mais ses volets multicolores la rendaient singulière.

    Axel frappa à la porte. Ils attendirent, mutiques. Un silence oppressant s'installa, comme si la vieille ville s'était arrêtée à la tombée du jour. Ils avaient quitté depuis quelque temps le quartier où les célébrations avaient lieu. Ils se retrouvaient seuls dans l'allée. La noirceur de la forêt envahissait les rues, et on entendait les animaux nocturnes débuter leur chasse. Éléonore, dont le vent qui balançait les branches des arbres soufflait sur sa nuque, fut prise d'un frisson.

    La porte s'ouvrit sur un homme d'une soixantaine d'années, à la peau et aux cheveux noirs. Ses yeux marrons envoyaient une certaine méfiance face aux deux inconnus.

    Axel avança d'un pas:

    — Bonsoir, excusez-moi de vous déranger, je m'appelle Axel, et voici Éléonore… je pense que mon père vous a contacté concernant notre venue…

    Jaspe regarda de chaque côté de la rue et les fit entrer immédiatement.

    — Dimitri n'est pas avec vous? s'inquiéta-t-il.

    Axel lui expliqua les évènements récents. Éléonore, silencieuse, était restée sur ses gardes près de la porte. Elle n'avait pas baissé la capuche de sa cape fine qui l'avait à peine protégée du froid. Elle écouta le récit du jeune homme en visualisant tous les moments de sa journée. Elle se révélait bien trop calme par rapport aux bouleversements de sa vie. Son cerveau avait dû arrêter de fonctionner, elle n'arrivait plus à réagir ni à penser.

    — Éléonore? l'interpella Axel.

    — Mademoiselle? Vous allez bien? demanda Jaspe, radouci.

    — Auriez-vous un verre d'eau?

    — Oh oui bien sûr. Vous devez être tous les deux épuisés par le voyage qui n'a pas dû être de tout repos.

    Axel et Éléonore acquiescèrent. Jaspe les précéda dans un couloir étroit. Ils empruntèrent un escalier et arrivèrent dans une pièce ovale, qui comprenait le salon sur la droite. Un feu brûlait dans une cheminée ouverte à 360°. Il était entouré d'un canapé et de quatre fauteuils. Au centre de la pièce, une longue table en bois avec des chaises dépareillées servait de salle à manger. Sur la gauche, une femme chantait gaiement dans une cuisine, et on entendait également la vaisselle qui s'entrechoquait.

— Qui était-ce? cria-t-elle pour recouvrir les bruits du repas en train de mijoter.

— Des invités.

Elle tourna le regard et arrêta de cuisiner pour venir à leur rencontre, étonnée.

— Je vous présente mon épouse Agate. Agate, voici Axel et… Éléonore.

La chaleur de la cheminée rappela à la jeune femme qu'elle portait toujours sa capuche, un manque de correction qu'elle s'empressa de rectifier. Ses cheveux blonds réfléchirent les reflets du feu en tombant en cascades sur ses épaules.

— Oh! Eh bien je suis enchantée. Jaspe m'avait annoncé votre venue, mais je ne pensais pas vous rencontrer si tôt. Et moi qui voulais que tout soit absolument parfait pour le moment où vous arriveriez… se lamenta-t-elle. Dans tous les cas, je suis heureuse de vous compter parmi nous. Installez-vous confortablement, je vais chercher de quoi grignoter un peu. Vous devez avoir une faim de loup, après votre voyage!

— C'est gentil Madame, répondit Éléonore, gênée de l'intrusion qu'elle occasionnait.

— Oh appelle-moi Agate! sourit-elle.

La petite femme ronde aux cheveux crépus coupés courts et à la peau mate attira immédiatement la sympathie des deux jeunes gens. Elle revint aussitôt avec un plateau rempli de biscuits salés, ainsi que de l'eau. Ils se retinrent de sauter sur la nourriture, puis une fois que le couple mangea les premiers amuse-gueules, ils s'autorisèrent à plonger dedans.

Éléonore ne comprenait pas la raison de sa présence chez des inconnus, ni le lien qui existait entre eux et les Duval. Elle eut l'impression de retourner en enfance, comme lorsque ses parents la transportaient d'un point à un autre sans jamais lui adresser la parole, comme s'il s'agissait d'un animal de compagnie. Ne pas savoir l'empêchait de se sentir parfaitement à l'aise, car elle ignorait tout de ses hôtes, et le cheminement de pensées et de décisions qui les avaient menés jusqu'à eux.

CHAPITRE 5

— Excusez-moi de cette question, mais qui êtes-vous?

— Il est vrai que nous ne nous sommes pas présentés dans les règles. Je m'appelle Jaspe Sauge et Agate, comme je vous l'ai dit, est ma femme. Nous avons quatre enfants et nous exerçons le métier de guérisseurs.

— D'accord, mais... que faisons-nous ici?

Elle se tourna vers Axel, qui lui expliqua:

— Quand tu es allée te coucher un soir, ma grand-mère m'a dit que les scutatus ne tiendraient pas éternellement. Nous savions tous que ça allait arriver, et aucun endroit dans le monde humain ne permettait de te protéger efficacement. Il fallait donc t'introduire dans le monde magique avec des personnes de confiance. La famille de Jaspe et la mienne sont amies depuis longtemps. Mon père l'a contacté et lui a demandé s'il pouvait nous accueillir. Mon père devait partir avec toi, après s'être organisé au niveau du travail. Le destin en a décidé autrement, malheureusement. Dès que mon père arrivera, je rejoindrai mon monde.

Éléonore perçut l'amertume derrière le ton calme d'Axel, mais elle ne lui en voulait pas. Elle comprenait sa réaction et se sentait coupable de l'avoir entrainé dans cette histoire contre son gré. Mais après tout, se raisonna-t-elle, elle n'était pas plus responsable que lui. Elle n'avait rien demandé! Mais un certain malaise s'installa tout de même, très vite désamorcé par Agate qui changea de sujet.

Éléonore sentait qu'on ne lui disait pas tout. Pourquoi lui avoir caché qu'ils préparaient la fuite?

**

Les enfants du couple se présentèrent un à un. Célestine, une belle femme de vingt-deux ans, grande et élancée, à la coiffure afro, descendit la première. Sa peau foncée faisait ressortir ses yeux marron clairs pétillants de vitalité.

— Oh! Bonsoir. Qui êtes-vous? dit-elle spontanément.

— Célestine! gronda son père.

Jaspe préféra rester évasif à la question de sa fille. Il les présenta comme des enfants de vieux amis de passage dans la capitale pour Samain. Éléonore et Axel ignoraient tous de Samain, mais visiblement l'excuse fonctionnait.

Célestine était la seconde des enfants Sauge. L'ainée, Ambre, qui avait déjà une vie de famille, ne vivait plus ici.

Ensuite, Topaze, le seul garçon de la fratrie, dévala les marches. Au premier abord, Éléonore le trouva intimidant, avec son 1m92, sa carrure musclée et son crâne rasé. Mais il se révéla aussi joyeux et sociable que sa sœur. Néanmoins, il posa moins de questions qu'elle. Il ressemblait beaucoup à Célestine, hormis l'iris de ses yeux qui présentait une nuance plus sombre. La benjamine de la famille, Opale, arriva en dernier. Du même âge qu'Éléonore, elle apparut comme la plus introvertie du clan. Elle avait hérité de son père sa teinte de peau, plus foncée que celle de ses frère et sœurs, et ses yeux noirs. Sa chevelure qu'elle lissait brillait. Elle fut déstabilisée par la présence d'inconnus et ne parla pas du repas, contrairement à Célestine et Topaze qui ne se privèrent pas de poser des questions sur leurs mystérieux visiteurs.

Éléonore se sentait mal à l'aise de mentir aussi effrontément, et redoutait d'être percée à jour tellement elle ignorait tout de la magie et de son monde, tandis que Axel paraissait plus à l'aise. La joie et l'excitation dont faisaient preuve les enfants du couple, qui avaient à peu près le même âge qu'eux, déteignaient visiblement sur lui, et il se détendit.

— Alors c'est la première fois que vous venez fêter Samain à Vénéficia? demanda Célestine.

— Oui la première fois! On a hâte, répondit Axel, affable.

— Nous aussi. Nous passons toujours un super moment. Les gens affluent depuis une semaine, c'est fou la quantité de personnes présentes!

— Sinon, Célestine, comment va Madame Gérard? Elle semblait souffrir le martyre quand je l'ai vue.

L'intervention d'Agate eut l'effet escompté: ils basculèrent la conversation sur les patients de la journée.

Le stress était retombé, laissant place à une énorme fatigue qui pesait sur leurs paupières et leurs épaules.

CHAPITRE 5

Voyant leur état, Jaspe les escorta dans leurs chambres respectives: Éléonore occupait l'ancienne chambre d'Ambre, tandis que Axel partageait celle de Topaze. Celui-ci lui proposa son propre lit, mais il choisit le couchage d'appoint. Il était tellement épuisé qu'il aurait pu dormir par terre. Il se pelotonna sous une couverture moelleuse, et somnolait déjà quand Topaze le rejoint. La fatigue l'emportant sur la gêne de loger chez des inconnus, il ne releva pas l'arrivée de son hôte, mais celui-ci essaya tout de même d'entamer la discussion:

— Qu'est-ce que tu préfères à Samain? Les poires à l'amélioa ou le concours de la plus belle guirlande?

— Mmm le premier. Bonne nuit.

— Bonne nuit.

*　*　*

— Vous nous prenez pour des imbéciles? rigola Topaze.

— Comment ça?

— Vous savez très bien de quoi je parle.

Topaze, amusé, s'adressait à ses parents. Les filles se préparaient, et Axel dormait toujours quand il avait quitté la chambre.

— Ce ne sont pas des sorciers, affirma Topaze

— Oui et non, tempéra Jaspe. Comment as-tu deviné?

Il restait calme pendant qu'Agate vérifiait que personne ne les écoutait.

— Ils ne connaissent rien au Samain. Et vous avez fait en sorte qu'on ne sache rien d'eux. Comment ça, «oui et non»? Ils sont sorciers ou ils ne le sont pas?

— Ils possèdent des pouvoirs, mais n'ont jamais vécu dans le monde magique.

— Quoi? demanda Topaze, choqué. Tu veux dire que nous hébergeons des déserteurs?

37

— N'utilise pas ce mot! lui reprocha Jaspe. Mais oui, leurs grands-parents se sont enfuis durant le putsch.

— Quand Victoire Corvus s'est emparée de la place d'Adélaïde II? Ils étaient des partisans de l'ancienne reine?

— Oui, on peut dire ça comme ça. Ils ont été contraints de se cacher dans le monde humain.

— Pourquoi être revenus?

Jaspe résuma l'histoire, en évitant de parler du lien familial d'Éléonore avec Adélaïde II.

— Éléonore hérite donc d'un pouvoir, qu'elle a acquis il y a très peu de temps. Nous devons la protéger, et également l'instruire au maximum pour qu'elle maitrise sa télékinésie très rapidement avant d'occasionner des dégâts. Bien sûr, nous agirons le plus discrètement possible, par conséquent moins de personnes savent, mieux ça vaudra pour nous tous.

— Nous sommes bien conscients de vous faire courir un danger, Topaze, ajouta Agate. Nous y avons beaucoup réfléchi, nous avons beaucoup débattu et nous avons décidé de l'aider du mieux possible. Je sais que nous risquons notre vie, et la vôtre par-dessus le marché, mais nous ne voulions pas la laisser seule.

— Je comprends votre choix, et je vous soutiens. Je suis prêt à relever le défi, assura Topaze. Plus je désobéis à la royauté, mieux je me porte! badina Topaze.

— Fais attention à ce que tu dis, l'avertit son père. Accepterais-tu de leur enseigner les apprentissages scolaires —très anciens, mais très bien conservés j'en suis sûr— que tu as reçus? Tu n'as qu'à imaginer qu'ils ont les connaissances d'enfants de 5 ans avec la maturité et l'intelligence d'un adulte.

— Rien que ça! plaisanta Topaze.

— Rien que ça, répéta Jaspe.

— Bien sûr, mais pourquoi moi? Ça ne serait pas plus judicieux que ça soit toi ou maman?

— Ça passera beaucoup plus inaperçu si tu t'en occupes. Et vous avez à peu près le même âge, c'est mieux je pense.

CHAPITRE 5

Le tempérament relativiste de Topaze lui permettait d'accepter facilement des situations totalement imprévues et surréalistes comme celles-ci. Il se réjouissait de sortir temporairement de sa routine. De plus, Éléonore et Axel lui avaient fait une bonne première impression, malgré le caractère légèrement renfrogné d'Axel et la discrétion d'Éléonore.

Le petit déjeuner fut consacré à répartir les patients de Topaze, qui sembla ravi de ne pas travailler ce matin. Quand toute la famille fut partie, ils commencèrent leur apprentissage. Axel maitrisait déjà correctement sa magie, mais il pouvait encore s'améliorer. Éléonore, en tant que néophyte, avait bien plus de travail, mais tous deux devaient assimiler le fonctionnement du monde magique pour se fondre totalement dans le décor. Il n'était pas question pour l'instant qu'ils mettent les pieds dehors, c'était bien trop dangereux, malgré l'afflux important de sorciers qui leur offrait l'occasion de mieux se cacher dans la foule. Ils bénéficièrent d'une méditation quotidienne obligatoire, préparée par Topaze. En qualité de guérisseur, il était très connecté aux énergies cosmiques lui permettant de soigner et aux énergies telluriques lui permettant de rester ancré pour se protéger des maladies. C'est ce qu'il commença à leur apprendre. Pour le reste, il ne savait pas trop par où débuter, car ce cas de figure ne s'était jamais présenté. À l'école, il avait appris progressivement à se servir de son pouvoir, mais, bercé selon les principes magiques depuis sa naissance, la plupart des choses coulaient de source pour lui. La magie, à l'instar de la respiration, se manifestait de façon innée et automatique chez les sorciers. Il avait dû mal à imaginer qu'un apprentissage soit nécessaire pour qu'elle apparaisse, mais il est vrai qu'il ne connaissait pas l'étendue de l'ignorance des humains. Il était d'ailleurs très curieux de ce monde tabou, et profitait de la présence de ses convives pour poser de nombreuses questions. L'apprentissage ressemblait plus à un échange entre des personnes de peuples opposés plutôt qu'à une transmission de savoirs. Topaze pensa à son ami d'enfance Jérémy, qui aurait été si excité à l'idée de rencontrer Éléonore et Axel. Si seulement il pouvait lui raconter...

Éléonore ne sentait pas les énergies dont parlait Topaze. Elle se fiait à lui, savait qu'il disait la vérité, mais elle ne percevait rien. Elle visualisait les énergies monter le long de ses jambes, mais elle ignorait s'il s'agissait des vraies énergies ou de son imagination. Comment différencier les deux? Topaze changea de tactique: ils allèrent dans le jardin.

Éléonore s'étonna de découvrir un terrain relativement grand, sur lequel un pommier s'épanouissait en son milieu. À cette saison il croulait sous les pommes et Éléonore en détacha une. Elle croqua dedans. Éléonore portait les vêtements d'Opale et Axel ceux de Topaze. Ils avaient bien plus chaud qu'hier car l'étoffe des capes différait des déguisements de la veille. Topaze prononça une méditation calme destinée à être réalisée debout, puis insista davantage sur l'ancrage. L'effectuer dehors, au pied d'un arbre, rendait l'activité plus accessible. Éléonore se laissa bercer par la voix de Topaze. Gênée par ses chaussures, elle les enleva malgré le froid. Ce geste lui permit de sentir clairement le contact avec l'herbe et la terre, et ainsi elle ressentit enfin l'ancrage dont parlait Topaze. Elle ne sentit pas l'énergie circuler en elle autant qu'elle l'aurait voulu, mais Topaze la rassura en expliquant que tout était une question de pratique, et que si elle s'exerçait quotidiennement, elle maitrisera bientôt les énergies parfaitement. Axel, quant à lui, avait rechigné à suivre les enseignements de Topaze au début. Pour lui, il contrôlait suffisamment son pouvoir pour se soustraire aux nouveaux apprentissages. Il ne comptait pas s'investir ici, puisqu'il souhaitait retourner le plus rapidement possible dans son monde. Le monde humain comme l'appellent les sorciers. Malgré cela, il se prêta au jeu et découvrit dans les exercices de Topaze une autre façon de percevoir les énergies et d'employer la magie, qui différait de celle de son père et de sa grand-mère, mais qui était tout autant utile. Il sentit parfaitement l'énergie envahir chaque parcelle de son corps, et son cœur s'accéléra. Il avait l'impression qu'il allait bientôt imploser. Topaze remarqua son augmentation d'énergie vitale.

— Oula Axel, il faut que tu évacues une partie de l'énergie, car tu n'es pas prêt à un changement brutal. Forme ton scutatus et focalise l'énergie dedans.

Axel écouta les conseils de Topaze. Il créa autour de lui un bouclier bien plus dense que ceux qu'il avait déjà réalisés. Il sentait l'énergie de la Terre

CHAPITRE 5

remonter par ses pieds puis s'échapper de lui pour constituer sa bulle.

— Maintenant, reste concentré. Est-ce que tu veux bien que j'entre à l'intérieur? Tu me laisses passer?

— OK. Mais je te préviens, je n'ai jamais essayé.

Axel n'avait jamais pensé à procéder dans ce sens-là, et il trouva l'approche de Topaze intéressante. Visiblement, il avait encore de nombreuses choses à apprendre!

Topaze s'avança tout doucement vers la bulle. Il tendit la main vers la barrière protectrice, mais celle-ci lui refusa son entrée.

— OK, maintenant visualise que nous ne formons qu'une seule et même énergie.

Axel hocha la tête et se concentra en fermant les yeux. Il percevait laborieusement l'énergie de Topaze, mais imagina des fils énergétiques qui les reliaient l'un à l'autre. Cela fonctionna car Topaze réussit à mettre la main puis le bras. Cependant, la bulle explosa quand Topaze pénétra trop rapidement le reste de son corps.

— C'est pas mal pour une première fois! Ton scutatus est remarquable! C'est cool comme pouvoir.

— Moins cool que guérir des gens…

— Oh non! Nous occupons chacun une place dans la matrice de la magie, et ton don te rend super utile au bon déroulement de la société magique en protégeant les personnes que la magie a choisies.

— Sauf que je ne veux pas protéger des sorciers.

— OK, comme tu veux!

Topaze répondit de manière totalement désinvolte à la réaction quelque peu cinglante d'Axel. Ce dernier avait sûrement ses raisons.

— On va encore s'entrainer à ça, pendant que toi Éléonore tu t'ancres davantage. Et dans quinze minutes on retourne à la maison, ça vous va?

— Parfait!

Une fois à l'intérieur, ils burent tous une tisane qu'avait préparée Topaze. Elle réchauffa immédiatement leurs corps et leurs esprits tout engourdis.

Le jeune sorcier ignorait toujours par où démarrer leur enseignement théorique. Il savait une seule chose: Éléonore et Axel ne connaissaient rien à Samain. Et puisque la fête débutait prochainement, Topaze pensa qu'il serait intéressant de commencer par là, mais il ne se voyait pas donner des cours à des personnes du même âge que lui s'ils ne le souhaitaient pas.

— Une leçon sur Samain ça vous tente?

— Carrément! s'enthousiasma Éléonore.

— Ouais, répondit de façon nonchalante Axel.

— Alors euh… Samain célèbre le passage d'une année à une nouvelle.

— Attends, vous ne possédez pas le même calendrier que nous? demanda Axel.

— Que veux-tu dire?

— Et bien il nous reste plus de deux mois avant de changer d'année.

Topaze leva un sourcil comme s'il prenait Axel pour un fou, regarda Éléonore qui confirma et posa son front sur sa main.

— Oh Mère Nature, ça va être encore plus compliqué que je ne le pensais! Je crois que nous sommes partis pour dix années d'enseignement! plaisanta Topaze.

Chapitre 6

L'après-midi, Topaze retourna travailler tandis qu'Agate leur fit visiter l'officine du rez-de-chaussée. La pièce carrée contenait principalement des flacons, et quelques plantes. De nombreux clients entraient et sortaient fréquemment, et certains passaient dans l'arrière-boutique pour y subir des soins prodigués par un des membres de la famille. Quelques sorciers étaient installés dans une salle d'attente. Les femmes revêtaient de longues robes fluides, et les hommes des pantalons et hauts faits dans le même tissu. Les plus démunis semblaient posséder des vêtements marron ou gris comme ceux d'Éléonore et Axel lors de leur arrivée, d'autres s'habillaient de tenues aux couleurs vives. La plupart portaient une ceinture où étaient représentés soit des animaux, soit des formes inconnues qui ressemblaient vaguement à celle d'Axel. Les deux jeunes gens s'évertuaient à enregistrer un maximum de données, mais Agate était tellement volubile qu'une attention soutenue sur le long terme s'avéra ardue. Ils avaient sûrement raté la moitié des informations importantes. Éléonore était ébahie par tout ce qu'elle découvrait. Même si hier encore elle ignorait tout de ce monde, elle se sentait apaisée ici.

Devant la recrudescence des patients due à Samain, Agate leur laissa l'après-midi de libre. Elle leur conseilla tout de même de s'exercer. Axel n'en fit rien, mais Éléonore s'y attela tout le reste de la journée. Elle reprit d'abord les enseignements de Topaze. Face à la négativité d'Axel, elle préféra s'éclipser dehors et se focalisa sur les énergies de la Terre et les énergies de l'univers. Elle demeura longtemps silencieuse, écoutant le souffle du vent et les bruits lointains de l'agitation de l'apothicairerie, puis ouvrit les yeux sur les différents objets qu'elle avait déposés devant elle. Elle sentait l'énergie dans son corps et au bout de ses doigts. Elle leva les deux mains. Elle ignorait si elle pouvait soulever plusieurs choses simultanément. Elle désirait progresser et n'avait jamais essayé de le réaliser. Elle échoua plusieurs fois, mais n'abandonna pas. Elle allait y arriver! Après quinze minutes d'essais infructueux, deux outils volèrent. Concentrée, elle les laissa à un mètre de distance du sol pendant qu'elle en monta un troisième. Grâce à sa main gauche, les objets formèrent un triangle à la verticale. D'un geste, Éléonore les fit tourner, comme s'ils parcouraient la circonférence invisible d'un cercle. De loin, on aurait pu croire qu'elle jonglait. Elle remarqua qu'elle devait ordonner le même mouvement aux outils pour que ça fonctionne. Lorsqu'elle divisait son attention, ils tombaient sur le sol. Elle s'émerveillait de ses pouvoirs grandissants. Chaque jour elle parvenait à s'améliorer, et elle se demandait comment elle saurait qu'elle sera arrivée au maximum de ses possibilités. Sentir sa magie lui procurait un bien fou, comme si le bonheur qu'elle ressentait venait du plus profond de son être, et non d'une cause externe. Elle se sentait enfin alignée.

* * *

Jaspe était remonté plus tôt du travail, trouvant Éléonore dehors. Il l'observa attentivement par la fenêtre pendant qu'elle s'entrainait. Il était impressionné. Lorsqu'il était jeune adolescent et qu'il gardait Dimitri, il avait déjà rencontré Adélaïde, la grand-mère d'Éléonore, et reine à l'époque du monde magique. Sa crinière flamboyante se reflétait sur tous les murs de la salle où elle se trouvait, comme une boule à facettes aux couleurs vives. Éléonore lui ressemblait plus qu'elle ne le croyait. Elle ignorait encore l'étendue de ses pouvoirs, mais Jaspe, lui, connaissait mieux le développement de la magie: parvenir à soulever plusieurs objets en si

CHAPITRE 6

peu de temps prouvait une évolution rapide de son don de télékinésie. Il se demandait si elle avait conscience du spectacle qu'elle offrait. Il ressentait de la peur. Pour sa famille. Pour elle. Cependant, il l'aiderait sans la moindre hésitation. Plus il la voyait, plus il pensait qu'elle n'était pas une simple sorcière. Il préféra ne rien lui dire pour l'instant.

＊＊＊

Les jours qui suivirent furent bien remplis. Les matins étaient consacrés à la connaissance des lois et des règles qui régissaient le monde magique. Les cours de Topaze n'empruntaient pas une ligne directrice très précise, et il lui arrivait souvent de se perdre dans ses explications, mais son côté dynamique et ses blagues entretenaient l'attention de son auditoire. Éléonore et Axel passaient un bon moment. Leur professeur répondait toujours patiemment aux questions. Pourtant, Topaze éludait celles d'Éléonore sur la citoyenneté et l'univers social actuel. Il affirmait qu'il lui expliquerait une fois qu'ils aborderaient l'Histoire de la magie.

L'après-midi était consacré au développement de leurs pouvoirs. Ils devaient apprendre à se détendre et à porter attention au monde qui les entourait pour y puiser l'énergie nécessaire.

Axel, au début réticent, s'intéressa de plus en plus à la magie. Il n'avait pas le choix: son père ne l'avait toujours pas remplacé et il lui avait fait promettre de veiller sur Éléonore quoi qu'il arrive. Dans sa famille, on exerçait le métier de scutateur depuis de nombreuses générations. Il entendait ça depuis son enfance. Ses ancêtres sorciers avaient systématiquement garanti la sécurité les membres de la royauté. Personne n'avait dérogé à la règle. Sa grand-mère Jacqueline avait assuré la protection d'Adélaïde lorsqu'elle gouvernait. Lors du coup d'État, ils ont tous fui. Jacqueline avait continué de veiller sur Adélaïde dans le monde humain jusqu'à sa mort. Il revenait maintenant à Dimitri de protéger Éléonore. Certainement pas à lui! Mais puisqu'il se trouvait là, autant améliorer sa connaissance du royaume sorcier.

Éléonore examinait sa chevelure tous les jours: de nouvelles mèches apparaissaient! Elle s'empressait de les cacher. Elle devra bientôt les assumer, elle le savait, mais elle n'était pas prête.

Le reste de la fratrie collabora à l'éducation des nouveaux arrivants. Topaze et Célestine leur firent découvrir les jeux sorciers. Axel se demanda s'ils n'inventaient pas les règles au fur et à mesure car il perdait toujours.

Opale, plus discrète, participait de temps en temps aux activités, mais séjournait la plupart du temps dans sa chambre. Un soir, Éléonore toqua à sa porte.

— Je te dérange? murmura-t-elle.

— Non, vas-y, entre.

Opale fit une place à Éléonore. Sur son lit étaient étalés divers croquis.

— Qu'est-ce que tu fais?

— Je réfléchis à de nouveaux ustensiles magiques. Ceux qui pourraient nous servir dans notre quotidien.

— Oh super! Tu veux bien me montrer ce que tu as imaginé?

Opale, d'abord timide à présenter son travail, se dévoila peu à peu. Elle détenait d'innombrables idées, mais elle lui expliqua que peu étaient réalisables pour l'instant. Éléonore découvrit toute une partie du monde magique que ne lui avait pas encore enseignée Topaze.

— Et toi qui ne viens pas d'ici, tu m'exposerais de nouveaux concepts?

— Sais-tu ce qu'est une télévision?

Éléonore évoqua les multiples objets qui existaient chez les humains. Opale était fascinée. Elle prit de nombreuses notes.

Quelques jours plus tard, Jaspe leur expliqua comment fonctionnait la vérification de l'identité dans le monde magique.

— Nous possédons tous un tatouage qui constitue notre identité sur l'avant-bras, reçu pour la première fois après la Naissance de Lumière —le moment où apparait notre don lorsqu'on est enfant. Les personnes de la même famille présentent une marque similaire, mais avec tout de même des caractéristiques individuelles.

Les deux jeunes gens ne comprenaient pas pourquoi il leur parlait de ça maintenant, jusqu'à ce qu'on toque à la porte reliant la maison à l'officine. Jaspe alla ouvrir. Il semblait pour une fois légèrement mal à l'aise.

Un homme, petit mais large, entra dans la pièce. Son crâne rasé était en partie couvert de tatouages. Son visage sérieux descendit la température conviviale du salon, mais il ne dégageait aucune animosité.

— Bonsoir Martinez, merci d'être passé.

Le concerné hocha la tête. Il ne semblait pas très bavard.

Jaspe sentit la tension et les rassura:

— Cet homme va vous dessiner une fausse identité. Sa magie percevra votre don, et l'inscrira automatiquement sur vous. Il ne peut pas contrôler ce processus. Par contre, il peut maitriser la représentation du tatouage. Il va vous en créer un très proche de celui de notre famille. Vous pouvez lui faire confiance. Martinez, je te remercie pour ton aide.

— C'est normal. Il faut bien s'entraider dans la vie. Et je n'oublierai jamais ce que tu as fait pour moi, ajouta-t-il d'un ton bourru.

Martinez affichait le visage impassible. Il ordonna à Éléonore de s'approcher et de lui tendre son poignet gauche. Il y posa son index. Il frotta énergiquement la zone, dessinant des formes invisibles pour Éléonore. Il était très concentré, ses mouvements précis et vifs. Martinez leva sa main horizontalement à quelques centimètres du corps de la jeune femme, paume tournée vers elle. Les picotements qu'avait ressentis Éléonore s'intensifièrent. Jaspe joint sa main à celle de l'homme costaud. Leurs magies formèrent une hélice vert profond et rouge pâle qui chauffa la peau d'Éléonore jusqu'à ce qu'apparaisse un blason divisé en quatre parties égales. Dans l'angle supérieur droit se tenait un ours debout dégageant des rayons de ses pattes avant. Sur la partie inférieure, des entrelacs verts sortaient d'un rond en quatre pointes. À sa gauche, une canne finissait en spirale. Une croix celtique contenant de nombreux symboles dominait le coin supérieur gauche. Ce blason, composé de deux nuances violettes et sur lequel étaient accrochées de multiples plantes, était soutenu par deux mains guérisseuses.

— Ça devrait tenir.

Puis ce fut au tour d'Axel de recevoir sa nouvelle identité. Éléonore prit le temps d'observer son tatouage de très près.

— J'ai fait mon maximum pour falsifier votre identité. Ça devrait passer lors d'un contrôle lambda.

L'inconnu avait deviné les pensées de la jeune femme, et ce n'était pas la seule chose qu'il avait découverte.

— Tu m'en as exigé beaucoup ce soir Jaspe. Plus que ce que tu n'as voulu me dire. Imaginais-tu que je n'allais pas le remarquer?

— De quoi parles-tu?

— Voyons Jaspe. Je te croyais plus intelligent que ça.

Celui-ci fixa Martinez. Il mesura ses paroles avant de répondre.

— Je n'ai aucune certitude.

— Eh bien maintenant il n'y a plus de doute. Un secret comme ça ne tiendra pas longtemps. Tu m'as fait encourir plus de risques que ce qui était prévu au départ, Jaspe. Ma dette est réglée. Quant à vous, Mademoiselle, dit-il en s'inclinant, j'espère que vous aurez la bonté de vous souvenir que jadis, je vous ai aidée.

La légère esquisse de sourire représenta le seul témoin qu'une expression était possible sur son visage. Il fit de nouveau une révérence, salua d'un hochement de tête Axel et Jaspe puis repartit d'où il était venu, laissant un silence pesant dans la pièce. Jaspe, qui avait raccompagné le mystérieux falsificateur, revint immédiatement.

— Montrez-moi vos identités.

Il prit les poignets des deux jeunes gens, examina celui d'Axel et approuva d'un signe de tête.

— Il a effectué du bon travail.

— Ce tatouage sera permanent? demanda Axel.

— Non il sera à renouveler, mais nous avons largement le temps avant de nous inquiéter.

— Et comment pouvez-vous être sûr que cet homme ne nous trahira pas?

— Ça ne sera pas le cas, croyez-moi.

Jaspe regardait l'identité d'Éléonore lorsque la famille arriva pour le diner.

CHAPITRE 6

Ils palabraient sur leurs soins de la journée. Jaspe tira doucement sur le bras d'Éléonore pour l'écarter du groupe.

— Éléonore, as-tu remarqué des changements... physiques chez toi? murmura-t-il.

— Oui... avoua-t-elle.

Elle souleva ses cheveux. Le feu éternel de la cheminée illumina ses mèches dorées, qui se reflétèrent dans la pièce. Tout le monde se tut.

Chapitre 7

Toute la famille Sauge avait les yeux écarquillés.

— Je ne saisis pas… Qu'est-ce que ça veut dire? demanda Topaze.

Jaspe attendit l'approbation d'Éléonore et déclara solennellement:

— Il est temps de vous révéler quelque chose d'important, mais il ne faudra en aucun cas le dire à qui que ce soit, vous m'avez compris?

— Oui, promirent les enfants Sauge.

— Éléonore est la petite-fille d'Adélaïde II.

— Comment est-ce possible? Je pensais que la fille d'Adélaïde II n'avait pas hérité de pouvoir!

— C'est exact, confirma Éléonore. Mes parents sont humains tous les deux. Pourquoi êtes-vous si étonnés?

— Car il est improbable pour deux humains de donner naissance à une sorcière. Enfin théoriquement, ajouta Célestine. Je crois que ça n'a jamais été prouvé.

— Mais quel est le rapport avec ses mèches dorées?

— Voyons Topaze, je sais que tu ne l'as certainement pas étudié dans l'Histoire revisitée que tu as apprise à l'école… mais essaie de te souvenir! rétorqua Jaspe.

— Tu veux dire que… Éléonore serait la reine légitime? Celle qui aurait normalement dû arriver sur le trône?

Tous étaient abasourdis par ces révélations, même Éléonore. Elle avait enfoui inconsciemment ses soupçons, de peur d'affronter la réalité en face, mais elle n'avait plus le choix dorénavant.

Seul Axel ne paraissait pas surpris.

— Mon père et ma grand-mère s'en sont doutés dès qu'ils ont observé Éléonore avec la cape d'Adélaïde. Pour que les lions s'illuminent ainsi, elle était sûrement reine, expliqua-t-il. C'est la raison pour laquelle ils s'attendaient à ce que leurs différentes protections ne fonctionnent pas éternellement. Éléonore a de grands pouvoirs, mais ne sait pas les maitriser. Elle devenait trop repérable dans le monde humain. C'est pourquoi nous avons dû fuir et nous abriter ici.

Personne ne soufflait mot. Ça faisait beaucoup d'informations d'un coup. Axel brisa le silence en changeant de sujet:

— D'ailleurs Jaspe, as-tu eu des nouvelles de mon père? Il m'avait dit mettre tout en place le plus rapidement possible pour venir nous rejoindre, mais il n'est toujours pas là.

— Non, je n'en ai pas reçues. Mais je vais me renseigner.

**

Au bout de quelques jours, Jaspe et Agate leur permirent de sortir. En effet, les touristes affluaient de plus en plus vers la capitale: les risques de se faire contrôler s'amenuisaient et il fallait absolument réapprovisionner les stocks de plantes qui commençaient à diminuer drastiquement.

Quitter la maison apparut comme une réelle délivrance. Même s'ils s'y sentaient bien, être enfermés entre quatre murs étaient devenu insupportable. Éléonore était oppressée, et passait le plus clair de son temps dans le jardin. Mais cela ne lui avait pas suffi à combler son besoin d'évasion. Lorsqu'elle mit les pieds dehors tôt le matin, après avoir bien couvert sa tête d'un foulard, elle se fit l'effet d'une fillette visitant Disneyland pour la première fois. Elle pouvait enfin se balader sereinement dans la capitale de la magie! Plusieurs personnes attendaient déjà d'être servies dans l'officine. Ses sœurs devaient redoubler de travail pour compenser l'absence de Topaze, et Éléonore en fut gênée.

— Comment pouvons-nous remercier tes parents? J'aimerais tellement leur offrir quelque chose, ou les aider d'une quelconque manière…

— Ils ne manquent de rien, nous sommes les meilleurs apothicaires de la ville, les gens viennent de loin pour se faire soigner. De plus, aujourd'hui nous réapprovisionnerons le stock de plantes. Vous bénéficierez d'un apprentissage supplémentaire et ça allègera Ambre qui me remplace à la boutique.

Comprenant qu'Éléonore allait intervenir, il la rassura:

— Ne t'inquiète pas. Ils arrivent à se passer de moi. Et puis s'il y a une urgence, je suis là.

Ils empruntèrent quelques rues pour rejoindre la forêt. Il régnait encore le calme de l'aube. Le tapis de feuilles sur le sol avait épaissi depuis leur dernière traversée. Ils profitèrent du silence quelques minutes.

— L'aurore est le moment idéal pour cueillir des végétaux. En plus, nous sommes dans une phase croissante de la lune. La pleine lune a lieu dans trois jours. C'est parfait pour trouver les plantes indispensables.

Éléonore tentait de se remémorer des cycles de la lune qu'elle avait dû apprendre à l'école primaire, mais ses souvenirs demeuraient plutôt vagues. Elle questionna Topaze sur le sujet et il leva les sourcils:

— Ah, mais vous ne maitrisez pas ça non plus? Mais dites-moi, la rumeur comme quoi les humains sont des êtres primitifs serait-elle vraie? plaisanta-t-il. Nous explorerons l'astronomie alors.

— Quoi? Nous allons étudier les signes astrologiques, comme ce que lisent les filles dans les magazines? s'esclaffa Axel.

— Visiblement, les femmes humaines en savent plus que toi! s'amusa Topaze. Mais je parlais de l'astronomie. L'observation des planètes, du soleil et de la lune. Mais effectivement, l'astrologie est également importante. Mais en aucun cas on ne prédit l'avenir de manière sûre avec elle.

Topaze continua d'avancer. Il leur montrait des arbres, des plantes, des arbustes, et Éléonore prenait des notes.

— Tu n'as pas besoin d'écrire, nous possédons un herbier à la maison, tu peux le consulter autant que tu le souhaites.

Il regarda le sol, puis en détacha un végétal qui ressemblait à une mauvaise herbe pour les néophytes :

— Voici de la mélisse. Elle diminue la fièvre, aide à la digestion et au sommeil. Très utile.

Il avança un peu plus loin et arracha à mains nues des orties. Axel écarquilla les yeux :

— Tu es fou ! Ça ne te pique pas ?

— Pourquoi ça me piquerait ? dit Topaze, étonné.

— Et bien normalement une urtication insupportable nous traverse quand on les touche, ça démange, ça pique, et une recette de grand-mère très connue est de prendre du vinaigre et de…

Topaze lança les orties dans sa direction sans laisser à Axel le temps de finir sa phrase. Celui-ci les attrapa en vol :

— Tu es malade !

Il jeta un regard noir à Topaze puis se radoucit en examinant la plante, étonné.

— Quoi ? demanda Éléonore.

— Ça ne pique pas… ça procure une sensation bizarre.

— Oui, les orties sont connues pour grand nombre de leurs bienfaits. Notamment, elle t'apporte de l'énergie pour ton pouvoir. C'est ce que tu ressens quand tu les tiens dans les mains. Tu veux dire que les humains ne ressentent pas ça ?

Éléonore s'approcha d'Axel et il les lui passa.

— Ouah. Non, nous ne ressentions pas ça, uniquement des picotements désagréables, répondit Éléonore.

Sans hésitation, ils imitèrent Topaze en arrachant les orties qui se trouvaient près d'eux, et les glissèrent dans un des paniers qu'ils avaient emportés. Ils les recouvrirent d'un drap, et continuèrent leur balade. Topaze leur expliqua les différentes plantes qu'ils croisaient.

Ils marchèrent plusieurs kilomètres pour recueillir certaines herbes plus difficiles à repérer, puis s'arrêtèrent dans un lieu où s'épanouissaient des arbres gigantesques.

— Maintenant, apprenez à écouter la vitalité de la forêt. À ne faire qu'un avec elle. Il s'agit d'un être vivant, la magie provient de là, et il faut la respecter. Collez-vous à un tronc et respirez. Laissez-vous envahir par ce que l'arbre désire vous transmettre. Demandez-lui d'abord l'autorisation d'échanger vos énergies. Demandez-lui s'il accepte de prendre les négatives et de vous en insuffler de nouvelles positives.

Éléonore mit de côté ses questions pour réaliser pleinement l'exercice. Elle inspira et expira doucement en écoutant les bruits de la forêt. L'écorce râpait sa peau et le vent lui chatouillait la nuque. Elle resta immobile de longues minutes, debout, les bras autour du tronc tellement grand qu'elle ne l'entourait pas complètement. Sa respiration ralentit et devint plus profonde. Elle commença à entrer dans un état qu'elle ne saurait décrire, entre l'éveil et le sommeil. Elle était bien, détendue, totalement déconnectée du temps qui s'écoulait. Soudain, elle la perçut. L'énergie de l'arbre tournoyait à l'intérieur du tronc, et pénétra en elle par ses mains. Elle gagna ses bras, descendit le long de ses jambes, puis remonta dans le dos. Une chaleur se diffusa dans tout son corps. Elle se sentait entière, heureuse, et le poids des derniers évènements s'atténua. Lorsqu'elle ouvrit les yeux, elle vit qu'Axel avait atteint la même plénitude.

— Maintenant, remerciez-les pour ce qu'ils vous offrent. Soyez débordants de gratitude pour ce qui vient de se passer, conseilla Topaze.

Les heures qui suivirent furent consacrées à la phytothérapie. Éléonore et Axel ne retinrent que peu de choses, mais ils parvenaient à reconnaitre quelques plantes et à charger leurs paniers. Une fois remplis, ils regagnèrent la ville. Ils étaient pressés de rentrer. Le panier pesait lourd, mais Éléonore avançait au rythme des garçons sans se plaindre. Arrivés à l'officine, ils déposèrent les récoltes à l'arrière-boutique où Agate les rejoint. Ils étalèrent leurs trouvailles pour les laisser sécher tandis qu'elle préparait une pommade. Face à l'intérêt de ses invités, elle leur expliqua la marche à suivre: il fallait faire bouillir de l'huile et de la cire d'abeille, puis ajouter les feuilles de consoude. Cette lotion détenait des vertus guérisseuses pour les problèmes de peau et les muscles froissés.

Éléonore trouva ça très intéressant et demanda à Agate si elle pouvait revenir le lendemain pour lui apporter sa contribution. Axel, bien plus intrigué qu'il ne l'aurait admis, proposa également son aide. Et surtout, ça changerait de la répétition monotone des cours qui ne lui serviraient pas. Au moins, apprendre des remèdes se révélait réalisable, même pour un humain.

Axel n'avait pas à s'inquiéter, puisque l'intensification des touristes ne permit plus à Topaze de leur enseigner quoi que ce soit. Ils se retrouvaient en parfaite autonomie.

Face à l'afflux des patients, Éléonore et Axel proposèrent leur aide. Toute la matinée fut consacrée à la confection des différentes potions qu'Ambre leur montrait. La phytothérapie était une science exacte. Chaque feuille, chaque racine se pesait, chaque mélange était chronométré. Certaines préparations ne pouvaient pas être élaborées en lune descendante, il fallait donc attendre une semaine. Beaucoup de facteurs semblaient rentrer en jeu. Éléonore et Axel préférèrent suivre à la lettre ce que disait Ambre sans chercher à apprendre par cœur, de peur de se tromper. Éléonore se demanda si les médicaments disposaient réellement d'une légitimité supérieure aux plantes, ou si les humains avaient juste oublié toutes ces vertus naturelles au fil des ans.

Ils consacrèrent du temps également à nettoyer, car le va-et-vient des patients transportant des feuilles mortes et de la boue laissait des trainées brunâtres qui n'inspiraient pas confiance.

Éléonore aimait se rendre utile, et Axel appréciait de rencontrer d'autres sorciers. Il commençait peu à peu à s'habituer à ce monde-ci, même si sa vie d'avant lui manquait énormément. Il se demandait ce qu'avait mis en place son père pour que sa disparition passe inaperçue.

L'après-midi touchait à sa fin quand Agate sollicita Topaze pour ramasser des pommes en vue de la Samain.

— Je vais le faire si tu veux, se proposa Éléonore, qui était assise en tailleur au pied du pommier en train de méditer.

— On le fait à deux ça ira plus vite, de toute façon il y a tellement de pommes que…

Les pommes se décrochèrent toutes et se jetèrent dans les paniers dans un bruit infernal. Topaze fit un bond en arrière. Quand il rouvrit les yeux, Éléonore n'avait pas bougé d'un centimètre, toujours en pleine concentration, mais avec le sourire aux lèvres. Les paniers débordaient de pommes bien mûres.

Chapitre 8

Éléonore avait hâte de célébrer Samain, dont elle entendait parler depuis qu'elle était arrivée. La fête de fin d'année avait commencé il y a deux jours, et chacun s'était relayé pour assurer un service continu à l'officine, tandis qu'Éléonore et Axel n'étaient pas encore sortis. Même Axel était excité par l'évènement. Ils allaient assister au Nouvel An sorcier! Elle rêvait de découvrir à quoi ressemblait le monde magique. Elle y habitait depuis deux semaines, mais elle n'avait jamais mis les pieds dehors, à part pour la cueillette des plantes médicinales. Même si le jardin permettait de prendre l'air, elle désirait parcourir les rues.

Le soir venu, Topaze appela Opale pour aider Éléonore à se préparer dans les coutumes sorcières. Elle revêtit une robe entièrement noire selon la tradition. Des fleurs brodées de la même couleur partaient de son épaule droite, traversaient son buste jusqu'à sa hanche gauche, puis continuaient de tourner en spirale tout au long de la tenue jusqu'au sol. À peine visibles, elles habillaient élégamment la toilette légèrement trop grande pour elle. Opale lui prépara des petits talons pour compenser sa petite taille et s'attaqua à sa crinière.

Elles avaient un caractère totalement différent, mais s'entendaient bien. Éléonore et Axel passaient la majorité de leur temps avec Topaze, mais la jeune femme discutait souvent avec Opale. Peu à peu, elle avait appris à s'ouvrir aux nouveaux arrivants.

Les cheveux épais d'Éléonore ne l'effrayaient pas, mais cacher les mèches dorées fraîchement apparues devenait un véritable défi. Elle masqua la plupart sous une énorme tresse française dessinant un «S» sur le crâne qu'elle continua jusqu'aux pointes, puis forma un chignon qu'elle accrocha grâce à des fleurs semblables à celles de la robe. Elle en ajouta d'autres par-ci par-là pour recouvrir au maximum sa chevelure.

— Merci Opale de garder ce secret. Et merci pour toute l'aide que tu m'apportes, dit Éléonore.

— C'est normal, voyons, minimisa Opale.

— Non, vraiment, je sais que vous prenez des risques.

— Des risques, nous en prenons tous les jours malheureusement… répondit Opale, songeuse.

Éléonore, qui n'avait pas l'habitude d'avoir les cheveux aussi tirés, souffrait d'un mal de tête. Elle s'observa dans un miroir. Effectivement, aucune mèche dorée n'était visible. Cependant, il se pouvait que sa chevelure blonde attire quelques regards: elle devrait laisser sa capuche toute la soirée. Tant pis pour la magnifique coiffure que personne n'admirerait.

Opale sortit une chaine en or où étaient représentés un rond central puis divers croissants de lune. Éléonore, qui s'attendait à un collier, leva légèrement le menton, mais Opale le lui fixa autour du crâne.

— Il évoque les différentes phases de la lune. La pleine lune a lieu ce soir, donc je te la place en plein milieu de ton front.

La parure agrémentait joliment son visage. Opale, quant à elle, portait en pendentif un emblème qu'Éléonore remarquait souvent. Sept petits ronds superposés formaient une ligne verticale, sur laquelle était attaché un grand cercle à chaque extrémité. Un autre disque de la même taille se trouvait au centre, derrière cet axe. Il supportait un croissant de lune à gauche et à droite. Éléonore resta les yeux rivés sur ce pendentif sublime pendant qu'Opale finissait de la maquiller pour l'évènement.

— Il symbolise la magie.

— Que signifient tous ces ronds?

— Alors là —Opale pointa le cercle supérieur— c'est le soleil. Les sept petits ronds incarnent les sorciers et leurs chakras, et celui tout en bas désigne la Terre. Le rond central derrière les chakras représente la pleine lune. Et de chaque côté la lune croissante et décroissante.

CHAPITRE 8

— Ça y est vous êtes prêtes? demanda Topaze qui venait d'arriver. La fête ne va pas nous attendre. Éléonore, tu es magnifique!

— Merci pour moi, dit Opale.

— Bah toi tu es ma sœur. Allez les filles, dépêchez-vous.

Dans le salon, il ne restait qu'Axel et Célestine qui patientaient, entièrement vêtus de noir à l'instar des autres sorciers.

— Ouah Axel, cette couleur fait ressortir tes yeux!

À sa tête, elle comprit qu'Axel s'était vexé.

— Je te complimentais, lui assura la jeune femme, exaspérée.

Axel fut déstabilisé par cette flatterie qu'il n'attendait pas. Il ne releva pas, et Topaze changea de sujet en leur distribuant de gigantesques ronds de bois:

— Selon la tradition, ce masque qui recouvre tous vos chakras vous protège des entités durant cette nuit où la frontière entre nos deux mondes s'amenuise. Il sert également à vous débarrasser de tout ce qui vous plombe le corps.

— Vous appelez ça un masque? Personnellement j'aurais appelé ça une armure! plaisanta Axel.

L'objet mesurait au moins un mètre et était fabriqué exclusivement en bois.

La partie supérieure du masque enveloppait le nez, le front et le dessus du crâne. De nombreux symboles y étaient représentés, dont une spirale au niveau du troisième œil. Une bande d'une largeur de cinq centimètres la reliait à un grand rond au niveau de la gorge. Celui-ci était également relié à un autre cercle à hauteur du cœur, puis du plexus solaire, du ventre et enfin du sexe. Le masque recouvrait exactement les mêmes parties à l'arrière du corps et les deux côtés étaient attachés ensemble par des ficelles. La tenue n'était pas la plus confortable qu'il ait portée. Topaze l'aida à la fixer tandis qu'Opale épaulait Éléonore.

— Vous estimez peut-être que ça appartient au folklore, mais ça marche réellement, intervint Célestine.

— Songez à tout ce qu'il y a de négatif dans votre vie: les évènements survenus, vos pensées, vos sentiments… ajouta Topaze. Pour vous en débarrasser, transférez-les dans ce masque. On va procéder à un essai, et puis tout au long de la soirée, si vous vous souvenez de quelque chose, refaites l'expérience. Isolez-vous au besoin.

Éléonore se remémora la mort de sa grand-mère qui déclencha instantanément une grande vague de chagrin en elle. Topaze la ressentit et lui parla doucement.

— OK tu sens ta tristesse? Est-ce que tu peux déterminer physiquement où elle se situe?

Éléonore trouva cette question étrange, mais s'exécuta. Étonnée, elle ressentit clairement la boule dans la gorge qui se déplaçait en tournant.

— Tu l'as détectée?

— Oui.

— Envoie-la dans le masque.

Éléonore obéit et releva que l'objet en bois chauffait au niveau de la gorge. Quant à elle, elle se sentait mieux que quelques minutes plus tôt.

— C'est incroyable!

— Tu as constaté la différence? Super. Maintenant tu peux le refaire autant de fois que tu veux ce soir. Tu as le droit d'utiliser le même sujet s'il reste des choses à évacuer. Maintenant à toi Axel.

Au début, il ne saisissait pas quel évènement choisir. Il ne s'estimait pas malheureux. Il n'éprouvait aucun sentiment négatif. Puis il réfléchit. La colère. La colère d'être là, la colère d'être sorcier, la peur de ne plus rien contrôler de sa vie. Finalement il déterrait bien des choses à traiter, qu'il n'imaginait pas. Il écouta les conseils de Topaze, et remarqua que sa colère était localisée du côté droit de son ventre. Il laissa monter la colère. Ses poings se serrèrent, puis il la transféra violemment dans le masque. Immédiatement, il se sentit plus léger. Comme s'il avait porté un poids depuis des années sans s'en rendre compte, et que maintenant qu'il s'en était délesté, il comprenait à quel point il avait pris de la place dans sa vie. Il lui fallait du calme pour analyser ce qui venait de se passer. Il savait que tous ses soucis n'étaient pas partis, mais il désirait retenter l'expérience dans la soirée.

Quand ils gagnèrent les rues, elles étaient déjà surpeuplées. Du monde allait dans la même direction. Certains organisaient la Samain chez eux, d'autres rejoignaient des banquets communs sur les différentes places de la capitale. Chacun apportait sa nourriture. Topaze et Célestine tenaient le panier de pommes tandis qu'Axel et Opale portaient les victuailles préparées par Agate. Éléonore, quant à elle, soulevait une lanterne dans chaque main. Ils arrivèrent sur un parvis où des tables étaient dressées tout autour d'un feu géant. Elles étaient collées les unes aux autres pour former vaguement un rond. De la nourriture y était disposée pêle-mêle. Opale salua une femme blonde qui l'attendait.

— Je vous laisse ici! Je rejoins Charlotte. Passez une bonne Samain! dit-elle d'un ton enjoué.

Elle retrouva son amie pour fêter le passage de la nouvelle année au calme. Quand elle fut partie, ce fut au tour de Célestine de les abandonner. Elle avait aperçu sa bande de copains qui semblait avoir bien entamé la soirée.

— Amusez-vous bien les petits! Moi je compte profiter de la Samain! fanfaronna-t-elle.

Elle était surexcitée. Elle courut vers eux et se jeta dans les bras d'une fille, puis embrassa toute la troupe.

L'humeur paraissait joyeuse, mais on percevait la tension ambiante, émis par les inquisiteurs aux quatre coins de rues. Le silence régnait autour d'eux. Ils semblaient sévères, et demandaient fréquemment les identités. Leurs yeux scrutaient la foule. Éléonore eut l'impression qu'ils lisaient dans son esprit. Elle crut même que l'un d'entre eux la fixait. Elle s'évertuait à penser à autre chose, mais elle n'arrivait pas à contrôler son mental. C'est sûr, ils l'avaient déjà repérée! Chacun comprenait qu'elle n'appartenait pas au monde magique. Qu'il s'agissait de sa première Samain. Qu'elle ignorait tout. Qu'elle séquestrait, sous sa coiffure, des mèches dorées. Elle n'aurait jamais dû sortir! Elle transpirait. Son masque lui tenait chaud. Sa tête lui tournait.

— Calme-toi, murmura Topaze. Ta peur se ressent sur un rayon de trois kilomètres. Tu serais capable d'exciter une meute de loups en pleine ville!

Topaze sourit et passa un bras rassurant autour de ses épaules. Elle se détendit.

Ils se baladèrent dans la foule pour trouver une place autour du festin. Topaze cherchait quelqu'un, mais Axel et Éléonore étaient tellement attirés par le spectacle qu'ils ne remarquèrent rien. Toute la population était recouverte de noir et portait des masques très semblables aux leurs. Les plus jeunes étaient excités par l'évènement, tandis que les plus âgés se rassemblaient dans le silence. Les tables continuaient dans les petites rues. Personne ne semblait rester chez soi. Par-ci par-là, on admirait des saltimbanques animer des numéros. Des ménestrels jouaient devant eux. L'un avec un tambourin, un autre avec un luth, et le dernier soufflait dans une chalemie —une sorte de grande flûte. Leur musique exaltait l'allégresse de la foule. Beaucoup de personnes dansaient autour d'eux. Puis ils entamèrent une nouvelle mélodie, beaucoup plus triste. Éléonore sentit sa gorge se nouer, et elle reproduisit ce que lui avait montré Topaze auparavant. Quand elle eut fini, elle balaya du regard les alentours: beaucoup de monde réalisait le même processus. Certaines personnes, comme elle, s'arrêtaient pour évacuer leur négativité, d'autres dansaient et l'envoyaient au feu. Topaze chuchota à son oreille:

— Durant toute cette nuit, les musiciens jouent pour aider les gens à expulser leurs émotions.

Puis il cria à l'attention d'Axel qui marchait plus loin:

— On doit prendre cette rue, une table nous est réservée.

Éléonore craignait de brûler les sorciers avec ces lanternes. Elle les maintenait difficilement à hauteur d'homme du fait de leur poids. Si on ajoutait à cela son lourd masque en bois qui couvrait son corps, et sa robe épaisse qu'elle n'avait pas pour habitude de porter, elle ressentirait des courbatures demain, à coup sûr! Ils trouvèrent enfin leur table réservée. Ils s'y installèrent. Un jeune serveur blond arriva et prit Topaze dans les bras. Il fut étonné de découvrir que celui-ci était accompagné de personnes étrangères. Leurs masques cachaient leurs visages, mais Jérémy connaissait tout l'entourage de Topaze. Il les fixa de son regard bleu clair. Il était certain de ne les avoir jamais rencontrés.

— Bonsoir, qu'est-ce que je vous sers?

CHAPITRE 8

Il était moins grand que Topaze et Axel, mince, avec des lunettes sur le nez. Il ne portait pas de masque puisqu'il aidait au Bar'uti, et le poids du plateau lui suffisait largement.

— Hydromel pour tout le monde! cria Topaze d'un ton joyeux. Je te présente Axel et Éléonore, des amis de ma famille. Ils sont de passage en ville. Tu auras le temps de rester avec nous?

— J'aimerais bien… Sûrement un peu plus tard, mais là mes parents ne me lâchent pas… souffla Jérémy, qui repartit à l'intérieur.

— L'auberge leur appartient, expliqua Topaze. Il devait négocier avec eux pour disposer de sa soirée de libre, mais ils ont refusé… ils sont insupportables avec lui.

— Où vous êtes-vous connus?

— À l'école, quand on avait cinq ou six ans. On s'équilibre bien. Je le protégeais et lui m'aidait pendant les cours. Je le pousse à vivre la vie à fond et lui me raisonne.

— Tu veux dire que tu me pousses à commettre des bêtises surtout, nuança Jérémy qui était revenu leur servir.

— Grâce à elles, la vie vaut la peine d'être vécue, rétorqua Topaze, plein d'entrain.

— Je suis bien d'accord avec toi, dit Axel.

Jérémy déposa la carafe d'hydromel et les coupes, mais repartit aussitôt.

— Il était meilleur que toi à l'école? demanda Axel.

— Oh oui. Son pouvoir consiste en une mémoire illimitée, alors imagine bien. Je pense qu'il connait mieux les remèdes que moi, c'est pour dire. Il retient tout ce qu'il voit ou lit, et n'oublie jamais rien.

Jérémy travailla la majeure partie de la soirée. Le service diminuant, il resta plus de temps avec eux. Au début introverti face à de nouvelles personnes, il devint de plus en plus à l'aise et ils passèrent tous les quatre une magnifique Samain. Axel et Éléonore découvrirent un homme simple, souriant, et calme. Il fut tout de suite adopté. Le repas se révéla délicieux. La table d'à côté générait un vacarme plus bruyant à mesure que la soirée avançait. La nuit avait envahi les rues, entrainant dans son sillage un froid acéré. Heureusement, l'hydromel permit aux jeunes acolytes de se réchauffer. Éléonore ne souhaita pas boire à outrance pour profiter du spectacle. Elle observait les passants qui semblaient venir d'une autre époque, avec leurs lanternes, leurs robes, leurs capes et leurs masques. — C'est bon, j'ai l'autorisation de partir, murmura Jérémy.

— Ah génial! Enfin! s'exclama Topaze. Mais alors pourquoi chuchotes-tu?

Jérémy haussa les épaules.

— Par habitude sûrement!

Tous les quatre rièrent. Ils ramassèrent leurs affaires, dont les paniers de nourriture qu'ils n'avaient pas touchés. Éléonore tendit une des lanternes à Jérémy, et ils se frayèrent un chemin parmi les sorciers. Ils traversèrent plusieurs rues étroites. Au fur et à mesure, Éléonore comprit qu'ils s'enfonçaient dans les quartiers les plus pauvres de la ville. Ici, personne ne portait de masque. La plupart étaient vêtus de leurs habits quotidiens. Plus ils avançaient, plus l'odeur des lieux devenait nauséabonde. Ils arrivèrent sur une petite place. La quantité de nourriture sur les tables était bien moins importante que ce qu'avait aperçu Éléonore jusque-là. Des gens décharnés étaient assis autour. Certains toussaient d'une façon inquiétante. Topaze, suivi d'Axel, y déposa les paniers qu'ils portaient depuis le début de la soirée. Des enfants accoururent et se jetèrent sur les offrandes. Leurs parents les rappelèrent à l'ordre. Éléonore constata qu'ils n'étaient pas les seuls à avoir pris une telle initiative: plusieurs personnes les avaient imités et apportaient leur soutien à toute une partie du peuple qui ne mangeait pas à sa faim. Jérémy discutait avec une famille qui tenait un nouveau-né. Éléonore et Axel observaient la scène avec tristesse.

— Avant, le chaudron de Daghda nourrissait quasiment l'ensemble de la population, expliqua Topaze. Mais ça fait des années qu'il n'est plus utilisé pour la Samain. En tout cas dans les rues. La version officielle est que, à cause de la recrudescence de la famine, l'ordre ne pouvait être maintenu face à ce chaudron ensorcelé.

— Je ne comprends pas, pourquoi est-il si spécial? demanda Axel.

— Durant les trois jours de la Samain, Daghda produit de la nourriture à volonté.

— Tu veux dire qu'il existe un objet magique permettant à toute une population de manger à sa faim, mais qu'il a été retiré pour éviter une émeute? s'indigna Éléonore.

— Exactement.

— C'est totalement absurde!

Éléonore était scandalisée. Axel, qui trouvait ce comportement inhumain à l'instar de la jeune femme, resta flegmatique.

— Vous n'êtes pas au bout de vos surprises, affirma Topaze.

— Et je suppose que le chaudron sert au banquet de la famille royale du coup?

— Sûrement en effet. Quoique ce ne soit pas aussi raffiné que ce dont ils sont coutumiers, donc peut-être que Daghda nourrit uniquement les rats de leurs caves… répondit amèrement Topaze.

Jérémy les rejoignit. Ils parcoururent d'autres quartiers.

Dans une minuscule ruelle, une jeune fille jouait de la harpe. La musique sortait sous forme de bulles colorées que les enfants attrapaient. Quand ils passèrent devant elle, Axel sentit une de ces bulles pénétrer sa peau et provoquer un frisson de magie. De la positivité à l'état pur. Il regarda ses amis qui s'étaient arrêtés comme lui. Éléonore imita les chérubins: elle saisit délicatement les bulles et les éclata sur elle. Tous éprouvaient la même sensation de bonheur. Cela faisait du bien après ce qu'ils venaient de constater. Ils déambulèrent tout sourire.

Au bout d'un moment, fatigués d'avoir marché, ils s'assirent près d'un autre feu. Éléonore se concentra sur l'exercice que lui avait montré Topaze pour déverser les sentiments qui étaient apparus face à la misère. Elle l'avait pratiqué plusieurs fois durant la soirée et percevait de mieux en mieux ses émotions au niveau physique. Ses amis se prêtèrent également au jeu —Jérémy avait pris son masque après son service à l'auberge— et ils furent plus détendus. Ils parlèrent beaucoup et rirent énormément. Ils évoquèrent chacun des moments de l'année qui les avaient touchés et qu'ils souhaitaient évacuer grâce à cette tradition. Axel et Éléonore parvinrent à cacher leur côté humain dans les souvenirs qu'ils racontaient pour éviter d'éveiller les soupçons de Jérémy. Cette mise à nue de chacun les rapprocha, et ils se sentaient vraiment à l'aise à quatre. Au fur et à mesure de l'exercice, leurs masques chauffèrent de plus en plus. Ils devenaient désagréables. Axel et Éléonore se demandaient quand ils pourraient enfin l'enlever, et ils furent soulagés quand Topaze et Jérémy se levèrent. D'autres personnes les avaient imités, et tous convergèrent vers le feu. Topaze dépassa Axel et Éléonore pour qu'ils découvrent le cérémonial:

— Je supprime ici toutes mes peurs, mes pensées limitantes, mes sentiments négatifs et toute énergie négative qui m'empêche d'avancer, clama-t-il, et j'accepte de recevoir toute l'énergie positive de la magie, l'amour, la joie et la santé, pour cette nouvelle année et pour le reste de ma vie!

Il enleva son masque et le jeta au feu. Celui-ci s'embrasa de plus belle grâce au bois rajouté. Au même moment, les vêtements sombres de Topaze s'éclaircissent en un blanc lumineux.

Chaque personne qui procéda à ce rituel vit sa tenue se transformer, passant de la noirceur à la pureté. Éléonore et Axel trouvèrent la symbolique magnifique.

Après avoir entendu plusieurs fois la phrase qu'il fallait répéter, ils s'avancèrent chacun leur tour et la murmurèrent, de peur de se tromper. Éléonore ferma les paupières pour s'imprégner de chaque mot, et jeta son masque. Elle se sentit libérée d'un poids, à la fois réel et imperceptible. Très rapidement, sa robe s'éclaircit. Le tissu contenu sous le masque, au niveau des chakras, blanchit, puis les ronds s'élargirent jusqu'à modifier toute la couleur de la tenue. Les roses cousues révélèrent en dernier leur pureté. Elle avait l'impression que sa robe réfléchissait un blanc plus absolu que les autres, mais peut-être que son imagination lui jouait des tours. Elle pivota vers les garçons qui l'attendaient.

Ils s'observèrent tous enfin sans masque. Jérémy dévoila un visage rectangulaire. Ses joues creusées accentuaient sa minceur. Ses minuscules pattes d'oie montraient un jeune homme rieur, et les reflets roux dominaient sa barbe naissante.

Quant à lui, il fut étonné de découvrir en Éléonore une femme aux yeux noisette presque mordorés, à la figure ronde possédant un grain de beauté sous l'œil gauche, qui lui rappelait étrangement quelqu'un.

— C'est fou comme tu ressembles à Eugénie III!

— Parle moins fort, demanda Topaze.

Jérémy regarda son ami, observa de nouveau Éléonore puis comprit.

— Mais c'est impossible, continua Jérémy. Les héritiers disparus d'Eugénie ont été tués ou sont devenus humains. À moins qu'il y ait une branche que je ne connaisse pas?

— Comment sais-tu à quoi ressemble Eugénie III? s'inquiéta Topaze, sans répondre à sa question. À combien estimes-tu le nombre de personnes qui ont déjà observé le portrait de l'ancienne reine?

— Il est accroché dans la salle de jugement. Donc tous ceux qui y ont prêté attention s'en rappelleront peut-être. Nous, par exemple, l'avons vu lors d'une sortie scolaire.

— Je ne m'en souviens pas, avoua Topaze.

— Moi si, et je peux te dire qu'Éléonore est sa copie conforme.

Topaze jura.

— Que se passe-t-il? demanda Jérémy.

Topaze jeta un coup d'œil à Éléonore. Il avait promis à son père de n'en parler à personne, et il ne voulait pas trahir Éléonore, mais Jérémy se révélait trop perspicace pour lui cacher quoi que ce soit. Celui-ci confirma ses pensées:

— Tu sais très bien que si je mène mon enquête, je vais faire le lien, dit Jérémy posément. Ça serait plus simple si vous m'expliquiez la vérité…

— Je suis la petite fille d'Adélaïde Beaulieu.

— Donc l'arrière-arrière-petite-fille d'Eugénie III.

Jérémy était tout aussi abasourdi que le fut Topaze quelques jours plus tôt.

— Je pensais que ta mère était dépourvue de pouvoirs magiques!

— Elle n'en possède pas, répondit Éléonore, agacée qu'on lui répète toujours la même chose. Visiblement ça aurait sauté une génération.

— Incroyable! J'estimais cela impossible.

— Tu n'as rien lu à ce sujet? demanda Topaze.

— Non jamais. Des cas d'enfants de rois et reines sans pouvoir ont bien existé, ce n'était pas la première fois, mais les héritiers suivants sont restés humains. C'est… surprenant. Et hyper intéressant. Ça remet en cause l'Histoire comme je l'ai apprise —même l'Histoire cachée. Peut-être des affaires antécédentes ont été étouffées.

Les yeux de Jérémy brillaient. Il n'aspirait qu'à déterrer de nouveaux livres interdits pour confirmer sa découverte, mais Éléonore le ramena dans le moment présent:

— Eugénie III a gouverné également?

— Oui! Elle a été une excellente reine. Elle rendit l'école obligatoire, elle permit…

— Jérémy, arrête de t'emballer, je te rappelle que nous nous trouvons en pleine rue et que nous ne sommes pas autorisés à parler de ces choses-là, l'interrompit Topaze.

— Que risque-t-on? demanda Axel.

— D'aller en prison, et je ne donne pas chère de la vie d'Éléonore le jour où ils découvrent qui elle est.

— Topaze a raison! Pourquoi restes-tu là Éléonore? C'est super dangereux pour toi, s'inquiéta Jérémy.

Éléonore lui relata brièvement les évènements récents. Jérémy était stupéfait et passionné. Il savait qu'il vivait un moment historique, mais il ne l'évoqua pas. Personne ne pouvait comprendre sa façon de voir les choses, pas même Topaze.

Ils arrêtèrent de discuter lorsqu'une femme habillée en gris les frôla, parlant toute seule. Elle se mit à danser et envoya ses mains en l'air. De nombreuses personnes s'approchèrent d'elle. Elle semblait épuisée.

— Cette dame travaille comme passeuse d'âme. Samain représente sa plus grosse période.

Éléonore et Axel ne posèrent pas plus de questions. Ils en avaient assez appris pour aujourd'hui.

— Il se fait tard, l'aube devrait commencer à poindre bientôt. On rentre? demanda Topaze.

— Oh oui! répondirent ses trois comparses.

CHAPITRE 8

Ils se levèrent lorsque deux hommes s'approchèrent d'eux. Ils n'étaient pas vêtus de blanc à l'instar des autres sorciers, mais portaient une tenue entièrement bleu canard, avec deux M entrelacés sur la poitrine gauche de couleur gris perle.

— Identité s'il vous plait, exigea l'un des miliceurs.

Éléonore sentit la chaleur affluer sur son visage. Elle savait qu'elle devait se contrôler, mais cet exercice demeurait difficile. Elle espérait que les inquisiteurs ne remarqueraient pas son état de panique. Elle regarda ses acolytes: Jérémy semblait nerveux comme elle, mais Topaze et Axel paraissaient calmes. Topaze tenta une plaisanterie, mais les deux hommes ne rièrent pas. Ils étaient concentrés sur son tatouage et celui de Jérémy. Ce fut le tour d'Éléonore et Axel. Ils tendirent chacun leur bras gauche. Axel planifiait la bagarre et la fuite qui s'en suivrait si les miliceurs remarquaient la malfaçon. Il évalua le garde qui se plaça devant lui: celui-ci était plus petit, mais plus costaud que lui. En tant qu'inquisiteur il devait être entraîné, mais son corps flasque lui fit supposer que non. Son visage rougeaud renvoyait l'image d'un homme essoufflé de sa soirée de travail. Axel pensait être capable de le maitriser facilement. Mais la suite était moins évidente. Il regarda Éléonore: le miliceur en face d'elle se pencha plus en avant pour observer son tatouage. Il sembla l'examiner bien attentivement. Il allait dire quelque chose quand Jérémy dépassa sa timidité habituelle:

— Ça n'a pas dû être de tout repos ce soir!

— À qui le dis-tu! dit le miliceur d'Axel.

— Je rentre aider mes parents, on va être ouvert toute la nuit à l'auberge, ça vous dirait un verre pour finir votre service?

— Oh je ne sais pas… hésita l'un d'eux en regardant son collègue.

Ce dernier tenait toujours le bras d'Éléonore. Elle en frissonna. Son corps, lui, brûlait de peur.

— Je ne vois pas bien le tatouage avec cette lumière, je me demande si…

— Je vous offre la première tournée, allez ça me fait plaisir! Vous avez l'air fatigué, le coupa Jérémy avec entrain.

Les miliceurs se concertèrent du regard.

— Ce n'est pas de refus, on vient de finir.

— En plus ma mère a préparé un super bidolan, convainquit Jérémy.

— J'ai une faim de loup! répondit l'inquisiteur qui tenait le bras d'Éléonore. Il le lâcha et tous furent soulagés.

Jérémy salua ses amis et guida vite les miliceurs vers son auberge. Son cœur battait à tout rompre, mais il respira calmement pour le ralentir. Le pire était passé. Il était satisfait qu'Éléonore soit repartie sans être arrêtée, mais lui n'était pas débarrassé pour autant. Il allait devoir se montrer chaleureux durant tout le reste de la soirée et jouer la comédie n'était pas sa spécialité. «Mes parents vont me tuer!» pensa-t-il. Il fallait qu'il trouve un mensonge convaincant pour sa mère. Elle n'allait pas apprécier que des inquisiteurs viennent gratuitement s'alcooliser chez elle!

Topaze, Axel et Éléonore s'empressèrent d'avancer et dès qu'ils furent hors de vue, se mirent à courir par sécurité.

Éléonore sentit son cœur battre jusqu'à ses oreilles. Ils s'engouffrèrent chez Topaze.

— Tu penses qu'il a remarqué que son identité était fausse? demanda Axel

— Je n'en sais rien, répondit Topaze. Montre ton tatouage.

Topaze emmena Éléonore à la lumière du feu de cheminée. La chaleur qui s'en dégageait soulageait les corps refroidis après toute la nuit passée à l'extérieur.

— Comparez avec le mien.

Topaze colla son bras à celui d'Éléonore et Axel se rapprocha.

— Vous voyez, il est assez bien imité: on vous a mis les armoiries de la famille. Mais regardez en haut à gauche, l'identiteur s'est ingénié à masquer un signe par une croix celtique à entrelacs. Mais quand vous étudiez le dessin, qu'observez-vous?

— Oh le même symbole que le collier d'Opale. L'emblème de la Magie, releva Éléonore.

— Exactement. Et sais-tu qui a ce symbole carrément intégré dans son identité?

Éléonore et Axel comprirent.

— La reine.

— Oui. La reine ou le roi. N'importe quelle personne que la Magie a choisie. L'identiteur possède un sacré talent, il a bien dénaturé l'emblème, mais n'a pas pu l'enlever.

— Je comprends mieux pourquoi il a lancé cette réflexion à Jaspe. Il lui a dit que ton père ne lui avait pas tout dit, et qu'il prenait plus de risque que prévu... Il a deviné que...

Éléonore suspendit sa phrase.

— Il a deviné que tu es reine légitime du monde sorcier, conclut Topaze.

Chapitre 9

Jérémy s'endormit difficilement, malgré l'aube qui pointait le bout de son nez. Le stress de se retrouver en présence de la milice magique alors que la fatigue le gagnait l'avait rendu fragile. Il n'arrêtait pas de penser à cette soirée de dingue, et surtout à sa rencontre avec la petite-fille d'Adélaïde. Était-elle amenée à devenir l'héritière ? Elle ne correspondait pas au physique particulier des reines, mais elle ressemblait tellement à ses aïeux… Pourquoi Topaze ne lui avait rien dit ? Ils ne se cachaient rien d'habitude. En même temps il ne lui en voulait pas. Ils seraient tous exécutés en place publique si la famille royale apprenait qu'ils abritaient la descendante d'Adélaïde, et qui plus est une sorcière.

Après la soirée qu'il avait passée, il aurait mérité de se reposer. C'était sans compter sur ses parents qui, dès l'aurore, l'avaient levé pour qu'il s'occupe des clients. Décision totalement inutile, car beaucoup profitaient encore d'une grasse matinée après cette soirée bien arrosée. Seules quelques personnes se présentaient dans le restaurant de l'auberge afin de recevoir le petit-déjeuner. Il les servit. Son frère dormait toujours. Il avait gagné le droit d'être dispensé du réveil auroral. Peu importe, il y aurait plus de monde après, et Clément redoublerait d'efforts pendant que lui irait se recoucher, si tant est que ses parents acceptent de le laisser partir. Il espérait que les clients n'afflueraient pas au même moment. Sa mère lui demanda de nettoyer l'extérieur de l'auberge, qui avait subi quelques légers dégâts de la veille, puis il s'autorisa enfin un petit-déjeuner. Son ventre gargouillait, il avait une faim de loup. Il n'attendait qu'une chose : rejoindre Topaze pour

CHAPITRE 9

en savoir plus sur cette mystérieuse fille.

* * *

Topaze se leva dès qu'il entendit ses parents, malgré le manque de sommeil. Il leur rapporta les évènements de la veille.

— Nous ne savons pas ce qu'a imaginé le miliceur, rassura Jaspe.

— Papa arrête, si on regarde bien, on discerne le signe de la Magie! Je ne voulais pas y croire, même avec ses cheveux dorés, mais il n'y a aucun doute, c'est elle la reine!

— Bien sûr que c'est elle. J'ai observé son tatouage tout comme toi. Mais la marque de la Magie se distingue à peine. De toute façon, nous ne pouvons pas camoufler mieux que ça. Éléonore évitera de sortir. On gardera le secret au maximum.

— Ça me semble utopique, contredit Topaze. Jérémy l'a reconnue —visiblement elle ressemblerait à une de ces ancêtres, la reine Eugénie III.

— Quoi? Jérémy sait? s'insurgea Agate.

— Je n'ai rien pu contrôler, tu te souviens à quel point son hypermnésie le rend perspicace, se défendit Topaze.

— Peux-tu aller chercher mon livre d'histoire, je te prie? demanda Jaspe, songeur.

Topaze obéit et monta dans sa chambre. Pour les cours d'Axel et Éléonore, son père lui avait préparé son ouvrage tout racorni, qui sentait la poussière et le moisi du grenier. Il frôlait nettement plus la réalité que celui de Topaze. Lui avait étudié à l'école l'histoire revisitée: la famille royale actuelle, lorsqu'elle s'était emparée de la couronne, avait brûlé tous les anciens manuels scolaires. Elle en avait édité de nouveaux dont les faits avaient été modifiés et adaptés pour montrer la succession naturelle qui les avait conduits sur le trône, entrainant leur suprématie méritée. Il s'agissait plus d'un traité de propagande qu'un livre pédagogique.

Il redescendit les marches deux à deux avec l'ouvrage dont l'état délabré prouvait une très vieille impression, et le tendit à son père.

— Alors, voyons s'il contient les portraits des souverains… Mmm

Il tournait les pages du manuel. Certaines étaient collées et elles semblaient s'effriter sous la main de Jaspe.

— Mère Nature! Jérémy a raison! Voici Eugénie III, qui a gouverné le monde magique de 1899 à 1943.

Jaspe tendit le livre à Topaze et Agate qui en furent bouche bée.

Éléonore choisit ce moment pour arriver dans la pièce.

— Que se passe-t-il?

— Regarde!

Topaze lui donna à son tour le livre. Quand elle découvrit les traits de son ancêtre, elle fut saisie. Il s'agissait de son sosie veilli d'une vingtaine d'années. Elle ne parvenait pas à détacher ses yeux du portrait, il y avait quelque chose d'irréel à ressembler autant à une personne ayant vécu un siècle plus tôt.

Cette troublante similitude alimenta les conversations du petit-déjeuner.

Ambre, qui était passée souhaiter la nouvelle année avec son mari Arnaud et sa fille Aventurine, n'en revenait pas.

L'aînée de la famille Sauge travaillait avec eux. Éléonore et Axel l'avaient rencontrée à maintes reprises, mais aujourd'hui elle venait avec Arnaud et Aventurine pour la première fois. Ses longs cheveux couleur ébène ondulaient jusqu'aux épaules. Éléonore l'aurait bien imaginée mannequin, avec sa silhouette élancée et son teint éclatant. Son mari, un homme châtain clair et aux yeux bleus, tenait la petite Aventurine dans ses bras. L'enfant de trois ans remuait dans tous les sens pour que son père la lâche. Il la déposa au sol.

Topaze colla le livre à côté de la tête d'Éléonore, et tous les regards passaient de l'une à l'autre. Elle avait l'impression d'être un animal sauvage au zoo.

— Heureusement pour nous, peu de personnes ont mémorisé les portraits de tous les rois et reines qui se sont succédé, dit Agate. Topaze, il est grand temps de commencer l'Histoire de la magie, non? Peut-être que tu pourras demander à Jérémy de t'aider?

— Je croyais que vous ne vouliez pas que je lui en parle?

— Maintenant qu'il sait, je ne vois pas de raison de refuser. Et il enseignera bien mieux que toi, taquina sa mère.

* * *

Contrairement à l'espoir de Jérémy, le début de journée se révéla intense. De nombreux touristes s'étaient levés tôt malgré la Samain pour profiter encore de quelques heures dans la capitale avant de rentrer chez eux. D'autres, ayant abusé de boissons, avaient émergé plus tard avec un appétit d'ogre, si bien que le service continu ne permit pas à Jérémy de se reposer.

Heureusement, Topaze vint à sa rencontre dans l'après-midi, quand les voyageurs commencèrent à déserter son auberge. Topaze fut soulagé de constater que son ami avait survécu aux inquisiteurs zélés d'hier soir et Jérémy se réjouit de prendre enfin sa pause.

Jérémy vêtit sa cape vert bouteille et ils marchèrent en direction des rues moins fréquentées.

Topaze lui raconta tout depuis le début et lui demanda s'il accepterait d'enseigner l'histoire de la magie. Jérémy n'hésita pas une seconde:

— Bien sûr que oui! C'est génial! Est-ce que du coup j'utilise le protocole avec elle? chuchota-t-il.

— Tu veux dire l'appeler Majesté et tout? Non. En réalité je n'y avais pas pensé.

Topaze réfléchit à la remarque. Jérémy, malgré l'excitation de la nouvelle, stressait légèrement de la nouvelle responsabilité qui l'incombait. Il fallait qu'il élabore des cours structurés. Il n'enseignerait pas à n'importe qui. Il mentirait à ses parents. Ça, c'était dans ses cordes.

Il promit à Topaze de commencer dès le lendemain, durant les heures creuses. Le Nouvel An passé faciliterait son temps libre, d'autant plus que l'automne se confirmait.

***

Le lendemain, comme promis, Jérémy arriva avec plusieurs livres sous le bras. Éléonore et Axel s'entrainaient sous l'œil de Topaze à l'intérieur, car ils maitrisaient maintenant de mieux en mieux les énergies sans être obligatoirement en contact direct avec la nature. Ce jour-là, il pleuvait à verse, et Jérémy accrocha sa cape trempée sur une chaise près de la cheminée.

— Et voici le plus grand historien du monde magique rien que pour vous! plaisanta Topaze.

Les joues de Jérémy rosirent de gêne face à l'accueil de son ami. Il remonta ses lunettes sur son nez puis déposa plusieurs livres sur la table.

— Je ne suis peut-être pas le plus grand historien, mais j'en connais certainement plus que Topaze, ça c'est sûr.

Topaze ria à sa répartie puis partit travailler en les laissant tous les trois.

Éléonore avait rassemblé de quoi prendre des notes, tandis qu'Axel comptait davantage sur sa mémoire auditive.

— Jérémy, je voulais te remercier de m'avoir sauvé la vie hier.

— N'exagérons rien, je n'ai rien fait de spécial.

— Bien sûr que si. Merci.

Jérémy, peu habitué aux marques de reconnaissance, se sentit mal à l'aise, mais peu à peu ce sentiment se dissipa à mesure que son assurance en tant que professeur augmentait. Il commença par leur exposer son programme: de la magie lors de la préhistoire à la magie du royaume actuel, en passant par la magie chez les Grecques et les Égyptiens. Ils découvrirent en Jérémy un passionné. Il avait lu de nombreux livres à la bibliothèque de la ville. Cependant, la plupart de ceux qu'il détenait avaient été acquis de manière illégale, et il les cachait de peur de se faire emprisonner. D'ailleurs, ses parents n'avaient jamais compris l'intérêt qu'il portait à ces «futilités» comme ils les appelaient: être constamment plongé dans les bouquins demeurait une perte de temps d'après eux, et il devait se concentrer au métier d'aubergiste. Un soir, ils découvrirent que Jérémy

CHAPITRE 9

possédait quelques ouvrages prohibés. Ils les brûlèrent et lui interdirent d'en acheter d'autres, sinon ils le jetteraient à la rue. Jérémy fut dévasté, mais n'abandonna pas pour autant sa passion: il cachait les nouvelles œuvres dans un endroit secret appartenant à son meilleur ami, Topaze.

Les jours suivants se déroulèrent de la même façon. Jérémy venait plusieurs après-midi par semaine, le reste du temps était consacré au développement de la magie ou aux potions. Éléonore estima ne pas avoir retenu la moitié. Axel, quant à lui, au début totalement réfractaire à cette vie magique, était désormais captivé par tout ce qu'il apprenait.

Il se reconcentra sur les paroles de Jérémy:

— Depuis le décret sur l'architecture magique datant de 2007 av. J.-C., il est interdit de construire des pyramides. Nous privilégions autant que possible la forme ronde produite par la nature. Outre leurs grandes découvertes magiques, les Égyptiens ont également amélioré la connaissance de l'au-delà. La momification de leurs plus hauts représentants magiques leur permettait une protection durable. En effet, ils ont ainsi prouvé que les pouvoirs continuaient d'agir bien après la mort de leur enveloppe charnelle. Parmi les expériences importantes, on peut citer l'apparition du premier vampire, à la base conçue pour veiller sur les momies et qui, maintenant, est devenu un véritable fléau.

— Quoi? s'exclama Éléonore.

— C'est une blague?

— Non non, c'est bien réel. Mais ne vous inquiétez pas, vous ne risquez pas grand-chose tant que vous restez en ville et que vous vous baladez de journée.

— Merci, ça me rassure, ironisa Axel.

Éléonore et lui étaient choqués. Jérémy pensa qu'il était peut-être allé un peu fort. Mais en même temps, il faut bien qu'ils découvrent la réalité. Car, comme le dit le proverbe, ne vaut-il pas mieux avancer dans un couloir éclairé?

Le cours se poursuivit durant deux heures. Jérémy consacrait presque tout son temps libre à enseigner, et il trouva cette activité passionnante. Bien plus que servir des repas et nettoyer des tables à longueur de journée.

***

Un matin, Jaspe les escorta en ville.

— Axel, j'ai eu des informations concernant ton père. Un de mes amis m'a dit que la milice avait renforcé la sécurité entre le monde humain et Vénéficia depuis la mort d'Adélaïde II. Dimitri va devoir trouver une autre solution. Je pense que ça va être plus compliqué que prévu. Donc pour l'instant, tu vas être obligé de rester avec nous…

Axel était contrarié par la nouvelle, mais inquiet également. Si les passages entre les deux mondes étaient surveillés, pourrait-il regagner un jour sa vie d'avant?

Ils s'arrêtèrent devant une boutique de capes. Certaines étaient exposées sur le trottoir, d'autres en vitrine. Les mannequins en bois dépourvus de tête changeaient constamment de position. Les vêtements s'adaptaient aux mouvements pour les couvrir en permanence.

À l'intérieur, des portants remplis d'étoffes de couleurs différentes envahissaient une pièce exiguë. Au fond, assis sur un tabouret derrière un petit bureau, un mètre autour du cou, un homme d'une cinquantaine d'années lisait le journal. Ses lunettes étaient posées au bout de son nez, mais il plissait tout de même les yeux. Il se leva à leur approche.

— Bonjour Mr Émile, tu as disposé d'assez de temps pour préparer les tenues que je t'ai commandées?

— Oui, c'est prêt. Il me reste quelques retouches à réaliser. Venez par ici vous deux, ordonna-t-il calmement.

S'il savait à qui ils confectionnaient les vêtements, il ne laissa rien paraitre. Il décrocha du cintre près de lui une cape semblable à celle de tous les Sauge. Comme leur avait expliqué Jaspe quelques jours plus tôt, chaque famille possédait ses propres coloris, exposés tel un tartan sur leurs capes. La leur, violette, la couleur du clan d'Agate, contenait de multiples tâches multicolores. Celles-ci, appartenant à la famille de Jaspe, représentaient les pierres dont ils se servaient pour soigner les sorciers depuis de nombreuses générations.

CHAPITRE 9

Mr Émile accrocha le vêtement autour du cou d'Axel, et posa la capuche sur sa tête. À l'instar de la cape d'Adélaïde qu'Éléonore avait endossée, celle-ci s'adapta à la morphologie du puissant jeune homme. Il dut s'accroupir, courir en rond dans le peu d'espace que lui offrait la pièce, lever les bras sous l'œil scrutateur de Mr Émile. Celui-ci hocha la tête et attrapa la seconde tenue. Elle était identique aux autres hormis les couleurs qui brillaient de façon moins vive. Il l'accrocha de la même façon autour d'Éléonore. Elle portait un foulard pour masquer ses mèches, et ne savait pas comment réagir à la proximité de l'homme. Cependant, il ne lui imposa pas de l'enlever tant qu'il n'avait pas glissé la capuche sur le sommet de son crâne. Il la remonta jusqu'à la limite du front. Elle retira son châle. Il exerça une pression avec ses dix doigts tout autour de la racine des cheveux jusqu'aux oreilles puis s'éloigna d'Éléonore. Il lui demanda en plus de secouer la tête, de faire la roue —chose qu'elle était incapable d'effectuer— et de danser. Tout resta parfaitement immobile et le couturier hocha la tête, satisfait de son travail.

Au fur et à mesure, l'éclat de la cape d'Éléonore s'intensifia, jusqu'à la rendre aussi étincelante que les autres. Mr Émile froncèrent les sourcils.

— J'aurais dû la concevoir encore plus terne, se reprocha-t-il.

— Merci de ton aide, ça ira, assura Jaspe.

— N'hésite pas à me contacter si tu veux que je t'en confectionne une nouvelle, ça sera avec plaisir.

— Combien je te dois?

— Rien. Prenez soin de vous, ajouta-t-il en s'inclinant légèrement devant Éléonore.

* * *

— Tu restes vraiment trop repérable, constata Jaspe.

— Je suis désolée, dit Éléonore, gênée.

— Non, non, ne t'excuse pas. Je voulais simplement signaler qu'il fallait redoubler de prudence. Chaque personne qu'on contacte devine ton identité. Je pense que nous ne craignons rien, car l'identiteur est un hors-la-loi à qui j'ai rendu un service, et Mr Émile a perdu sa femme à cause de la famille royale, alors il la déteste autant que nous. Mais un secret ne se garde jamais bien longtemps.

Chapitre 10

Le mois de novembre avançait doucement, amenant avec lui l'anniversaire de Topaze. Ça faisait maintenant une semaine que Jérémy venait quotidiennement faire cours chez les Sauge, et une véritable complicité était née au sein de leur quatuor. Éléonore et Axel voulaient acheter un cadeau à Topaze, mais ils ne disposaient d'aucun moyen pour financer quoi que ce soit. Ils ne savaient même pas ce dont leur ami avait envie. Qu'offrait-on à un sorcier le jour de son anniversaire? Opale proposa à Éléonore et Axel de concevoir des habits à partir des plants de lin dont ils jouissaient. Intéressés, ils suivirent méticuleusement chaque étape. Axel, étant d'une nature très appliquée, parvint facilement à reproduire ce que conseillait Opale. Éléonore, quant à elle, dut recommencer plusieurs fois. Sa persévérance contrebalançait avec sa gaucherie, et elle finit tout de même par créer un vêtement qui ressemblait vaguement à des chaussettes, travail heureusement rattrapé par la benjamine. Éléonore adorait la créativité dont témoignait la sœur de Topaze, et la minutie avec laquelle elle confectionna une magnifique garde-robe pour son frère. La curiosité d'Opale l'entraina à poser beaucoup de questions sur le monde humain; elle semblait fascinée.

— Quel genre de tenues portent-ils? demanda-t-elle.

— Mmm, ça change très souvent, répondit Éléonore. La mode évolue toutes les saisons.

— La mode? Qu'est-ce que c'est?

— Euh… réfléchit Éléonore, c'est le fait de choisir des vêtements qu'on considère comme «beaux», car les gens qu'on admire les portent, puis de les jeter à la poubelle peu de temps après, car ils sont «moches». Puis on achète la nouvelle collection qu'on considère «belle» et ainsi de suite.

— Sacrée vision de notre monde, commenta Axel en haussant les sourcils. Pour répondre à ta première question, la plupart des humains portent des jeans. Des sortes de pantalons souples, principalement bleus.

— Les femmes portent ça aussi?

— Bien sûr!

Opale était abasourdie et voulut en apprendre plus. Axel était ravi de cet intérêt pour ce monde qui lui manquait, et il trouvait en Opale l'opportunité de rester accroché à ses racines.

* * *

Éléonore et Axel décidèrent d'accompagner Topaze dans une de ses tournées. Ils n'avaient pas quitté la maison depuis le rendez-vous chez le couturier et le confinement commençait à leur peser. Ils enfilèrent leurs nouvelles capes, et sortirent sous une pluie battante. À leur grand étonnement, ils ne ressentirent pas les petites pressions des gouttes d'eau atterrissant sur eux, ni l'humidité passant entre les mailles des vêtements pour venir s'allonger sur leurs peaux. Au contraire, ils demeuraient parfaitement secs et avaient même chaud, comme lorsqu'ils portaient une doudoune, mais avec la fluidité des mouvements en plus. Ils avaient l'impression de se pelotonner sous une couette et d'entendre la pluie frapper au carreau. Ils partirent dans une tout autre direction qu'habituellement et empruntèrent plusieurs rues jusqu'à aboutir dans une artère à la sortie de la ville. Une enceinte en pierre se dressait devant eux, de trois mètres de hauteur. Quant à la largeur, Éléonore et Axel n'auraient pu le dire, puisqu'elle semblait s'étendre à l'infini de chaque côté. Topaze leur expliqua:

— Le château est érigé derrière. On ne le voit pas d'ici, mais vous l'apercevrez bientôt. Le mur est très récent contrairement au château qui a plus de 700 ans. Quand la reine Victoire a hérité du pouvoir, elle a construit ce mur en trois jours. Personne ne s'y attendait à l'époque, et ça a fait grand bruit. J'étais petit, mais je m'en souviens encore.

Ils continuèrent d'avancer en silence. Au bout de cinq minutes de marche, ils passèrent devant un énorme portail argenté étincelant. Deux gardes en protégeaient l'entrée, en train de discuter. À l'instar de la milice qu'ils avaient croisée le jour de la Samain, leur livrée resplendissait d'un bleu canard hideux. Cependant, à la place des deux lettres entremêlées, y était cousu un corbeau noir portant une couronne.

Axel et Elénore apercevaient enfin le château à travers les barreaux de la grille. Construit au Moyen-âge, il s'étalait majestueusement en haut d'une légère colline. Les remparts en pierre blanche reliaient d'innombrables tours crénelées. Le pont-levis qui servait initialement de protection était abaissé, n'ayant plus d'utilité avec la récente muraille et la multitude de gardes qui circulaient. Ils continuèrent leur route et atterrirent dans un quartier très pauvre. Éléonore et Axel le devinèrent à l'état de délabrement des foyers ainsi qu'à l'odeur nauséabonde qui flottait.

Une série de modestes maisons collées les unes aux autres entouraient la place. Elles se ressemblaient toutes, faites essentiellement en torchis et colombages. Leur deuxième point commun résidait dans le fait qu'elles paraissaient toutes inhabitées: un carreau cassé par ci, un bout de toit en moins par là. Leurs façades s'effritaient à de nombreux endroits et les seuls sorciers qu'ils apercevaient se baladaient sans cape. Ils semblaient tous frigorifiés, fatigués ou malades. Topaze s'arrêta devant une maison qui ne tenait debout que par magie. Elle sentait le bois pourri et menaça de s'écrouler lorsque Topaze toqua à la porte. Ils étaient gênés par la puanteur alentour, mais ça s'empira quand ils pénétrèrent dans le taudis: elle empestait le moisi, et Éléonore fut prise d'un frisson malgré l'épaisseur de ses vêtements. L'humidité se déposait sur son visage et elle éternua. La femme qui leur avait ouvert la regarda d'un œil bienveillant. Elle semblait lasse et malheureuse. Ils traversèrent le couloir et atteignirent une pièce qui tenait lieu de salon, de cuisine, et sûrement aussi de chambre. Depuis qu'ils étaient entrés, la vieille dame n'avait pas cessé de remercier Topaze.

Elle le conduisit au chevet d'une petite fille, allongée sur le canapé. Une femme était agenouillée à côté d'elle et pleurait silencieusement. Elle se présenta comme la mère de la petite fille malade. Elle se leva et recula pour laisser la place à Topaze. Éléonore et Axel se tenaient en retrait et observaient la scène. Axel sentit l'inquiétude d'Éléonore, mais il n'en menait pas large non plus. La petite fille ne devait pas avoir plus de cinq ou six ans. Dans ce silence pesant qui régnait dans la pièce, on entendait la respiration sifflante de son sommeil. Son infection graissait sa peau et trempait de sueur ses longs cheveux bruns. La mère ne parvenait pas à parler, alors la grand-mère se chargea de leur expliquer la situation. La petite Camille tombait régulièrement malade à cause de l'état insalubre de la maison. Mais aujourd'hui c'était différent, pire que les fois précédentes. Elle ne s'était pas réveillée depuis plus de vingt-quatre heures. À l'écoute de ce récit, de nombreuses émotions les traversèrent, dont la tristesse et la colère. Éléonore feignit de rester calme, mais Axel remarqua sa mâchoire contractée et ses poings serrés. Topaze effleura Camille avec une sorte de pyramide: le triangle retourné aspira par sa pointe la fumée grise qui émanait de son corps. La brume se fit de plus en plus arachnéenne jusqu'à disparaitre totalement. Topaze rangea l'objet dans sa poche. Il leva les mains à quelques centimètres de Camille. Une lumière violette s'en dégagea et pénétra la peau de la petite fille à divers endroits, puis Topaze balaya l'aura de haut en bas. Toutes les personnes dans la pièce retenaient leur respiration sans même s'en rendre compte, jusqu'au moment où Camille toussa. Un peu de gris s'échappa de sa bouche puis elle se frotta les paupières. Sa mère éclata en sanglots de soulagement. Éléonore sentait les larmes lui monter aux yeux, mais elle les retint. Topaze sortit d'une poche intérieure de sa cape plusieurs flacons. Il les offrit à la grand-mère en expliquant la posologie:

— Préparez une infusion d'orties matin midi et soir, ça diminuera la fièvre. Et ça —il tendit une autre fiole— ça permet de libérer les bronches. Obligez-la à respirer au-dessus d'un bol d'eau chaude chaque matin et chaque soir.

— Combien vous doit-on? Nous ne possédons pas grand-chose, mais je peux vous donner un bijou, proposa la grand-mère en montrant un collier en or.

— Ne vous inquiétez pas, vous ne me devez rien.

— Que la magie vous bénisse, intervint la mère d'une voix chevrotante.

— Je repasserai dans la semaine pour voir si tout va bien, venez me trouver si vous rencontrez un souci.

Un homme entra à ce moment-là. Il fut surpris de découvrir autant de personnes chez lui, mais en comprit la raison en apercevant sa fille. Il serra les mains de Topaze. Son regard exprimait toute la gratitude que de simples mots ne pouvaient pas traduire.

Topaze, Éléonore et Axel s'éclipsèrent pour laisser la famille tranquille et retournèrent sous la pluie.

A peine quelques pas plus loin, ils croisèrent les collecteurs d'impôts. Axel le devina, car ils portaient comme insigne un arbre dont les racines et les branches formaient un rond, représentant ainsi les pièces de monnaie du monde sorcier.

— Tiens, les Sauge. Que faites-vous ici?

— Je fais visiter la capitale à mes cousins venus pour la Samain.

— Et bien sûr, explorer les quartiers mal famés est une priorité, ironisa l'un des inquisiteurs. Allez, te fous pas de nous. Identités!

Éléonore resta calme lorsque le miliceur vérifia sommairement son bras.

— Tu es au courant que si on te prend en train de soutenir des gens qui sont endettés et qui ne remplissent pas leur devoir citoyen, tu iras aux cachots.

— Je sais. C'est la raison pour laquelle je ne les aidais pas.

— Donc si on rentre dans la maison d'où vous venez de sortir, on ne découvrira aucun traitement.

— Aucune idée, je ne les connais pas.

Topaze répondait de manière désabusée, ce qui avait le don d'agacer Joseph Picard, l'un des miliceurs. Durant leur diatribe, Éléonore se concentra. Elle pouvait déplacer les pots contenant les médicaments, mais elle ignorait si elle réussirait sans regarder l'objet. Ce ne fut pas le cas: les essais demeurèrent infructueux. Elle parvint à tourner légèrement la tête en direction de la maison sans se faire remarquer, et à secouer les rideaux. Son action eut l'effet escompté: la grand-mère jeta un coup d'œil dans leur direction puis ferma la tenture d'un geste énergique. Éléonore espérait qu'ils trouveraient une cachette à temps. Joseph Picard resta près d'eux pendant que son collègue perquisitionnait le taudis. Il revint quelques minutes après, un grand sourire aux lèvres.

— Regarde ce que j'ai déniché! annonça-t-il fièrement.

Durant une fraction de seconde, ils pensèrent que le miliceur s'était emparé des fioles laissées par Topaze, mais ils furent outrés de découvrir qu'il s'agissait en réalité du collier qu'avait proposé la grand-mère en moyen de paiement.

— En or! Vieux d'au moins un siècle!

La grand-mère trottait derrière le policier:

— S'il vous plait, c'est un bijou de famille, il appartenait à ma mère, et avant cela à ma grand-mère et..

— Et vous crouliez sous les dettes. Les voilà acquittées. Du moins pour l'instant. Eh bien finalement Mr Sauge, vous n'étiez pas dans l'illégalité.

Visiblement satisfaits de leur humour, les miliceurs laissèrent partir les trois amis scandalisés.

— Est-ce vrai que tu n'as pas le droit de les épauler? L'entraide est-elle vraiment interdite? demanda Éléonore, une fois arrivée proche de la maison des Sauge.

— Malheureusement oui. On considère que les personnes ne s'acquittant pas des impôts sont des hors-la-loi, et il est proscrit de soutenir les criminels.

— Comment peuvent-ils payer? Ils n'ont rien!

— Je sais… Généralement, ils indemnisent l'État par des travaux forcés jusqu'à mourir d'épuisement. S'ils ne décèdent pas avant d'infection, comme vous venez de le constater.

Ils étaient enfin rentrés, et avaient mis leurs capes dégoulinantes à sécher près du feu.

— C'est horrible! Comment peut-on accepter une telle situation? Comment se fait-il que les gens ne protestent pas?

— Je l'ignore. Je pense que la dictature s'est installée subrepticement pour que personne ne réagisse, et maintenant nous avons trop tardé.

Éléonore fronça les sourcils de mécontentement.

— Il n'est jamais trop tard.

Topaze réfléchit quelques minutes et sourit.

— Tu as raison, il n'est jamais trop tard!

* * *

Pour l'anniversaire de Topaze, tous les Sauge étaient réunis. Le bonheur qui régnait dans la pièce était palpable, et Éléonore et Axel cherchèrent à en capter le moindre bout. Ils se trouvaient tous deux loin de leurs proches, et vivre dans une famille aussi soudée provoquait de la joie, mais également de la nostalgie. Éléonore repensait aux moments précieux qu'elle avait passés avec ses grands-parents avant qu'ils ne meurent, tandis qu'Axel se demandait quand il reverrait enfin les siens. Chaque jour l'éloignait de plus en plus d'une possible réinsertion dans son quotidien humain. Il commençait à apprécier la vie sorcière, même si elle était bien plus risquée, mais il aurait voulu retrouver ses amis, ses parents, sa grand-mère.

Aventurine escalada ses genoux. La petite fille de trois ans ne tenait pas en place, et elle descendit immédiatement pour grimper sur ceux d'Éléonore. La jolie métisse aux cheveux châtains foncés très frisés et aux yeux marron clairs avait hérité de sa grand-mère pour la prolixité, qui renforçait le brouhaha ambiant.

— C'est quoi ton pouvoir? demanda-t-elle de but en blanc à Éléonore.

— Faire voler les objets.

— Oh montre! Montre!

— Aventurine! Il est impoli de questionner quelqu'un sur son don, et encore moins d'en réclamer la démonstration! lui rappela son père.

Arnaud était doté d'un tempérament calme, du moins il n'attirait pas l'attention dans une belle-famille omniprésente, mais il s'affirmait quand il s'agissait de l'éducation de son unique fille.

— Oh ce n'est pas grave, répondit Éléonore à Arnaud.

Elle regarda Aventurine, toujours sur ses genoux.

— Tu veux voir mon pouvoir alors?

Éléonore lévita une serviette de table devant la tête de la fillette. Lorsqu'elle tenta de la saisir, Éléonore la poussa plus haut dans les airs. Les deux mains qui avaient essayé d'attraper le tissu frappèrent l'une dans l'autre et Aventurine partit dans un éclat de rire contagieux. Éléonore, Arnaud et Axel se mirent à rire de la scène, suivis par le reste de la famille quand Éléonore et Aventurine recommencèrent le manège.

— Encore! Encore! Encore!

Rien ne semblait épuiser la petite fille, tel un chat qui tente de capturer un rayon laser, songea Éléonore. Elle fatigua du jeu avant Aventurine et lui proposa de faire une pause.

— Non continue!

— Ça suffit Aventurine! Viens par ici, ordonna Ambre.

Elle descendit des genoux d'Éléonore pour grimper sur ceux de sa mère, ce qui la calma un peu.

La soirée se déroula de façon parfaite. Les cadeaux de Topaze lui permirent de renouveler sa garde-robe, et il reçut même un siffleur qui reproduisait le bruit de tous les oiseaux qu'il rencontrait.

— Je l'ai piqué au magasin, Iris allait le jeter à la démagication, mais il fonctionnait toujours! expliqua Opale.

— Génial!

— Tu voles toi maintenant? désapprouva Jaspe.

— Cet objet allait être détruit, techniquement ce n'est pas du vol, commenta Célestine.

Éléonore changea de sujet avant que la conversation s'envenime:

— J'avais oublié que tu travaillais ailleurs. En quoi consiste ton activité?

Opale, d'habitude assez discrète sur sa vie, n'aimait pas se retrouver le centre de l'attention. Mais plus personne ne l'écoutait à part Éléonore et elle se sentit bien plus à l'aise.

— J'exerce dans une boutique de chandelles qui vend également de nombreux objets magiques. J'en crée de nouveaux grâce à mon pouvoir. Je me base sur les besoins de la population. Je repère les sorciers possédant le don qui m'intéresse et, ensemble, nous le transposons dans l'invention que j'ai préalablement fabriquée. Ainsi, les gens bénéficient d'ustensiles ensorcelés qui simplifient leur quotidien. Prenons l'exemple de ce feu —elle pointait du doigt la cheminée du salon— c'est un feu éternel. Il est provoqué par la magie. Les bûches ne se consument pas tant que tout le pouvoir n'a pas été totalement épuisé. Dans ce cas-là il faut acheter de nouveau un feu éternel, mais il dure tout de même quelques années. D'ailleurs, je consacre mes nouveaux projets à la longévité du matériel.

Éléonore trouvait ce métier et ce don passionnants, et elle le lui dit. Opale, gênée, mais heureuse, la remercia.

— Du coup… murmura Éléonore, si je ne désire plus mon pouvoir, tu es la personne qui est capable de le mettre dans une démagicatrice?

— C'est plus compliqué que ça. Je suis capable de la construire. Ce sont des magicateurs comme moi qui confectionnent ces boites pour le gouvernement. Nous créons une baguette pour que n'importe quel miliceur puisse capturer un pouvoir et l'enfermer. Mais nous ne sommes pas les seuls à intervenir dans le processus de fabrication. Les démagicateurs conçoivent un système qui permet de libérer les pouvoirs automatiquement dès que l'on ouvre les démagicatrices. Le problème est que les sortilèges sont trop complexes pour qu'on puisse réitérer l'opération à l'infini. Les démagicatrices sont donc à usage unique. Elles sont conservées par le gouvernement et sont strictement contrôlées. Si tu ne désires plus ton don, je dois en fabriquer une illicitement et trouver un démagicateur qui accepte de m'aider. Mais pourquoi voudrais-tu t'infliger une telle infamie? s'horrifia Opale.

— Je me posais juste une question, s'excusa Éléonore.

* * *

Les journées de décembre ressemblèrent fortement à celles de novembre: elles étaient partagées entre l'apprentissage du monde magique et de son histoire avec Jérémy, et le développement de leur don la plupart du temps. Parfois, Éléonore et Axel aidaient les Sauge à l'officine. Ils acquirent un certain nombre de notions en phytothérapie. Ils s'assimilaient maintenant à de véritables sorciers, en tout cas le pensaient-ils. Le pouvoir d'Éléonore avait bien évolué. Elle parvenait à faire léviter n'importe quel objet, même des très lourds, et à en faire voler deux de façon distincte, tant que le mouvement de chacun se répétait continuellement. Sa télékinésie ne nécessitait quasiment plus ses mains, mais elle échouait les yeux fermés. Bien qu'on lui ait dit que son don ne s'étendrait pas jusque là, Éléonore était persuadée de réussir un jour. Elle s'entrainerait jusqu'à ce qu'elle en soit capable. En attendant, elle déplaçait les objets de plus en plus vite, et les arrêtait au dernier moment, ce qui occasionna quelques frayeurs au sein de la famille.

Au fur et à mesure, ses cheveux dorèrent et il devenait impossible de les cacher par une coiffure sophistiquée.

Axel, lui, parvenait maintenant à perdurer son scutatus pendant la nuit, ce qui contraignait Topaze à escalader la commode s'il voulait sortir de sa chambre. Il arrivait à protéger une personne et à en laisser entrer une autre, mais pas au-delà. D'ailleurs il se pourrait qu'il ait atteint le maximum de ses pouvoirs.

Certains soirs, quand son travail le permettait, Jérémy les rejoignait. Ils restaient souvent à quatre à jouer à des jeux intellectuels qui obligeaient Éléonore et Axel à mémoriser leurs cours. La plupart du temps ils parlaient de leurs vies. Jérémy et Topaze, très curieux du monde humain, leur demandèrent des détails. Axel et Éléonore ne savaient pas par quoi commencer, mais ils adoraient expliquer les technologies qui existaient, car Jérémy et Topaze étaient fascinés:

— Tu veux dire que vous possédez un objet qui permet de communiquer, de voir et d'écrire à n'importe qui partout sur la planète? Waouh! Mais ça ne sert à rien d'être sorcier!

— Exactement! Ravi que vous saisissiez enfin! plaisanta Axel sur son humeur des premiers jours.

— Mais comment ça marche?

Éléonore et Axel se regardèrent.

— Aucune idée. Une histoire d'ondes électromagnétiques, je crois, répondit Axel.

Jérémy hocha la tête comme s'il comprenait.

La complicité de Jérémy et Topaze datait de l'école maternelle. Malgré tout, ils laissèrent entrer facilement Éléonore et Axel dans leur duo. Ici, personne ne se catégorisait comme humain, sorcier, reine, guérisseur, serveur. Ils étaient tout simplement des amis, qui se chamaillaient de plus en plus. Jérémy était devenu très à l'aise en tant que professeur, et se découvrit une véritable vocation. Se plonger dans sa mémoire, pour expliquer le plus clairement possible et de façon succincte ses connaissances, le passionnait.

Les Saturnales, qui se déroulèrent au mois de décembre, furent plus mouvementées. Tout le monde travaillait d'arrache-pied. Même si l'afflux des touristes s'était amoindri depuis la Samain, les Saturnales attiraient tout de même davantage de personnes qu'habituellement dans la capitale, et le temps particulièrement froid de ce début d'hiver entrainait quelques rhumes, obligeant les Sauge à fermer plus tard. Opale aussi travaillait beaucoup, et elle semblait de plus en plus tendue. Ils avaient tous hâte de souffler un peu, même s'ils adoraient les festivités liées à cette période. Éléonore, Axel et Topaze sortirent fêter les Saturnales seulement le dernier jour, à l'instar de la Samain. Cette fois-ci, ils n'endossaient pas d'habits traditionnels. Les coiffures des femmes restaient toutefois élaborées, avec d'épaisses couronnes de houx. Les hommes épinglaient la plante sur les vêtements. Jérémy parvint à les rejoindre peu de temps après. Ils passèrent une merveilleuse soirée à quatre, s'amusant comme des enfants dans la neige qui recouvrait les rues de Vénéficia. Ils terminèrent les festivités complètement gelés et euphoriques, et se réchauffèrent tous autour du feu de la maison, accompagnés de Célestine et d'Opale. Personne n'aurait imaginé à ce moment-là qu'ils profitaient de leur dernier instant tous ensemble.

***

Un soir, quelques jours après les Saturnales, ils se retrouvèrent tous autour de la table, à attendre. Opale avait du retard. C'était la seule enfant de la famille qui travaillait à l'extérieur. Ils ne se tracassèrent pas toute de suite: il lui arrivait de louper l'entrée pour un client de dernière minute ou une livraison à effectuer. Cependant, lorsqu'ils entamèrent le dessert, ses parents s'alarmèrent: leur fille aurait dû être là depuis 1 h 30. Jaspe paraissait calme, mais il essayait surtout de compenser l'hystérie de son épouse. On voyait dans ses yeux un éclat d'inquiétude qu'il s'évertuait à dissimuler à travers un sourire forcé. Agate faisait les cent pas dans la maison.

— Ne te tourmente pas ma chérie, rassura Jaspe, elle va arriver. Elle mange peut-être chez un copain et a oublié de nous avertir.

— Elle m'a dit «à ce soir»! s'époumona sa femme. Elle m'aurait prévenue si elle ne comptait pas rentrer! Ce n'est pas son genre! Je n'en reviens pas que tu prennes cela à la légère!

— Mais non, je suis tout aussi préoccupé que toi. Calme-toi, on va la chercher.

Célestine et Topaze, habituellement d'humeur fallacieuse, s'étaient tus face à l'anxiété de leurs parents.

— Je viens avec vous, se proposa Topaze.

— Non. Ne nous emballons pas pour l'instant. Finissez de manger et de débarrasser. Nous revenons très vite, dit Jaspe.

Agate tremblait et son mari l'entoura d'un bras protecteur en lui murmurant quelque chose à l'oreille. Ils se précipitèrent dans l'escalier. La porte claqua sur un silence pesant.

Axel, qui avait observé toute la scène, trouva la réaction des parents démesurée par rapport au retard de leur fille.

Il eut tort. Lorsqu'ils revinrent quelques heures plus tard, l'anxiété d'Agate s'était muée en véritable hystérie. Opale avait disparu.

Chapitre 11

La nuit fut courte pour tout le monde. Jaspe et Agate rentrèrent bredouilles de leur visite chez les amis d'Opale. Une part d'eux aurait préféré croire qu'elle avait un amoureux dont elle n'aurait jamais parlé, et qu'elle avait découché sans les prévenir, mais ils savaient que ça ne collait pas du tout à sa personnalité. Ses parents se rendirent à son travail le lendemain matin. Ils espérèrent s'être trompés et l'y trouver en pleine forme. Agate imagina la scène sur la route, pendant qu'elle marchait aux côtés de son mari. Si elle y découvrait sa fille, elle serait soulagée et tellement heureuse! Mais elle se fâcherait, comment osait-elle leur faire une frayeur pareille? Pleine d'espoir, elle esquissa un sourire et prit la main de son époux. Jaspe lui rendit son sourire et ils entrèrent dans la boutique le cœur battant. Iris, la propriétaire du magasin, venait d'ouvrir. C'était une jeune femme un peu plus âgée que leurs enfants, mince, brune aux cheveux frisés et aux yeux bleus translucides. Son visage fermé la plupart du temps enlaidissait sa beauté naturelle.

— Bonjour Mr et Mme Sauge, Opale est malade?

— Elle est absente?

La voix d'Agate chevrotait. Elle lâcha la main de son mari et fit un pas vers l'employeuse de sa fille, qu'elle n'avait jamais réellement aimée.

— Elle est en retard.

— Ça lui arrive souvent? demanda Jaspe.

Il se rapprocha également et passa un bras autour des épaules de sa femme.

— Non jamais, pourquoi?

— Elle n'est pas rentrée hier soir. Nous nous faisons un sang d'encre pour elle. Elle vous a dit quelque chose de particulier avant de partir?

— Non, rien du tout. Mais elle ne va peut-être pas tarder. Vous souhaitez boire quelque chose en patientant? proposa Iris par pure politesse.

— De l'eau je veux bien, remercia Agate.

— Moi aussi ça sera parfait, merci.

Iris se glissa dans l'arrière-boutique pendant qu'Agate et Jaspe attendaient en silence. Le cerveau d'Agate s'était arrêté, restant dans le confort de l'espoir bien plus facile à supporter que l'incertitude, tandis que Jaspe réfléchissait à toute vitesse à toutes les solutions possibles. Chaque minute écoulée ici renforçait le fait que leur fille ait disparu, et qu'ils ne déployaient pas toute leur énergie pour la retrouver. Iris revint avec deux verres d'eau. Jaspe continua de poser quelques questions sur Opale. Tout semblait normal selon sa patronne. Elle ne les aida pas davantage. Passé le temps où ils n'attendaient plus qu'Opale surgisse sur son lieu de travail, ils retournèrent chez eux. Les enfants avaient assuré les premiers rendez-vous du matin malgré leur état de fatigue. Ils fermèrent très vite l'apothicairerie quand ils croisèrent leurs parents, portant la tristesse et la peur sur leurs visages.

Opale n'était pas non plus revenue à la maison. Agate et Jaspe repartirent immédiatement au siège de la milice, où ils furent reçus par un homme au ventre proéminent et à la fine moustache répondant au nom de Bruno Brochard. Cet homme, comme ils s'y attendaient, nota leur inquiétude sans pour autant souhaiter y remédier. Opale était adulte, et il ne pouvait rien entreprendre. Il avait mieux à faire que d'enquêter sur les disparitions de sorcières majeures. Face à l'insistance de Jaspe, il haussa la voix:

— Je vous le répète: nous ne pouvons enclencher aucune démarche. Elle va sûrement revenir, rassurez-vous. Maintenant, merci de me laisser travailler.

Agate était scandalisée et Jaspe se retint d'empoigner le miliceur par le col. Ils regagnèrent leur domicile encore plus abattus —si c'était possible. Les enfants n'avaient pas chômé durant leur absence: ils étaient partis réinterroger les amis d'Opale, mais personne ne l'avait vue.

— Pourquoi ne pas organiser une battue? proposa Éléonore.

— Une quoi?

— Ça consiste à appeler du monde et à la chercher dans les bois. On ne sait jamais…

— Je note cette bonne idée. Nous fermons l'apothicairerie et nous mettons un mot pour ceux qui souhaitent nous prêter main forte. En attendant, nous allons écumer toutes les auberges et tous les commerces, en espérant que quelqu'un ait aperçu quelque chose.

Tout le monde hocha la tête à la proposition de Jaspe. Ils se regroupèrent par deux. Topaze et Éléonore partirent ensemble, Axel se joint à Célestine, Ambre retrouva Arnaud, et Agate et Jaspe formèrent le dernier duo. Ils sélectionnèrent chacun un quartier et entamèrent les interrogatoires. Topaze et Éléonore commencèrent par l'auberge de Jérémy. Le Bar-Uti était pratiquement vide en ce début d'après-midi neigeux, ce qui le rendait d'autant plus lugubre. Le feu brûlant dans l'âtre à droite de la pièce réchauffait tout de même l'ambiance, et permettait d'éclairer les tables en bois alignées de part et d'autre d'une allée centrale. Le bar, situé en face de la porte d'entrée, était couvert d'une longue planche du même matériau que le reste du mobilier. Jérémy se tenait derrière, en train de laver la vaisselle. Il semblait plongé dans ses pensées, et leva les yeux au dernier moment. Tout d'abord, son visage s'adoucit à la vue de ses amis, suivi immédiatement par un regard inquiet. Il devina à leurs traits que quelque chose de grave était arrivé. Topaze le lui confirma:

— Opale a disparu.

— Quoi? Mais comment?

— On l'ignore… On questionne tous les commerces, et après on organisera une battue dans les bois. Il ne faut pas qu'on tarde. L'as-tu aperçue depuis les Saturnales?

— Non pas du tout… Je vais laisser un mot pour les recherches ici, et je viens vous aider. Je vais demander à mes parents.

Jérémy s'éclipsa à l'arrière de l'auberge. Il revint quelques minutes après la mine rembrunie avec un garçon plus âgé que lui qu'il présenta comme son frère, Clément. Leur ressemblance se limitait au teint pâle qu'ils possédaient tous les deux. Jérémy était petit, fin et blond aux yeux bleus. Au contraire, Clément était un peu plus grand, trapu, roux aux yeux verts. De légères taches de rousseur couvraient son nez et ses joues. Il salua poliment Éléonore et Topaze sans leur adresser le moindre mot, puis remplaça son frère à la plonge. Leurs différences ne s'arrêtaient pas au physique: tandis que Jérémy possédait une capacité de mémorisation magique ainsi qu'une culture à toute épreuve, Clément peinait à comprendre son humour intellectuel et ses excentricités, lui qui ne se projetait pas plus loin que la porte de l'auberge et de la première fille bonne à marier qu'il rencontrerait.

Jérémy était contrarié de la façon dont lui avait parlé sa mère, insensible au sort des autres. Il lui avait juste demandé d'accompagner son ami dans un moment difficile! Visiblement, même cette requête semblait insurmontable pour Colette Baruti, alors qu'il n'y avait aucun client. Il évita de répéter les échanges houleux pour ne pas renforcer l'atmosphère déjà bien pesante chez Topaze. Il se couvrit de sa cape aux couleurs de sa famille et passa l'après-midi à écumer les auberges et commerces. Personne n'avait croisé la disparue. Les autres groupes n'eurent pas plus de succès. La fin de journée approchait et seules quelques personnes attendaient devant l'apothicairerie pour leur prêter main-forte.

Axel et Éléonore expliquaient comment procéder pour ne pas risquer de louper Opale. Ils n'avaient jamais participé à une vraie battue, mais en avaient observé à la télévision, et ils se dirent que ça ne devait pas être très compliqué. Cependant, la nuit arriva plus vite que prévu dans l'ombre des grands arbres de la forêt. Ils ne purent couvrir qu'une petite zone. Ils abandonnèrent pour la journée.

De retour dans Vénéficia, Jaspe s'exprima devant l'apothicairerie:

— Nous recommencerons demain à 8 h 30. Essayez d'en parler à un maximum de personnes! Merci beaucoup!

Agate changea le mot affiché devant chez eux, qui expliquait que l'officine n'ouvrirait pas jusqu'à nouvel ordre. Ils espéraient pouvoir compter sur de nombreux volontaires pour les aider.

L'investissement qu'ils fournirent porta ses fruits. Le soir même, toute la

CHAPITRE 11

capitale se captivait pour la disparition d'Opale.

***

Puisque la famille Sauge avait aidé de nombreux sorciers dans la capitale, prenant parfois des risques —comme Topaze l'avait fait récemment— une trentaine de personnes répondirent présentes le lendemain. L'entrée du bois, à côté de la boutique où Opale travaillait, fut désignée le point de départ de la battue. Le froid s'était installé à Vénéficia, et les gens trépignaient sur place en attendant le début des recherches. Agate distribua des boissons chaudes pendant que Jaspe expliqua de nouveau la procédure. La couche nuageuse alourdissait l'atmosphère.

Axel se rapprocha d'Éléonore.

— Tu crois qu'ils sont conscients que ça n'aboutira à rien? La forêt s'étend sur une surface gigantesque et Opale pourrait se cacher dans n'importe quelle anfractuosité.

— Éléonore lui lança un regard noir.

— Quoi, tu n'es pas d'accord avec moi? demanda Axel.

— Que proposes-tu de mieux? cingla Éléonore. Il faut bien commencer quelque part! Personne ne les aide!

Axel haussa les épaules.

Ils formèrent une ligne. Jaspe donna le départ. Tous s'enfoncèrent dans la forêt, avançant au même rythme. Peu de gens parlaient. Ils espéraient entendre le cri d'Opale. Malheureusement, l'opération demeura infructueuse. Ils marchaient depuis des heures, élargirent le périmètre de recherche, s'éloignèrent les uns des autres, en vain. Ils ne trouvèrent aucune trace de la disparue.

Lorsqu'ils apprirent cet attroupement illégal, six miliceurs débarquèrent. Ils sortirent chacun leur arme de prédilection, geste inutile puisque la population se dispersa dès qu'ils les aperçurent. Seuls la famille Sauge,

Éléonore, Jérémy et Axel restèrent. Agate demanda aux enfants de regagner la maison, notamment pour protéger Éléonore, mais Topaze refusa d'obéir. Brochard, l'un des inquisiteurs présents, prit la parole:

— Vous n'avez pas le droit de rassembler une foule telle que celle-ci.

— J'ai le droit de chercher ma fille, répondit calmement Jaspe.

— Cherchez tout seul dans ce cas, évitez de provoquer des émeutes. Ceci est un avertissement.

— On accomplit votre boulot et en plus vous vous plaignez? réagit Topaze.

— Tais-toi! ordonna Jaspe.

— Oui, tais-toi, écoute ton père si tu ne veux pas qu'on t'embarque. Nous ouvrons une enquête, lança-t-il à Jaspe et Agate. Venez vous présenter demain pour nous exposer plus en détail le... problème.

Ils partirent, les laissant frustrés de leur battue abandonnée. Topaze, d'ordinaire décontracté et joyeux, était énervé.

— Pourquoi réagissent-ils comme ça? On ne transgressait aucune règle!

Ses parents partageaient l'irritation de leur fils, mais préférèrent rester calmes face à la situation.

— Au moins, ils enquêteront, c'est déjà ça de gagné, dit Agate.

Une fois à la maison, ils se regroupèrent autour de la table.

— On ne peut plus proposer de battue, mais on ne va pas rester là sans rien faire quand même! s'indigna Célestine.

— Et si on retournait questionner chaque ami d'Opale? proposa Agate.

— Pour quoi faire? Ils vont nous répondre «Non, on ne l'a pas vue, désolé», rétorqua Ambre.

— Peut-être que vous pourriez poser des questions sur les faits et gestes d'Opale ces derniers jours ou ces dernières semaines, son comportement, les secrets qu'elle ne vous a jamais avoués, tout ce qui semble anodin, mais qui finalement pourrait se révéler important? suggéra Éléonore, profitant de ses connaissances littéraires et télévisuelles en enquêtes policières.

— C'est une bonne idée! affirma Topaze.

Ils approuvèrent et chacun se répartit des personnes à interroger. Trouvant cela trop risqué, Agate préféra qu'Éléonore et Axel restent à

CHAPITRE 11

la maison, prétextant qu'il fallait quelqu'un sur place si Opale rentrait alors qu'ils la cherchaient tous à l'extérieur. Les deux jeunes gens savaient très bien que c'était une excuse, d'autant plus qu'il était peu probable que la benjamine de la famille réapparaisse soudainement après presque 48 h, mais ils hochèrent la tête.

Charlotte, une des meilleures amies d'Opale, accueillit Topaze. C'était une femme grande, au visage triangulaire et aux traits fins. La teinte particulière de ses yeux bleus embellissait sa peau terne et ses cheveux éteints. Elle s'étonna de le voir, elle qui avait quitté la battue moins d'une heure plus tôt.

— Vous avez des nouvelles? demanda-t-elle.

— Non, non, mais justement, on essaie de prendre le plus de renseignements possibles auprès de ses amis.

— Oui, je comprends. J'ai côtoyé pour la dernière fois Opale aux Saturnales, et elle était comme d'habitude.

— Tu n'as pas remarqué quelque chose de particulier? Elle se comportait de manière habituelle?

— Si j'avais remarqué quelque chose, je vous l'aurais dit immédiatement. Elle me semblait un peu fatiguée, mais je trouvais cela normal avec les horaires de son travail.

— Ah bon? Pourquoi pensais-tu qu'elle était exténuée?

— Oh rien, juste que son cerveau tournait au ralenti, elle n'écoutait pas ce que je lui racontais.

— Ça faisait longtemps qu'elle agissait de la sorte?

— Non, plusieurs jours, peut-être une semaine ou deux. Mais tu sais ce que c'est, avec cette baisse de luminosité et cette entrée dans l'hiver.

Topaze orienta la conversation sur ses fréquentations.

— À ce que je sais, elle est célibataire, et n'a que des amis de longue date, répondit Charlotte. Nous nous sommes amusées ensemble à quelques soirées récemment, mais je ne me souviens pas d'une quelconque nouvelle rencontre…

La discussion avec Charlotte ne donna rien d'intéressant. Il espéra que ses sœurs ou ses parents avaient eu plus de succès. Il retourna chez lui, un peu désemparé. Ils ne disposaient d'aucune piste sérieuse et personne ne savait comment s'y prendre.

Jaspe avait interrogé Mathieu, un ami d'Opale, qui n'avait révélé aucune information capitale, tandis que Bérénice, une autre copine, avait avoué à Agate que ça ne se passait pas très bien au travail. Cependant, Iris Blanc, la patronne de la disparue, n'avait rien dit à Ambre. Elle avait gardé ses distances. Célestine, elle, entendit parler d'un Jonathan qui tournait autour d'Opale.

Chapitre 12

Brochard les reçut de nouveau, accompagné cette fois-ci de son acolyte Pierre Ronchin. Tandis que le premier avait un physique laissant sous-entendre qu'il préférait la bonne chère aux enquêtes policières, le second frôlait la maigreur, aspect accentué par son visage anguleux très peu avenant. Il s'assit sur le rebord du bureau qu'utilisa Brochard pour les interroger. Malgré leur manque de motivation pour ce dossier, ils s'appliquèrent à demander le plus de détails possible. L'affaire commençait à faire grand bruit à Vénéficia, et leur supérieur leur était tombé dessus. Peu importe si la fille était majeure. Il valait mieux enquêter plutôt que permettre à un climat de révolte de s'installer dans la capitale. D'autant plus que les Sauge étaient très appréciés à Vénéficia, et qu'eux-mêmes pouvaient requérir leurs services à un moment donné. Ils avaient donc décidé de se radoucir devant eux pour les mettre en confiance et leur montrer qu'ils étaient investis, bien que la réprimande qu'ils avaient subie leur avait laissé un goût amer dans la bouche.

Jaspe et Agate relatèrent au mieux la disparition et le résultat des enquêtes qu'ils avaient menées. Ils leur posèrent de nombreuses questions sur Opale, sur sa vie, sur les jours précédents son enlèvement et sur son entourage. Face à ce chamboulement, Jaspe et Agate n'avaient pas réalisé qu'ils mettaient en danger Éléonore et Axel. Ils n'évoquèrent pas leur présence, cependant Brochard mit le sujet sur le tapis.

— Vous hébergez également des personnes, me semble-t-il avoir entendu?

— C'est exact, répondit Agate laconiquement, mesurant chaque parole.
— D'où les connaissez-vous?
— Ce sont des cousins de mon côté.

L'histoire était crédible puisque Agate, métisse, avec effectivement toute une branche de sa famille à la peau blanche.

— Et que font-ils ici?
— Ils nous rendent visite et découvrent la capitale. Ça faisait quelques années que je ne les avais pas vus, et je les ai invités à séjourner chez nous aussi longtemps qu'ils le voudraient.
— Et peu après leur arrivée, votre fille disparait? insinua Ronchin.
— Je me porte garante d'eux. Ils ne feraient pas de mal à une mouche.
— Et ils logent toujours chez nous. S'ils l'avaient enlevée, ne penseriez-vous pas qu'ils seraient partis? réagit Jaspe.
— Certes, certes. Je crois que je n'ai plus de questions, dit Brochard. Vous pouvez y aller.

Agate et Jaspe se dépêchèrent de s'éclipser et rentrèrent directement à la maison. Ils racontèrent leur entrevue à toute la famille qui les attendait.

— Il est trop tard pour vous évacuer, dit Jaspe à l'attention d'Éléonore et Axel. Ça nous desservirait. Le plus sage serait de préparer de façon très pointue les liens généalogiques qu'il pourrait exister, puis on improvisera.

Ils hochèrent la tête et Agate les prit à part pour parler de sa lignée. Elle n'avait pas eu de nouvelles de sa famille depuis qu'elle avait épousé Jaspe, qu'ils n'approuvaient pas du tout. Ils n'habitaient pas dans la région et, pour les quelques membres qui vivaient encore, ils s'isolaient tellement que personne ne les avait croisés depuis de nombreuses années. Cela jouait en leur faveur.

La milice vint trouver les Sauge dans l'après-midi et les interrogea tous, Éléonore et Axel inclus. Ils vérifièrent sommairement leurs identités, mais insistèrent sur les questions concernant leur présence dans la capitale. Ils corroborèrent la version d'Agate et les inquisiteurs semblèrent les croire. Ils enjoignirent à la famille de retravailler puisqu'ils étaient maintenant chargés de l'enquête. Ils souhaitaient avant tout éviter la panique que provoquait la fermeture de la meilleure apothicairerie de la ville. Jaspe et

CHAPITRE 12

Agate, qui comprirent derrière la demande un ordre sous-jacent, hochèrent la tête et convinrent de s'y remettre immédiatement.

Une fois partis, Topaze éleva la voix:

— On ne va tout de même pas recommencer à travailler sans rien dire!

— Si, il le faut. Ils nous ont dans le collimateur, et ils ont raison: ils explorent les pistes, qu'accomplirions-nous de plus?

— Mais papa, comment veux-tu qu'on soigne correctement en pensant à Opale?

— Je le sais bien. Moi aussi je meurs d'envie d'aller la chercher et de la retrouver. Mais pour l'instant nous ne pouvons rien faire. Confions la disparition de ta sœur aux mains des professionnels. Même si nous ne les portons pas dans nos cœurs, ils n'ont aucun intérêt à laisser l'affaire en suspens.

Quelques jours plus tard, les inquisiteurs bouclaient l'enquête.

Chapitre 13

Quand les Sauge apprirent la nouvelle, ils n'en revinrent pas.
— Tu vois je vous l'avais dit! Ils ne sont bons qu'à récupérer les impôts ceux-là! s'insurgea Topaze.
— Calme-toi, ordonna Jaspe.
— Mais quoi, j'ai raison non? Je vais aller leur demander de rendre des comptes!
— Ne fais pas ça!
— Et pourquoi ça? On devrait ne rien dire, comme à chaque fois?
— Mais tu crois qu'il va se passer quoi si tu y vas en les incendiant? Il faut se montrer beaucoup plus subtils. Nous allons enquêter nous-mêmes. Je vais mettre une annonce de récompense à tous ceux qui nous délivreront des informations intéressantes, et Célestine et toi vérifierez leurs exactitudes.
— Quant à moi, j'interrogerai les inquisiteurs, dit Agate.

***

Topaze rendit visite à Iris. La famille Sauge la questionnait pour la troisième fois, mais il espérait un peu plus d'ouverture de la part de la patronne d'Opale quand il lui avouerait savoir que la collaboration se passait mal. Ses parents et sa sœur avaient utilisé l'approche douce, tandis que lui pratiquerait la méthode plus franche. Malheureusement, elle ne porta pas davantage ses fruits. Elle refusait catégoriquement d'admettre une certaine tension entre elles deux.

— Nous ne sommes jamais devenues des amies intimes, je ne le cache pas. Je n'avais pas spécialement d'atomes crochus avec elle. Mais nous avions une entente tout à fait cordiale. Nous n'avons jamais rencontré de problème, et je n'aime pas qu'on insinue ça, surtout dans mon propre magasin, cingla Iris.

— Donc vous diriez que la personne qui nous a révélé cela mentait?
— Oui. '

Topaze préféra changer de sujet:
— Certains sorciers tournaient-ils autour d'Opale? Avez-vous relevé quoique ce soit?
— Non.
— Me donneriez-vous les identités des clients réguliers avec qui Opale avait développé des affinités?
— Non.

Topaze sentit qu'il n'obtiendrait rien de plus de la propriétaire. En partant, il tomba sur une affiche qu'il n'avait pas remarquée en entrant: RECHERCHE MAGICATRICE. Comment osait-elle déjà chercher une remplaçante à sa sœur? Il était outré. Les poings serrés, il s'éloigna rapidement du magasin. Décidément, il détestait vraiment cette femme.

Célestine, quant à elle, avait interrogé Jonathan, l'homme qui tournait autour d'Opale et raconta la scène à sa famille:

— Ah, mais si vous l'aviez vu. «Bonjour, je suis aquarier, je sauve des vies en éteignant les feux.» singea-t-elle. Non, mais sérieusement. Il fumait même un mélange d'herbes car il souffrait soi-disant d'une douleur à l'épaule. C'était surtout pour se donner un genre. Avec une infusion ça marcherait mieux! Il me sortait par les trous de nez. Impossible qu'Opale ait pu s'enticher de lui. Et il a l'air bien trop bête pour être en mesure d'enlever quelqu'un. De toute façon ses collègues me confirmèrent qu'ils s'occupaient d'un feu au moment de la disparition d'Opale, à l'autre bout de la ville: ce n'est pas lui.

— Nous voilà revenus à la case départ… soupira Agate. Et son ancien petit ami?

— Oui, il faudra l'interroger aussi. Mais je pense qu'ils ne se sont plus donné de nouvelles depuis leur séparation. Mais dis-nous! Qu'ont expliqué les miliceurs? demanda Célestine.

— Absolument rien. Ils m'ont déclaré qu'ils avaient bouclé l'enquête car ils savaient qu'Opale avait «fugué volontairement», et qu'ils ne pouvaient rien faire de plus.

— Et comment sont-ils au courant?

— Ils n'ont pas voulu me le dire. C'est confidentiel d'après eux!

Tout le monde était révolté par la nouvelle, et personne ne pouvait y croire. N'importe qui connaissant Opale estimerait l'idée de fugue totalement absurde.

— Toutes les familles des gens qui ont fugué assurent la même chose d'après eux… soupira Agate.

* * *

Jérémy, qui était venu pour prêter main-forte à la famille, ne savait pas trop quoi répondre à ça. Lui aussi imaginait mal Opale disparaître du jour ou lendemain sans donner de nouvelles. Avec Axel et Éléonore, ils continuèrent leurs cours comme l'avait demandé Agate. Ils se sentaient tellement impuissants qu'une certaine forme de culpabilité s'était créée chez Axel alors qu'Éléonore partageait la même colère que Topaze. Jérémy, bien que très attristé par l'enlèvement, préférait rester lucide et raisonné. Il cherchait dans les souvenirs de sa mémoire illimitée des éléments qui auraient permis d'orienter l'enquête, mais rien ne lui venait à l'esprit.

Le lendemain, Topaze croisa Ronchin et Brochard alors qu'il se rendait chez l'ex-petit ami d'Opale.

— Alors comme ça ma sœur serait partie volontairement? les apostropha Topaze.

CHAPITRE 13

— Déjà on commence par formuler «Bonjour Messieurs». Dis donc le manque d'éducation est un trait familial. L'une s'enfuit sans donner de nouvelles, l'autre ne salue pas avant de parler…

Un rictus apparut sur le visage de Ronchin, content de sa répartie et de son effet sur Topaze. Celui-ci bouillait intérieurement. Comment osait-il dire ce genre de chose sur sa sœur? Elle a été enlevée, et ils l'insultaient comme si elle était coupable. Mue par une rage qu'il ignorait posséder, il se rua sur les miliceurs, le poing levé. Bien que grand et musclé, Topaze passait bien plus de temps à soigner qu'à créer des blessures. Ce n'était pas dans ses habitudes de se montrer violent. Il ne se reconnaissait plus. Topaze lança un coup de poing dans le vide. Les inquisiteurs le maitrisèrent aisément. Ils le plaquèrent au sol. Immobilisé par le genou d'un miliceur, Topaze ne constituait plus une menace. Pourtant, Ronchin et Brochard sortirent leurs matraques. Ils exerçaient ce métier pour faire respecter la loi, pensa Ronchin. La population devait les admirer, les craindre. Ils ne pouvaient laisser cet affront impuni. Ronchin donna un premier coup de pied dans le ventre de Topaze, suivi d'un autre, puis d'un troisième. La victime se recroquevilla en position fœtale, mais ils ne s'arrêtèrent pas là. Ils se défoulèrent avec leurs armes sur Topaze, qui se cacha la tête. Une douleur cuisante le traversait. Il frôlait l'évanouissement, mais refusait de se laisser aller, par peur de ne jamais se réveiller. Au-delà des coups, il entendait son corps supplier. Ses organes s'abimaient. Des os se brisaient. Il fallait que ça cesse. Il se sentait partir, il ne pouvait plus supporter une telle douleur.

— Je vous en supplie, murmura-t-il, je vous en supplie, arrêtez. Je m'excuse.

Topaze cracha du sang. Sa vision se brouillait.

Ronchin sombrait dans une transe extatique. Brochard réfréna difficilement son collègue qui s'amusait à l'idée de frapper un homme à terre. Brochard se pencha vers Topaze et le menaça:

— C'est le deuxième avertissement qu'on fait à ta famille. Nous avons entendu aussi l'histoire de la récompense. Donc maintenant vous allez arrêter immédiatement vos petites manigances, ou vous aurez affaire à nous, c'est clair?

Topaze hocha subrepticement la tête et ils s'en allèrent, le laissant dans la neige fondue. Une fois les miliceurs hors de vue, des clients de l'auberge en face, qui avaient assisté à la scène, vinrent l'aider. Ils le conduisirent, complètement couvert de sang, à l'officine de ses parents, qui furent horrifiés de l'état de leur fils.

Jaspe criait après Topaze et Agate pleurait. Ils extériorisaient tous les deux différemment leur peur à découvrir leur fils ainsi, surtout après la disparition récente de leur fille.

— Je t'ai dit de rester loin d'eux! Je ne te confierai plus de tâches, tu vas travailler à l'apothicairerie avec l'interdiction de sortir! s'énerva Jaspe.

Topaze ne répondait rien, totalement sonné par l'agression qu'il venait de subir.

Il fut soigné rapidement par sa famille, mais fit profil bas les jours suivants. Cependant, son envie de découvrir la vérité n'avait pas faibli, bien au contraire. Il était plus que jamais déterminé. Il ne serait pas soumis aux inquisiteurs.

Quelques jours plus tard, il demanda un service à Axel:

— Iris recherche un employé, tu ne pourrais pas y poser ta candidature?

— Elle aimerait sûrement quelqu'un avec le même pouvoir qu'Opale non?

— Oui, mais qui ne tente rien n'a rien.

— D'accord. J'irai aujourd'hui. Accomplir quelque chose d'utile me ferait du bien. Je ferai tout pour être pris, je me révèle généralement persuasif!

— Tant mieux! Hâte que tu découvres ce que ce glaçon cache!

∗ ∗ ∗

Les jours suivants l'annonce, Jaspe et Agate reçurent une quantité de personnes détenant des informations plus aberrantes les unes que les autres. Malgré la menace de la milice, ils avaient décidé de continuer leur offre de récompense, espérant recueillir davantage de renseignements. Topaze

CHAPITRE 13

insistait tellement qu'ils acceptèrent de le laisser enquêter à leur place. Éléonore souhaitait l'aider dans sa tâche. Elle venait souvent avec lui ou vérifiait certaines données, seule, sans en avertir ses hôtes. Elle ne voulait pas rester chez les Sauge, sans rien faire.

Comme promis, Axel proposa ses services à Iris, la patronne d'Opale.

Lorsqu'il entra dans ce commerce, il fut déstabilisé par le capharnaüm de la pièce, et se demanda comment des clients pouvaient désirer acheter ici. Lui, hésitait entre prendre ses jambes à son cou, ou tout trier et en jeter la moitié.

— Le magasin est un peu… en désordre, dit Axel qui, pour lui, était un euphémisme.

— Vous trouvez?

Iris regarda autour d'elle comme si elle découvrait sa boutique pour la première fois. Axel ne savait pas ce qui le choquait le plus: que tout tienne en équilibre précaire dans une crasse ambiante, ou que sa propriétaire ne comprenne pas ce qui l'incommodait?

Il se recentra sur les raisons de sa visite et lui proposa son aide. Iris refusa.

— Je cherche une manipulatrice de pouvoir, pas un sorcier lambda.

Axel exposa de bons arguments: il s'occuperait de la vente et du rangement, ce qui permettrait à Iris de se concentrer sur la fabrication de ses chandelles, sa spécialité; il acceptait d'être payé au jour le jour et de démissionner dès qu'Iris trouverait mieux. Ce dernier argument fit pencher la balance de son côté. Effectivement, Iris gérait laborieusement toutes les tâches qui lui incombaient. Une aide durant un laps de temps court s'avérerait efficace.

— Marché conclu. Tu commences demain, précisa-t-elle froidement.

Axel souriait. Il avait gagné.

La période hivernale entrainait un accroissement des ventes de bougies, et le stock du magasin diminuait sans être renfloué. Le secret de leur succès résidait dans la variété d'effluves différents qu'elles possédaient. Grâce au pouvoir d'Iris, qui était en mesure de reproduire n'importe quel parfum par les pores de sa peau, la magie avait opéré. Opale avait réussi à les insérer dans des cierges, au prix de nombreux essais, et leur idée leur avait permis de ne pas être étouffées par les charges.

La première journée se déroula parfaitement bien. Axel n'osa pas aborder le sujet d'Opale immédiatement, et obéit aux directives d'Iris. Il avait entrepris un tri, et Iris lui avait demandé de vérifier si les objets fonctionnaient. Les vétustes partiront à la démagication pour être recyclés. Cependant, la majorité de l'achalandage restait obscure pour Axel. Il en avait utilisé plusieurs chez les Sauge mais cela ne suffisait pas. Il profita de l'absence d'Iris pour tester le maximum d'inventions.

Dès le premier jour, il inonda tout une partie de la boutique à cause de ses expérimentations. Il passa le reste de la journée à limiter les dégâts. Quand Iris entra dans la pièce, Axel précisa que la casse pourrait être retirée de sa paie. Il reçut tout de même un salaire correspondant à deux noisetiers avec l'autorisation de revenir le lendemain.

* * *

Jérémy nettoyait les meubles de la salle quand il entendit une conversation entre deux hommes. Elle était parfaitement audible puisqu'il n'y avait qu'eux à cette heure de la journée. Jérémy ne prêtait pas attention à la vie privée des gens habituellement, mais le mot «disparition» attisa sa curiosité. Il fit mine de lustrer plus longtemps les tables et les bancs, allant jusqu'à désincruster les rainures du bois.

— Drôle de coïncidence, le cirque arrive dans la ville et bim! Deux jours après y'a une gamine qui se fait enlever!

— Quoi, tu penses que c'est eux?

— Moi? J'ai aucune confiance en ces nomades! Ils débarquent dans un endroit et comme par hasard, il se passe des choses étranges! C'est pas la première fois! J'ai entendu dire qu'il y avait eu d'autres disparitions dans les villes qu'ils avaient parcourues. Moi si je travaillais pour la milice, j'irais dans les roulottes et je les forcerais à rendre la fille.

— De toute façon il paraitrait qu'elle aurait déguerpi volontairement.

CHAPITRE 13

— Mon œil oui!

Jérémy validait au moins ce dernier point. Pour le reste, il ne savait que penser. Y avait-il vraiment eu d'autres disparitions? Une personne au sein du cirque aurait-elle pu enlever des sorcières sans se faire remarquer puis changer de ville sans en être inquiétée? Les rumeurs se révélaient souvent infondées. Mais dans ce cas-ci, rien ne pouvait être négligé. Il en parlerait à Topaze, qui déciderait de l'intérêt à mener l'enquête. Il s'éloigna des clients. Les meubles de la salle n'auront jamais été aussi propres.

* * *

De son côté Jaspe, qui continuait d'accueillir les personnes souhaitant bénéficier de la prime, reçut la visite d'un homme d'une cinquantaine d'années. Il lui signala que le nombre d'enlèvements accroissait de façon soutenue avec les années. Il le savait puisqu'il s'y était intéressé il y a quelques années suite à la disparition de son cousin.

— Et vos recherches vous ont conduit à quoi? demanda Jaspe.

— À rien. Seulement au fait que les disparitions inexpliquées augmentent d'année en année, sans qu'on comprenne ce qu'il se passe réellement. Vous pouvez vérifier. Mais la milice évite de fournir les documents qui montrent leur incompétence.

— Je vois. Vous n'avez donc jamais retrouvé votre cousin?

— Non. Il se planque peut-être, il n'était pas blanc comme neige, vous voyez. Cela dit, il n'était pas assez intelligent pour organiser sa fuite. C'est pour ça que je l'ai cherché, je l'aimais bien quand même. Tenez, voici les noms de quelques disparus de l'époque, remarquez ça remonte un peu. Mais j'espère que vous pourrez retrouver votre fille.

— Je l'espère aussi.

* * *

La liste que reçut Jaspe tomba directement dans les mains de Topaze. Cette information semblait plus sérieuse, d'autant plus que l'homme n'avait pas souhaité la récompense. Il s'était manifesté par devoir civique selon lui. La dizaine de noms de disparus remontait à quelques années, mais c'était un début. La plupart se trouvaient à la capitale. Éléonore proposa à Topaze de séparer la liste en deux. Avancer rapidement dans l'enquête représenterait un atout. Elle ne lui avait pas dit que plus le temps passait, plus les chances de retrouver Opale en vie s'amenuisaient. Mais ce qui prévalait dans le monde humain ne l'était peut-être pas chez les sorciers. Topaze accepta et ils opérèrent tous les deux de leur côté. Ils dressèrent tout d'abord une liste de sujets pour chercher d'éventuels points communs avec Opale: les centres d'intérêt des disparus, les quartiers où ils vivaient et travaillaient, leurs physiques, etc. Éléonore et Topaze interrogèrent les familles chacun de leur côté. Celles-ci furent surprises de recevoir de la visite. Éléonore ne cacha pas les raisons de sa venue, tout en leur demandant de rester discrets. La plupart approuvèrent et répondirent avec le plus grand sérieux aux questions qu'Éléonore posait. Elle nota tous les renseignements qu'elle recueillit, puis elle compara avec ceux obtenus par Topaze.

— Rien ne semble coïncider avec elle, ni les uns aux autres! dit Topaze.

— Ils ont tous des parcours, des personnalités et des physiques différents. Et ils ont été enlevés à des années d'écart. Pas sûr qu'un lien existe entre tous.

— Non je ne pense pas non plus. Mais ça vaut le coup de vérifier les quelques noms qui restent sur la liste. Je peux y aller seul demain. J'espère que la journée se montrera plus productive!

**

Plus la semaine avançait, plus Axel devenait à l'aise avec les objets magiques. Cependant, l'initiation continuait perpétuellement. Quand il pensait être enfin au bout de ses surprises, il dénichait un nouveau bibelot totalement inconnu: une boite à doux rêves, un amplificateur de poils, un arrête-page.

Il découvrit un grand nombre d'articles défectueux qui avaient passé trop de temps sur les étagères poussiéreuses. Ils étaient devenus désuets et ne se vendaient plus. Ceux-là étaient transportés à la démagication. D'après ce qu'Axel avait compris, il s'agissait de l'endroit où étaient recyclés les objets inusités. Iris s'y était rendue à deux reprises depuis qu'ils avaient initié le rangement du magasin.

Durant son absence, Axel avait failli mettre le feu à la boutique avec un feu-facile. Ce n'était pas vraiment de sa faute, pensa-t-il. C'était la première fois qu'il en voyait un avec cette forme si particulière. D'habitude, ils s'apparentaient à des briquets. Celui-ci ressemblait à un escargot. Comment l'inventeur avait-pu imaginer une flamme d'un mètre de haut lorsqu'on effleurait du doigt le centre du feu-facile? C'était une aberration! Il n'y avait que les sorciers pour créer un truc aussi absurde. Heureusement, il en était sorti indemne. Il ne pouvait pas en dire autant du tourne-vent, accroché au plafond, qui fondit et s'écrasa par terre dans un bruit métallique. Son premier réflexe consista à cacher sa bêtise, puis il réalisa qu'il se comportait de façon totalement immature. Il assuma la colère d'Iris. Elle retira le prix du tourne-vent de sa paie, bien qu'Axel soit pratiquement certain qu'il ne fonctionnait plus.

Un soir, après la fermeture, elle proposa à Axel que ce soit lui qui se rende dorénavant à la démagication. Ça ressemblait fortement à une injonction, aussi il ne releva pas et la suivit dans les ruelles sombres.

— On ne prend pas les objets? demanda Axel.

— Non, le service de démagication est fermé à cette heure-ci. Mais je te montre où il se trouve, tu feras le trajet seul ensuite.

La nuit agréable déteignait sur l'humeur de la patronne. Les rayons de la lune se reflétaient sur ses cheveux noirs qui se balançaient au rythme de ses pas. Ils n'échangèrent plus de mots durant quelques minutes, profitant du calme environnant. Ils traversèrent des ruelles étroites, dont la plupart manquaient d'éclairage. Iris s'orientait sûrement de mémoire et Axel doutait que la sienne fonctionnât aussi bien, surtout privée en grande partie du sens de la vue. Il s'attendait à quitter la ville, mais à sa grande surprise, ce ne fut pas le cas. Iris s'arrêta entre deux petites maisons. Un terrain de la taille d'une aire de jeux pour enfants les séparait, avec une grille et une porte fermée. À travers les barreaux, on apercevait une sorte de serre de cinq mètres de long par deux mètres de large. La lune éclairait les reflets grisâtres de la toile totalement opaque.

— Pour recycler chaque objet, tu paies deux noisetiers. Tu les déposes dans la section 10 D.

— Comment je trouve la section?

Iris leva les yeux au ciel comme si la réponse était évidente.

— C'est noté!

Le retour permit une nouvelle mémorisation, et le jeune homme espérait vraiment pouvoir retrouver le chemin la prochaine fois.

Même s'il appréhendait d'être repéré en tant que sorcier ayant vécu chez les humains, il se réjouissait d'avoir une excuse pour s'évader de la boutique. Iris n'était pas désagréable avec lui, mais restait muette comme une tombe. Il se demandait comment il parviendrait à obtenir des informations sur Opale.

**

Comme Eléonore et Topaze l'avaient espéré, le lendemain se démarqua. Non pas parce qu'ils trouvèrent un indice, mais parce que la milice interpella Topaze alors qu'il se rendait dans une famille dont le père avait disparu quelques années plus tôt.

— Tiens, mais qui voilà ! Mr Sauge! Comme on se croise! s'exclama Brochard.

— T'as bien récupéré dis donc, j'ai pas dû taper assez fort, regretta Ronchin.

— Nous sommes des guérisseurs.

Topaze restait calme. Il fallait absolument qu'il fasse profil bas.

CHAPITRE 13

— Justement on voulait te voir. On a appris que tes parents n'avaient pas enlevé la récompense. Ils cherchent les ennuis, ceux-là. Et toi, que fais-tu ici?

— Je rends visite à des patients qui ne peuvent pas se déplacer.

— Tu mens.

— Non je ne mens pas.

— On a entendu hier que tu enquêtais encore. Tu nous prends vraiment pour des imbéciles! Penserais-tu qu'on ait négligé des pistes?

— Probablement.

— La raclée de la dernière fois ne t'a pas réussi on dirait! s'énerva Ronchin.

— Reste calme, conseilla Brochard. On l'emmène, on va discuter de tout ça à l'abri.

Topaze se demanda si le miliceur voulait dire à l'abri du temps puisqu'il commençait à neiger, ou à l'abri des regards pour ne pas être sauvé par des passants cette fois-ci. Il appréhendait, mais il garda un air neutre pour éviter de donner ce plaisir à Ronchin.

Une fois dans le bâtiment de la milice, il fut installé dans le bureau de Ronchin, au même endroit que ses parents quelques jours plus tôt.

— Ta sœur s'est enfuie de son plein gré. Que vous le vouliez ou non, c'est comme ça. Je comprends que ça soit difficile à l'admettre, mais il va bien falloir.

Même si Brochard paraissait le moins sadique des deux, parler sur ce ton doux ne lui ressemblait pas. Il changeait sûrement de méthode, puisque la violence n'avait pas impacté la motivation de Topaze la dernière fois.

— C'est impossible que ma sœur soit partie sans nous avertir, riposta Topaze.

— C'est pourtant le cas, grogna Brochard.

— Non. Je ne vous crois pas! Quelles preuves détenez-vous? exigea Topaze.

La tension était de plus en plus palpable dans la pièce.

— Assez de preuves convaincantes pour ne pas creuser plus loin, aboya Ronchin.

— C'est ça, et comme par hasard les preuves n'ont pas le droit d'être divulguées? s'énerva Topaze.

— Exactement. Nous avons promis de ne rien dire, cracha Brochard.

— Vous mentez! cria Topaze.

— Toi tu commences à me faire chier, beugla Ronchin. Ta sœur, elle s'est enfuie avec un homme!

— C'est faux!

— Mais que vous pouvez vous montrer crédules! se moqua Ronchin. Bien sûr que si, une source fiable proche d'elle nous l'a dit!

— VOUS ÊTES VRAIMENT DES MENTEURS ET DES BONS À RIEN! vociféra Topaze.

Le poing de Ronchin partit tout seul. Topaze sentit le sang affluer dans sa bouche, mais rien ne semblait cassé.

— TU ME MANQUES ENCORE UNE FOIS DE RESPECT JE TE TUE! tonitrua Ronchin.

— En attendant, nous t'arrêtons, temporisa Brochard. La prison t'apprendra à te plier à l'autorité.

Les inquisiteurs emmenèrent Topaze vers le château. L'odeur de pourriture se renforçait à mesure qu'ils descendaient les escaliers les menant aux oubliettes. Tous les trois mètres, des geôliers surveillaient l'accès des cellules dont on ne percevait aucun son. Une porte en bois, semblable aux autres, était ouverte. Ils le jetèrent à l'intérieur d'un cachot. Topaze s'écroula sur le sol en pierres moisies. Ils en verrouillèrent l'entrée.

— Et si on allait fouiller chez les Sauge? proposa Brochard. Je rêve de découvrir ce qu'ils possèdent!

— Bonne idée. Je les ai toujours trouvés louches. Ils ne donnent pas l'impression de vouer un amour inconditionnel à la reine. Je suis persuadé qu'on peut dénicher de quoi les incriminer. Tu imagines si on saisissait de quoi les faire arrêter comme «ennemis de la patrie»? On monterait en grade!

Les yeux de Ronchin brillaient à cette idée.

Chapitre 14

Ronchin et Brochard perquisitionnèrent la demeure à deux, sans leurs collègues. Ils souhaitaient garder la part du butin pour eux seuls. Ils traversèrent l'apothicairerie et montèrent directement dans le logement. Agate, qui les vit passer, leur demanda de s'arrêter, mais ils ne l'écoutèrent pas. Elle fit irruption dans la salle où Jaspe prodiguait un soin:

— Les miliceurs sont là! Ils fouillent la maison, je n'ai pas réussi à les retenir!

— Oh non! J'arrive! Monsieur Lebrun, excusez-moi d'interrompre la séance comme ça. Nous avions presque terminé, ça fonctionnera quand même. Je vous l'offre! jeta-t-il alors qu'il s'enfuyait de la pièce.

Ils montèrent les escaliers et trouvèrent les inquisiteurs en train de retourner le salon.

— Que personne ne rentre ou ne sorte de la maison, nous examinerons tout au peigne fin, ordonna Brochard.

— Mais que se passe-t-il? demanda Agate

— Vous nous avez désobéi.

— Je ne comprends pas... Ah l'affiche? Il s'agit juste d'un oubli, je vais l'enlever immédiatement, mentit Jaspe.

— Vous ressemblez bien à votre fils! Vous nous prenez vraiment pour des abrutis. D'ailleurs, il a été interpelé, dit Ronchin.

— Quoi?

Agate et Jaspe étaient sidérés.

— Et faites attention à ce que vous dites si vous ne souhaitez pas subir le même sort.

— Mais… mais pourquoi? interrogea Agate.

— Entrave à la justice et insulte. Vous ne le reverrez pas de si tôt. Maintenant, foutez le camp.

Agate sembla vouloir dire quelque chose, mais Jaspe l'entraîna dans la réserve de l'apothicairerie. La petite pièce rectangulaire abritait la préparation des potions. Sur la table, des plantes séchaient. Un chaudron contenait un liquide verdâtre qui bouillait. Jaspe convoqua ses filles, qui cessèrent de travailler immédiatement. Ambre rejoignit en dernier le conciliabule. Elle ferma la porte. Agate leur expliqua:

— Ils ont arrêté Topaze, ils cherchent de quoi l'inculper. Et avec ce qu'ils trouveront, nous allons tous plonger avec lui!

— Que veux-tu dire? demanda Célestine.

— Éléonore et Axel. Ils se cachent certainement à l'étage, effrayés. La milice les a déjà interrogés, mais sommairement, chuchota-t-elle. Là ils pourraient se pencher davantage sur les liens familiaux bidon. Ils découvriront le faux tatouage et les mèches dorées d'Éléonore. Oh ma Magie, Opale disparue, Topaze en prison, et nous pendus pour haute trahison…

— Calme-toi maman, la rassura Célestine. Nous vous l'avons caché, mais Axel travaille dans le magasin d'Opale pour nous aider à en savoir plus sur Iris. Éléonore ne se trouve pas à la maison. Elle sort pour enquêter avec Topaze. Aujourd'hui elle m'a dit qu'elle rendrait visite à Jérémy, et elle n'est pas encore revenue.

Agate fut soulagée une fraction de seconde, mais repartit de plus belle:

— Éléonore se balade dans Vénéficia seule, avec tout ce qui se passe en ce moment? Elle est inconsciente!

— Peut-être, mais son inconscience nous sauve la vie là, objectiva Célestine.

— Notre fille a raison, intervint Jaspe. Chaque problème à la fois. Célestine, tu pars immédiatement à la recherche d'Éléonore puis d'Axel.

CHAPITRE 14

Fais-les dormir chez Guy. Son auberge est trop excentrée pour intéresser qui que ce soit, et ce n'est pas très loin du magasin d'Iris. Les inquisiteurs n'ont aucune raison de les chercher: tout ce qu'ils veulent, c'est nous mettre la pression pour que nous lâchions l'enquête d'Opale. Ils sont trop bêtes pour penser à les interroger car ils n'imaginent pas qu'ils représentent un bon moyen de nous incriminer. Qu'Éléonore reste tout de même cachée et qu'elle ne sorte pas, en attendant que ça se tasse. Tiens, donne-leur cet argent, et soigne Madame Martin en passant, comme ça l'excuse pourra être vérifiée facilement.

Célestine obéit à son père. Jaspe continua:

— Ambre, je te laisse gérer l'apothicairerie. Tu annules nos rendez-vous et tu sers uniquement les potions. Nous allons tenter de libérer Topaze de prison.

***

Célestine rencontra Éléonore alors qu'elle marchait sur le chemin du retour. Elle la reconnut grâce à sa cape aux couleurs vives qui flamboyaient face à l'environnement décoloré par les flocons de neige. Elle lui expliqua tout ce qu'il venait de se passer.

— Quoi? Ils l'ont arrêté juste parce qu'il les a insultés? Mais ils vont bientôt le relâcher hein? voulut se rassurer Éléonore.

— Je ne sais pas. Ma famille connait du monde, c'est vrai, mais de là à libérer Topaze de prison... Je dois t'emmener un peu plus loin, où tu ne risques pas d'être interrogée.

Elles traversèrent les rues de la capitale et arrivèrent en bordure de forêt, dans une auberge en moins bon état que celle de Jérémy. Le propriétaire, un certain Guy, semblait trop âgé et trop fatigué pour continuer de travailler. Mince et chauve, il avait des yeux bleus et un nez légèrement tordu vers la gauche. Ses rares cheveux blancs entouraient son visage souriant.

— Célestine! Comment vas-tu?

— Super, abrégea-t-elle. Écoute je sais que tu n'exerces presque plus en tant qu'aubergiste, mais accepterais-tu d'héberger nos cousins qui viennent de loin? On aimerait qu'ils profitent de la capitale, mais en ce moment c'est compliqué à la maison…

— Ah oui j'ai appris ce qu'il vous arrivait…

— Tu es au courant que Topaze a été arrêté?

— Non! s'étonna Guy. Topaze a été arrêté? Pourquoi?

Célestine leva les yeux au ciel face au quiproquo qu'il l'avait obligée à révéler les derniers évènements.

— À cause d'un malentendu.

— J'espère que tout finira par s'arranger. Et je suis désolé de ne pas avoir participé aux recherches pour Opale, avec ma hanche j'ai de plus en plus de difficultés à me déplacer.

— Ne t'inquiète pas, je comprends Guy, le rassura-t-elle.

— Je m'occupe de tes cousins, pars sans crainte!

— D'accord, je te remercie beaucoup, tu es adorable! ronronna-t-elle en l'embrassant sur la joue. Éléonore, je vais dire à Axel qu'il te rejoigne ici après. Et qu'il reste discret, murmura-t-elle.

Éléonore attendit seule avec Guy. Il n'y avait personne dans l'auberge. Elle s'installa dans sa chambre, qui n'avait pas dû être aérée depuis longtemps. Elle ouvrit la fenêtre qui donnait sur la forêt et quelques flocons se déposèrent sur le parquet non ciré.

Guy frappa à la porte.

— Je suis désolée, je ne nettoie pas toutes les pièces car depuis que ma fille s'est blessée, j'ai diminué ma clientèle.

— Je comprends tout à fait. C'est gentil de nous accueillir au dernier moment et je m'occuperai moi-même de la chambre, ne vous tracassez pas pour ça.

Éléonore prit des mains le balai et le seau et se mit à rafraichir son logement, tandis que Guy prépara le repas pour le midi. Elle pensait manger en tête à tête avec lui, mais finalement, elle vit que trois autres personnes déjeunaient dans la salle. Elle fut rejointe par Axel.

Il portait une cape foncée traditionnelle pour éviter d'éveiller les

CHAPITRE 14

soupçons d'Iris sur le lien qui existait entre lui et la famille Sauge.

Célestine l'avait déjà informé de l'arrestation de Topaze et ils ne parlèrent que de ça durant le repas.

— Comment crois-tu que ça se passe ici? demanda Éléonore

— Je pense qu'ils ne connaissent pas les droits de l'homme. Tu as bien vu comment ils ont agi la dernière fois.

— Ils n'ont donc pas de justice dans ce monde?

— Sûrement une justice bien différente de la nôtre en tout cas. Le prochain cours de Jérémy pourrait porter sur ça.

— Arrête de plaisanter, ce n'est pas drôle.

— Que veux-tu que je te réponde? Je n'en sais pas plus que toi. Jérémy est le seul qui puisse nous expliquer.

— C'est vrai, excuse-moi. Je réagis comme ça car je suis préoccupée par le sort de Topaze.

— Moi aussi. Reste ici, et j'irai voir Jérémy pour lui demander de nous tenir au courant.

Éléonore n'aimait pas qu'on lui donne des ordres, mais ne releva pas. Axel partit travailler. En attendant son retour, elle nettoya également sa chambre, qui s'avéra bien plus sale que la sienne. Il fallait bien s'occuper.

* * *

Jérémy apprit par Célestine que Topaze s'était fait arrêter. Elle l'avait averti après son soin en ville. La nouvelle le choqua à tel point qu'il cassa l'assiette qu'il lavait. Lorsqu'il prit sa pause, il tâcha de se montrer le plus discret possible. Il passa par la porte de service qui était rarement utilisée et s'engouffra dans le froid mordant de janvier. La neige avait cessé, mais une fine pellicule recouvrait toujours les rues. Il regarda en arrière et changea plusieurs fois de directions pour vérifier s'il était suivi. Il prenait peut-être des précautions superflues, mais tous connaissaient l'amitié entre Topaze et lui. Il arriva à l'auberge de Guy, et requit de parler à Éléonore. Celui-ci lui indiqua le numéro de sa chambre, sans même l'accompagner. Il n'était pas prudent. Il frappa à la porte. Éléonore pensait voir Axel, mais elle se réjouit de trouver Jérémy sur le seuil. Elle le serra dans ses bras.

— Tu as appris la nouvelle? demanda-t-elle en le laissant entrer.

Malgré sa petitesse, la chambre était pourvue de meubles et d'un parquet en bois qui réchauffaient l'atmosphère. Les draps du lit étaient vieillots, mais la pièce sentait bon.

— Oui… C'est affreux!

— Jérémy, que va-t-il se passer ensuite pour Topaze?

Ils s'assirent sur deux fauteuils en face de la cheminée.

— Ce qui se produit après est très flou. S'il n'est pas relâché après les quelques jours au cachot, il sera transporté dans une prison ou dans un camp. Personne ne revient jamais alors je ne saurais pas te dire… Ma Magie, faites qu'il le libère! supplia Jérémy.

— Ils peuvent comprendre non, après la disparition d'Opale!

— Ronchin et Brochard représentent le pire duo. Ils se montreront impitoyables.

— Que ferons-nous s'il est transféré? On ne peut pas laisser faire ça!

Éléonore était atterrée et en colère. Elle découvrait un monde sorcier éloigné de ce qu'elle avait imaginé. Il l'apeurait, il la dégoûtait, elle voulait donner un coup de pied pour écrouler la tour toute puissante de la royauté.

— Nous, nous continuerons les recherches pendant que Topaze est enfermé, se surprit à dire Jérémy. C'est le moment idéal, personne ne croit que nous enquêtons, et l'agresseur ne sera plus sur ses gardes. D'ailleurs j'ai entendu une information à l'auberge.

Jérémy lui rapporta toute la conversation qu'il avait écoutée la veille, dans les moindres mots. Sa mémoire lui permettait de transcrire le discours à l'identique.

— Voilà ce qu'on peut faire: je creuserai du côté du cirque mine de rien. Et toi, tu penses pouvoir obtenir des renseignements sur la liste des disparus que Jaspe a donnée à Topaze? demanda Éléonore.

— Oui. Je chercherai toutes les disparitions répertoriées dans les

CHAPITRE 14

journaux. J'aurai ainsi les plus récentes. Mais tu n'envisages pas de sortir quand même?

— Bien sûr que si. Tu veux vraiment que je reste enfermée toute la journée à attendre que vous trouviez qui a enlevé Opale? Je risque ma vie partout, alors autant être utile. Promis, je me ferais discrète, ajouta-t-elle quand Jérémy se prépara à émettre une objection.

* * *

Les jours suivants se déroulèrent de la même façon: Axel travaillait chez Iris toute la journée et Jérémy aidait à l'auberge, mais passait son temps libre à la bibliothèque pour rechercher les disparitions. Éléonore avançait lentement dans l'enquête. Malgré la fougue dont elle avait fait preuve devant Jérémy, elle devait se montrer circonspecte, d'autant plus que Topaze était toujours emprisonné et que la famille Sauge se trouvait dans le collimateur de la milice. Elle sortait peu pour soutenir Guy, avec qui elle avait tissé un lien d'amitié. Il lui rappelait un peu son grand-père. Elle lui apporta son aide en récurant sa propre chambre, puis celle d'Axel, puis toutes les autres pièces de l'auberge. Le premier jour, elle nettoya tout de manière traditionnelle. Mais la fois suivante, elle préféra s'exercer à utiliser son don: ne serait-il pas envisageable d'ordonner aux objets de tout laver tout seuls?

Elle s'assit sur son lit et dirigea le balai des yeux. Elle y parvenait de mieux en mieux, mais dès qu'elle lâchait son regard, il tombait sur le parquet dans un bruit sec. Elle recommença un grand nombre de fois, mais n'y arrivait pas. Topaze avait peut-être raison concernant l'impossibilité de télékinésier sans regarder. Peut-être que la magie n'aimait pas quand on se montrait trop fainéante. Sur ce point, elle bénéficiait du pouvoir parfait pour elle, elle devait bien l'avouer. Pour éviter de faire le ménage, elle s'entrainerait plusieurs heures par jour s'il le fallait. Puisque ça ne l'avait pas fatiguée —à forte raison— elle avait proposé à Guy d'assainir régulièrement toute l'auberge. Le propriétaire, très heureux de cette main d'œuvre, annula même le paiement de la chambre d'Éléonore. Elle se garderait d'utiliser l'argent des Sauge tant qu'elle l'aiderait ainsi. Éléonore appréciait de s'affranchir de la générosité de ces hôtes, et souhaita soutenir encore plus Guy. Elle se mit à faire la plonge le soir, pendant que Guy nettoyait la salle. Elle s'était entraînée dans son espace privé avec des vêtements: de nombreux chutèrent avant qu'elle ne maitrise son pouvoir. Une fois acquis, elle se proposa pour la vaisselle, qui se lavait plus rapidement que la version humaine: les assiettes volaient en ligne, puis plongeaient tour à tour dans l'eau bouillante où des éponges les frottaient. Elle avait appris à compartimenter son cerveau en deux, l'un commandant aux assiettes et l'autre les éponges. Puisque les mouvements ne variaient pas, elle pouvait continuer assez longtemps sans se fatiguer. Cette promptitude à accomplir ses tâches lui permettait d'enquêter sur les noms que lui fournissait Jérémy.

Celui-ci se rendait tous les jours à la bibliothèque après son service du matin. Il était réveillé depuis 4 h et avait bien entamé sa journée. Il avait du mal à réaliser que ce n'était pas le cas pour tout le monde quand il pénétrait dans les premiers dans ce magnifique édifice. Étroit, il surplombait les bâtiments alentour. Un immense «Bibliothèque Magique» était gravé dans la pierre, tout en haut de la construction. Jérémy s'arrêta devant. Un livre de deux mètres de haut se matérialisa sur la façade nue. Il entreprit d'actionner la poignée trop tard: l'entrée rétrécit jusqu'à disparaitre. Trois secondes s'écoulèrent, pendant lesquelles Jérémy se confronta à un mur lisse, puis un nouvel ouvrage se dessina. Il ouvrit immédiatement la porte, avant qu'elle ne s'évanouisse de nouveau, et pénétra dans le hall. Les vitraux de la voûte laissaient la lumière du soleil baigner le dallage noir et blanc de la pièce. Le bureau de la bibliothécaire, en plein milieu, paraissait minuscule sous cette immense hauteur de plafond. Quand Jérémy s'approcha d'elle, Ilda remplissait un papier qu'elle glissa dans un livre, et l'envoya en l'air. Celui-ci, propulsé, s'envola tel un ballon à l'hélium. Il s'inséra dans une des étagères encastrées aux murs, dans l'attente d'être rangé à sa juste place.

— Bonjour Ilda!
— Bonjour Jérémy, comment vas-tu aujourd'hui? Dis donc j'ai appris la nouvelle pour ton ami Topaze! C'est un coup dur pour la famille!

CHAPITRE 14

Ilda, une femme d'une cinquantaine d'années, se faisait une idée très précise de la coquetterie: elle portait toujours des lunettes de couleur vive accordées à sa tenue qui enrobait magnifiquement ses formes généreuses.

— Oui c'est horrible...

— Et toi comment te sens-tu?

Jérémy avait l'habitude de se rendre à la bibliothèque depuis son plus jeune âge, et Ilda s'était pris d'affection pour ce petit garçon. Elle n'avait jamais eu d'enfant à son grand regret, et retrouva en lui le fils qu'elle aurait aimé avoir. Ils partageaient la même passion pour les livres, et dévoilaient leurs découvertes. Ils débattaient sur un livre qu'ils avaient lu, lorsque leurs points de vue divergeaient. Ilda ramenait souvent des gâteaux et Jérémy les dévorait. Elle le connaissait certainement mieux que ses propres parents, et sentit qu'il était tendu.

— J'espère juste que Topaze sortira bientôt de prison et qu'Opale sera retrouvée, expliqua Jérémy.

— Je l'espère aussi.

— Où puis-je trouver des renseignements sur des disparitions?

— Tu veux enquêter toi-même? Tu as vu ce qui est arrivé à Topaze! Tu agis de manière imprudente! le gronda-t-elle.

— Je sais, mais s'il te plait, dis-le-moi. Je me contente de chercher à la bibliothèque, on ne me repèrera pas.

— Bon, se résigna Ilda. Je te conseille déjà de regarder les journaux. Ils sont rangés au sixième étage. Sois discret. Fais très attention en les manipulant.

— Merci!

Il se dirigea vers le fond de la salle. Un puits de lumière éclairait deux spirales rouges qui tranchaient sur le carrelage bicolore. Elles mesuraient un mètre de diamètre. Leur mouvement, dans le sens des aiguilles d'une montre, était régulier et donnait le tournis à quiconque les fixait trop longtemps. Jérémy s'arrêta devant elles. Elles étaient gigantesques vues de près. Ces hélices vermillon tournoyantes l'avaient toujours épeuré. Il choisit celle de gauche et s'immobilisa en son milieu. Il prononça le niveau où il souhaitait se rendre. L'aspiratum accéléra sa cadence de façon exponentielle. Le pouls de Jérémy s'emballa. Par sa grande célérité, la spirale se transforma en un rond rouge aux yeux de Jérémy. Le vortex l'aspira vers le bas, dans les sous-sols de la bibliothèque, six étages en dessous.

Comme dans tous les niveaux, les lieux étaient plongés dans la pénombre. Il y régnait cependant une température douce et sèche, parfaitement adaptée à la bonne conservation des ouvrages, même si la plupart des anciens documents avaient été détruits suite au renversement du pouvoir il y a presque quarante ans.

Il parcourut les rayonnages. En bois, ils mesuraient deux mètres de hauteur. Une allée centrale coupait la salle en deux. De chaque côté, les étagères, placées de façon parallèle, s'étalaient sur cinq mètres de largeur.

L'organisation différait de ce qu'il avait l'habitude de voir. Chaque journal était rangé dans un compartiment trop étroit pour permettre d'y inscrire sur le dos la date de l'édition. Il fut tout d'abord perdu parmi les nombreux rayons, mais il ne souhaita pas demander de l'aide. Il empoigna les journaux de la première étagère et s'installa dans un fauteuil en cuir non loin de là. Il ouvrit le premier délicatement, et survola chaque page avant de prendre le deuxième. Chaque passage qu'il avait aperçu était enregistré comme s'il l'avait lue et apprise par cœur. Malgré ça, il lui faudrait des jours pour tout éplucher!

**

Axel partait tous les jours très tôt chez Iris. Il petit-déjeunait avant le lever d'Éléonore car il était attendu à 8 h. Il faisait de longues journées, puisqu'il finissait à 20 h, mais ça ne le dérangeait pas. Après ce temps passé à ne rien faire, cet emploi, particulièrement physique, le dégourdissait. Ils avaient déterminé ensemble les différentes catégories d'objets et la façon de les placer dans la pièce, et Axel s'attela à la tâche. Lorsqu'un client se présentait, il le servait s'il savait où chercher, ou il laissait Iris s'en occuper. Il avait

CHAPITRE 14

construit de nouveaux rangements, et tous les appareils surannés étaient déposés à l'étage inutilisé. On y accédait par une échelle dont Axel faillit tomber plusieurs fois. Bien que sympathique, Iris restait opaque quant à sa vie privée et les relations qu'elle entretenait avec son ancienne employée. Axel avait amené le sujet d'Opale facilement, feignant l'ignorance, mais Iris ne dit rien qu'il ne connaissait pas déjà. Il fallait donc utiliser une autre méthode et y aller de façon beaucoup plus subtile. En attendant, il obéissait à tous les ordres de sa patronne.

— Les clients ne se bousculent pas aujourd'hui... Je peux continuer le tri seule. Toi, commence les allers-retours à la démagication. Les articles défectueux polluent l'étage, il est temps de s'en débarrasser.

Axel approuva. Prendre l'air le rassérénait. Iris lui tendit un grand sac en toile de jute qu'il remplit à ras bord.

Bien qu'il fasse très froid, les rayons du soleil éclairaient et réchauffaient sa peau. Il était d'excellente humeur. Il pénétra plus profondément dans la ville. À chaque intersection, il s'immobilisa pour reconnaitre l'itinéraire. Les rues calmes de la journée n'avaient rien à voir avec celles, lugubres, de la nuit. Il se trompa à maintes reprises, mais rectifia rapidement ses erreurs et arriva à destination sans encombre.

Sous l'éclat du soleil, la serre paraissait plus petite. À l'origine blanche, elle s'était assombrie au fil des ans, se teintant en couleur châtaigne, entre le marron et le gris.

De hautes herbes avaient poussé sur le terrain du hangar. Axel emprunta un chemin débroussaillé qui longeait la démagication. Au bout, devant la grande ouverture qui servait de porte, un homme aux cheveux foncés et au nez semblable à un bec de faucon y campait. Il possédait pour seul mobilier une chaise inconfortable et une table en bois complètement nue, à l'exception de la caisse. Le gardien sourit à Axel, et lui adressa quelques phrases badines. Axel expliqua les raisons de sa venue. Le sorcier rangea l'argent reçu et l'invita à entrer. Il ne jeta même pas un coup d'œil sur le contenu du sac avant de laisser franchir le seuil.

La grandeur de la démagication stupéfia Axel. De l'extérieur, il avait conjecturé une surface de 10 m², alors que devant lui le sol terreux mesurait le centuple. Des sections divisaient la zone en parties égales. Les superpositions de déchets tenaient en équilibre précaire. Axel progressa dans l'allée le menant au 10D. Là, parmi le désordre ambiant, campait un bureau bancal vierge de bibelots. Comme convenu, il y déposa l'ensemble de son sac puis son regard balaya la portion. Lui qui pensait avoir tout vu, il était bien loin du compte. Curieux, il aspirait à étudier les objets de près, mais sa prudence l'emporta: avec la magie, on ne savait jamais à quoi s'attendre. Il renonça et parcourut le chemin inverse jusqu'au magasin.

* * *

Les trois amis déprimaient. Topaze n'avait toujours pas été libéré, et ils piétinaient. Grâce aux journaux, Jérémy répertoriait de nouveaux noms de disparus, mais l'enquête n'avançait pas assez vite.

Éléonore en avait interrogé qu'une infime partie. Les familles ne lui avaient fourni aucun renseignement significatif. Il n'y avait vraiment aucun rapport entre Opale et les autres. Elle avait noté tout de même le maximum d'informations possibles pour les donner à Jérémy. Avec sa mémoire infinie, il pouvait sûrement procéder à des recoupements qu'elle ne percevait pas.

À court de nouvelles pistes, elle préféra désormais orienter ses recherches sur la troupe itinérante, dont ils n'avaient pas creusé la culpabilité.

Elle dinait seule avec Axel à l'auberge lorsqu'elle se lança dans ce qui la tracassait depuis le matin même.

— Jérémy m'a appris que le cirque partait après-demain.

— Ah déjà? Que suggères-tu? se méfia Axel.

— Il faut absolument qu'on y aille ce soir.

— Et pour quelles raisons? Nous les interrogerons demain.

— On ne les interrogera pas. On fouillera leurs caravanes, affirma-t-elle.

Médusé des propos de son amie, Axel se pencha en avant.

— T'es une grande malade!

— Oui, peut-être, admit-elle. Nous inspecterons les lieux après manger,

CHAPITRE 14

continua-t-elle, comme si Axel avait approuvé son choix. Le spectacle aura commencé et on aura le champ libre.

— Il nous faut de quoi forcer leurs caravanes, soupira-t-il, résigné.

— Il y a une boite à outils ici, je vais aller la chercher.

— Parfait, répondit-il sur un ton ironique.

Elle se leva pour partir puis se tourna vers lui.

— Je te remercie de ne pas m'en avoir dissuadée.

— Je commence à te connaitre et je sais qu'on ne peut rien t'interdire, se radoucit-il.

**

Ils s'étaient couverts de capes sombres pour traverser les rues de la capitale. Il avait neigé, ce qui n'arrangeait pas leurs affaires: leurs pas laissaient des empreintes visibles. Le terrain vague était désert. Sur la droite, des exclamations parvenaient du chapiteau. Tous les itinérants semblaient à l'intérieur, en train d'exécuter leurs numéros. Le silence avait envahi les alentours. Tout était plongé dans la pénombre. Éléonore et Axel traversèrent le grand espace à pas feutrés en jetant des regards derrière eux. Il n'y avait personne. Ils gagnèrent les premières roulottes, stationnées à gauche du domaine, sous l'ombre des premiers arbres de la forêt.

Éléonore dissimulait la lanterne repérable dans ce ciel noir. Axel cachait le pied de biche sous son vêtement. Ils n'étaient jamais entrés par effraction. Ils ignoraient comment procéder. Éléonore avait pris également des pinces à chignons, qu'elle espérait tordre pour actionner la serrure.

Ils s'arrêtèrent devant le seuil de la première caravane. Ils scrutaient sans cesse autour d'eux, mais l'opacité de la nuit les rendait aveugles. Éléonore découvrit sa lanterne, nécessaire à la suite des opérations.

Des applaudissements résonnèrent. Visiblement, les spectateurs s'amusaient.

— Opale, Opale tu es là ? murmurèrent-ils tous les deux. Ils collèrent leur oreille à la vitre. Ils n'obtinrent aucune réponse. Ils recommencèrent avec toutes les roulottes, mais elles restèrent mutiques face à l'intrusion d'inconnus.

Ils s'arrêtèrent devant le seuil de l'une d'elles. Arrondie, faite en bois, elle dissimulait mal les visiteurs.

— Maintenant, qu'est-ce qu'on fait ? demanda Éléonore.

— J'ouvre toutes les caravanes au pied de biche ? proposa Axel.

— Tu es malade ou quoi, range ça. Imagine qu'ils soient innocents, tu comptes vraiment bousiller toutes leurs serrures ? J'essaie d'abord avec ma pince à cheveux.

La porte, implantée au milieu de la roulotte, ne semblait pas très résistante.

Éléonore s'abaissa pour se placer à la hauteur du verrou. Elle tendit la lanterne à Axel. Elle lui demanda de l'approcher au plus près d'elle pour qu'elle puisse voir ce qu'elle faisait. Hormis le spectacle, la nuit demeurait silencieuse. La neige continuait de tomber doucement, et un vent glacial s'était levé depuis le début de la soirée. Le cœur d'Éléonore s'emballait tellement qu'elle ne percevait plus les bruits du chapiteau. Elle songea qu'elle aurait certainement rebroussé chemin si elle avait été seule. Si la milice les arrêtait, c'était la mort assurée. Elle culpabilisa. Tout le monde s'évertuait à la protéger, mais elle négligeait leurs recommandations. Elle fracturait des habitations dehors en pleine nuit, les chaussures trempées par la neige et son corps noyé dans son stress.

Axel tenait toujours la lanterne, qui se balançait au rythme des rafales de vent. Il observait attentivement les gestes d'Éléonore. «Le pied de biche aurait été plus rapide et plus efficace», pensa-t-il.

Concentrés, ils ne perçurent pas le bruit étouffé des pas qui convergeaient vers eux.

Chapitre 15

— Qui êtes-vous? Qu'est-ce que vous faites là? aboya l'homme grand et musclé qui se tenait derrière eux.

Axel leva la lanterne pour cerner son adversaire. Celui-ci, âgé d'une vingtaine d'années, portait ses longs cheveux châtains en un chignon lâche. Sa fureur contractait sa mâchoire carrée. Sa main gauche serrait un large couteau. Éléonore recula d'un pas sous l'attitude agressive de l'inconnu. Elle se cogna contre la poignée de la porte, et la douleur traversa son dos. La frayeur paralysa ses pensées. Comment justifier leur présence? Les yeux de leur rival les fusillaient. Axel, positionné devant Éléonore, n'était pas plus rassuré. L'homme les menaçait avec une arme. Lui, ne disposait que d'un pied de biche, qu'il préférait éviter de sortir.

— Nous avons perdu notre chat, et nous regardions s'il était coincé sous la caravane. On a entendu un bruit, répondit-il.

Un silence étouffant suivit ses paroles. L'homme maintenait sa garde.

Après une hésitation, Éléonore intervint:

— Nous sommes désolés si nous vous avons importuné. Notre chat n'est…

— Barrez-vous d'ici! rugit leur interlocuteur.

Ils ne se firent pas prier. Ils traversèrent le terrain dans l'autre sens en trottant. Ils n'osèrent pas se retourner pour savoir s'ils étaient suivis. Le spectacle continuait dans le chapiteau. Ils le longèrent et atteignirent la rue. Axel tourna la tête: l'homme avait disparu. Ils se pressèrent de rentrer à l'auberge, car la ville n'offrait qu'une sécurité illusoire. Ils montèrent directement dans la chambre d'Éléonore, où ils se réchauffèrent devant la cheminée. Éléonore tremblait encore de la rencontre, mais se calmait peu à peu. Elle frotta ses mains engourdies par le froid et les avança près de l'âtre.

— On a eu chaud! Notre carrière d'enquêteurs est vouée à l'échec. Nous devrions songer à nous reconvertir, plaisanta-t-elle, maintenant qu'elle était rassurée.

— Nous ne nous lancerons pas non plus dans une carrière de voleurs!

— Nous irions en prison tout de suite puisque nous avons réussi à nous faire repérer avant même d'inspecter la première caravane... Tu crois que l'homme qui nous a surpris est le kidnappeur?

— Ça se pourrait! Qui ose se balader avec un couteau sur lui?

— De toute façon vu sa carrure, son arme était superflue. Ils nous auraient mis en pièce dans tous les cas!

— Non, absolument pas, se vexa Axel. Il est peut-être musclé, mais ça ne veut pas dire qu'il sait se battre.

Éléonore resta silencieuse. Axel reprit d'un ton plus doux:

— Rien ne nous dit que c'est lui. Éléonore, soyons réaliste. Il a tenté de nous effrayer alors que nous pénétrions chez lui par effraction. Sa réaction est totalement légitime.

— C'est vrai, admit Éléonore.

— De plus, nous ignorons si la troupe est responsable de la disparition d'Opale. Et si c'est le cas, as-tu compté le nombre de caravanes? Le coupable peut être n'importe qui.

— Et nous ne sommes pas plus avancés ce soir... souffla Éléonore, déçue.

— Demain, nous discuterons avec Jérémy. Il pensera peut-être à un autre plan.

***

Le lendemain matin, Éléonore ne prit pas du tout en considération l'avis

CHAPITRE 15

d'Axel. Mettre un plan en exécution le soir même serait trop tard. Elle était persuadée que l'homme ne l'avait pas bien vue. Axel tenait la lanterne. Elle était restée dans l'ombre durant les échanges, il faisait nuit noire et elle portait des vêtements trop classiques pour l'identifier.

Elle se promena en plein jour sur le terrain. Il paraissait bien moins terrifiant que la veille. Les itinérants se croisaient et discutaient entre deux avec bonhommie. La neige avait fondu et avait laissé un sol boueux. Ses chaussures s'enfonçaient alors qu'elle attendait pour acheter les places pour le dernier spectacle. Elle n'avait pas trouvé de meilleure excuse pour déambuler ici. Les clients devant elle riaient. La vue de personnes autour d'elle la rassurait. L'image qu'elle s'était construite du cirque, sur base de son expérience de la veille, se radoucit.

Elle se demanda où se cachait l'homme au couteau. Peut-être dans sa caravane avec Opale. Éléonore frissonna. Ses pensées la poussèrent à chercher les différentes causes de l'enlèvement de son amie. Totalement absorbée par ses réflexions, elle ne remarqua pas immédiatement que le guichetier s'efforcer d'attirer son attention.

— Mademoiselle! Mademoiselle! héla-t-il. Combien désirez-vous de places?

Elle leva les yeux vers lui. C'était l'homme d'hier soir.

* * *

Éléonore fut prise au dépourvu. Elle ne s'attendait pas à le trouver si vite. Face à son comportement normal, Éléonore devina qu'il ne l'avait pas reconnue.

— Bonjour. Trois places s'il vous plait.
— Ça fera trois bouleaux et trois noisetiers.

Éléonore ouvrit son porte-monnaie. Il regorgeait de pièces puisqu'elle bénéficiait d'un hébergement gratuit à l'auberge. Elles se ressemblaient toutes. Elles étaient rondes et faites en bois. Jérémy lui avait expliqué comment fonctionnait la monnaie magique et leur avait donné de l'argent à manipuler, mais elle hésitait. Comment reconnaître le bois de noisetier du bois de bouleau ou de chêne? Éléonore préféra se baser sur les gravures qui représentaient les arbres utilisés pour produire la monnaie. Leurs dessins différaient, mais leurs points communs résidaient dans des racines qui remontaient sur les côtés et de larges houppiers faits de rameaux qui descendaient sur les bords pour former un cercle sur le contour de la pièce. En observant les quatre sortes de piécettes dans son porte-monnaie, elle se souvient de celles qu'elle devait tendre au vendeur.

Elle lui lança un regard en lui donnant l'argent. Ses yeux gris rieurs l'hypnotisèrent. Il lui semblait bien plus sympathique que la veille. La peur d'Éléonore s'envola, même si elle resta sur ses gardes. Il l'examina attentivement en lui remettant les billets, et lui fit un grand sourire. Bien que déstabilisée, Éléonore le lui rendit et partit de la file. Elle voulait flâner un peu plus autour du cirque, mais le fait d'avoir acheté des places pour le spectacle ne suffisait pas. Le ciel se dégageait, et un rayon de lumière traversa les nuages. Elle observa une nouvelle fois les gens près d'elle. De la buée sortait lorsqu'ils parlaient. Elle remonta le col de sa cape. Que pouvait-elle faire pour rester plus longtemps et s'approcher de leurs logements?

Une seule idée lui vint: elle marcha et mima de se tordre la cheville. Elle se sentit honteuse de crier de douleur devant les quelques personnes qui faisaient la queue pour prendre des billets, mais tant pis. C'était pour la bonne cause. Le guichetier courut vers elle. Ses larges épaules, qui avaient effrayé les apprentis voleurs la veille, exhalaient aujourd'hui une aura protectrice. Sa barbe naissante châtain, de la même couleur que ses cheveux, présentait des reflets cuivrés. Il s'agenouilla:

— Tu t'es blessée?

— Je crois que je me suis tordu la cheville.

Éléonore se la tenait et grimaçait. Un autre jeune appartenant à la troupe vint voir ce qui se passait.

— Bernard, tu peux me remplacer?

— OK j'y vais.

— Merci. Et nous, dit-il à l'attention d'Éléonore, on va soigner tout ça.

CHAPITRE 15

Notre Georgia te chouchoutera à la perfection.

Il l'aida à la soulever et glissa un bras autour de sa taille pour la maintenir. Il la dépassait largement et devait se courber.

— Au fait, je m'appelle Guillaume. Et toi?

— Éléonore.

— Enchanté. Tu vis à Vénéficia?

— J'y habite depuis peu, esquiva-t-elle. Et toi tu travailles dans la troupe depuis longtemps?

— Non, quelques mois seulement. Ils requéraient de la main-d'œuvre en plus.

— D'accord. Et vous êtes nombreux?

— Les deux familles de base, les Spettacolo et les Esposito, représentent une quinzaine de personnes. Ils s'occupent du spectacle, ce sont tous des artistes. Puis des gens vont et viennent comme moi, pour toute l'intendance et la protection, et parfois pour quelques numéros.

Ça expliquait sa présence près des caravanes et des tentes la veille. Ce soir, Axel et Jérémy ne pourront pas enquêter davantage, sachant qu'ils veillaient à plusieurs sur le cirque.

Il la conduisit à une minuscule roulotte. Il frappa à une porte à doubles battants située à l'arrière. Une vieille femme aux cheveux argentés et au dos légèrement courbé leur ouvrit. Guillaume lui expliqua la raison de leur visite, et Georgia réagit avec entrain.

— J'ai ce qu'il vous faut! Venez, entrez un moment.

Il y avait quelques marches pour y accéder, et Éléonore sauta à cloche-pied sur la première. Elle s'agrippa comme elle le put pour monter la deuxième.

— Quelle sportive! Tu pourrais même gagner une course contre Georgia. Tu désires mon aide? la taquina-t-il.

— Certainement pas, refusa sèchement Éléonore.

Elle avait sa fierté. Elle songea qu'elle aurait peut-être dû la mettre de côté pour une fois, car elle gravit le perron lentement, Guillaume sur ses talons. La caravane était bien plus spacieuse que ce à quoi elle s'attendait. Ils pénétrèrent dans l'entrée qui tenait lieu de dressing. Au-delà se trouvait le salon qui servait également de salle à manger. Sur la gauche, deux banquettes entouraient une table. Une cuisine longeait tout le côté droit. Plus loin, elle remarqua une porte fermée. Éléonore s'assit et Georgia revint avec de la pommade.

— Ça n'a pas l'air enflé. Ce n'est même pas rouge, ça ne doit pas être grand-chose.

— Merci, c'est très gentil à vous de m'aider. Vous aussi vous travaillez au cirque?

Éléonore engagea la conversation avec Georgia tout en tendant l'oreille aux bruits alentour. Elle imaginait mal Opale être séquestrée ici, mais on ne savait jamais avec le monde magique. Il pourrait y avoir un passage secret sous le lit ou derrière la porte. Mais Georgia semblait douce et gentille. Elle souriait à Éléonore, qui se sentit coupable de son comportement. Guillaume l'aida à redescendre de la caravane. Éléonore posa délicatement son pied à terre.

— Ça va mieux. Merci pour tout.

— De rien. Tu veux visiter?

Elle saisit l'occasion. Guillaume paraissait sympathique et débordait d'énergie. Il avançait vite puis revenait sur ses pas quand il perdait Éléonore. Dans la bande, il faisait figure de boute-en-train. Il taquina les personnes de la troupe qui passaient par là et Éléonore ria à ses plaisanteries. Elle découvrit l'intérieur de la tente que se partageaient les «impermanents», ceux qui restaient le temps d'une ou deux années. Des paillasses et des couvertures jonchaient le sol. Impossible qu'Opale puisse être dissimulée ici. Éléonore se demanda s'ils ne se fourvoyaient pas complètement de direction concernant l'enquête. Tous les employés dormaient très proches les uns des autres. Un saisonnier n'aurait jamais pu enlever Opale sans que ses collègues ne le remarquent, à moins qu'ils aient agi de concert, ce qui était peu probable. Éléonore les trouvait très avenants. Ils n'étaient victimes que de rumeurs finalement.

***

CHAPITRE 15

Jérémy rejoignit Éléonore dans l'après-midi, alors qu'elle nettoyait la vaisselle à la main, le regard dans le vague. Devant elle, sur le comptoir, étaient posés trois billets pour la représentation de ce soir. Éléonore raconta ses aventures.

— Tu as été imprudente, lui reprocha Jérémy.

— Oui c'est vrai, je le reconnais. Mais il fallait bien creuser. Au moins nous savons maintenant que la troupe n'est pas fautive, se défendit Éléonore.

— Je m'en doutais, mais effectivement tes observations nous ont permis d'en avoir le cœur net. Il ne reste plus qu'à explorer les autres pistes.

Axel, lorsqu'il rentra de son travail, se montra beaucoup moins indulgent que Jérémy. Il se fâcha et traita Éléonore d'irresponsable. Elle comprenait son énervement, mais se vexa de la remarque. Contrariés durant tout le repas, ils ne s'adressèrent pas un mot avant de rejoindre Jérémy. Ses parents lui avaient donné la permission de quitter plus tôt le service, fait surprenant venant de leur part, même si l'hiver était généralement une période creuse. Une femme d'une trentaine d'années prit leurs billets à l'entrée du chapiteau et un homme les plaça. La scène centrale était ronde, et des estrades l'entouraient. Ils se demandèrent tout bas à quel genre de spectacle ils assistaient. Jérémy n'y était allé qu'une seule fois lorsqu'il était petit. Éléonore et Axel n'avaient vu que des cirques humains. Sa grand-mère refusait de s'y rendre, car ils martyrisaient des animaux sauvages. Les seules fois où Éléonore avait mis les pieds là-bas étaient avec ses parents. Elle se demandait s'ils utilisaient aussi des animaux captifs ici. Elle espérait que non. En tout cas, elle n'en avait pas repérés lorsqu'elle avait fait le tour des caravanes avec Guillaume.

Le spectacle commença avec lui, déguisé en clown, portant une valise.

— Sara, où es-tu? Sara, où es-tu? On doit partir en voyage, et j'ai perdu ma femme! surjoua-t-il.

— Je suis là!

— Là où?

— Mais là!

Sara surgit du bagage et effraya Guillaume qui tomba à la renverse. Les enfants présents dans la salle s'esclaffèrent. L'ambiance était légère, bien plus qu'à l'extérieur. Ils rirent à toutes ses mésaventures: son copain Bernard rétrécissait tous les objets qu'il voulait emporter. Bianca, une autre de ses amis, rapetissa pour partir avec eux incognito. Elle réapparut grandeur nature lorsqu'il récupéra son chapeau, frôlant une nouvelle fois la crise cardiaque.

Puis l'atmosphère s'assombrit au numéro suivant. Le funambule, qui marchait en équilibre sur un fil à au moins quatre mètres de hauteur sans filet de secours, tomba. Le public hurla. Au dernier moment, un grand sourire aux lèvres, Davide déploya ses bras. Il survola les estrades et lâcha des confettis en tissus de toutes les couleurs sur la foule, qui en fut recouverte. Les paillettes planèrent cinq secondes puis s'assemblèrent. Elles formèrent de nombreux animaux, d'une réalité surprenante. Des oiseaux multicolores chantèrent. Des singes grimpèrent sur le public. Des grenouilles partirent dans tous les sens. Un énorme serpent ondulait autour de la piste. Un jaguar rôda.

Au même moment, le climat de la salle changea: ils se retrouvèrent en pleine forêt tropicale. À la place du tissu du chapiteau se trouvait une végétation dense, faite d'arbres immenses et de fougères. Le sol se transforma en mousse. L'air humide devint difficilement respirable. Une brume se forma. Éléonore, Axel et Jérémy n'apercevaient plus les clients des gradins d'en face. Les singes sautèrent de liane en liane, en passant juste au-dessus de leur tête. Éléonore sursauta lorsqu'une grenouille bondit sur ses cuisses. C'était très étrange. Elle semblait réelle, mais Éléonore ne sentait pas son contact. Malgré sa répugnance, elle la toucha. Les confettis blancs et verts s'écartèrent. Son doigt pénétra facilement l'animal, comme s'il n'y avait aucune barrière. La grenouille sauta sur un petit garçon un peu plus loin, qui cria de surprise. Comme les autres spectateurs, Axel devint moite de l'humidité tropicale et se demanda si tout le monde resterait en bonne santé en sortant sous ces températures négatives.

L'énorme anaconda ondula juste devant eux. Même si Éléonore se répétait: «ce n'est que de la magie, ce n'est pas réel, ce n'est que de la magie, ce n'est pas réel», elle fut soulagée lorsqu'il s'éloigna. Les bruits des

CHAPITRE 15

différents animaux rendaient l'atmosphère encore plus réaliste.

Soudain, le jaguar rugit et courut après un singe pour en faire son repas. Il bondit sur lui. D'un seul coup, il se mit à pleuvoir. Tous les animaux disparurent, sauf lui. Tous les spectateurs étaient trempés.

Mais bientôt, les gouttes ruisselant sur les gens volèrent jusqu'au centre de la pièce, où elles formèrent un second jaguar, constitué entièrement d'eau. Les deux félins se jetèrent l'un sur l'autre. Ils cherchèrent à s'entretuer. La fin du combat fut déclarée lorsque le jaguar aquatique remporta la bataille. Heureux, il se transforma en coupe puis redevint un mammifère. Occupé à se pavaner, il ne remarqua pas l'homme d'une quarantaine d'années qui entrait sur la piste. Celui-ci ouvrit la bouche. Des flammes en jaillirent pour anéantir l'animal. Le jaguar, enragé, se rua vers le quadragénaire pour éteindre l'incendie. L'eau et le feu s'affrontèrent dans un duel époustouflant où personne ne sortit vainqueur. Le mammifère fondit. Son adversaire, Domenico, s'écroula sur le sol.

Sofia, une femme aux cheveux châtains, convergea vers lui. Sur la pointe des pieds, elle évitait, avec grâce, les racines tortueuses. Ses hanches roulaient de chaque côté de façon sensuelle. Une fois au centre, elle dansa sous une musique délicate. La végétation se mut au même rythme qu'elle. La mousse s'agita. Elle souleva Domenico et le mit en position assise, puis elle prit la forme d'un fauteuil sous lui. D'autres sièges apparurent. Tous les intermittents du spectacle rejoignirent la piste et s'assirent dessus. Les lianes près du public serpentèrent vers Sofia. Ils formèrent un énorme merci en lettres majuscules. Tout le monde se leva pour applaudir, les petits comme les grands. Puis tout disparut, le paysage, la flore, et l'humidité. La foule était redevenue aussi sèche qu'à son arrivée, et repartit des étoiles plein les yeux. La magie n'avait jamais été si belle.

* * *

Le lendemain, Éléonore partit de bonne heure. Jérémy lui avait donné plusieurs noms sur lesquels enquêter. Elle voulait commencer tôt. La matinée était claire, alors qu'ils annonçaient une tempête de neige dans l'après-midi. Elle passa devant la place où le cirque était installé. Le chapiteau avait disparu, et les tentes aussi. Il ne restait que quelques caravanes et des chevaux. Éléonore vit Guillaume de loin qui lui faisait signe. Elle lui rendit son salut puis continua sa course.

— Attends!

Elle se retourna. Guillaume trotta après elle. Il simula la déception.

— Tu ne me dis même pas au revoir?

— Au revoir!

— Très drôle.

Ils se souriaient. Puis Guillaume posa la main sur l'épaule d'Éléonore, la fixa dans les yeux et parla d'un ton suave:

— Ta respiration s'apaise. Tu te calmes lorsque tu entends ma voix. Tu acceptes tout ce que je te propose. Tu te réjouis de me suivre.

Éléonore avança derrière lui. D'ici, aucune personne de la troupe ne fit attention à eux.

— Tu montes dans la caravane. Tu t'allonges sur le lit. Tu t'endors. Tu ne te réveilleras que lorsque tu entendras ton prénom.

Éléonore plongea dans un sommeil profond. Guillaume claqua la porte de la roulotte. Le cirque partit de la capitale, sans même remarquer qu'une jeune fille enlevée se trouvait parmi eux.

Chapitre 16

Comme à son habitude, Axel mangea à l'auberge le midi. Il fut surpris de ne pas y trouver Éléonore, mais il savait que Jérémy lui avait remis une liste de noms et qu'elle était sûrement en train d'interroger certaines personnes. Même s'ils quittèrent le spectacle d'excellente humeur, Axel en voulait toujours à Éléonore de se montrer si inconsciente. Tout le monde se sacrifiait pour elle, y compris lui qui avait dû renoncer à tout pour la protéger, et elle osait courir des risques. Il repartit au travail. Elle était sûrement en retard et n'avait pas pensé qu'il pourrait s'inquiéter, songea-t-il amèrement.

À la fin de la journée, le vent se leva et inclina les flocons qui recouvrirent la ville. Une congère bloqua l'accès au magasin. Axel la dégagea plusieurs fois pour permettre aux clients d'entrer, en vain.

— Tu peux rentrer. Plus personne ne se présentera aujourd'hui, se résigna Iris.

— D'accord.

— Tiens, voilà ta paie.

Il rejoignit vite l'auberge. Il faisait déjà nuit. Avec ce temps, Éléonore avait dû se réfugier bien au chaud. Cependant, il ne la trouva ni dans la chambre ni dans le salon.

— Guy, auriez-vous vu Éléonore?

— Je l'ai aperçue ce matin très tôt, mais pas le reste de la journée. Elle devait m'aider à nettoyer, mais elle n'est pas venue. Où est-elle? Ça ne lui ressemble pas.

Axel s'alarma, mais ne laissa rien paraître.

— Effectivement. Elle a peut-être plein de défauts, mais elle tient parole.

— Tu penses qu'on devrait s'inquiéter? demanda Guy, qui ne savait rien de l'histoire.

— Je vais la chercher.

Il prit la direction du Bar-Uti. Face au vent, sa lanterne se balançait d'avant en arrière, frôlant sa cape. Il regrettait celle des Sauge qui était bien plus chaude et confortable. Au lieu de ça, la neige fondait sur lui et s'infiltrait à travers le tissu.

Le peu de clients permit à Jérémy de s'éclipser. Il l'invita dans sa chambre pour éviter les oreilles indiscrètes.

— Tu as aperçu Éléonore aujourd'hui?

— Non, on devait faire le point cet après-midi, comme d'habitude, mais elle ne m'a pas rejoint. Pourquoi?

— Elle n'a pas mangé avec moi ce midi non plus, et l'aubergiste ne l'a pas vue.

— Tu plaisantes là? Éléonore ne peut pas avoir été enlevée, elle aussi! Surtout pas elle, vu que… Jérémy jugea inutile de finir sa phrase. On aurait dû l'interdire de sortir.

— Parce que tu penses qu'elle nous aurait écoutés? bougonna Axel.

— Non. Mais j'aurais pu ne pas lui donner les noms des personnes disparues. La future reine ne devrait pas mener des recherches dans des endroits malfamés.

— Tu la perçois comme ça?

— Pourquoi pas toi?

— Je ne sais pas. Je la considère comme une amie.

— Moi aussi, je la considère comme une amie. Mais comme la reine légitime aussi. C'est peut-être parce que tu n'as pas grandi ici, mais moi j'ai souvent rêvé du monde que me décrivaient mes parents ou mes grands-parents. Ils peignaient une société agréable à vivre. Chacun était libre, heureux, et possédait assez pour nourrir sa famille. Les rois et reines n'avaient pas toujours régné de manière parfaite, mais aucun n'avait été nuisible pour le peuple, puisque la magie les choisissait. Je veux connaître

CHAPITRE 16

ça Axel. Et je ne pensais pas qu'un jour l'opportunité se présenterait, jusqu'à ce que je croise Éléonore. Donc oui je la perçois comme une reine, même si je la vois avant tout comme une amie.

Axel réfléchissait aux paroles de Jérémy. Il savait théoriquement qu'Éléonore incarnait la véritable héritière et qu'il fallait la protéger. Mais il ne s'était jamais posé la question sur ce que ressentaient les personnes qu'il avait rencontrées jusqu'ici.

— Je vais rendre visite à la famille de Topaze pour leur demander s'ils ne l'ont pas aperçue, proposa Axel.

— Fais attention, ils sont peut-être encore surveillés par la milice, mit en garde Jérémy. Après mon service, je te rejoins. Je m'éclipserai le plus vite possible d'ici. Mais pars en premier, ne m'attends pas. Tiens-moi au courant si tu as du nouveau.

La maison des Sauge se trouvait dans un quartier éloigné. Et sous ce temps, se hâter devenait une entreprise périlleuse. Il finit par arriver, et Célestine vint lui ouvrir.

Il n'y avait maintenant qu'elle et ses parents qui mangeaient. De sept à table ces derniers mois, ils étaient réduits à trois. La bonhommie habituelle avait été remplacée par une entente cordiale avec un fond de tristesse. Ils furent surpris de recevoir Axel qui leur raconta la disparition d'Éléonore.

— Oh mon dieu, non pas une personne en plus. Mais que se passe-t-il en ce moment? se demanda Agate.

— Et moi qui avait promis à Dimitri de veiller sur vous deux jusqu'à son arrivée, culpabilisa Jaspe.

Il n'aurait jamais dû laisser partir Éléonore, songea-t-il.

— Vous avez d'autres sujets de préoccupation, et ça se comprend. Mon père a-t-il réussi à atteindre le monde magique? Tu as reçu des nouvelles?

— Non, pas la moindre, admit Jaspe.

Axel s'inquiétait pour sa famille. Ça faisait maintenant presque trois mois qu'ils vivaient ici, et Dimitri n'était toujours pas là. Il n'avait pas pu emprunter le même chemin qu'eux, mais Axel avait espéré qu'il ait trouvé une autre solution. Ce n'était visiblement pas le cas. Mais un problème à la fois. Il fallait d'abord se concentrer sur la disparition d'Éléonore. Il préféra rentrer à l'auberge le plus tôt possible au cas où elle reviendrait.

Jérémy l'y attendait déjà, ayant négocié son départ avec ses parents. C'était de plus en plus tendu entre eux. Chaque heure passée loin du Bar-Uti était marchandée durement, même lorsque les lieux restaient vides de clients. Il ne supportait plus de rendre des comptes à ses géniteurs comme s'il était encore un enfant. L'ambiance au Bar-Uti l'étouffait.

* * *

Topaze n'aurait su dire depuis combien de temps il était enfermé. Aucune lumière ne filtrait à travers les murs épais des cachots. Sous terre, les jours et les nuits se ressemblaient. Les repas lui fixaient des repères, quoique leur irrégularité lui faisait perdre la notion temporelle et engendrait des maux d'estomac. Heureusement, il pouvait y remédier un minimum, mais commençait à manquer d'énergie pour réaliser un soin satisfaisant. La bouillie infâme qu'il mangeait lui permettait juste de survivre. C'était immonde. Topaze s'était imaginé qu'il serait libéré rapidement. Il le reconnaissait, il avait eu tort de provoquer les miliceurs. Il pensait qu'être guérisseur, don très peu répandu dans la communauté magique, ajouté au fait qu'il vienne d'une famille respectable, entrainerait une sanction minime de quelques jours dans les cachots. Il n'en était rien. L'humidité, le manque de soleil et d'air frais, ainsi que l'état de délabrement et la saleté des oubliettes occasionneraient de graves maladies sur le long terme. Faites que je sorte bientôt, supplia-t-il.

* * *

Le soir même, malgré le blizzard, Jérémy et Axel toquèrent chez les personnes qu'Éléonore devait interroger. Personne ne l'avait vue.

Chapitre 17

Éléonore fut réveillée par une violente dispute.

— Mais c'est qui cette Éléonore? s'égosilla Alessandro.

— Une fille que je viens de rencontrer. C'était pour rigoler, c'est tout!

— Pour rigoler! Mais t'es vraiment cinglé ma parole! Tes blagues dépassent les bornes! Que tu obliges Mattéo à imiter le cochon ou Enzo à danser, passe encore. Mais là! Qu'est-ce qui t'a traversé la tête?

— Elle enquêtait sur nous, se dédouana Guillaume. Elle croyait qu'on avait un rapport avec la disparition d'une fille qu'elle connaissait. Elle a commencé à nous manipuler. Je n'ai pas trouvé ça sympa. Alors je lui ai fait une blague. Et je pensais que vous en ririez.

— Et tu imaginais qu'en l'enlevant, elle présumerait que tu n'avais pas capturé son amie? demanda Sofia, sceptique face au raisonnement de Guillaume.

— Je ne sais pas ce qui me retient de te frapper!

— Alessandro calme-toi, tu vas effrayer la fille, dit Georgia.

Alessandro, un homme ventripotent d'une soixantaine d'années, avait les cheveux poivre à l'arrière du crâne et sel sur l'avant. Il était petit, avait hérité des yeux marron de sa mère Georgia, et semblait diriger la troupe.

— Éléonore c'est ça? Viens prendre l'air. Tu dois avoir faim, materna Georgia.

Éléonore avait repris ses esprits, comme si elle n'avait jamais dormi. Mais elle était perdue. Il y a une seconde, elle parlait à Guillaume dans la rue, et l'instant d'après elle se réveillait en plein milieu de la forêt. Elle était apeurée. Qu'allaient-ils lui faire? Est-ce qu'elle pourrait s'enfuir? Une tempête s'annonçait au milieu de la journée, il commençait d'ailleurs à neiger et elle ne connaissait pas la direction de Vénéficia. Tant pis, il fallait prendre le risque. Et peut-être rencontrerait-elle des personnes qui l'aideraient?

Elle bondit de la caravane et courut le plus vite possible.

— AU SECOURS! AU SECOURS! hurla-t-elle.

Personne ne se lança à sa poursuite. Ils se contentèrent de la suivre du regard.

— Et voilà! Tu trouves toujours ça amusant? cracha Sara, la contorsionniste, à l'intention de Guillaume sans réagir à la fuite d'Éléonore.

— Je te préviens, tu ne la laisses pas attraper froid ou se faire attaquer par un loup-garou, le sermonna Georgia.

— Eh morbus! Éléonore! cria-t-il. Arrête-toi immédiatement!

Éléonore, soumise à l'hypnose de Guillaume, s'immobilisa, comme si un mur invisible lui avait barré la route. Guillaume trotta vers elle calmement. Une fois face à elle, il défit son pouvoir. Lorsqu'Éléonore se sentit libre, elle chercha à s'échapper, mais Guillaume la retint par la taille. Elle se débattit farouchement mais, sans aucune tactique de combat, il n'eut aucun mal à la maitriser. Il attendit quelques minutes qu'elle s'épuisât puis il s'excusa.

— Je suis désolé, Éléonore. Je le reconnais, c'est nul. J'ai trouvé ça marrant sur le coup, je n'ai pas réfléchi. Je te redépose chez toi à la prochaine grande ville, promis.

— T'es vraiment cinglé! Lâche-moi!

— Tu vas te sauver si je desserre mon étreinte?

— Peut-être. Mais tu n'auras qu'à m'hypnotiser et je t'obéirais comme un toutou.

— J'aurais qu'à quoi?

Visiblement, ils n'employaient pas ce mot ici.

— Rien.

Il la relâcha. Elle le suivit jusqu'au camp qu'ils installaient. Effectivement, s'enfuir avec ce temps était stupide. De gros flocons commençaient à tomber et elle avait froid. Des loups-garous rôdaient-ils vraiment dans la forêt ou avaient-ils dit ça uniquement pour l'épouvanter?

Deux petites filles couraient l'une derrière l'autre. Leur mère leur demanda de rester près de la caravane. Certains montaient les tentes, tandis que d'autres préparaient le dîner. Un homme agrandissait des chaises et des tables grâce à son pouvoir pour les installer sous le pavillon principal. Leur dynamique de groupe semblait bien rodée. Éléonore suivit Guillaume qui la conduisit à Georgia.

— Tu dois être assoiffée, tiens.

Alessandra remplissait les verres d'eau avec ses mains et Georgia en tendit un à la jeune femme. Éléonore but, puis attendit en silence. Moins elle parlait, moins elle en dévoilait. Cette troupe se révélait finalement très étrange. Elle n'en revenait pas de s'être laissé berner aussi facilement par Guillaume. Dire qu'elle le trouvait gentil. Dorénavant, elle resterait sur ses gardes en permanence. Bon, l'eau n'était pas empoisonnée. C'était déjà ça.

Le groupe se composait d'une vingtaine de personnes. Malgré l'incident qui venait de se dérouler, l'ambiance était joyeuse bien que sérieuse. Ils devaient parfaitement préparer le camp avant la nuit. La tempête s'annonçait plus violente que prévu et ils avaient dû s'arrêter en cours de route, ce qui leur faisait perdre du temps. Ils se coucheraient tôt ce soir et repartiraient dès potron-minet le lendemain.

— Alors comme ça, tu enquêtes sur nous? demanda Davide, curieux.

Le fils d'Alessandro et le petit-fils de Georgia et Francesco avait hérité des cheveux noirs et des yeux marron de son père, mais il tenait sa silhouette fine de son grand-père. Les deux filles qui galopaient dans le camp tout à l'heure étaient les siennes, et il donnait à manger à la cadette.

— J'ai entendu dire que des personnes disparaissaient dans chaque ville où vous passiez.

— C'est vrai, avoua Alessandro.

Éléonore fut étonnée de la réponse.

— Les disparitions sont monnaie courante. Donc oui, des gens disparaissent alors que nous sommes présents. Mais il y a aussi des disparitions lorsque nous ne sommes pas là.

— Au moins, tu enquêteras tout à loisir sur nous, maintenant que nous sommes obligés de t'héberger et de te nourrir gracieusement, répliqua sèchement Sara, une femme blonde d'une quarantaine d'années, aux lèvres pincées quasiment en permanence.

Éléonore reconnut la contorsionniste du spectacle. Elle faisait partie d'une autre famille du cirque. Elle était mariée à Domenico, le cracheur de feu, et ils avaient trois fils âgés de 14, 17 et 20 ans.

Éléonore ne rétorqua pas, car aucune réponse qui venait à son esprit n'aurait convenu à Sara.

Le repas se déroula normalement, et tout le monde se coucha tôt. Georgia proposa à Éléonore de dormir dans sa roulotte.

— Nous avons une trop grande habitation pour deux. Tu sais, lui dit-elle alors qu'elles quittaient la tente principale, nous avons vécu à quatre dedans, quand nos enfants étaient plus jeunes. Nous n'avons jamais changé de caravane. Nous avons largement de la place pour t'accueillir.

Elle ajouta plus bas:

— Et tu dormiras nettement mieux avec nous que dans le pavillon commun où tout le monde ronfle!

Éléonore ne se fit pas prier. La dame marchait d'un pas énergique malgré son dos légèrement voûté. Un sortilège d'extension avait été réalisé, Éléonore le remarquait maintenant. Toute une partie de la caravane n'était pas utilisée. Georgia lui ouvrit une porte sur la gauche qui conduisit à une petite chambre. Une fenêtre donnait sur l'extérieur, mais Éléonore ne discernait rien à cette heure-ci.

— Éléonore, je peux te parler?

Georgia s'installa sur le lit une place et Éléonore la suivit.

— J'ai entendu l'histoire de la disparition de ton amie Opale. Et je trouve ça très courageux de ta part d'enquêter comme tu l'as fait, quoi qu'en disent les autres. Tu dois avoir peur. Tu as été enlevée, tu ne connais personne et tu es coincée au milieu d'une tempête. Je suis vraiment désolée de ce qui t'arrive, Guillaume s'est montré stupide. C'est un pitre, il ne tient jamais compte de la portée de ses actes, mais il reste foncièrement gentil. Nous te ramènerons le plus vite possible chez toi, promis. En attendant, dors bien. Les couvertures sont rangées ici. Je te conseille de fermer tes volets, car la

CHAPITRE 17

nuit sera glaciale. Tiens, voilà la clé de ta chambre. Tu auras ton intimité comme ça. Si tu as besoin de quelque chose, n'hésite pas.

— Merci.

Georgia se leva puis regagna le salon où son mari patientait. Éléonore les entendit rire, puis se coucher. Éléonore verrouilla la porte puis se glissa dans son lit. Elle n'avait pas enlevé son bonnet de la soirée. Elle le garderait pour dormir, c'était plus sûr.

Guillaume avait appris grâce à l'hypnose qu'elle enquêtait sur eux. Qu'avait-elle confessé d'autre? Avait-il découvert qui elle était en réalité? Malgré les clés sur la serrure, un sentiment d'insécurité s'insinua en elle. Ce matin encore, elle s'était réveillée à l'auberge, en lieu sûr, avec Axel dans la chambre attenante qui offrait une présence rassurante. Maintenant ce soir elle se retrouvait seule, en pleine forêt et en pleine tempête. Elle frémit. Pourvu qu'elle puisse bientôt rentrer.

* * *

Axel n'avait quasiment pas dormi, guettant le grincement de la porte d'Éléonore, en vain. Elle avait forcément été enlevée par une des familles qu'ils avaient interrogées hier. Mais aucune personne ne l'avait accueillie. A-t-elle été capturée avant? Mais par qui?

Axel retraça lentement le chemin qu'elle avait dû suivre. Il passa devant le terrain qu'avait occupé le cirque. Et si finalement Éléonore avait découvert une piste? Si la compagnie était responsable? Axel se rendit chez Jérémy pour connaitre son avis sur la troupe. Il était tôt, mais Axel savait qu'il serait levé.

— Je pars la chercher, annonça Axel.

— Attends, tu ignores la direction qu'ils ont prise. Et nous n'avons aucune certitude concernant leur culpabilité. Quel intérêt de l'enlever, alors que nous ne portions plus de soupçon sur eux? Et dans le cas contraire, ils l'auraient fait la veille, non?

Le raisonnement de Jérémy se tenait. Mais Axel voulait faire quelque chose, n'importe quoi. Il se sentait fautif, s'inquiétait pour elle et il était énervé d'être impuissant. Ils ne pouvaient même pas se plaindre à la milice.

— Moi aussi j'aimerais qu'elle revienne, continua Jérémy. Je pense qu'en enquêtant sur Opale, on retrouvera également Éléonore.

— Si elle s'est bien fait enlever à cause de ses recherches.

— Oui, reconnut Jérémy.

Il était tout aussi perplexe face à la situation, mais il ne voyait pas quoi faire de plus. Sa capacité à résoudre des énigmes semblait hors service en ce moment.

* * *

Éléonore se réveilla en vie. Personne n'était venu dans sa chambre durant la nuit. C'était une bonne nouvelle. Si personne ne l'avait agressée le premier jour, peut-être qu'elle ne le serait pas les jours suivants. Elle restait tout de même sur ses gardes. Son sommeil ne fut pas aussi réparateur que prévu. Le vent souffla violemment et secoua la caravane. Elle se demandait comment les autres parvenaient à dormir dans des tentes. Au matin, le temps s'était calmé. Il faisait clair et la neige scintillait lorsque les rayons du soleil l'atteignaient. Tout le monde mangea brièvement dans le pavillon commun. Alessandro affichait une mine mécontente d'avoir perdu presque vingt-quatre heures à cause de la tempête. Ils se remirent en route. Éléonore fut invitée par Georgia à monter avec elle et son mari à l'avant de la roulotte. Ils tenaient à trois sur un banc en bois. Francesco dirigeait le cheval, bien qu'il n'en ait pas besoin.

À l'instar des autres membres de la famille, Francesco avait un teint méditerranéen. Ses yeux bleus en étaient d'autant plus visibles, impression renforcée par ses cheveux d'un blanc lumineux. Il avait dû être séduisant

CHAPITRE 17

dans sa jeunesse. Le couple s'aimait toujours autant après soixante-cinq ans de mariage. Ils étaient beaux à regarder. Georgia lui raconta sa vie et sa rencontre avec son conjoint. Il avait eu un coup de foudre pour elle et lui avait tout de suite demandé de l'épouser. Elle avait dit oui pour fuir sa famille, mais elle n'avait pas de sentiments et avait refusé de se rapprocher de lui la première année. Mais il avait manifesté tellement de patience et d'attention qu'elle finit par tomber amoureuse de lui. Elle posa quelques questions à Éléonore qui les évinça. Georgia n'insista pas et lui parla de tous les membres de la troupe. Éléonore ne retint pas tous les prénoms, surtout qu'elle y attachait peu d'importance. Après tout, elle rentrerait bientôt chez elle. Ou s'enfuirait. Elle n'était pas ligotée, elle restait libre de partir à tout moment.

Mais pour l'instant, elle voyageait en compagnie de Georgia et Francesco, des compagnons de route très avenants. Francesco ramena des couvertures et des tasses de thé bouillantes. Les chevaux avançaient sans difficulté: la caravane haut de gamme, qu'ils avaient achetée au début de leur mariage, bénéficiait de différents sortilèges, comme celui d'extension et celui de légèreté, qui perduraient depuis le début. Les nouvelles roulottes sont pourvues d'envoûtements éphémères qui obligent les gens à payer pour les renouveler, lui expliqua Georgia.

Éléonore apprit de nombreuses choses auprès des doyens de la troupe, et une merveilleuse matinée s'écoula avec eux.

Chaque carriole mangea séparément. Ils ne s'arrêtèrent que lorsqu'ils arrivèrent face à une stèle en pierre arrondie par les années. De la mousse commençait à la recouvrir. D'autres roches beaucoup plus petites l'encerclaient. Si Éléonore s'était promenée à proximité quelques mois plus tôt, elle aurait cru à un vestige d'une soirée autour d'un feu de camp, mais aujourd'hui elle savait que c'était davantage que cela, à voir l'intérêt que lui portaient ses compagnons de route.

Davide passa lentement une main au-dessus du menhir. Des motifs celtiques gravés apparurent peu à peu. Au même moment, les petites pierres autour de la stèle s'enfoncèrent dans le sol. Au centre, le tapis forestier s'inclina, laissant deviner une immense voie qui descendait dans les profondeurs. Éléonore suivit la route, légèrement anxieuse. Sentant son état d'esprit, la vieille dame lui toucha affectueusement la main. Les chevaux, visiblement habitués, n'eurent aucune difficulté à se glisser dans la pénombre. Sur chaque côté des parois, des torches s'allumaient à l'arrivée des visiteurs. On distinguait parfaitement ses voisins, mais le bout du tunnel restait un énorme trou noir. Au bout de quelques mètres, ils firent halte. Éléonore ne percevait pas ce qu'il se passait, mais Francesco lui expliqua:

— Nous devons payer une taxe pour emprunter cette route. Ce sont d'anciens souterrains humains. Dans le nord de la France, il y en a des tas! Comme ça nous nous déplaçons d'une ville à l'autre, sans traverser leur monde. Peu de sorciers les utilisent, car il y a des moyens beaucoup plus rapides, mais nous avons une telle cargaison…

Éléonore vérifia que son bonnet et sa cape étaient toujours accrochés. La troupe reprit la route doucement, et elle passa à côté des collecteurs de taxes. Ils portaient la même tenue que tous les autres miliceurs qu'elle avait rencontrés, mais leur écusson représentait une spirale noire, symbolisant les tunnels. En tout cas Éléonore trouvait l'emblème adapté face au trou sombre dans lequel elle s'enfonçait.

Heureusement cela ne dura pas. Ils débouchèrent sur une avenue assez large pour que deux chariots roulent côte à côte. On y voyait comme en plein jour, tant elle était éclairée par les nombreuses torches qui flambaient de chaque côté. Éléonore fut impressionnée par l'immensité du souterrain qui s'ouvrait à elle: jamais elle n'avait cru que sous ses pieds, une telle galerie existait, construite par les hommes, et si vite oubliée… L'air était humide et sentait la moisissure. Le sol et les murs étaient recouverts de pierres. On entendait le clapotis de l'eau qui dégouttait de certains pavés. Les pas de la troupe résonnaient. Malgré l'humeur joyeuse, Éléonore n'était pas totalement rassurée. Elle jeta un regard en arrière aux miliceurs qui n'avaient pas bougé.

Au fur et à mesure de leur progression, elle aperçut de chaque côté des remontées semblables à celle qu'elle avait empruntée un peu plus tôt. L'envergure de la galerie variait de l'étroite allée pouvant contenir à peine

CHAPITRE 17

une caravane, à des passages très larges et hauts de plafond. Lorsqu'ils traversèrent une sorte de cathédrale souterraine, on lui intima le silence. La résonnance énorme était susceptible d'entrainer une chute de pierres.

À certains endroits, Éléonore remarqua de petits murs en briques.

— Qu'est-ce que c'est? demanda Éléonore

— Pendant la guerre, les humains ont rebouché les passages des tunnels et ont oublié peu à peu leur existence. De l'autre côté, ils ont utilisé les souterrains comme de simples caves, expliqua Francesco.

— Et ils ne se doutent de rien?

— Oh tu sais, ils ne brillent pas par leur intelligence, répliqua Sara, qui avait écouté la conversation.

— Ils entendent sûrement des bruits, mais disent que ça vient de leur imagination, se moqua Georgia.

Plus Éléonore découvrait la troupe, plus une disparité entre les affinités se créait. Elle aimait beaucoup Georgia et Francesco, qui lui rappelaient ses propres grands-parents. Elle évitait Sara, qui analysait tout de manière négative, et Lorenzo qu'elle trouvait bizarre. Lorenzo était le second fils de Georgia et Francesco. Il vivait seul dans sa caravane et restait à l'écart la plupart du temps. Il s'isolait tellement qu'Éléonore n'avait pas remarqué sa présence au début. Lorsqu'il sortait de sa tanière, il fixait Éléonore pendant de longues minutes. Elle se sentait mal à l'aise. Guillaume lui expliqua qu'il était alcoolique et que personne ne l'approchait, car il pouvait se montrer violent.

— Même moi il me fait flipper. Si j'étais toi, je l'éviterais, conseilla-t-il.

— C'est ce que je comptais faire, assura Éléonore.

Pourtant, il aurait très bien pu détenir Opale. Personne ne mettait les pieds dans sa roulotte. L'intuition d'Éléonore lui dictait qu'il était suspect: elle ne supportait pas de le frôler; des frissons la parcouraient, et elle en ignorait la raison. En attendant de s'infiltrer dans sa caravane, elle restait le plus possible éloignée de lui.

Ils s'arrêtèrent dans un petit bourg sorcier plus au nord. Éléonore sourit à l'idée: enfin une civilisation qui lui permettrait de regagner la capitale! Mais elle déchanta rapidement.

— Aucun moyen de locomotion n'existe ici. Il faut atteindre une plus grande ville, lui expliqua Guillaume, tout en s'excusant encore.

Ils croisèrent une famille de crieurs qui séjournait au village. Le couple et leur fils adolescent se dirigeaient vers Vénéficia. Guillaume ne voulut pas laisser passer cette aubaine : il négocia durement.

— Par les temps qui courent? Non, je ne prendrai personne. Comprenez bien mon cher ami : je n'ai rien contre vot' p'tite dame, mais c'est trop dangereux, déclara l'homme.

— Je suis disposé à vous payer grassement pour cet énorme service, promit Guillaume.

— Ce n'est pas une question d'argent. Nous n'avons même pas la place. Ma réponse restera non, n'insistez pas.

— Pouvez-vous au moins transmettre une lettre à un de mes proches s'il vous plait? quémanda Éléonore.

Le crieur regarda sa femme. Ils hochèrent la tête.

— Mais je veux que vous me donniez votre courrier maintenant. Nous partons.

Éléonore se pressa de rédiger un mot à l'attention de Jérémy. Les hérauts connaissaient bien les auberges. Elle ne disposait pas de beaucoup de temps, alors elle écrivit un texte simple. Elle ajouta une allusion pour qu'il comprenne qu'elle était bien l'autrice de la lettre. Elle tendit la missive au couple pendant que Guillaume paya sans rechigner. Elle était rassurée car ses amis sauraient où elle se trouvait, et elle rentrerait bientôt.

***

Axel avait repris le travail depuis plusieurs jours. Il avait cherché Éléonore partout, mais ne l'avait pas trouvée. Jérémy s'était renseigné sur la direction de la troupe, mais personne ne l'avait aidé. Axel avait décidé de ramener Éléonore à Vénéficia dès qu'il en saurait plus. Pour cela, il utiliserait n'importe quel moyen de locomotion. Celui-ci lui parvint sous la forme la plus inattendue, un matin où il arriva au magasin:

— J'ai besoin de toi pour te rendre à Pentrif.

Iris paressait surexcitée. Axel ne l'avait jamais vue comme ça.

— Qu'est-ce qu'il y a de si merveilleux à Pentrif?

— Une Opale!

— Quoi?

— Je veux dire une magicatrice. Tu sais le pouvoir de mon ancienne employée. Je me suis procurée l'adresse d'une fille qui possède le même, à Pentrif. Il faut absolument que tu t'y rendes!

— Moi? Mais pourquoi pas toi?

— Parce que je ne peux pas me permettre de fermer la boutique ou de te laisser la gérer seul.

Il aurait été plus sage de confier le magasin à Axel et d'aller elle-même à Pentrif, car il ignorait si sa patronne parlait d'une ville ou d'un pays. Il se garda bien de le lui dire.

— Tu pars dès maintenant. J'ai tout prévu.

Iris lui expliqua en détail la marche à suivre une fois arrivé. Visiblement, Pentrif était un bourg situé en Bretagne, et il se déplacerait par un moyen de transport aérien. Axel n'en menait pas large, mais Iris ne remarqua rien. La section «vol» avait regorgé autrefois de nombreux objets permettant la circulation de biens ou de sorciers. Aujourd'hui, il ne restait qu'un vieux balai, un tapis et deux coussins. Même si le premier lui semblait familier avec toutes les histoires qu'il avait lues durant son enfance, il ne lui inspirait guère confiance: la selle, semblable à celle d'un vélo, n'était pas correctement accrochée, et les brindilles de bouleau s'étaient affaissées avec le temps. Axel ignorait l'importance de ces éléments dans la conduite d'un balai, mais il devina qu'il était bon à jeter. Le tapis, quant à lui, s'agitait dans tous les sens. Il reflétait l'état psychologique actuel d'Iris, pensa Axel. Lorsqu'il chercha à l'attraper pour l'observer de plus près, il se déroba.

— Oui, il est un peu capricieux, concéda Iris. Satané Yann Volant, on ne peut pas compter sur lui pour réaliser du bon travail. Opale a fait ce qu'elle a pu pour permettre au tapis de voler, mais il a hérité du caractère de Yann.

Sa patronne évoquait spontanément Opale pour la première fois, et en termes positifs. Il en profita de la situation pour entamer une discussion sur la disparue:

— Ah, votre ancienne employée était douée?

— Oui, très douée. Et elle me présentait de bonnes idées pour de nouveaux objets. Mais les mettre en pratique s'avérait compliqué.

— Pourquoi?

— Pour fabriquer un ustensile magique, nous devons dénicher la personne idéale, qui possède le don approprié. Elle doit également être disponible pour qu'une magicatrice transfère son pouvoir à l'intérieur. Puis nous devons la payer. Opale avait l'esprit fécond, mais aucune notion de rentabilité. Et puisqu'elle expérimentait, elle échouait souvent au début. Je perdais du temps et de l'argent. Mais lorsqu'elle y arrivait, la vente des articles novateurs rapportait généralement bien plus qu'ils ne m'avaient coûté.

— Tu étais satisfaite d'elle?

— Oui. Mais dernièrement je lui avais demandé d'arrêter ses essais. Le commerce marche de moins en moins bien. On croule sous les impôts, et les gens réduisent les dépenses au maximum. Ils veulent des objets basiques, du coup j'ai préféré qu'elle se concentre sur leur production.

— Et comment a-t-elle réagi?

— Elle a accepté, même si je pense qu'au fond elle s'est sentie bridée.

Iris changea de sujet avant qu'Axel n'ait pu rebondir. Pour la première fois, il avait enfin obtenu des renseignements qui pourraient servir. Il choisit finalement le coussin en meilleur état parmi les deux restants. Il était carré, d'une vingtaine de centimètres de côté. Il paraissait totalement normal, hormis les petites vibrations qu'il émit quand Axel l'attrapa.

Il était recouvert d'un tissu turquoise aux arabesques blanches et un pompon de la même couleur était accroché à deux extrémités. Il glissa son moyen de transport sous le bras et suivit Iris jusqu'à la sortie du magasin.

— J'ai déclaré ton trajet à la milice volante. Si tu es contrôlé, donne ceci. Je t'ai acheté un retour pour demain, ça devrait suffire. Si tu as un souci, signale-leur le changement. Mais je préfèrerais que tu reviennes le plus tôt

CHAPITRE 17

possible.

Elle lui tendit un papier où étaient indiqués les lieux, la date, son identité et le procédé utilisé. Elle lui donna également de l'argent pour ses frais et comme gage pour la personne qu'elle souhaitait recruter.

L'air était frais en ce début de matinée et les nuages recouvraient le soleil, mais fort heureusement il ne pleuvait pas. Voyant qu'Iris patientait, Axel supposa qu'il devait se mettre en action. Il glissa le coussin entre ses cuisses et s'attendit à une réaction, mais rien ne se passa. Par réflexe, il consulta Iris du regard et se le reprocha aussitôt. Il n'aurait pas dû montrer son ignorance, mais il ne pouvait pas revenir en arrière. Iris leva les yeux au ciel et se moqua de lui:

— Il se positionne dans le sens inverse!

Iris n'avait pas dû percevoir le malaise de son employé, car elle sourit. Il retourna l'objet et en effet, celui-ci vibra sous lui quand il l'installa. Axel espérait que les autres manœuvres seraient plus instinctives. Il aurait préféré que personne ne l'observe pour son baptême de l'air. Il attrapa les deux pompons d'un geste hésitant. Heureusement pour lui, une cliente pénétra dans la boutique à ce moment-là et Iris fit un signe à Axel à mi-chemin entre «au revoir» et «je dois travailler». C'était le moment ou jamais. Il n'y avait personne dans la rue. Il avança en canard, le coussin toujours entre les jambes, jusqu'à devenir invisible depuis la vitrine du magasin. Il tira les deux pompons vers le haut. Le carré de tissu, au lieu de voler dans les airs en compagnie d'Axel comme celui-ci l'avait espéré, s'éleva seul. Axel le tint à bout de bras. Ses pieds se décollèrent tout doucement du sol, et il ne resta bientôt plus que ses orteils en contact avec la terre ferme. Quand ceux-ci se soulevèrent à leur tour, Axel commença à s'inquiéter. Il fallait trouver une solution très rapidement ou il serait contraint de voyager debout, le corps dans le vide, en se maintenant au coussin uniquement par la force de ses bras. Il se tracta. Il parvint à mettre les avant-bras dessus, puis il redescendit l'engin en orientant les pompons vers le bas. Il réussit à regagner la terre ferme. Ouf! Personne ne l'avait vu se ridiculiser. Sans perdre de temps, il grimpa de nouveau sur son moyen de transport. Cette fois-ci il contracta davantage ses cuisses pour que le coussin ne lui échappe pas et recommença la même manipulation. La deuxième tentative fut fructueuse: le tissu épousa parfaitement le corps du jeune homme pour permettre un confort optimal et il prit de l'altitude.

***

Topaze se leva d'un bond lorsqu'il entendit la porte de sa cellule s'ouvrir. Il n'avait pas perçu ce grincement depuis qu'il était arrivé, car les repas étaient délivrés par une petite trappe. Un homme et une femme entrèrent et lui demandèrent de le suivre. Ça y est, on le relâchait enfin! Il était ému, mais ne voulait pas le montrer. Sa libération avait mis bien plus de temps qu'il ne l'avait prévu. Peut-être même qu'à ce stade, sa sœur était rentrée à la maison. Il retrouverait sa famille, de la bonne nourriture et un lit confortable. Il en rêvait maintenant depuis des jours.

Malheureusement, Topaze fut poussé non pas vers la sortie comme il l'espérait, mais dans une boite sombre tirée par deux chevaux. Une transporteuse. On ne le libérait pas! On comptait l'enfermer pendant plusieurs mois, voire à vie! Topaze avait entendu que la monarchie avait besoin de plus en plus de main d'œuvre pour construire une sorte de camp. Était-ce possible qu'on l'envoyât là-bas?

— Allez, grimpe! ordonna la femme.

— Où m'emmenez-vous?

— Tu comprendras quand t'y seras!

— S'il vous plait, je pourrais parler à ma famille? Ou à un des inquisiteurs qui m'a arrêté? Ou à votre chef? supplia-t-il.

— Tu ne veux pas qu'on te prépare un bain et un verre de vin aussi? ironisa l'homme. Allez, grimpe là dedans!

Topaze obtempéra. La boite était trop petite pour que Topaze y tienne debout. Il se courba pour entrer et s'assit à même le sol. La caisse, mesurant 4 m², était construite en bois du sol au plafond. Elle pouvait transporter

CHAPITRE 17

des prisonniers sur de grandes distances puisqu'elle était hermétique à la magie. On referma la porte, il fut plongé dans une pénombre quasi totale. Seuls les interstices laissèrent passer très faiblement la lumière. Topaze s'allongea, désespéré.

* * *

Axel pilotait de manière saccadée. Ça lui rappelait ses premières heures de conduite: à chaque fois qu'il avait changé de vitesse, la voiture avait fait des à-coups, secouant les passagers. Il dirigea les pompons sous différents angles pour obtenir le rythme d'ascension parfait. S'il tirait trop sur eux, Axel montait promptement, laissant son cœur quelques étages plus bas. S'ils restaient trop à l'horizontale, Axel avançait, mais se maintenait au même niveau. Or, Iris lui avait bien signalé de voler à au moins à 1000 mètres d'altitude pour ne pas être repéré des humains. Ça lui paraissait haut et très risqué, mais il n'avait pas le choix. De toute façon, tomber de 500 mètres de hauteur ou de 1000 mètres impacterait de façon similaire son corps.

Une fois au-dessus des arbres, il contempla la capitale comme il ne l'avait jamais fait. Seul un œil de sorcier était apte à repérer la ville sous la végétation dense. Il remarqua des habitations çà et là, mais elles épousaient tellement bien la flore environnante qu'elles passaient pour des parties intégrantes de la nature. Les rues qui suivaient la courbe innée de la forêt semblaient être apparues avant les premiers hommes. Il observa également des voyageurs arrivant dans la capitale, à moins que ce ne soit des humains. Non, une boite en bois tirée par des chevaux était conduite par deux miliceurs. Axel reconnut d'ici leur uniforme. Il s'interrogea sur ce qu'ils pouvaient bien transporter.

Axel s'éleva un peu plus. Après avoir admiré l'architecture de Vénéficia qui permettait une alliance parfaite entre les sorciers et la nature, il se demanda comment il la repérerait. Sous lui, un océan vert à perte de vue ondoyait, et rien n'indiquait que la plus grande ville magique s'y était noyée.

* * *

Jérémy avait enfin eu les renseignements qu'il cherchait: il connaissait le circuit du cirque. À l'auberge, il avait rencontré un homme qui avait travaillé pour eux lorsqu'il était jeune. Il était resté un an dans la troupe, le temps de visiter toute l'Europe, puis était revenu dans la capitale pour trouver un emploi plus stable. Jérémy partit à sa pause chez Guy où il laissa un mot pour Axel. Jérémy comprenait l'importance de retrouver Éléonore. Il aurait voulu y aller lui-même, puisqu'il connaissait mieux le royaume, mais ses parents n'auraient jamais accepté qu'il s'absente. Il se sentait comme emprisonné. C'était d'autant plus manifeste que son meilleur ami était loin, et que tout le monde semblait avoir disparu.

* * *

L'air se refroidissait au fur et à mesure qu'Axel prenait de l'altitude. Bien qu'il soit couvert en prévision d'une traversée de la France en plein hiver, il n'avait pas imaginé un tel écart de température entre le sol et la hauteur à laquelle il voyageait. En équilibre sur le coussin, Axel sortit délicatement de sa poche l'objet qu'Iris avait tenu à ce qu'il emporte. Elle lui avait dit qu'il lui permettrait de trouver son chemin plus rapidement. Avec quatre lettres représentant les quatre directions, la sphère ressemblait vaguement à une boussole. Il s'envola de la main d'Axel pour se placer devant lui, à hauteur de ses yeux. Une flèche tournait sans s'arrêter. Iris ne lui avait pas donné d'indications quant à son fonctionnement. Il savait que Pentrif était située en Bretagne, donc au sud-ouest de sa position, mais la boussole ne lui permettrait pas de localiser parfaitement la ville.

Plus Axel tirait sur les pompons, plus il avançait rapidement. Il n'était vraiment pas rassuré par ce moyen de transport. Il vola lentement, avant de s'habituer et d'accélérer légèrement. La boule évoluait au même rythme que le coussin. À l'intérieur, l'aiguille ne suivait pas du tout le mouvement circulaire traditionnel. Elle donnait le tournis en voyageant de manière totalement aléatoire. Heureusement, Axel parvenait tout de même à lire les points cardinaux et tenait tant bien que mal la direction sud-ouest.

Le manteau au-dessus de lui ne semblait pas se désépaissir, bien au contraire: plus la journée avançait, plus les nuages formaient des couches supplémentaires, transformant le ciel de gris clair à gris foncé. Bientôt, quelques gouttes glissèrent sur Axel, prémices d'une pluie diluvienne qui ne tarda pas à fouetter le visage du jeune homme. À peine redescendit-il de quelques mètres qu'il fut noyé sous le déluge. Le rideau d'eau réduisait la visibilité à dix mètres et exerçait une pression constante rendant difficile le maintien de l'altitude voulue. Il était totalement déboussolé. Il décida de regagner la terre ferme, mais il n'avait aucune idée de l'endroit qu'il survolait. Il baissa son coussin et vit avec de plus en plus de clarté des autoroutes avec de nombreux embranchements qui menait à une immense ville. «Sûrement Paris», spécula-t-il. Il contourna la capitale pour éviter d'être repéré. Il reprit de l'altitude. Au bout de quelques heures dans le froid sans n'avoir rien mangé et rien bu, il en avait assez. Il comprenait mieux pourquoi Iris l'avait envoyé. Pourquoi avait-il accepté? Il avait des choses bien plus importantes à gérer que ce voyage! Il aurait dû refuser, quitte à être viré!

— Bon sang, si je pouvais déjà être à Pentrif! se plaignit-il tout haut.

La boussole s'arrêta de tourner et une voix neutre en sortit:

— L'adresse demandée est Pentrif. Veuillez confirmer.

— Oui… je confirme, dit Axel qui ne savait pas trop ce qu'il devait répondre.

— Temps estimé en fonction de l'objet volant identifié et des conditions météorologiques: trois heures et quarante-sept minutes. Merci d'augmenter votre altitude de 100 mètres.

Axel obtempéra à la voix monocorde de la boussole, à la fois soulagé d'être conduit et énervé de ne pas avoir découvert la fonctionnalité plus tôt.

— Veuillez pivoter de 40 degrés vers la droite.

Axel obéit approximativement.

— Veuillez pivoter de 5 degrés vers la gauche.

Diriger un coussin au degré près était comme trouver la température idéale d'une douche avec les deux robinets d'eau chaude et d'eau froide distincts. Au bout de plusieurs essais, Axel y parvint. Désormais, il ne discernait de Paris qu'un agglomérat de lumières à sa gauche dont un grand nombre se mouvait en suivant des trajectoires définies. Des voitures, songea Axel.

— Nous contournons la capitale française humaine. Selon le décret numéro 30 sur l'usage des objets volants, veuillez prendre de l'altitude.

Axel exécuta les conseils durant tout le trajet. La lueur faiblissait quand la boussole lui indiqua l'arrivée imminente à Pentrif. Le voyage lui avait semblé interminable, son ventre grondait de faim et il était exténué. Axel contempla la forêt sous ses pieds. Soudain, la sphère se figea. Il freina brusquement et évita la collision de justesse. Une fois Axel immobile, elle amorça une descente. Il lui emboita le pas. Il s'approcha de plus en plus des arbres. Il percevait entre les nombreuses branches des toits d'habitations. Depuis la cime des chênes centenaires, il s'estimait inapte à suivre l'objet qui virevoltait entre les rameaux sans se blesser. La multitude de branches offrait peu d'espace pour un atterrissage en douceur. Il aurait aimé trouver une surface plane, mais ne souhaita pas s'écarter de sa boussole. N'ayant pas d'autre choix, il tenta de traverser le bouclier protecteur des arbres, mais il était trop large pour éviter les éraflures que provoquèrent les branches sur ses bras et ses vêtements. La descente lui parut aussi longue que le trajet et il poussa un soupir de soulagement lorsque ses pieds touchèrent enfin la terre ferme. Il récupéra la boussole qu'il fourra dans sa poche. Il se laissa guider par les lueurs des torches de Pentrif pour rejoindre la civilisation. Il aboutit dans une petite rue calme. Il s'enfonça dans la ville pour trouver un logement où passer la nuit. Il n'avait pas l'énergie de chercher l'auberge au meilleur rapport qualité/prix, aussi entra-t-il dans la première qui se présenta sur son chemin. L'établissement semblait propre et il restait une chambre. Celle qu'on lui attribua lui convint parfaitement. N'importe quoi l'aurait contenté tant qu'il s'abritait des conditions météorologiques. Il mit ses affaires à sécher, prit une douche bien chaude et ne fit qu'une bouchée du repas qu'on lui proposait. Il serait bien parti se coucher, mais il devait négocier avec la magicatrice avant la nuit.

Il parcourut les rues de Pentrif. Les façades des maisons le dépaysèrent de l'apparence rocailleuse de la capitale. Elles étaient construites en bois flotté. Les branches tortueuses offraient un aspect original à chaque habitation. Celles-ci évoquèrent à Axel des cabanes de naufragés, quoique bien plus grandes et bien plus confortables. Elles semblaient hermétiques aux averses fréquentes.

La ville était bien plus petite que Vénéficia, mais paraissait plus chaleureuse. Il ne pouvait malheureusement pas flâner dans le bourg, aussi se rendit-il d'un pas vif à l'adresse indiquée par Iris. À l'auberge, on lui avait fourni un plan sur une feuille jaunie et déchirée par le temps et les multiples usages. Axel parvenait à peine à déchiffrer le nom des rues, mais trouva tout de même celle qu'il cherchait dans la partie la moins abimée de la carte. Il devait traverser toute la ville. Peut-être aurait-il pu donner à la boussole l'adresse exacte pour le faire atterrir directement au bon endroit? À son retour, il expérimenterait cela. Il avait encore un tas de choses à découvrir en matière de magie.

La maison de la magicatrice était fabriquée de la même façon que ses voisines. Elle disposait, en plus, des jardinières à chaque fenêtre qui rendaient l'habitation accueillante.

Une femme d'une cinquantaine d'années, ronde, les cheveux et les yeux gris, lui ouvrit la porte après qu'il eut toqué. Elle portait un tablier et il la dérangeait en plein ménage. Il se présenta et lui exposa brièvement les raisons de sa visite.

— Oh c'est vrai, un travail pour Marion dans la capitale? Marion, MARION! hurla-t-elle de plus en plus fort, tout en invitant Axel à entrer.

Elle l'abandonna dans le salon aux fauteuils recouverts de différents tissus plus criards les uns que les autres et partit à la recherche de Marion qui, visiblement, n'avait pas entendu les puissants appels de sa mère.

Deux enfants, âgés environ de six ou sept ans, s'engouffrèrent dans la pièce et gravitèrent autour d'Axel en chahutant, comme s'ils ne l'avaient pas vu. Au bout du cinquième tour, Axel eut envie de les attraper et de les calmer, mais il fut délivré par la maman qui leur ordonna d'aller jouer ailleurs. Elle s'installa sur un autre fauteuil et Marion, une jeune fille de dix-huit ans brune aux reflets cuivrés, s'assit près d'elle.

L'entretien ne se déroula pas exactement comme Axel l'avait pensé, car il discuta moins avec Marion qu'avec sa mère. Malgré son regard marron glacé qui scrutait le visiteur, elle intervint très peu dans l'échange. Elle était visiblement très timide et, même si Axel lui adressait directement la parole, elle se contentait de consulter sa mère qui répondait à sa place. Axel était agacé. Marion risquait de passer de la soumission de sa mère à la soumission d'Iris. Mais peu importait, il n'avait pas voyagé jusqu'ici pour juger la compatibilité des personnalités, mais pour conclure un marché.

— Et à combien s'élèverait le salaire? s'enquit la matrone de façon abrupte.

— 15 chênes, 2 fusains et 1 bouleau.

— Mmm, ça me parait un peu faible.

— Un peu faible? Je trouve qu'il s'agit plutôt d'une sacrée offre. Je travaille là-bas et je suis loin de percevoir ce salaire.

— Oui, mais quand même avec les temps qui courent, on a besoin de plus d'argent…

— Et avec les temps qui courent, les gens achètent moins également. Ma patronne ne peut pas se permettre des largesses pour l'instant. Mais si sa boutique fonctionne de mieux en mieux, elle offrira certainement une meilleure rémunération.

La matriarche vit qu'aucune négociation n'était possible.

— Mmm. Tout ceci me parait convenable, hein? demanda-t-elle à sa fille de façon purement rhétorique.

Marion hocha la tête.

— Ça serait bien, non? Un travail à la capitale! En plus tu ramènerais un peu d'argent et tu libèrerais une chambre.

Axel fut choqué par le commentaire, mais la marâtre ne sembla rien remarquer, tout sourire qu'elle était d'avoir une bouche à nourrir en moins. Marion regarda Axel d'un air gêné, les joues en feu.

— Mon mari rentre bientôt du travail, nous en discuterons tous les trois,

CHAPITRE 17

et Marion vous portera la réponse demain matin. Où séjournez-vous?

Axel était certain que Marion n'aurait pas vraiment son mot à dire lors de la «discussion» et il espérait ne pas l'avoir forcée à accepter un métier qu'elle ne souhaitait peut-être pas, dans une ville totalement inconnue pour elle.

Cependant il fut rassuré plus vite que prévu. Le soir même, une jeune fille lumineuse et souriante le rejoignit alors qu'il prenait son dîner. La Marion qu'il avait aperçue s'était évaporée, remplacée par une femme gaie et sûre d'elle qui s'assit juste à côté de lui.

— Bonjour Sylvie, s'exclama-t-elle un peu fort en direction de la patronne de l'auberge, en secouant vigoureusement sa main.

— Ah bonsoir Marion!

Sylvie s'était approchée et l'embrassa sur la joue.

— Quel bon vent t'amène?

— Ce monsieur m'a proposé un job. À Vénéficia!

Elle avait dit cela en applaudissant trois petits coups, tout excitée.

— J'ai toujours le boulot, hein?

— Oui, oui, la rassura Axel, encore perturbé de la transformation de Marion.

— Et ton métier consistera en quoi? demanda Sylvie, intéressée.

— La confection d'objets magiques dans un magasin connu de la capitale, en collaboration avec des sorciers qui prêteraient leur pouvoir.

— Pile ce qu'il lui faut. Je vous laisse, le travail m'appelle. Tu manges ici Marion?

— Oui, s'il te plait. Le menu du jour avec une bière. La Sort Bière si tu as encore.

Elle pivota vers Axel quand Sylvie fut partie.

— Je me pose des questions auxquelles ma mère n'a pas songé. Comment puis-je me procurer un logement?

Axel n'avait pas réfléchi à cette question non plus, mais il répondit avec le plus de franchise possible:

— Je sais qu'au-dessus du magasin, il y a une petite pièce inutilisée, peut-être que tu pourrais y vivre au début? Sinon, ce que tu gagneras te permettra de survivre dans l'auberge à côté en attendant de trouver mieux, c'est ce que je fais en ce moment.

— D'accord, super. Je commence quand?
— Le plus tôt possible!
— Tu y travailleras encore?
— Non, je serai sûrement parti avant que tu n'arrives.

Il ne croyait pas si bien dire.

* * *

Déballer tout le nécessaire au spectacle et le ranger était plus rapide qu'Éléonore ne l'avait cru: elle était chargée de transférer tous les bancs et autres objets miniatures entreposés dans la caravane jusqu'au chapiteau où Bernard, un homme blond de vingt-sept ans, au physique semblable à celui de Guillaume, les agrandissait grâce à son pouvoir.

Éléonore aidait le cirque comme elle pouvait, mais c'est Guillaume qui devait fournir le plus d'efforts. Ils lui faisaient payer la bouche à nourrir en plus, mais Guillaume ne se départissait pas de sa bonne humeur habituelle. Il amusait la troupe à longueur de journée et sa bêtise fut vite oubliée.

Un après-midi, une des roues d'une caravane se coinça dans la boue et toute la compagnie fut immobilisée. Les chevaux tiraient, mais elle refusa de bouger.

— On va tous s'y mettre, dit Alessandro.

Ils allaient plonger dans la gadoue quand Éléonore leur proposa autre chose:

— Attendez! Je peux peut-être utiliser mon pouvoir.
— Tu crois que tu y arriveras?
— Je n'en sais rien, mais ça vaut le coup d'essayer.

Éléonore se concentra, déploya ses deux mains, et visualisa la roulotte se levant légèrement dans les airs. Puisque Topaze lui avait dit qu'il était rare de maitriser la télékinésie avec les yeux, elle préférait mentir sur ses capacités. Les gens observèrent la scène et la plupart applaudirent.

— Bien joué! Merci de m'avoir évité d'être trempé! la félicita Bernard.

— Vous voyez que j'ai bien fait de l'embarquer, se dédouana Guillaume.

— Ne la ramène pas trop, dit Alessandro. D'ailleurs Éléonore, nous arriverons bientôt à Mulletsac, là-bas tu prendras un transporteur, Guillaume se chargera des frais.

— Mais c'est hors de prix! C'est au moins six mois de salaire.

— Tant pis, tu n'avais qu'à réfléchir avant.

Guillaume ne dit rien et ils continuèrent sous la pluie battante jusqu'au soir. Éléonore dormait de mieux en mieux, faisant de plus en plus confiance à la troupe —hormis Lorenzo. Mais ce ne fut pas le cas de cette nuit-là. Elle fut réveillée par des cris provenant de l'extérieur. Elle remonta légèrement les volets: un feu brûlait et des personnes s'affrontaient. Elle s'attacha les cheveux et enfila son bonnet immédiatement. Elle sursauta lorsqu'elle entendit des tambourinements à sa porte.

Chapitre 18

Le moment était venu de repartir. Axel avait accompli sa mission ici: il avait passé une agréable soirée en compagnie de Marion qui lui avait posé un tas de questions auxquelles il n'avait pas pensé. Toujours un peu déboussolé par la volte-face de la personnalité de la jeune femme, il avait gardé une certaine retenue. Comme si elle avait compris son désarroi, elle lui avait expliqué:

— Ma mère est adorable, mais envahissante. Elle oublie que je suis assez mature pour prendre des décisions et elle n'imagine pas que je puisse avoir mes propres opinions. Du coup, je te l'accorde, je ne dis pas grand-chose devant elle.

Axel avait hoché la tête, mais avait trouvé tout le même l'introversion de Marion en présence de sa mère excessive.

Marion accepta le poste le soir même, suivie de la confirmation de ses parents le lendemain. Axel avait décidé de partir immédiatement après l'entretien. La matinée touchait à sa fin, et le ciel était clair. Il souhaitait profiter de ces conditions optimales pour bénéficier d'un voyage plus agréable qu'à l'aller. Après avoir réglé la note de l'auberge, il s'enfonça dans la forêt, loin des habitations et des regards indiscrets. Le coussin avait subi quelques dégâts suite à l'atterrissage complètement raté du vol précédent. Le tissu était éraflé par endroits et les pompons semblaient plus décharnés. Axel espérait qu'il fonctionnait toujours. Cette fois-ci, il sortit la boussole immédiatement. Il scruta l'objet de toutes parts et le tapota en signe d'approbation. Il donna l'adresse précise du magasin d'Iris. Il n'allait

CHAPITRE 18

pas se faire avoir une seconde fois! La sphère s'activa. Axel la suivit, le coussin entre les cuisses. Il fut soulagé que tout fonctionnât à merveille. La boussole lui recommanda une altitude bien plus élevée que la veille, sûrement dû au temps radieux qui entrainait une plus grande visibilité des humains. Dès qu'il fut assez haut, il admira au loin la mer scintillante et les bateaux qui naviguaient. D'ici, il ne percevait pas l'air iodé venu du large, mais il l'imaginait. Il sourit alors que la brise caressait ses cheveux. L'immensité l'appelait. Il aurait aimé effleurer les vagues sur son coussin. «Ça doit être une sensation grisante», pensa-t-il. Il jeta un dernier regard puis laissa l'océan derrière lui.

Le vol du retour passa beaucoup plus vite. D'abord parce que le soleil rendait le voyage bien plus agréable, mais aussi car la boussole ne semblait pas prendre le même itinéraire qu'à l'aller. Il avait dû perdre du temps la première fois en se trompant de chemin. Suivre la sphère sans se poser de question s'avéra bien plus reposant. Il admirait à loisir les paysages constitués principalement de champs, d'habitations et de routes, avec quelques bois et lacs par-ci par-là. Il ne distinguait pas nettement l'activité qui se déroulait sous lui, mais il appréciait de contempler la Terre comme il ne l'avait jamais fait. Il avait l'impression de s'être métamorphosé en oiseau en sentant le vent lui chatouiller la nuque. Il lâcha son coussin. Il déploya ses bras. Deux secondes suffirent pour le déséquilibrer. Il tangua, d'abord imperceptiblement puis de plus en plus violemment. Ses yeux s'écarquillèrent face à la vue du sol. La chaleur afflua dans ton son corps. Il se visualisa se retourner et dégringoler de l'objet volant. Il s'agrippa immédiatement au coussin, qu'il serra de ses mains moites. Celui-ci se stabilisa peu à peu, à l'instar de son rythme cardiaque. «Quelle frayeur! Quel idiot!» se reprocha-t-il.

Il était prématuré de prendre de telles initiatives dans son apprentissage. Tout le reste du trajet, il garda le cap, cramponné à son moyen de transport.

* * *

Jérémy n'avait pas reçu de nouvelles d'Axel depuis le mot qu'il avait déposé la veille. Était-il parti à la poursuite du cirque sans lui en parler d'abord? Jérémy espérait que son ami réfléchissait avec plus de jugeote. Son frère gérait ce matin le petit-déjeuner. Il quittait l'auberge lorsqu'il entendit son nom. Jérémy se retourna, pensant voir Axel. Mais il s'agissait d'un jeune homme qu'il ne connaissait pas. Il se présenta comme le fils Oyez, les crieurs du coin.

— J'ai un courrier pour Jérémy Baruti, s'époumona-t-il.

— C'est moi.

Jérémy trotta vers l'adolescent qui lui tendit un papier.

— Je vous dois combien?

— La lettre a déjà été payée.

Jérémy lui donna quand même le dernier pourboire qu'il avait reçu. Il ouvrit rapidement la missive. Le message provenait d'Éléonore.

**

On tambourina violemment. Éléonore vérifia que son bonnet tenait bien. S'ils continuaient ainsi, ils défonceraient la porte avant qu'elle n'atteigne la poignée. Elle l'ouvrit et tomba sur un homme armé d'une épée qu'il pointait sur elle.

— Bonsoir Demoiselle, salua-t-il d'un ton mielleux.

— Bonsoir.

Éléonore tâcha de dissimuler sa peur. Le sorcier, mince et grand, semblait s'être battu de nombreuses fois au vu des cicatrices qu'il portait sur son visage et sur ses bras.

— Vous cherchez quelque chose? demanda-t-elle poliment.

— Oui, l'argent que vous récoltez. Mais en te voyant, je me dis que tu pourrais devenir la petite récompense supplémentaire.

L'homme souriait avec des yeux lubriques. Éléonore recula d'un pas. Elle

CHAPITRE 18

ne parvenait plus à cacher sa peur.

— Viens par ici.

— Jamais! cracha-t-elle.

Elle se mit à courir dans tous les sens, effrayée. Son instinct de survie s'activa. Tout ce qu'elle voulait, c'était lui échapper. Elle évita d'imaginer ce qu'il ferait s'il l'attrapait. Elle chercha où s'enfuir. La pièce, minuscule, ne lui laissait pas une grande marge de manœuvre. Le brigand bloquait l'entrée. Le cœur battant la chamade, elle grimpa sur son lit pour se sauver par la fenêtre. D'ici, elle percevait de l'extérieur des cris et une odeur de brûlé. L'homme se rua vers Éléonore. Sa longue lame lui entailla le dos. Elle hurla de douleur. Il profita de ce moment d'inattention pour l'attraper par la taille. Éléonore se débattait furieusement.

— Tu as intérêt à te calmer, sinon je te transperce avec mon épée, lui susurra-t-il.

Éléonore obéit. Il la tenait fermement contre lui, et elle sentait son haleine sur sa nuque. Ça lui provoqua un frisson de dégoût.

— C'est bien, voilà, gentille fille.

Éléonore n'aimait pas du tout le ton qu'il employait, comme si elle était déjà soumise à lui. Jamais. Plutôt mourir.

— Éléonore! Éléonore! entendit-elle rugir.

Guillaume surgit dans la pièce.

— Tu fais un pas, elle crève, le menaça l'homme.

Il glissa l'épée sous le cou d'Éléonore et la plaqua encore plus fort contre lui. Elle respira difficilement. Un autre malfrat avançait subrepticement dans le couloir. Guillaume, dos à l'entrée de la chambre, ne le voyait pas. Éléonore si. Affolée, elle activa son pouvoir. C'était la seule chance de s'en sortir vivant. D'un geste, elle claqua la porte sur le nez de l'assaillant. Même si ça ne l'assomma pas, le bruit fit retourner Guillaume. Il l'attaqua avec son grand couteau. L'inconnu contra avec sa massue. Il répliqua, mais Guillaume parvint à l'éviter. Le bandit fut étonné de trouver un adversaire à sa taille. Pendant ce temps, Éléonore, sentant l'étreinte de l'homme se relâcher, repoussa par télékinésie l'épée située contre sa gorge. La surprise qu'elle provoqua chez son agresseur lui permit de se dégager de son emprise.

Elle rejoint Guillaume qui lui ordonna de s'enfuir. Elle lui obéit. Elle s'échappa de la caravane à toute vitesse. À l'extérieur, le cirque perdait la partie. La plupart, agenouillés, gardaient la tête baissée. Ils ne bougeaient plus. Certains étaient contusionnés, tandis que d'autres n'avaient même pas lutté. Éléonore repéra Georgia qui souffrait d'une ecchymose sur le bras. Les plus jeunes de la troupe étaient tout ensanglantés. Sara pleurait près de ses enfants. Son fils, Enzo, avait l'œil totalement fermé à cause de sa paupière tuméfiée. Cependant, ils semblaient tous vivants.

Seuls Bianca et Hugo se battaient encore. Bianca, qui habituellement utilisait son pouvoir pour muter en Lilliputienne lors du spectacle, avait accru sa taille cette fois-ci. Elle mesurait près de 2 m 50 et faisait une rivale sérieuse. Hugo, le saisonnier benjamin du groupe, montrait du haut de ses quinze ans une agilité surprenante.

À gauche, une tente brûlait. Éléonore évalua ses chances de s'échapper. Elle pourrait se cacher dans l'ombre de la forêt si elle l'atteignait. Les premiers arbres se trouvaient à une douzaine de mètres.

Un malfaiteur la repéra.

— Viens-là toi! aboya-t-il.

L'archer entendit son comparse et tourna la tête vers Éléonore.

— Si tu cours, je te plante une flèche, promit-il en mettant en tension la corde.

**

Axel ne fut jamais aussi bien accueilli que ce jour-là. Iris voulut tout savoir. Il raconta en détail ses aventures en omettant délibérément les passages qui le ridiculisaient. Iris était surexcitée face à cette bonne nouvelle. Elle accepta même qu'Axel rentre se reposer. Il ne se fit pas prier. L'aller-retour en Bretagne façon sorcier fatiguait plus que la version humaine! Il regagna l'auberge, où Guy lui donna le mot de Jérémy. Il allait l'ouvrir quand son ami s'engouffra dans la pièce et s'assit à sa table :

CHAPITRE 18

— Alors Axel, tu ne m'as pas répondu?
— Je viens juste de le recevoir et je ne l'ai pas encore lu. Qu'est-ce qu'il dit?
— Laisse tomber, il n'est plus valable. J'ai eu des nouvelles d'Éléonore.
— Quoi? s'exclama Axel, interloqué.
Jérémy lui résuma les aventures d'Éléonore.
— Elle explique qu'elle attend la prochaine ville qui possède un transporteur. Donc bientôt.
— Un transporteur?
— Une machine pour voyager d'un endroit à l'autre en une fraction de seconde.
— Quoi? Il existe une machine? Mais pourquoi les gens utilisent-ils des coussins volants?!
— Parce que le voyage par transporteur vaut très cher. Ils sont de moins en moins sûrs. On ne rencontre plus beaucoup de sorciers présentant ce pouvoir. D'ailleurs, il leur faut également une magicatrice comme Opale, donc autant te dire que les prochains transporteurs défectueux seront condamnés. Mais pourquoi me demandes-tu ça?
Axel relata son périple.
— Cette femme est vraiment irresponsable. Te faire déplacer sur un coussin volant sur une si longue distance! En plus, on ne sait pas depuis combien de temps il trainait dans sa boutique. Il aurait pu se révéler dysfonctionnel et s'arrêter en plein vol.
— Génial, commenta Axel de façon ironique. Heureusement que j'ai appris cela après. Je retiens: ne pas monter sur n'importe quoi. Du coup que fait-on pour Éléonore? On espère qu'elle revient d'elle-même? N'est-ce pas un peu dangereux?
— Je ne sais pas. On attend quelques jours et on voit ce que ça donne?

* * *

L'homme qui bandait son arc ne plaisantait pas. Éléonore mesura ses chances. Il lui faudrait moins de dix secondes pour atteindre la lisière de la forêt. Durant ce temps, l'archer pourrait tirer une demi-douzaine de flèches. Elle ne connaissait pas les alentours. Ils étaient nombreux. Elle courait lentement. Elle se résigna. Elle ne pouvait pas s'échapper. Elle s'agenouilla parmi les autres membres de la troupe.

Guillaume sortit seul de la caravane. Blessé superficiellement, il cherchait un combat à mener. Il évalua la situation. Il aperçut Éléonore parmi les prisonniers. Il fonça vers un homme, couteau brandi.

— C'est quand même dommage de nous affronter, trompeta le chef des malfrats. Si vous vous rendez, nous prenons votre argent et nous nous en allons, sans agresser personne.

— Vous le promettez? demanda Alessandro.

— Bien sûr! Je suis peut-être un voleur, mais j'ai un honneur.

— D'accord, marché conclu, soupira Alessandro. Guillaume, Hugo, Bianca, arrêtez tout!

Hugo et Bianca obéirent, mais il fallut un deuxième ordre pour que Guillaume cesse.

— Voilà, nous avons ce que nous voulons, nous vous laissons.

Deux bandits portaient un petit coffre où était stocké l'argent que le cirque avait gagné récemment. L'inconnu qui avait maintenu une arme contre la gorge d'Éléonore sortit tout contusionné de la caravane. Il avait un œil au beurre noir et saignait de la bouche. Il était encore plus affreux qu'avant. Il s'approcha de son chef et lui chuchota quelque chose à l'oreille.

— Ah, on me demande de prendre d'autres choses précieuses.

— Nous ne possédons rien de plus.

— Oh bien sûr que si. Vous avez de nombreuses femmes qui pourraient combler de bonheur mes hommes.

— Nous avons conclu un accord.

— Que j'ai respecté. Plus personne ne se bat non?

— Vous n'avez pas le droit.

— J'ai tous les droits ici. Mais je vais être magnanime et ne pas les prendre toutes. Vous en détenez bien assez pour vous satisfaire. Mon lieutenant

CHAPITRE 18

me dit qu'il veut celle-là. Et je lui dois un beau cadeau.

Le chef s'approcha d'Éléonore, et s'accroupit pour se mettre à sa hauteur. À cette distance, elle discernait sa peau grêlée. Un soupçon de dégoût, baigné dans de la terreur, envahit son corps. Elle se sentit nauséeuse.

— J'approuve ton choix Diraviro, elle est mignonne. Lève-toi un peu pour qu'on te voie de plus près.

Éléonore resta assise. Elle refusait d'obéir à ce genre d'individu. Le chef lui attrapa le bras et le souleva de force. Le contact avec sa main rugueuse l'écœura. Les vêtements d'Éléonore étaient déchirés dans le dos suite au coup d'épée. On apercevait le sang qui s'écoulait de la blessure. Le malfrat l'attira vers le gigantesque feu pour l'observer. Aussi près de la tente qui s'embrasait, l'air brûlait.

— Tu es donc la fille qui fait chavirer le cœur de mon cher Diraviro.

Le chef retira son bonnet. Ses cheveux épaissis dégringolèrent sur ses épaules. Le brasier illuminait ses mèches qui projetèrent un éclat doré. Éléonore s'épouvanta d'être ainsi dévoilée. Qu'adviendrait-elle? L'entraîneraient-ils avec eux ou la livreraient-ils à la reine?

— Ouah, mais quelle beauté! Je suis jaloux. Peut-être que j'aurai le droit à ma part moi aussi. Allez, on l'embarque.

— Jamais! hurla Guillaume.

Il se rua sur le chef désarmé. Il fut vite arrêté par un coup de massue d'un malfaiteur qui le projeta au sol. Inconscient, il saignait.

— Nooooon! cria Éléonore.

— Vous aviez promis de ne faire de mal à personne, rappela Alessandro.

— Seulement si vous ne vous battiez pas. Diraviro, regarde si ton concurrent vit toujours.

L'homme affreux à l'haleine fétide se pencha vers Guillaume.

— Oui, il a l'air de respirer. Je l'achève?

— Non! supplia Éléonore. Je viens avec vous de mon plein gré si vous ne touchez plus à personne.

— Tu as entendu ta femme? dit le chef à Diraviro. Allez, on y va.

Diraviro passa un bras autour des épaules d'Éléonore. Celle-ci eut un haut-le-cœur de dégoût et de rage. Elle demeura silencieuse, sachant qu'elle ne pouvait pas gagner cette manche.

* * *

Jérémy avait fini d'explorer tous les journaux. Il avait collecté de nombreux noms de personnes enlevées dans le royaume. Il ne disposait malheureusement pas des résultats des enquêtes. Certains avaient été retrouvés en vie, d'autres morts, mais la plupart étaient toujours portés disparus. Axel se proposa de chercher tous les renseignements dès qu'il aurait quitté le job d'Iris. Il s'occupait d'aménager l'étage de la boutique pour accueillir provisoirement Marion. Iris avait été contrariée qu'il prenne des libertés quant aux avantages dont Marion disposerait, mais elle se réjouissait tant de parvenir à remplacer Opale qu'elle ne s'en formalisa pas. Il continuait également de réorganiser le magasin, et Iris préparait le tas des objets surannés qu'il devait déposer à la démagication. L'ambiance légère au travail lui donna envie de s'investir au maximum pour laisser place nette à Marion.

* * *

Les pillards s'enorgueillissaient de leur victoire. Ils s'apprêtaient à quitter le camp lorsqu'une femme à la chevelure corbeau et à la peau translucide leur bloqua la route. Perchée sur un cheval entièrement noir, elle s'adressa d'un ton calme au chef de la bande, empreinte toutefois d'une forme de dégoût.

— Dis donc Hervinus, tu as repris ton trafic d'esclaves ? C'est moche.
— Que fais-tu ici ? aboya Hervé.

CHAPITRE 18

Éléonore remarqua un léger tremblement dans sa voix. Elle sentit le cœur de Diraviro, qui maintenait Éléonore toujours près de lui, s'emballer. Contrairement à eux, la femme d'une trentaine d'années paraissait sereine. Ses yeux noirs emplis de dédain fixaient le chef des malfrats.

— J'ai été attirée par l'odeur de l'argent pardi! Mais également par l'odeur de fumée, de sang et de peur.

— Chasse gardée. Je suis arrivé le premier, se défendit Hervé.

Elle éclata d'un rire faux.

— Je suis sans foi ni loi, un peu comme toi mon cher, badina-t-elle.

Elle fit signe au chef de regarder autour de lui. Il se retourna. Tous ses hommes avaient été capturés.

— Mais au contraire de toi, je travaille de façon beaucoup plus subtile, se glorifia-t-elle. Ordonne à ton lieutenant de lâcher la fille s'il veut la vie sauve.

— Pourquoi? Tu comptes nous tuer? Ce n'est pas ton modus operandi. Je n'ai pas peur de toi, lança Hervé alors que sa gestuelle prouvait l'inverse.

— Tu devrais.

Elle claqua des doigts et une flèche traversa le corps du chef qui s'effondra au sol. Elle descendit calmement de son cheval et se plaça devant Diraviro qui tenait toujours Éléonore.

— Dois-je le répéter?

Diraviro lâcha Éléonore. Sentant l'étreinte se desserrer, elle courut rejoindre la troupe du cirque. La tension enfin relâchée, elle pleura de soulagement. Elle ne comprenait pas pourquoi ses larmes ne tarissaient pas, et cacha son visage de honte face à toutes les personnes qui la regardaient. Mais contrairement à ce qu'elle croyait, seule la consolation régnait.

— Je ne vous tue pas cette fois. N'oubliez jamais que si vous êtes vivants, c'est grâce au Miracle de la Pie. Barrez-vous, et que je ne vous reprenne pas à voler sur mes terres, les menaça la femme.

Les truands s'enfuirent en abandonnant tout sur leur passage. Éléonore voulut la remercier de l'avoir sauvée, mais elle n'en eut pas le loisir.

— Embarquez le coffre et on y va, ordonna la Pie.

Éléonore pensait que les nouveaux arrivés venaient les aider, mais elle se trompa. Ils volèrent ce qu'ils possédaient sans toutefois recourir à la violence. Éléonore était partagée entre l'indignation et la gratitude d'être toujours en vie. Elle les laissa piller, à l'instar de tous les autres. Personne n'était assez fou pour se rebeller. Le gang de la Pie disparut aussi vite qu'il était arrivé, abandonnant une troupe accablée par les évènements de la nuit.

* * *

Axel devait régulièrement mener les objets à la démagication, dont certains qu'il n'avait jamais vus auparavant, même lors du tri. La boutique était de plus en plus épurée et ressemblait bien plus au style structuré d'Axel qu'à la personnalité d'Iris. Elle attirait plus de clients également, car la disposition était plus accueillante. Iris avait vendu toute sa réserve de bougies odorantes, et prenait le temps d'en créer des inédites. Elle ne pouvait pas y mettre différents parfums tant que Marion n'était pas arrivée, mais elle prévoyait un stock conséquent pour s'y consacrer pleinement quand sa nouvelle employée travaillerait.

Ce jour-là, Iris lui donna trois objets à déposer à la démagication. Le premier était un miroir brisé. Axel se regarda. Il vit son visage séparé en deux: la partie gauche représentait un cochon, l'autre un chat. Quand il grimaça, les demi-faces d'animaux bougèrent de la même façon que lui. Le deuxième était une baguette magique. Iris lui avait expliqué que l'objet avait été à la mode lorsqu'elle était enfant. Il décuplait soi-disant les pouvoirs, mais en réalité aucune donnée n'avait prouvé son efficacité. Le troisième était une boite à musique contenant une ballerine qui, au lieu de réaliser une belle chorégraphie de danse classique, s'asseyait en rageant contre la mélodie qui ralentissait et devenait de plus en plus saccadée. Elle gesticula pour demander à Axel de réparer. Il haussa les épaules, impuissant. Il se sentit affreusement gêné lorsqu'il referma le couvercle sur elle, mais il se raisonna: elle était un objet inanimé, et il n'y connaissait rien en réparation

CHAPITRE 18

de ce type d'invention. Il les mit tous les trois dans un sac, mais le miroir était très lourd. Il s'arrêta plusieurs fois sur la route pour changer de prise. Arrivé au lieu habituel, il le lâcha sur le bureau qui n'avait pas bougé. Il y déversa son contenu. Il avait laissé tomber le ballot un peu trop fort: la baguette était fendue et le miroir reflétait maintenant trois faces d'animaux. La boite à musique était également bien amochée: la danseuse gisait inerte au fond du sac et un tiroir secret s'était ouvert.

Axel y plongea sa main et en ressortit un pistolet.

Chapitre 19

Deux jours s'étaient écoulés depuis la Nuit Noire. Ils donnèrent ce surnom à la soirée où ils avaient été victimes de brigandage. Ils ne disposaient d'aucune réserve d'argent, et avaient pratiquement épuisé tous leurs stocks de nourriture. Les intermittents se retrouvaient sans logement, après que leur tente eut été brûlée par les malfaiteurs. Lorenzo refusa de prêter sa caravane. La troupe fut outrée, tandis que ces éléments renforcèrent les soupçons d'Éléonore: Lorenzo cachait forcément quelque chose. Elle irait fouiller son antre dès que possible.

La tension générale montait à mesure que le moral baissait. Ce n'était pas le cas pour la jeune femme: ce soir-là, elle avait été terrifiée, elle avait cru devoir subir les violences du gang durant le reste de sa vie, elle s'était vue mourir. Alors aujourd'hui, au sein de la troupe pauvre, mais valeureuse, elle ne s'était jamais sentie aussi vivante et motivée. Elle ne se laisserait plus jamais attaquer comme ça. Jamais plus elle ne se montrerait faible.

— Guillaume, tu veux bien m'apprendre à me défendre?

Il était resté évanoui durant la nuit, et tous avaient eu peur pour lui. Même s'il était arrivé le dernier dans le cirque, il était devenu un élément essentiel par sa bonne humeur et ses facéties. Éléonore aussi s'était inquiétée. Si Guillaume mourait, elle en serait responsable! Il s'était battu pour la protéger, se remémora-t-elle. Elle avait veillé sur lui jusqu'à son réveil.

— Apprendre à te défendre? s'étonna-t-il. Parce que tu crois que tu aurais gagné face à la dizaine d'hommes qui ont débarqué?

— Non. Mais je ne supporterai pas de me montrer faible encore une fois.

CHAPITRE 19

— Tu ne t'es pas montré faible, bien au contraire. Je n'en reviens pas du calme dont tu as fait preuve.

— Acceptes-tu de m'apprendre, oui ou non?

Guillaume soupira.

— D'accord. Mais si tu veux vraiment apprendre à te battre, je te préviens ça sera intensif.

— Je suis prête.

— On se lèvera à cinq heures tous les jours, et à chaque pause, on s'entrainera.

— OK

— Ça sera intense, répéta-t-il, fatigant, et ne me demande pas d'arrêter les leçons en cours de route.

— Promis. Je suis motivée.

Guillaume resta dubitatif. Il lui avait donné tous les arguments pour qu'Éléonore abandonne son projet farfelu, mais rien ne sembla la déstabiliser.

— Marché conclu. On commence demain.

Ils arrivèrent dans une grande ville où ils passèrent quelques jours à se représenter. Ils renflouèrent assez les caisses pour manger. Malheureusement, Éléonore ne pouvait plus prendre un transporteur. Ils n'avaient plus les moyens. Toute la paie de Guillaume s'était envolée. Il leur faudrait des semaines avant de récolter la somme nécessaire au voyage. En apprenant la nouvelle, Éléonore fut accablée. Elle n'allait pas revoir ses amis avant longtemps! Tous la rassurèrent. Ils allaient réussir à combler le déficit. Éléonore l'espérait.

Depuis la Nuit Noire, Éléonore partageait sa chambre avec Guillaume, Bianca et Bernard. Elle passait de merveilleux moments en leur compagnie. Ils riaient beaucoup. Éléonore se détendait en leur présence. Ils s'estimaient un peu à l'étroit dans la caravane, mais Éléonore était soulagée de les sentir près d'elle. Elle dormait mal depuis sa capture. Le fait de savoir ses compagnons de route proches d'elle lui permettait de trouver le sommeil.

Elle s'assoupit ce soir-là de bonne humeur. Demain, elle apprendrait à se battre.

***

Axel tenait le pistolet qu'il venait de découvrir. Livide, son premier réflexe fut de le reposer immédiatement où il l'avait trouvé. Il jeta un regard autour de lui pour voir si quelqu'un l'avait surpris. Il était seul. Le cœur battant à tout rompre, il rouvrit le tiroir dorénavant cassé et observa l'arme sans la prendre dans ses mains: il s'agissait visiblement d'un très vieux modèle qui devait dater du 20e siècle, peut-être avant. En tout cas, il ne ressemblait pas aux revolvers des films actuels, c'est tout ce qu'il pouvait dire. D'un gris terne, il rouillait légèrement par endroit. Assez petit pour se glisser n'importe où, il n'en restait pas moins lourd. Les questions se bousculaient: pourquoi un pistolet était caché ici? Comment s'était-il retrouvé dans une boite à musique? Iris le savait-elle? Qu'en faire? Il était totalement perdu. S'il le laissait, il sommeillerait là des années… ou quelqu'un le découvrirait… peut-être quelqu'un de mal intentionné… ou un sorcier qui n'y connaissait rien et qui se tuerait avec. Et s'il le prenait, il serait protégé, mais si on l'attrapait avec le revolver… il irait en détention! Ou pire encore! Comment sanctionnait-on un sorcier élevé chez les humains avec une arme humaine dans les mains et dont le grand-père était un traitre? Il avait entendu une fois que les prisons coûtaient trop cher à la monarchie, et que celle-ci montait un autre projet où de nombreuses personnes mourraient sans passer par la case incarcération. À son avis, il y aurait droit. De toute façon, il ne savait pas s'en servir et risquait de se blesser autant qu'un sorcier ignorant. Sans se l'avouer, c'était en partie par peur qu'il reposa le pistolet à sa place initiale, en prenant bien garde de refermer le tiroir. Il coinça la boite à musique en la cachant entre plusieurs objets qui s'entassaient dans la section. Il repartit le sac et le cœur plus légers, mais les questions refusaient de s'éclipser. Comment ce revolver avait-il pu se trouver là? Il lui avait semblé qu'aucun sorcier ne possédait d'arme à feu, pas même la milice qui pourtant était bien garnie. Il était tellement envahi de pensées qu'il arriva devant la boutique sans avoir pris conscience du trajet. Il prit un

CHAPITRE 19

instant pour évacuer toutes les tensions. Il afficha une expression détachée sur son visage. La solution la plus sage aurait été d'en parler à Iris, mais son intuition lui conseilla de n'en rien faire. Feindre qu'il n'avait rien déniché allait peut-être se révéler compliqué, mais il s'appliquerait au maximum. Il fallait qu'il découvre si Iris était impliquée ou non, et s'il y avait un rapport avec la disparition d'Opale.

* * *

Éléonore n'avait jamais été très sportive. Elle avait toujours détesté le sport à l'école, et ne courrait que lorsqu'elle souhaitait perdre du poids. Elle n'avait pas pratiqué d'exercices physiques depuis son arrivée dans le monde magique il y a trois mois, et cela se fit sentir lors de la première séance. Guillaume avait l'air de savoir ce qu'il faisait. Éléonore lui demanda comment il avait appris les sports de combat et le maniement des armes.

— Je viens d'une famille bourgeoise et mes précepteurs m'enseignaient ces matières. Je me bats depuis que je suis tout petit.

— Alors pourquoi travailles-tu ici?

— J'avais besoin de m'évader, la troupe nécessitait d'être défendue, nous avons trouvé un bon compromis.

Éléonore sentit que Guillaume ne souhaitait pas détailler sa vie. Elle changea de sujet. Guillaume lui montra tous les types d'armes avec lesquelles il combattait. Il en avait conçu des factices spécialement pour l'entrainement. Ils commencèrent leur apprentissage par l'épée. Il demanda à Éléonore de l'attaquer. Il la contra aussitôt.

Ils s'affrontèrent durant une heure sans pause. Au bout de dix minutes, le bras d'Éléonore, qui ne supportait pas la charge lourde de l'objet, la lancinait.

— Les vraies pèsent bien plus, alors t'as intérêt à muscler les spaghettis qui te servent de bras, taquina-t-il.

Guillaume riait face aux difficultés que rencontrait Éléonore. Il était persuadé qu'elle abandonnerait dès la première leçon, mais ce ne fut pas le cas. Il avait prévu une séance très intense physiquement pour la mener dans ses retranchements, mais il fut étonné de voir qu'Éléonore, malgré ses faiblesses apparentes, persévéra.

À la pause, ils remarquèrent que Francesco était réveillé et qu'il avait sorti une chaise pour les observer. Il se levait toujours le premier et s'ennuyait à mourir en attendant le reste de la troupe. Il se réjouit ce jour-là d'avoir de l'occupation.

— Dis, tu vas la tuer de fatigue la petite!

— Non ça va, je gère, répondit Éléonore.

Elle ne gérait rien du tout, mais elle refusait de perdre la face. Heureusement, la suite de l'exercice se déroula sans arme. Les bras d'Éléonore tremblaient d'épuisement, mais elle accepta d'entamer la deuxième partie de l'entrainement, qui consistait en de la self-defense. Guillaume n'y connaissait pas grand-chose, car il n'avait été formé que pour les sports de combat, mais certaines notions qu'ils avaient acquises lui serviraient tout de même. Il se positionna derrière Éléonore. Il la dépassait largement. Il l'attrapa et plaça une arme sous sa gorge, reproduisant les gestes du malfaiteur. Il se rendit compte trop tard de l'aspect émotionnel que cela engendrerait sur Éléonore. Celle-ci fut renvoyée directement à la Nuit Noire, lorsque Diraviro la menaçait. Elle se raisonnait: c'était son ami qui la maintenait aujourd'hui. Mais elle ne parvenait pas à contrôler son esprit. Elle avait eu si peur! Elle s'était imaginé mourir cette nuit-là. Puis elle avait craint qu'il la torture. Elle trembla et Guillaume sentit une larme atterrir sur sa main qu'il serrait sous la gorge d'Éléonore. Il se jugeait idiot de sa terrible maladresse.

— Pardon Éléonore, je n'aurais pas dû commencer par cette prise.

— Bien au contraire. Il faut battre le fer tant qu'il est chaud, répondit-elle d'une voix éraillée. Allons-y. Qu'aurais-je pu faire?

Ils passèrent le reste de l'heure à parachever différentes techniques pour qu'Éléonore puisse fuir. Elle apprit comment blesser un homme et comment s'en sortir quand elle se retrouvait acculée. Guillaume était bien plus fort qu'elle, mais elle réussit à la fin à lui faire mal pour se dégager.

CHAPITRE 19

Tout le monde s'était levé au fur et à mesure, et jetait des coups d'œil à la scène.

Alessandro trouva l'idée intéressante. Il demanda à Guillaume s'il voulait bien étendre son savoir aux autres. Ainsi commencèrent les entrainements supplémentaires pour les volontaires du groupe.

* * *

Axel rapporta à Jérémy ce qu'il avait découvert à la démagication.
— Un quoi? interrogea Jérémy.
— Un pistolet.
— Qu'est-ce qu'un pistolet?
— C'est une arme qui permet de tuer. Tu appuies dessus, une balle sort et troue la personne en face.
— Ouah les humains sont vraiment doués pour des êtres dépourvus de magie! s'exclama Jérémy, médusé.
— Comment a-t-il atterri ici? s'étonna Axel.
— Aucune idée, mais c'est curieux. Tu penses qu'Iris est dans le coup?
— Je la surveillerai de plus près pour en avoir le cœur net.
— Tu as raison, occupe-toi d'elle, c'est louche! De mon côté j'enquêterai sur les disparitions.
— J'ai hâte de connaitre le fin mot de l'histoire, avoua Axel, songeur.

* * *

Bien que la moitié de la troupe avait décidé d'apprendre à se défendre, c'était Éléonore qui fournissait le plus d'efforts. Certes, elle échappait aux entrainements du spectacle contrairement aux autres, mais ce n'était pas la raison pour laquelle elle s'investissait davantage. L'enseignement des méthodes de combat s'avérait primordial pour sa survie.

Quand ils voyageaient, Éléonore privilégiait la marche ou la course. Quand ils répétaient leurs numéros, elle se musclait. Peu à peu, sa masse musculaire remplaça sa masse graisseuse. Elle avait toujours des formes, mais son corps était plus tonique. Elle se sentait en meilleure santé, pleine de vitalité malgré l'accumulation d'exercices sportifs. Guillaume lui avait dit que la contraction de ses abdominaux l'empêcherait de souffrir si elle prenait un coup. Il lui apprit également à tomber sans se blesser. Elle s'entrainait seule des heures durant pour parfaire l'enseignement de Guillaume. Ils étaient devenus très proches depuis la Nuit Noire. Ils passaient beaucoup de temps à deux, même en dehors des leçons. Des liens se tissèrent avec toutes les personnes du cirque. Éléonore évitait surtout Sara dont la mauvaise humeur plombait l'ambiance, et Lorenzo.

Ses sentiments à son égard ne s'étaient pas taris, bien au contraire: elle était de plus en plus mal à l'aise en sa présence. Éléonore lança un regard dans sa direction. Il l'observait. Il détourna immédiatement les yeux. Ce n'était pas la première fois qu'elle se sentait épiée par lui. Une boule se créa dans son ventre. Il avait un rapport particulier avec la gent féminine. Elle s'en méfiait et restait au maximum loin de lui.

Depuis qu'il avait refusé l'hébergement aux jeunes intermittents, les relations entre la troupe et lui s'étaient dégradées. Alessandro tenta une nouvelle fois de le raisonner.

— Lorenzo! Veux-tu bien prêter ta caravane? Nous n'avons pas les moyens de racheter une tente en ce moment. Nous devons tous nous montrer solidaires!

— Non, non, et non, répondit-il d'un ton bourru.

— Mais enfin, tu vis seul! Tu as de la place! s'énerva Alessandro.

— Ce n'est pas mon problème, rétorqua Lorenzo.

La tension montait entre les deux frères. Alessandro se contenait difficilement. Georgia et Francesco défendirent Lorenzo. Ils étaient adorables, mais portaient visiblement des œillères concernant leur fils.

À cet instant, elle prit une décision. Ça faisait longtemps qu'elle y pensait, mais maintenant, elle n'hésitait plus: il fallait absolument qu'elle pénètre dans sa caravane. Elle devait découvrir ce que Lorenzo cachait. Ce soir avait lieu une représentation. Elle agirait à ce moment-là.

* * *

Jérémy se sentait frustré d'avoir collecté tout un tas d'informations inexploitables. Il se jugeait totalement inutile. Ses amis, eux, avaient pris bien plus de risques que lui. Maintenant Topaze était enfermé en prison, Éléonore se trouvait loin, et Axel enquêtait sur Iris. Lui considérait qu'il ne s'était pas investi autant. Il conservait un quotidien stable et sécurisant, mais oh combien insipide et vide de sens.

Il n'avait jamais aimé travailler à l'auberge. Il n'avait jamais vu non plus la possibilité de changer de vie non plus. Ses parents avaient défini les grandes lignes de son parcours dès sa naissance. Jamais il ne lui était venu à l'idée d'emprunter un autre chemin. Il avait toujours imaginé qu'il n'y en avait qu'un seul.

Les évènements récents lui avaient apporté un certain recul. Il apercevait la multitude de possibilités. Cependant, Jérémy était déboussolé. Il avait constamment suivi la même route, bien large et solide. Bifurquer dans un sentier plein de ronces dont il ignorait la destination l'effrayait. Changer de vie apparaissait comme un acte rocambolesque. Pourtant, il mettrait tout en place pour aider Topaze, qu'importe la tournure du voyage. Jérémy y consacra tout son temps libre.

* * *

Un soir de représentation, après qu'elle eut vendu les derniers billets, elle s'approcha de la roulotte de Lorenzo. Elle ne percevait aucun bruit. Elle savait où il cachait la clé puisqu'elle l'avait observé de longs moments à son insu.

Éléonore balaya du regard les alentours. Personne. Elle trouva le sésame puis poussa la porte. Il était absent. Elle pénétra à l'intérieur. Le plancher grinça sous ses pas. Elle grimaça. Le ménage n'avait pas dû être effectué depuis bien longtemps: un monticule d'objets trainaient sur le sol et sur les meubles. Lorenzo n'était visiblement pas une fée du logis. Les lieux puaient l'alcool, la tristesse et la solitude. Elle n'identifia pas les autres odeurs nauséabondes qui envahissaient l'espace. Elle retroussa son nez de dégoût. Il fallait faire vite.

Elle ouvrit toutes les portes et tous les placards en chuchotant le nom de son amie, mais aucun écho ne lui répondit. Opale ne se trouvait pas là. Mais y avait-elle déjà séjourné? Elle chercha des informations de son passage, mais dans ce tas d'immondices, repérer des indices devenait ambitieux. Éléonore n'identifia rien de suspect. En partant, elle vit sur le buffet une photo d'un couple d'une vingtaine d'années. Elle reconnut Lorenzo. La femme qui l'accompagnait lui était totalement étrangère.

Éléonore fit attention à replacer tous les objets comme elle les avait trouvés même si elle présumait que Lorenzo ne remarquerait rien. Déçue, frustrée et peinée pour Lorenzo, elle referma la roulotte où la mélancolie avait élu domicile.

Elle rejoint les autres sans avoir découvert de preuves de l'enlèvement d'Opale, mais chargée du poids écrasant des sentiments de Lorenzo.

Le lendemain, Éléonore s'entraina à l'arc. Avec Guillaume, ils avaient déterminé son œil directeur et elle s'efforçait maintenant de toucher la cible. Les gestes nécessaires pour viser correctement s'avérèrent bien plus précis qu'elle ne l'avait imaginé. Tout était une question de patience et de calme, qualités dont Éléonore était dépourvue.

— Tu ne te tiens pas assez de profil, et l'arc doit être bien plus collé à toi.

— Un coup tu me dis que c'est trop, un coup tu me dis que ce n'est pas assez!

— Arrête de râler, dit Guillaume en riant. Attends je te montre.

CHAPITRE 19

Il se plaça derrière Éléonore et posa les mains sur les siennes. Il orienta l'arc correctement, lui demanda de ne plus bouger, puis pivota le bassin et le buste d'Éléonore pour qu'elle comprenne la position idéale. Il déplaça également les épaules puis tendit l'arc avec Éléonore. Elle portait un bonnet, mais Guillaume percevait tout de même son odeur douce et fruitée.

— Maintenant, fixe la cible et décale légèrement la pointe de la flèche pour qu'elle atterrisse au milieu. Prends ton temps, murmura-t-il à son oreille.

Éléonore rosit de plaisir. Elle se sentit bien en sa présence, et savoir son corps aussi près d'elle la rassurait.

Elle réussit à inscrire la flèche dans la zone rouge pour la première fois. Les autres essais furent moins fructueux, mais elle ne désespéra pas.

***

La route pour la prison cahotait Topaze. Il souffrait physiquement de croupir à même le sol de la cage. Il ne voyait pas le chemin qu'ils empruntaient, mais il devinait que le pénitencier se situait très loin de la capitale. Il sentait les descentes et les montées des souterrains, l'air glacial de l'extérieur, l'humidité permanente. Mais à mesure qu'il voyageait, la température augmentait. La neige n'était plus qu'un lointain souvenir. Ils devaient avoir pris la direction du Sud pour que le trajet soit si long et le climat beaucoup plus doux. Topaze tentait de maintenir un rythme diurne en collant son œil à l'interstice de la porte pour apercevoir la lumière du jour, mais il ne voyait pas grand-chose. Il n'avait pas la permission de sortir, même pour faire ses besoins. L'odeur était nauséabonde. Pourquoi n'avait-il pas écouté ses parents? Il était considéré comme le pire des criminels et ne serait pas libéré de sitôt. Il pleurait de rage. Il ne supportait plus d'être enfermé. Il s'asseyait, se levait, tournait en rond. Il devenait fou. Comment les gens parvenaient à rester sains d'esprit après avoir été cloîtrés pendant longtemps?

Enfin, après quelques jours de cahotements, il sentit la cage s'arrêter. Quelques minutes calmes s'ensuivirent puis la porte s'ouvrit sur quatre gardes. Topaze, ébloui par la lumière du soleil après autant de semaines passées dans le noir, plissa les yeux et n'eut pas le temps de distinguer les têtes qui l'embarquaient à l'intérieur de la prison. Là-bas, il regagna la pénombre à laquelle il était habitué. Il fut conduit dans une petite salle à peine plus grande que la cage où il avait vécu les derniers jours. Un homme gradé l'attendait derrière son bureau. Le directeur de l'établissement. Il était accompagné de deux miliceurs debout dont l'un tenait une boite transparente: une démagicatrice. Topaze devint blême: il avait complètement oublié qu'on enlevait les pouvoirs des prisonniers.

— S'il vous plait, je suis guérisseur, je ne risque pas de m'en servir pour m'évader ou…

— La même règle s'applique pour tout le monde, Mr Sauge, coupa le responsable. À peine arrivé, vous pensez déjà à vous évader, ça en dit long sur votre personnalité.

— S'il vous plait… supplia Topaze.

— Arrêtez où je vous mets en isolement.

Topaze ignorait ce que ça voulait dire, mais il devina que la conséquence n'était pas très positive pour lui. Le directeur lui expliqua qu'on lui retirerait le pouvoir le temps qu'il resterait ici. La boite serait conservée dans un lieu sûr, et il récupérerait son don à la sortie. S'il sortait.

Le miliceur qui portait la démagicatrice s'approcha de lui d'un pas solennel. Topaze, par réflexe, recula, mais buta contre un garde qui se tenait juste derrière lui. La boite fut posée sur le bureau et on l'invita à avancer. L'homme prit la baguette en pierre blanche qui se trouvait à l'intérieur. Topaze reconnut la sélénite lorsque l'inquisiteur la pointa sur son plexus solaire. Il éloigna la baguette de Topaze d'une vingtaine de centimètres. Une brume violette s'échappa de l'ensemble de son corps, en particulier au niveau des chakras et convergea vers la baguette en une matière de plus en plus compacte. À mesure que l'homme entamait le processus de destitution du pouvoir, Topaze se sentit peu à peu affaibli, lui qui était déjà fragilisé par les cachots et la route. Le fait de lui retirer

CHAPITRE 19

son don était comparable à retirer une partie de lui. Il avait l'impression de perdre l'essence même de son énergie vitale. Quand le miliceur eut fini et que la boite se referma, Topaze s'écroula. Une douleur cuisante lui traversait le plexus solaire, coupant sa respiration. Tout son être se vida. Le néant envahit son cerveau. Il ne parvenait pas à réfléchir ni à faire le moindre mouvement. Le personnel de la prison n'attendit pas qu'il se relevât pour le porter dans sa cellule, le tenant de chaque côté. Sa nouvelle demeure était froide, inconfortable et sentait aussi bon que son précédent cachot. Les gardiens partirent sans un mot, le laissant agenouillé par terre, ayant toujours autant de difficultés à se remettre de sa privation de pouvoir. Il utilisa ses dernières ressources d'énergie pour gagner son tapis tressé qui lui servait de lit, et s'endormit immédiatement.

＊＊＊

Un après-midi, Georgia et Éléonore se baladaient dans la nature. La troupe marchait depuis deux jours en direction de la prochaine ville sorcière. Elle avait établi un camp en pleine forêt, car une tempête s'annonçait. Ils s'arrêtaient au milieu de nulle part pour la première fois depuis leur Nuit Noire. Georgia lui demanda de l'accompagner pour cueillir de quoi prodiguer les premiers soins. Éléonore, qui connaissait déjà quelques plantes grâce à la famille Sauge, facilitait le travail.

— L'initiative que tu as prise pour que les jeunes apprennent à se battre se révèle bénéfique. Ça leur redonne confiance en eux et ça les apaise.

— Oui peut-être. Mais tout le mérite revient à Guillaume, grâce à qui on progresse.

— C'est beau la jeunesse. Je me souviens quand j'avais ton âge, j'étais un sacré bout de femme. Je n'avais pas froid aux yeux!

Georgia raconta en détail son arrivée au cirque et les premiers spectacles qu'ils avaient mis en place.

— Au début on réalisait le numéro «classique», Francesco était collé contre le mur et je lançais les couteaux tout autour. Après on ajouta le fait qu'il vole. Les dagues passaient à un cheveu de lui. Le public adorait! Nous étions vraiment insouciants à l'époque.

Georgia souriait face à sa nostalgie. Éléonore eut soudain une idée:

— Georgia, tu penses que tu pourrais nous apprendre cette discipline?

* * *

Axel était de plus en plus occupé à l'étage de la boutique pour préparer la venue de Marion, ce qui l'embêtait énormément. Il ne pouvait pas enquêter normalement, car il voyait peu Iris et les paroles qu'elle échangeait avec les clients. Il s'arrangeait pour trouver un prétexte pour descendre dès qu'il entendait la sonnette.

Quelques jours après l'histoire du pistolet, Iris lui confia d'autres artefacts à déposer. Elle ne lui avait rien donné depuis la dernière fois, et il attendait avec impatience de retourner au tri. Il prit la route de la démagication. Il se demanda ce qu'il allait y découvrir. Là-bas, il releva en un coup d'œil que la boite à musique n'avait pas bougé de place.

Il sortit les deux objets qu'il devait déposer et, mû par la curiosité, s'empara de la boite à musique pour observer une nouvelle fois le pistolet. Le tiroir non fixé s'ouvrit facilement et il constata, surpris, que l'arme ne s'y cachait plus. Axel regarda autour de lui. Il était seul. Personne ne se trouvait dans les sections voisines. Il referma le tiroir et le rouvrit plusieurs fois, comme si ses yeux lui avaient joué un tour et que l'arme était toujours à l'endroit où il l'avait laissée, en vain. Le revolver avait bel et bien disparu. Quelqu'un l'avait-il volé? Ou le service de démagication l'avait éliminé? Axel voulait en avoir le cœur net. Il reposa la boite à musique où il l'avait trouvée. Il examina les objets qu'il venait d'amener: une lampe qui ne s'éclairait plus et un musicador qui, lorsqu'on soufflait dedans, émettait un bruit strident. Il entreprit de les démonter un à un. La démagication regorgeait d'objets pouvant remplacer les outils nécessaires et bientôt la lampe et le musicador furent réduits en miettes: rien n'y était

CHAPITRE 19

caché. Satisfait, Axel rassembla les pièces en un tas et les enfouit en bas d'une pile de la section. Il sortit d'un pas nonchalant, accrocha un sourire sur son visage et s'arrêta pour bavarder avec le gardien. Celui-ci, étonné qu'on s'intéresse à lui, était sur ses gardes et Axel fit bien attention à ne pas lui insuffler le moindre doute. Aussi se tut-il la plupart du temps pour permettre au guichetier, qui s'appelait Ghislain, de raconter sa vie. Il apprit beaucoup de choses insipides, comme le fait qu'il n'avait jamais été marié et qu'il espérait que Marguerite le remarque un jour. Mais Axel ne découvrit rien sur son travail. Pourtant, ce n'était pas faute d'avoir orienté le dialogue par des questions innocentes en apparence. Au bout d'un moment, voyant que la discussion prenait un chemin qui le mènerait tout droit à un cul-de-sac, Axel coupa court en expliquant qu'il était attendu par sa patronne. Au moins, la première approche avec Ghislain facilitera les prochains échanges concernant le fonctionnement de la démagication. Axel saurait s'ils avaient déniché une arme cette semaine.

* * *

Une dizaine de personnes s'exerçaient chaque matin. Certains ne venaient que quelques jours dans la semaine quand ils se motivaient, d'autres comme Éléonore, pratiquaient quotidiennement. Ils rirent lorsque Éléonore leur proposa le lancer de couteaux. Ils s'entrainaient assez, et ne souhaitaient rien ajouter.

— Tu veux apprendre encore une nouvelle technique? Tu n'as pas peur qu'en apprenant un peu de tout tu ne sois bonne nulle part? demanda Bernard.

— Je ne vise pas les Jeux olympiques…

— Les quoi?

— … mais de survivre avec ce que j'ai sous la main, continua Éléonore sans relever l'intervention de Guillaume. Après vous n'êtes pas obligés de le faire, je me dis que ça peut toujours servir.

— Je suis partant pour essayer avec toi. Apprendre une nouvelle discipline me plairait bien! dit Guillaume.

Le lancer de couteau s'avéra bien plus complexe qu'Éléonore ne l'avait imaginé. Elle ignorait pourquoi, mais ils n'atteignaient jamais la cible. Guillaume et Bianca, eux, s'étaient bien améliorés sous les instructions de Georgia. Au bout d'un moment, Éléonore abandonna.

— C'était peut-être la technique de trop! plaisanta Éléonore.

— T'es-tu déjà servi de ton pouvoir pour lancer les dagues? demanda Georgia.

Éléonore comprit où elle voulait en venir.

— Je ne pense pas que je puisse télékinésier les objets assez vite pour qu'ils transpercent quelque chose.

— Tu as essayé?

— Non, avoua Éléonore. OK j'essaie.

Elle mit le couteau à plat sur sa paume gauche et donna un coup dans les airs avec sa main droite. Le poignard vola et toucha la cible, mais ne s'enfonça pas.

— Bien! Maintenant il faut augmenter ta vitesse.

Lorsque ses lancers gagnaient en célérité, ils perdaient en précision. Le reste des jours suivants, elle s'entraina seule, car personne ne pouvait l'aider à développer ses pouvoirs. En plus des exercices matinaux et des corvées du cirque, elle améliorait la rapidité et la justesse de ses lancers télékinésiques à chaque minute de libre. Elle aurait aimé se cacher des regards pour perfectionner pleinement son don, mais vivre dans une troupe offrait peu d'intimité.

Depuis la Nuit Noire, personne n'avait fait allusion à la couleur particulière de ses cheveux. Pourtant, lors de cette soirée, tous avaient suivi la scène entre les malfrats et elle. Le chef lui avait arraché son bonnet. Le feu avait illuminé ses mèches. Éléonore espérait que la troupe avait été trop perturbée pour remarquer sa crinière unique. Sa chevelure était maintenant aux trois quarts dorée, et elle avait tellement épaissi qu'Éléonore la gardait de plus en plus difficilement cachée. Elle veillait à bien fixer son bonnet avant les entrainements. Pour l'instant, le froid lui permettait de se couvrir la tête en permanence, mais elle craignait le printemps. Éléonore escomptait être rentrée d'ici là. En attendant, elle s'appliquait le mieux possible. Elle ignorait quand s'arrêterait son initiation. Elle préféra s'exercer chaque jour comme si c'était le dernier dans le cirque.

* * *

Au fur et à mesure que la soirée avançait, le nombre de questions de Jérémy et Axel s'amenuisait, inversement proportionnel au nombre de théories qui lui, augmentait. Méthodiquement, Axel nota les différentes possibilités qu'ils avaient trouvées sur une feuille pour s'imprégner d'une vision d'ensemble.

— Donc soit Iris a placé le pistolet dans le but de le donner à quelqu'un, soit quelqu'un d'autre a caché l'objet, récapitula Axel.

— Si c'est quelqu'un d'autre, pourquoi le passer par le magasin d'Iris?

— On peut facilement cacher les objets dans son fouillis qui ne sert à rien. Mais de là à ce qu'elle ignore ce qui se trame... ça me parait peu probable.

— Tu m'as dit qu'il s'agissait d'une très vieille boite à musique? s'enquit Jérémy.

— Oui, il me semble.

— Il se peut qu'elle ait appartenu au père d'Iris, il était propriétaire du magasin avant sa mort il y a quelques années. Dans ce cas, elle te l'aurait donnée sans connaitre l'existence de l'arme.

— Oui, mais alors comment quelqu'un aurait-il su où la récupérer?

— Tu penses que vous êtes surveillés à la boutique?

— Je n'en ai pas l'impression... Peut-être que la démagication a nettoyé le revolver. Peut-être qu'ils suivent un ordre de priorité et qu'ils disposent d'un moyen de repérer les objets nocifs?

— Je ne me suis jamais documenté sur la démagication, avoua Jérémy. Je ne pense pas qu'ils puissent détecter des armes humains, mais sait-on jamais? Tu as raison de t'évertuer à en savoir plus par le gardien.

— Quoi? J'ai trouvé une question dont tu ignores la réponse? Je gagne quoi?

— Ah ah très drôle, dit Jérémy d'un ton ironique. Tu crois qu'Opale a disparu pour cette raison? Car elle a découvert quelque chose qu'elle n'aurait pas dû voir?

— Peut-être…

***

Un matin, Jérémy rendit visite aux Sauge. Il ne les avait pas côtoyés depuis l'arrestation de Topaze et il voulait savoir s'ils avaient reçu des nouvelles de leur fils. Il désirait également les tenir au courant des dernières découvertes.

— Oh, Jérémy, comme je suis contente de te voir! Entre.

Agate souriait. Jérémy, qui la connaissait bien puisqu'il avait passé le plus clair de son enfance ici, remarqua que ce n'était qu'une façade. Elle avait fortement maigri et son teint avait terni. En théorie c'était leur jour de repos, Jérémy le savait, mais Jaspe et Célestine travaillaient tout de même.

— On soigne davantage depuis l'arrestation de Topaze. Ça nous aide à surmonter la disparition de deux de nos enfants et nous économisons pour parvenir à libérer Topaze.

— Je comprends.

— Et toi comment vas-tu?

Jérémy rapporta tous les derniers évènements qu'il avait vécus avec Axel. Agate était émue.

— C'est tellement adorable d'y consacrer autant de temps. De notre côté, nous maintenons toujours la récompense pour les renseignements. Nous aimerions cesser de travailler et nous employer à la recherche d'Opale, mais la milice viendrait nous arrêter. J'ai peur qu'ils nous enlèvent un autre enfant.

— Ne t'inquiète pas, je vous tiendrai au courant de l'enquête. Pourras-tu me donner les informations dont tu disposes?

CHAPITRE 19

— Oh oui bien sûr. Jaspe a tout noté quelque part.
Elle chercha dans ses tiroirs.
— Tiens voilà.
Jérémy survola les documents, qui s'enregistrèrent immédiatement.

* * *

Alessandro aimait le lancer de couteau. Il lui rappelait son enfance. En voyant sa troupe s'entrainer, il réfléchit à la façon de l'intégrer au spectacle. Cette activité offrait des possibilités d'apporter de la nouveauté. Le pouvoir de télékinésie d'Éléonore ferait sensation.

Éléonore se fit toute petite lorsqu'Alessandro soumit l'idée. Elle espérait ne pas être choisie. Tôt au tard, le directeur du cirque lui demanderait de confectionner un numéro. Il l'observait. Elle devait absolument éviter d'être exposée au public. Dorénavant, elle cacherait ses progrès.

* * *

Axel ne supportait plus l'incertitude. Il lui fallait des réponses rapidement. Il procéderait par élimination.

Il acheta des croissants de très bon matin et se rendit à la démagication pour en proposer à Ghislain. Certes, ce n'était peut-être pas une technique infaillible, mais c'était mieux qu'arriver les mains vides. Le gardien apprécia tellement le geste qu'il ne s'intéressa même pas à l'excuse qu'avait trouvée le jeune homme pour expliquer sa présence. D'ailleurs, Ghislain ne s'intéressait pas à grand-chose à part lui-même. En d'autres circonstances, ça aurait très certainement agacé Axel, mais cette fois-ci ça lui donnait un avantage non négligeable. Il s'assit près de Ghislain et l'écouta d'une oreille distraite tout en scrutant les gens qui se présentaient à lui pour y déposer des objets.

Le secret avec les personnes bavardes était de répéter les derniers mots pour faire croire qu'on écoutait, et elles poursuivaient de plus belle sans rien remarquer. Il appliquait cette méthode avec son ancienne petite amie quand, sans le vouloir bien sûr, son attention se décrochait du flot ininterrompu de paroles.

Il s'escrima à glisser des commentaires sur la démagication, mais il n'eut pas plus de succès que la fois précédente. Il lui posa même ouvertement une question sur son métier, mais le gardien continua comme s'il n'avait pas entendu. Axel ne le connaissait pas depuis longtemps, mais il avait la certitude que le célibat de Ghislain était dû à son égocentrisme. Ou alors il était devenu égocentrique à force de rester seul, allez savoir.

À ce rythme, il lui faudrait six mois pour parvenir à obtenir des réponses. N'y tenant plus, il ne passa pas par quatre chemins pour lui dire:

— Stop! Dis donc, je ne peux pas à en placer une.

Ghislain s'arrêta net. Axel avait totalement manqué de tact, il s'en rendait compte.

— C'est vrai, admit Ghislain, excuse-moi. On m'a souvent reproché d'être bavard, mais je n'arrive pas à me contrôler.

— Non, ne t'excuse pas, c'est de ma faute je…

— Tu voulais me dire quoi?

— Eh bien, j'aurais aimé en savoir plus sur ton métier… ça a l'air tellement passionnant, mentit Axel.

— Ah ça. C'est un boulot quoi.

Ghislain paraissait légèrement déçu. Il ne trouvait rien à dire sur ce sujet visiblement.

— Depuis combien de temps es-tu gardien?

— Dix-sept ans.

— Ouah ça fait un bout de temps. Tu dois connaitre la démagication sur le bout des doigts.

Axel flattait son ego pour obtenir des réponses.

— Oh oui, en long, en large et en travers!

— Et vos collègues travaillent là depuis aussi longtemps que vous?

CHAPITRE 19

Axel n'osait pas poser de questions trop directes sur le fonctionnement de la démagication, de peur d'être découvert.

— Gladys est arrivée avant moi. Les autres ont commencé après.

— Et combien êtes-vous en tout?

— Oh et bien…

Ghislain murmura des prénoms qu'Axel ne put entendre tout en comptant sur ses doigts.

— Nous sommes huit.

Axel ne trouvait pas comment orienter la conversation pour parvenir aux sujets qu'il souhaitait aborder, mais Ghislain lui retira l'épine du pied.

— Ça t'intéresse de visiter?

— Oui!

— C'est rare de voir des gens curieux, ça change.

— J'aime connaitre le fonctionnement des choses.

Ghislain se satisfit de la justification d'Axel et l'invita à l'intérieur après avoir déposé une petite pancarte «De retour dans quelques minutes» sur son bureau.

Ravi, Axel le suivit. Ainsi, il rencontra tous les employés de la démagication. Tous avaient un rôle bien défini. Nicolas, trente-deux ans, les yeux marron-vert tombants et le cheveu fin, enlevait la magie des objets. Pile le pouvoir contraire d'Opale, songea Axel. Il les passait à Corinne ou Yves, qui les démontaient et répartissaient les pièces dans différents casiers. Ceux-ci s'entassaient, et Axel y lut «verre» et «bois» sur deux d'entre eux. Certains employés s'absentaient pour vendre les matériaux à des professionnels et à des particuliers, ou sur le marché dans le pire des cas. Quant à la fameuse Gladys, elle s'occupait des allers-retours entre l'entrepôt et le bureau de Nicolas. Elle salua Axel poliment quand Ghislain lui présenta. Le bac qu'elle portait contenait tellement d'objets qu'on n'apercevait plus sa tête. Voyant son âge avancé, Axel proposa son aide. La femme lui sourit et ne se fit pas prier: elle jeta pratiquement le casier dans les bras qu'Axel qui faillit s'écrouler, surpris par le poids. Comment une vieille dame qui marchait légèrement courbée et qui ne devait pas peser plus de cinquante kilos pouvait-elle soulever une telle charge?

Voulant faire bonne figure, il le déposa sur le bureau de Nicolas sans montrer la difficulté qu'il éprouvait. Ses bras, qui avaient perdu du muscle ces derniers mois, étaient contractés sous l'effort. Gladys s'amusait.

— Merci de ta galanterie jeune homme, mais comme tu l'as compris, mon pouvoir réside dans une grande force.

Les autres membres du personnel rirent. L'ambiance chaleureuse mit en confiance Axel.

— C'est vous qui choisissez les objets à recy… à démagicier?

— Oui c'est moi, répondit Gladys. Enfin je ne choisis pas vraiment. Des fois, on tombe sur des choses invraisemblables.

— Ah oui? s'intéressa Axel, avec une lueur d'espoir. Comme quoi?

— Rien que la semaine dernière, on a démagicié un lit qui se refermait à chaque fois qu'on s'allongeait dedans. Un calvaire à transporter, j'ai dû appeler deux hommes à la rescousse. Je me demande bien comment il a atterri ici, celui-là. Du coup j'ai perdu une demi-journée de travail en attendant qu'on puisse m'aider.

— Pourquoi ne pas avoir pris d'autres objets?

— Car c'était le dernier de la section 52 F. Et vu que nous sommes obligés d'évacuer section par section, il fallait vider celle-ci avant d'entamer une nouvelle.

Gladys, moins volubile que Ghislain, repartit dans la serre, tandis qu'eux gagnèrent l'extérieur. Axel continua à questionner Ghislain, et il apprit que la démagication comptait plus de trois cents sections et qu'ils mettaient dix ans pour en faire le tour. Ils suivaient l'ordre et n'y dérogeaient pas. Chaque visiteur pouvait déposer ses objets dans n'importe quelle section, sauf celle en cours de nettoyage et exception faite des objets très dangereux.

Axel s'informa assez pour réduire les hypothèses: le pistolet avait été dérobé intentionnellement. Maintenant il restait à savoir par qui.

***

CHAPITRE 19

Comme à son habitude, Éléonore se leva alors que la nuit régnait encore. L'entrainement avec Guillaume commencerait dans une heure. Ça lui laissait le temps d'affiner son pouvoir. Malgré l'heure matinale, le ciel était limpide. Son regard perçait distinctement les alentours. Elle abandonna sa lanterne dans la caravane et emporta uniquement quelques couteaux. Elle s'éloigna seule du camp. Elle s'enfonça dans un petit bois non loin de là. Elle choisit un arbre dégagé. Elle se plaça à quelques mètres de lui. Elle lança son poignard par télékinésie. Celui-ci fonça droit sur le végétal et lui entailla le tronc. Éléonore avança et tenta de la récupérer, en vain. Son couteau, planté jusqu'au manche, était impossible à extraire. Elle dû recourir à la magie pour y parvenir.

Elle réitéra l'expérience, en variant la distance. Le poignard atteignait la cible neuf fois sur dix.

Éléonore préféra cacher sa progression à la troupe. Elle n'imaginait pas que quelqu'un puisse la trahir, mais mieux valait pour eux qu'ils ignorent tout de son ascendance.

Elle rentrait au campement lorsque Guillaume sortit en trombe de la caravane, une lanterne à la main. Il la leva à la hauteur de son visage. Sa contrariété se devina à sa voix:

— J'ai craint qu'il te soit arrivé quelque chose. Tu ne dormais plus dans ton lit et tu n'as pas pris ta lanterne, s'insurgea-t-il.

— Tout va bien. Je m'entraine au lancer de couteau plus tôt pour qu'Alessandro ne le remarque pas. Je ne veux pas participer au spectacle. Et je n'ai pas besoin de lumière, les rayons de la lune me suffisent.

— De quoi parles-tu? C'est la Nouvelle Lune aujourd'hui, il fait nuit noire! Je ne t'ai identifié que lorsque tu t'es assez approchée pour que la lanterne t'éclaire.

Éléonore se tut. Elle leva la tête vers le ciel pour vérifier les dires de son ami. Effectivement, elle ne repérait aucune lune. Mais qu'est-ce que ça voulait dire? Développait-elle un nouveau pouvoir? Acquérait-elle la vision nocturne? Prise par surprise, elle ne trouva pas de justifications plausibles à fournir à Guillaume. Elle haussa les épaules, et lui lança:

— Quand tu auras fini de râler, préviens-moi, on commencera l'entrainement!

* * *

Jérémy réfléchissait à toutes les disparitions. Le nombre allait croissant avec les années. Comment se pouvait-il qu'il y ait autant de personnes portées disparues? Où se trouvaient-elles? Il était peu probable qu'elles aient toutes été enlevées par le même sorcier. Surtout qu'il n'avait remarqué aucun rapport entre toutes les victimes. Ça pouvait être des hommes, des femmes, des enfants. Les enlèvements se faisaient de manière totalement aléatoire. Certains avaient comme seul point commun le fait d'être recherchés par l'inquisition avant leur disparition. Des chasseurs de têtes en avaient trouvé quelques-uns, les autres devaient être bien cachés.

Jérémy était persuadé que les gardes avaient dû passer à côté d'un renseignement important. C'était impensable que le ravisseur n'ait laissé aucune preuve. L'idéal serait de vérifier le travail de la milice. Il irait aux archives du château. Là-bas, avec un peu de chance, il aurait accès à tous les documents nécessaires.

* * *

— Tu es sûr que Marion a dit qu'elle arriverait avant une lune? demanda Iris.

— Oui j'en suis certain. Et elle était très enthousiasmée. Elle ne devrait pas tarder.

Axel comprenait l'inquiétude d'Iris. Vu la motivation de Marion de s'éloigner de sa famille, Axel avait même pensé qu'elle débarquerait une semaine après leur rendez-vous. Mais plus d'un mois s'était écoulé depuis

CHAPITRE 19

leur rencontre. Elle avait peut-être changé d'avis. Ou alors c'était ses parents qui avaient changé d'avis. Ils auraient au moins pu envoyer un message pour prévenir Iris. Avoir fait tout ce chemin pour rien l'énervait. Il avait pourtant deviné en Marion une fille sympathique, sur qui on pouvait compter. Jamais il n'aurait cru qu'elle leur ferait faux-bond comme ça. Il avait fini de lui préparer son studio. Il restait des choses à accomplir dans le magasin, mais Iris n'aurait bientôt plus besoin de lui. C'était maintenant ou jamais pour découvrir la vérité sur sa patronne.

* * *

Allongé dans son lit, Jérémy repensait au fait de se rendre aux archives. Il n'était rentré dans l'enceinte du château qu'une seule fois, lors d'une sortie scolaire. Il s'était impatienté de découvrir les magnifiques peintures et les tapisseries aussi grandes que l'auberge. Topaze, lui, s'en fichait éperdument. Ce qui l'intéressait, c'était de s'échapper du groupe pour explorer les lieux interdits —et il avait presque réussi. Jérémy sourit en y repensant.

Mais il se souvenait également de la multitude de miliceurs qui lui avaient laissé une sensation désagréable de crainte. Il lui fallait une excuse plausible pour passer devant eux.

L'après-midi, après son service, il enfila sa cape et sortit dans l'air qui s'était radouci. Durant toute la journée, son stress avait pris de l'ampleur. Il avait imaginé tous les scénarii possibles qui, pour la majorité, se finissaient de façon tragique. Il se raisonna: tout allait bien se passer. Les miliceurs ne se montraient pas suspicieux tant qu'on ne s'approchait pas de la famille royale. Plus il paraitrait détendu, moins les inquisiteurs le soupçonneraient.

Il ne savait pas vraiment vers où se diriger. Le château était immense et il ne connaissait que l'entrée principale du domaine, une grande porte en fer forgé. Deux gardes étaient en faction devant, en train de discuter. Ils se turent lorsque Jérémy vint à leur rencontre, et l'un d'eux s'avança vers lui:

— Que cherchez-vous?

— Les archives, pour…
— Pas ici, porte Nord-Est.

Et il rejoignit son collègue. Jérémy, qui avait préparé sa tirade, fut coupé net dans son élan et emprunta le chemin qui longeait l'immense mur du domaine. Il marcha quelques minutes pour atteindre la seconde porte. Celle-ci était bien plus petite que la première, et un seul miliceur y était posté. Il semblait beaucoup plus aimable que les précédents. Il discutait avec un clochard assis par terre, un chapeau en guise de porte-monnaie.

— Bonjour, je cherche les archives.
— C'est bien ici jeune homme. Pour quelles raisons souhaitez-vous y accéder?
— J'effectue des recherches généalogiques… Pour retracer l'histoire de ma famille… par simple curiosité, se sentit-il le besoin d'ajouter pour le regretter immédiatement.

Heureusement, le garde trouvait guère intéressantes ses justifications. Il lui fit signer un registre avec son nom et les motivations de sa venue, vérifia l'identité sur son poignet, ouvrit la porte et lui indiqua le chemin à prendre. Ça y est, il pénétrait dans le domaine. Il avait enfin l'opportunité d'admirer le château. L'édifice en pierre fut construit il y a des siècles. Il était amusant qu'une famille qui détestait les non-sorciers habite ici, sachant que l'architecte du château en avait conçu un autre pour les humains. Il paraîtrait d'ailleurs que les deux palais se ressemblaient. La seule différence se situerait au niveau de la taille, celui de Vénéficia n'ayant subi aucune perte par les guerres. Ça, il l'avait lu dans un livre certainement oublié lors de la destruction massive des œuvres allant contre le régime en place.

Ce bâtiment bénéficiait d'une constante rénovation. Ses pierres et ses joints affichaient une propreté remarquable. Jérémy observait d'ailleurs le nombreux personnel qui s'occupait de l'immense parc et des fenêtres du château. Combien de domestiques avaient-ils à leur service? L'opulence du lieu contrastait abominablement avec la pauvreté de la population. Il jeta un coup d'œil sur le chemin de ronde et y vit des miliceurs scrutant le domaine. Un homme vêtu d'une cape noire aux reflets bleutés marchait devant eux. Ils s'inclinaient à son passage alors que lui ne leur prêtait aucune attention.

CHAPITRE 19

Un membre de la famille royale. Jérémy pariait pour l'un des princes.

Jérémy arriva à l'une des portes du château, minuscule cette fois-ci. Un autre garde y était posté. Il lui posa exactement les mêmes questions, et Jérémy dut à nouveau signer un registre. Le miliceur prit alors une des boites transparentes à côté de lui. À la lumière du jour, elle étincelait comme un écrin contenant des centaines de carats de diamants. Jérémy pâlit. Il connaissait cet objet: une démagicatrice. Il l'avait bien entendu étudiée à l'école, mais il n'avait jamais eu l'occasion d'en voir une de près. Le garde, qui perçut le malaise de Jérémy, lui expliqua:

— Simple mesure de sécurité. Vous récupérerez votre pouvoir à la sortie.

Jérémy hocha la tête. Depuis sa naissance, il n'avait jamais été séparé de son don. Immédiatement après le processus, la réalité de Jérémy se modifia. Son cerveau était paralysé. Il recevait les informations extérieures, mais celles-ci s'enregistraient de manière inhabituelle. Jérémy avait l'impression que les stimuli qui lui parvenaient ne faisaient que l'effleurer. Soit ils ne se fixaient pas, soit ils allaient directement dans une zone de son cerveau inaccessible à sa demande.

Les sorciers qui étaient dépourvus d'hypermnésie enduraient-ils vraiment ça tout au long de leur vie? Jérémy était perturbé de sa découverte. Il voyait le monde et son entourage totalement différemment. Il avait toujours cru avoir un pouvoir inférieur aux autres, mais finalement il se réjouissait de le posséder. Vivre avec une mémoire normale devait être horrible.

Laissant de côté ses réflexions, il passa la porte. Il arriva dans un hall petit, mais bien entretenu, richement éclairé par un lustre aux flammes éternelles. Il le contemplait quand un panneau en bois vola devant ses yeux. En forme de flèche, le mot «ARCHIVES» y était écrit en lettres argentées. Une voix féminine s'ensuivit:

— Pour les archives, merci de suivre la flèche.

Jérémy s'empressa d'obéir. Elle allait à la même allure que Jérémy, à un mètre de distance devant lui. S'il s'arrêtait trop longtemps pour admirer une peinture, le message passait en boucle. Le jeune homme ne souhaita pas donner l'occasion de se faire remarquer, et ne s'écarta plus du droit chemin tracé par la flèche volant au-dessus du sol. Il arriva enfin face à une porte en bois légèrement usée. Elle était ouverte, mais il frappa avant d'entrer. Le responsable, qui était âgé de quelques années de plus que lui, renseignait un couple. Puis il s'adressa à Jérémy d'un ton courtois:

— Que puis-je faire pour vous?

— Où est situé le registre des décès de cette année?

— Au fond de l'allée E, c'est classé par année. Vous trouverez facilement.

Jérémy s'attendait à une salle presque aussi grande que la bibliothèque, mais elle était en réalité beaucoup plus petite. Contenait-elle vraiment tous les actes des siècles passés? Jérémy en doutait fortement. Il se dirigea à l'endroit indiqué et décida de commencer par les actes de décès les plus récents. Sans son pouvoir, il n'arrivait pas à faire le lien avec tous les noms des personnes disparues qu'il avait trouvé. Il regarda autour de lui, puis scruta les différentes allées. Les rapports de milice ne figuraient pas ici. Il aurait dû s'en douter. Il retourna aux avis de décès. Il ne disposait que de quelques heures avant le service du soir. Il devait se dépêcher, surtout qu'il ne jouissait plus de sa mémoire photographique. Allait-il devoir lire chaque ligne comme un sorcier normal? Il était extrêmement contrarié par ce contretemps. Il se sentait vide, comme si sa force vitale s'était détachée en même temps que son pouvoir. Il retourna voir l'archiviste pour qu'il lui fournisse de quoi noter. Il reçut quelques feuilles et un écriteur. Jérémy chercha toutes les morts suspectes et l'écriteur, qui ressemblait à un stylo plume qui ne nécessitait pas d'être tenu, retranscrit les informations dont Jérémy avait besoin.

En trois heures, Jérémy était parvenu à remonter deux ans en arrière, mais il n'était pas plus avancé qu'en arrivant ici. Dépité, il se dirigea vers la sortie.

À mesure qu'il regagnait l'extérieur, la déception de Jérémy se transforma en impatience à l'idée de retrouver son pouvoir. Le garde le fouilla avant d'ouvrir la démagicatrice. Le contenu, bleu foncé, s'approcha vers Jérémy et pénétra en lui. Il se sentait enfin complet, comme si on lui redonnait une jambe qu'on lui avait préalablement coupée. La première sensation fut un bonheur absolu. Mais plus il progressait vers la sortie du parc, plus la

CHAPITRE 19

contrariété revenait.

— Alors, tu as trouvé ce que tu cherchais p'tit? s'enquit le garde d'un ton joyeux.

— Non malheureusement…

— Ah, une autre fois peut-être?

Jérémy lui sourit et déposa les quelques pièces de son pourboire de la journée à l'homme en guenilles. Un turban couvrait son crâne, dont une chevelure ébène dotée d'une seule mèche blanche dépassait. Il était toujours assis par terre et le fixa d'un regard azurin qui mit Jérémy mal à l'aise.

— Merci valeureux sorcier, que la magie te bénisse!

— Qu'elle te bénisse également, répondit-il d'un ton morose.

Il reprit le chemin de chez lui. Il ne souhaitait pas repasser devant les premiers miliceurs, alors il traversa la forêt pour rejoindre la ville.

— Tu ne pourras jamais trouver ce que tu cherches au château, lança une voix.

Jérémy sursauta et se pivota. Le sans-abri se tenait derrière lui.

— De quoi parles-tu?

— Tu le sais aussi bien que moi. Tu as menti aux gardes.

Ce n'était pas une question, mais un simple constat émis de manière impassible. Avant que Jérémy ait pu contester, il continua:

— Les rapports de milice sont entreposés au sous-sol de l'hôtel inquisitorial voyons. Mais personne n'y a accès. Bon courage!

Puis il s'éloigna, laissant Jérémy seul avec ses interrogations. L'homme lisait dans les pensées. Il aurait dû se méfier. Mais grâce à lui, il savait maintenant où enquêter.

* * *

Axel redoubla de vigilance au travail. Puisqu'il s'occupait du tri, il examinait très attentivement les objets qui passaient entre ses mains. Il surveillait sa patronne comme il pouvait: il servait les clients ou restait près d'Iris quand elle s'en chargeait. Il avait même fouillé une fois dans ses affaires personnelles dans l'espoir d'y trouver une réponse sous une forme qu'il n'avait pas envisagée, mais rien ne lui avait sauté aux yeux.

Un soir, il décida de la prendre en filature. Entreprise délicate car, la boutique bordant la forêt, peu de sorciers se promenaient dans ce quartier à des heures tardives. Grisé d'être dans la peau d'un James Bond, il la suivit à pas de loup à une distance raisonnable comme il l'avait vu dans les films, mais ses expéditions n'avaient mené à rien. Iris était simplement rentrée chez elle.

Rien, dans son comportement, ne la désignait comme coupable.

Il ne lui restait plus qu'une semaine avant d'arrêter son boulot et n'avait rien trouvé. Il fallait qu'il sache si Iris était en partie responsable de la disparition d'Opale. Ensuite, il partirait chercher Éléonore. Elle aussi aurait déjà dû être rentrée depuis un petit moment. Il s'inquiétait pour elle. Elle était seule, loin de lui et Dimitri lui avait demandé de veiller sur elle. Il avait très mal rempli son rôle. Visiblement, dans ce monde, il ne réussissait pas mieux que dans le monde humain. Et où se cachait son père? Tous s'évaporaient dans la nature. Axel n'était vraiment pas rassuré par tous ces évènements.

— Tiens, tu peux apporter ça à la démagication?

Iris lui tendit un sac. Axel n'en regarda pas le contenu pour éviter d'éveiller les soupçons puis prit la route qu'il connaissait maintenant par cœur.

Il marchait d'un pas vif, piqué par la curiosité. Il salua Ghislain et lui rendit la monnaie:

— Comment vas-tu l'ami? Enfin une tête sympathique aujourd'hui! Sinon il n'y a personne pour me remonter le moral. Car tu sais ce qui m'est arrivé hier?

Axel ne se donna pas la peine de répondre à sa question rhétorique et coupa court à la discussion qui durerait sûrement des heures. Il se rendit dans la même section que d'habitude. Il vida le contenu du sac. Comme la fois précédente, il entreprit de démonter méticuleusement chaque objet. Il n'y avait rien dans l'allume-feu ni dans le propulseur de voix. Le carillon à vent, le dernier article transporté par Axel, était constitué d'une planche en bois et de cylindres rouillés de différentes grandeurs. Quand Axel le tint à la verticale, les cylindres s'entrechoquèrent au rythme d'un rafale imaginaire: la pièce était totalement isolée du moindre souffle. Axel, qui avait affiné son oreille musicale grâce aux cours de solfège qu'il avait subis chaque semaine durant son enfance, entendit qu'un des tubes était désaccordé par rapport aux autres. Une personne non mélomane n'aurait peut-être pas remarqué la différence; lui vivait ça comme une torture auditive. Il saisit le coupable et le secoua dans tous les sens: le bruit déformé prouvait qu'une chose se cachait à l'intérieur. Puisque le cylindre avait été fabriqué en un seul morceau, Axel ne pouvait rien dévisser. Et s'il le sciait, il risquait de fendre l'objet dissimulé par la même occasion —si objet il y avait. Déposant le carillon à vent par terre, Axel attrapa le tube et le frappa de plus en plus fort sur le sol, tandis que les autres restèrent inertes. Contrarié, il releva le carillon et l'accrocha à un porte-manteau qui se trouvait non loin de là. Une solution devait exister. Plus Axel écoutait la mélodie de l'objet, moins il doutait. Il tenta plusieurs techniques, comme jouer les différentes cloches par ordre croissant et par ordre décroissant, tapoter un seul cylindre, mais rien ne se passait. Irrité d'entendre la mauvaise note, Axel immobilisa le cylindre fautif tandis que les autres continuaient inlassablement d'interpréter leur musique. Il resta ainsi jusqu'à ce que la mélodie se termine. Avant que le carillon ait pu entamer un nouvel air, le clapet du cylindre s'ouvrit. Un objet tomba dans les mains d'Axel. Il s'agissait d'une dague qui ressemblait à celles qu'utilisait la milice. L'acier dans lequel elle était faite devait être de très bonne qualité, car elle ne présentait pas la moindre trace de rouille. Il n'y avait plus aucun doute: un commerce d'armes illégal se déroulait ici, dont il était le passeur malgré lui. Iris ne pouvait pas ignorer que de tels objets se trouvaient dans son magasin. Opale avait-elle découvert ce qui se tramait? Était-ce la raison pour laquelle elle avait disparu? Axel en était certain à présent.

Oubliant toute obligation d'aller travailler, Axel remit la dague en place, disposa aléatoirement les objets sur le bureau de la section 10 D comme s'il avait vidé son sac sans rien toucher, et se cacha dans une armoire non loin de là. Il allait enfin mettre un visage sur ce trafic.

Chapitre 20

Le cirque était arrivé dans le premier village au-delà de la Manche. Éléonore supposait qu'ils étaient en Angleterre, mais elle n'avait aucune certitude. Ils avaient pris un traverseur la veille qui avait fait deux voyages pour emmener la troupe de l'autre côté. Mais avaient-ils vraiment atterri en Angleterre, Éléonore l'ignorait. Elle ne posa pas la question. Plus elle se taisait, moins elle avait de chance d'être découverte. Ils s'installèrent à Briboci, un village au sommet d'une colline. C'était la première fois qu'elle voyait une agglomération sorcière ainsi exposée. Il devait y avoir de nombreuses protections, mais elles étaient inobservables. Une rivière traversait le bourg. L'endroit était coquet et reposant. Une affiche se décrocha d'une façade et atterrit par terre devant Éléonore qui la ramassa. Il s'agissait d'un message officiel de la famille royale: «TOUT INDIVIDU AUX CHEVEUX BLONDS AURA L'OBLIGATION DE SE MANIFESTER À LA BRIGADE LA PLUS PROCHE. IL DEVRA ÉGALEMENT BROCHER UN CARRÉ BLEU TOUS LES JOURS DU CÔTÉ GAUCHE DES VÊTEMENTS.»

— C'est quoi cette histoire? demanda Guillaume qui avait passé une tête au-dessus de son épaule.

Ils frôlèrent l'auberge de la ville conçue dans un vieux moulin. L'affiche y était placardée en plusieurs exemplaires. De petites tables rondes étaient dispersées dans le jardin de l'établissement, au bord de la route caillouteuse. Quelques sorciers y étaient installés pour profiter du temps clément. La troupe s'immobilisa pour lire l'arrêté officiel.

— Ils recherchent tous les blonds du royaume, dit le client le plus proche d'eux. Ils ont amené ça hier, sans donner plus d'explications.

— Dans le village il n'y a qu'un blond, donc ça a été vite fait, mais on a quand même dû accrocher les feuilles pour les visiteurs, continua l'aubergiste qui servait à l'extérieur.

— Je me demande bien pourquoi ils font ça d'un seul coup, répliqua le client.

Éléonore le savait. Ils avaient découvert le décès de sa grand-mère. Ils cherchaient qui, à présent, avait bien plus hérité des cheveux dorés. L'étau se resserrait. Elle ne pourrait plus prendre un transporteur, on regarderait automatiquement son crâne. Elle tenta de paraître calme devant les autres, mais elle paniquait. Elle se toucha inconsciemment la tête pour voir si son bonnet était toujours en place.

La troupe s'avança jusqu'à un terrain plat où elle s'installa. Tous les itinérants ne parlèrent que de ça. Certains devaient se déclarer, car ils étaient blonds; ils ne risquaient rien, mais avaient peur quand même.

— Pourquoi ne veux-tu pas le faire? demanda Mattéo à Sara.

— Parce que c'est de la discrimination.

— Ça va, c'est juste un carré bleu, qui a-t-il de mal à ça?

L'ainé de la fratrie ne comprenait pas sa mère. Malgré ses vingt ans, l'insouciance dominait encore son caractère.

— Ça commence par un carré bleu, mais ça finit comment? Jusqu'où vont-ils nous contraindre?

— Les garçons, continua son mari Domenico à l'attention de leurs trois fils, s'il y a une chose que j'ai apprise dans ma vie, c'est qu'il faut se méfier de ces méthodes insidieuses.

Mattéo, Luca et Enzo ressemblaient à des triplés. Ils mesuraient tous les trois 1m80. Leur peau méditerranéenne recouvrait un corps carré vigoureux. La seule différence résidait dans la couleur des yeux et des cheveux. Ils écoutaient attentivement leur père.

— Mes parents sont passés d'une liberté totale à une dictature sans même s'en rendre compte, par de petits changements tellement subtils qu'ils n'y prêtèrent pas attention.

CHAPITRE 20

Toute la tablée approuvait. Éléonore buvait leurs paroles.

— À votre avis, pourquoi veulent-ils que les blonds soient repérables? demanda Sara.

— Car leurs pouvoirs sont plus développés? proposa Enzo.

— Non, c'est une légende.

— Car l'un d'entre eux pourrait réclamer le trône, dit Luca.

Âgé de dix-sept ans, il était le plus sage et le plus réfléchi de leurs trois fils.

— Exactement. À votre avis, que va faire la famille Corvus des possibles héritiers?

Tout le monde garda le silence autour de la table. Éléonore savait que Sara avait raison.

— Je n'irai pas me déclarer. De toute façon, je ne suis pas la reine légitime, ça se voit.

— Mais si c'est la magie qui la choisit, pourquoi n'est-ce pas cette personne qui est au pouvoir? demanda innocemment Enzo.

— Parce que c'est comme ça. On ne pose pas ce genre de question, répondit Sara.

— Pourquoi?

— Parce qu'on finirait tous pendus pour haute trahison, dit Alessandro.

Plus personne ne parla et ils changèrent de sujet. Éléonore sentit le regard de Lorenzo fixé sur elle quand elle se leva de table.

Elle se retrouva seule dans sa chambre. Depuis peu, ils avaient récolté assez d'argent pour s'acheter une nouvelle tente, mais toujours pas assez pour la renvoyer chez elle. De toute manière, elle imaginait mal comment regagner la capitale maintenant.

Éléonore ferma la porte à double tour et enleva son bonnet. Sa chevelure cascada sur ses épaules. Leur éclat doré se reflétait sur ses joues. Elle attrapa une grosse mèche. Elle plongea son regard dans le miroir. Elle avait pris sa décision. Elle glissa une paire de ciseaux à la base de son crâne et coupa. Elle posa délicatement sa mèche sur la coiffeuse. Ceux-ci ternirent immédiatement. Elle recommença l'opération, encore et encore, jusqu'à ce qu'elle soit quasiment chauve. Des épis variant de un à cinq centimètres recouvraient son crâne. Cette coiffure irrégulière la rendait particulièrement laide. Elle ramassa ses cheveux pour les brûler dès que possible et se coucha. Ce n'était peut-être pas l'idée du siècle, mais elle n'avait rien trouvé de mieux pour l'instant. Il ne restait qu'à cacher l'éclat doré qui se reflétait dans l'iris de ses yeux.

Le lendemain, elle se réveilla avant le soleil, comme d'habitude. Dans le coaltar, elle s'installa face au miroir. Elle alluma une bougie. Elle attrapa sa tignasse coupée pour la brûler à l'extérieur. Il valait mieux éviter que quelqu'un la soupçonne. Lorsqu'elle se leva, elle aperçut du coin de l'œil un reflet brillant. Elle s'assit de nouveau en tenant la chandelle devant elle. Celle-ci réverbéra sa lumière sur ses longs cheveux étincelants. Éléonore était bouche bée: ils avaient repoussé durant la nuit, plus épais et plus dorés qu'avant.

**

Axel attendait depuis des heures dans l'armoire. Ou alors ça ne faisait que quelques minutes. Il ne savait pas. Il n'avait aucune notion du temps, coincé comme il l'était. Il changea plusieurs fois de position, mais le meuble était bien trop petit pour qu'il ait une grande liberté de mouvement. Il commençait vraiment à souffrir. Il s'efforçait d'oublier ses zones cuisantes pour tenter de diminuer la douleur, mais l'exercice se révéla difficile, d'autant plus qu'il n'avait rien d'autre à faire que de constater par l'interstice de la porte de l'armoire qu'il ne se passait rien.

Au bout d'un moment, il entendit de légers bruits de pas. Il retint son souffle et fixa la section. Il ne voyait rien. Le carillon à vent, posé sur le bureau, s'éleva à un mètre cinquante du sol, ce qui stupéfia Axel. Il était suspendu dans les airs! Trois secondes plus tard, un sorcier se matérialisa au bout de l'objet. Voilà donc comment il faisait pour entrer et sortir facilement de la démagication: il était transparent! C'était un homme grand,

CHAPITRE 20

mince, au nez aquilin et au cheveu gris et fin. «Il ressemble à une tête de rat», songea Axel. Le voleur regarda autour de lui pour vérifier si quelqu'un l'avait vu. Il chercha la solution pour retirer la dague. Même s'il ne devina pas musicalement le bon cylindre, il savait comment récupérer l'objet convoité. Il maintint chaque cylindre un par un à la verticale en attendant que la mélodie cesse. Au bout de quatre essais, le cylindre contenant la dague s'ouvrit. Le malfaiteur glissa l'arme dans sa ceinture. Il embrassa du regard la section puis redevint transparent. Axel ne le perçut plus. Il croyait bien avoir entendu des pas, mais n'était pas sûr. Par mesure de sécurité, il attendit encore un peu. Lorsque la douleur d'être bloqué dans la même position fut vraiment insupportable, il sortit en trombe de l'armoire. Il tenta de se lever, mais tomba à la renverse. Des spasmes lancinants traversaient ses cuisses et ses fesses. Il resta allongé à les masser pendant quelques minutes, puis réitéra l'essai. Il avait des difficultés à se mouvoir et fit quelques pas avant de retrouver une démarche normale. «Le voleur est parti, sinon il m'aurait déjà attaqué», se dit Axel. Il en conclut qu'il avait raison depuis le début: un trafic passait par le magasin d'Iris. Les objets arrivaient à la démagication, pour enfin être récupérés par un homme invisible. La piste s'arrêtait là. Il était maintenant certain qu'Opale avait découvert le pot aux roses. Jusqu'où étaient-ils prêts à aller pour cacher leur secret? La vie d'Axel était sûrement menacée. Mais il se montrerait prudent. Il n'abandonnerait pas tant qu'il n'aurait pas démasqué la vérité.

* * *

Jérémy réfléchissait depuis plusieurs jours à un plan pour pénétrer dans les archives de la milice. Il fallait que tout soit parfaitement prêt, il ne pouvait rien laisser au hasard. Comme d'habitude, il avait été retardé par ses parents qui auraient préféré qu'il passe moins de temps à la bibliothèque et plus de temps à l'auberge. Sa mère avait le don de trouver des corvées là où il n'y en avait pas, et son père buvait tellement souvent avec les clients qu'il lui devenait difficile de faire d'autres tâches. Habituellement, Jérémy aurait abandonné tout loisir personnel pour ne pas être dévalorisé par sa famille, mais aujourd'hui ce n'était plus le cas. L'auberge était loin d'être prioritaire, ses parents n'avaient pas besoin de lui. Il faisait tout de même son travail correctement pour n'essuyer aucun reproche. Il avait déniché au fin fond de la bibliothèque, dans une zone totalement oubliée, les plans architecturaux des plus vieux édifices de la ville. Il y trouva même une carte du château, mais en tellement mauvais état qu'il ne put enregistrer qu'une petite partie. Celui du bâtiment inquisitorial était en tout cas parfaitement conservé. Il le mémorisa. Il avait glané également quelques informations utiles sur le fonctionnement de la milice. Pour le reste, il devrait improviser. Comment y rentrer et sortir sans être vu ? Mais oui bien sûr ! Cédric ! Il avait fait toute sa scolarité avec lui. Ils n'avaient jamais été amis, car Jérémy ne supportait pas qu'il perturbe la classe. C'était un vrai cancre et les professeurs ne le punissaient jamais puisque c'était un absenteur. Grâce à son pouvoir, il parvenait à faire oublier sa présence même s'il était là. Les bêtises retombaient toujours sur les autres qui ne lui en tenaient pas rigueur parce qu'il était drôle. Jérémy avait eu du mal à adhérer à cette personnalité, mais Topaze s'entendait bien avec lui.

Cédric avait aimé prendre des risques quand il était enfant. Jérémy espérait qu'il n'ait pas changé. Après tout, c'était il n'y a pas si longtemps qu'ils avaient arrêté l'école. Jérémy allait lui présenter son plus gros défi. Cédric ne pourra pas refuser.

**

Cela faisait un bout de temps que Topaze parcourait de long en large sa nouvelle demeure. Elle était un peu plus grande que le cachot qu'il avait connu, mais n'était pas plus confortable. Heureusement, il voyait la lumière du soleil lorsqu'il sortait. Tous les matins, on le levait à l'aube pour travailler toute la journée. Visiblement, ils construisaient une seconde prison sur

CHAPITRE 20

un terrain beaucoup plus vaste. L'activité physique épuisait les condamnés qui ne mangeaient pas en quantité suffisante. Certains tremblaient en portant le bois, d'autres s'évanouissaient sous l'effort. Topaze, qui avait à l'origine un corps musclé, s'en sortait mieux que les autres, même si son ventre grondait de faim en permanence. Il avait peu le loisir de parler avec ses codétenus, mais n'avait pas hésité à partager sa ration avec ceux qui paraissaient le plus mal en point.

Au fur et à mesure, il était parvenu à discerner les différentes personnalités des gardes. Il y avait ceux qui aimaient faire souffrir et qui cherchaient n'importe quel prétexte pour infliger un châtiment. D'autres exerçaient le métier par conviction, car rien n'était plus important pour eux de se conformer à la loi et de punir ceux qui ne le faisaient pas, sans se poser la question de la légitimité des règles établies. Pour les derniers, bien moins nombreux, c'était un emploi alimentaire qui satisfaisait leurs besoins physiologiques, mais non leur épanouissement personnel. Ils s'évertuaient à humaniser les détenus tout en se faisant respecter de leurs collègues, ce qui était souvent un équilibre difficile à trouver.

Topaze se faisait le plus discret possible pour passer inaperçu, sans se montrer faible. Il était le prisonnier exemplaire, et pour cela on lui accordait plus de temps à l'extérieur. Il profitait de chaque minute de soleil pour se régénérer. Quelquefois, il déterrait de l'ortie et d'autres herbes sur le terrain qu'il transformait en festin le soir. Vivian et Marceau, les gardes les plus bienveillants, lui apportaient de l'eau en quantité pour lui permettre de réaliser des soupes. Pendant qu'il préparait sa mixture, Topaze leur expliquait comment soigner certains maux, et ils appliquaient ses conseils avec de très bons résultats.

Un jour, alors qu'il portait une charge extrêmement lourde, il lâcha tout pour secourir une femme qui venait de s'évanouir, totalement épuisée. Elle devait être là depuis longtemps: il ne lui restait que la peau sur les os, ses joues étaient creusées et son teint grisâtre. Elle le regarda pleine de gratitude. Aucun autre prisonnier ne les rejoint. Topaze l'examina, mais il ne pouvait faire que des suppositions. Sans son don de guérisseur, il était impuissant. Il enrageait. Il aurait pu porter secours à tellement de monde en détention avec sa magie! Pourquoi la lui avoir retirée? Topaze n'aurait jamais pu compromettre la sécurité des lieux avec son pouvoir. Les règles étaient absurdes.

La femme ferma les paupières. Elle respirait, mais Topaze n'aurait su dire pendant combien de temps encore. Il ne parvenait pas à sentir son énergie vitale.

— Toi là! aboya un garde. Laisse-la à terre!

— Non, répondit calmement Topaze.

— Quoi?

— J'ai dit non! tonna-t-il.

Topaze se releva avec la femme dans les bras. Il souhaitait l'amener à l'infirmerie ou dans n'importe quel lieu où elle pourrait être soignée et se reposer. Le milicuer, furieux de perdre son autorité, se jeta sur lui. Il lui asséna un grand coup de fouet dans le dos. Face à cette douleur inattendue, Topaze plia un genou. Il se redressa sous les vociférations du gardien. Tous les regards se braquèrent sur eux. Les prisonniers cessèrent de travailler, et les gardes s'égosillèrent pour tenter de maintenir l'ordre. Topaze avança d'un pas. Un nouveau coup de fouet lui entailla le dos. Peu importe, il irait jusqu'au bout.

Marceau accourut vers eux. Il fit signe au milicuer d'arrêter deux secondes, et chuchota à l'adresse de Topaze.

— Déconne pas, tu vas croupir dans une cellule isolée pour le reste de ta vie si tu continues…

— Je m'en fiche.

— Ne dis pas de bêtise. Je vais m'occuper d'elle. Explique-moi ce que je dois lui préparer pour qu'elle aille mieux.

Topaze hésita. Il savait Marceau sincère, mais il craignait de se rendre maintenant. Finalement, il suivit la voix de la raison. Il donna toutes les instructions à Marceau et lui remit la femme dans les bras.

L'autre garde, enragé, le poussa vers le travail forcé. La douleur cuisait sa chair. Ses vêtements, imprégnés de sang, collaient à sa peau enflammée. Ils le tiraillaient à chacun de ses mouvements. Topaze s'agenouilla pour récupérer sa charge. Il allait se relever quand on lui flagella une nouvelle

CHAPITRE 20

fois le dos. Il s'écroula, souffle coupé. La douleur lancinante le paralysa. Couvert de boue, il serra les dents, résigné à subir la torture.

— Arrête! Le prisonnier travaille! cria Vivian en poussant le fouet de son collègue.

— Toi tu vas avoir des problèmes, à copiner avec les détenus, menaça le garde.

— Je suis juste, contrairement à toi. Il a voulu aider une femme souffrante, et il s'est rendu immédiatement, lâche-le.

Vivian s'agenouilla vers Topaze.

— Ne te fais pas repérer. Sinon tu ne vas jamais sortir d'ici.

— Je ne vais jamais sortir d'ici de toute façon.

Vivian ne releva pas. Il lui promit de revenir avec des plantes cicatrisantes le soir même.

Malgré la douleur, Topaze ne regrettait pas d'avoir secouru cette femme. Il se demanda si elle survivrait à cette vie d'esclave. Finirait-il comme elle? S'épuiserait-il au travail forcé jusqu'à sa mort? Il devait sortir d'ici, et vite.

* * *

Au retour, Axel fit un crochet par le Bar-Uti. Puisqu'il aurait déjà dû retourner à la boutique depuis des heures, il n'était plus à quelques minutes près. Il ne pouvait pas garder cette information pour lui, il souhaitait la partager immédiatement avec son ami.

Jérémy servait des clients mais parvint à s'échapper quelques minutes, loin des regards indiscrets.

— Quoi? Il y a donc réellement un trafic d'armes qui passe par le magasin d'Iris? Opale s'est sûrement fait enlever pour ça...

— Oui, je vais creuser cette piste. Et toi?

— Mes recherches ne donnent rien... je vais consulter les archives de...

— JEREMY! hurla Colette. Y'a du monde, t'es où encore, fainéant?

— Comme tu le vois, dit-il, contrarié, je suis attendu. Je n'ai pas cinq minutes à te consacrer. À bientôt!

Jérémy courut rejoindre sa mère. Axel, lui, regagna son travail. Iris piqua une colère et lui retira tout le salaire de la matinée.

Il voulait fouiller de fond en comble le magasin, mais Iris, présente en permanence, rendait la tâche impossible. Il s'y introduirait la nuit, lorsqu'il n'y aurait personne. Puisque Iris était désordonnée, Axel n'eut aucun mal à substituer un double des clés sans qu'elle s'en aperçoive.

Le soir même, à la fermeture, il fit mine de retourner à l'auberge puis, quand Iris fut assez loin, il rebroussa chemin. Il ouvrit chaque objet destiné à la démagication, mais il n'y avait rien. Il devrait peut-être démonter tous les articles de la boutique, mais y passerait sûrement la nuit. Il se dirigea vers l'atelier où Iris fabriquait les bougies. C'était une minuscule pièce où il n'avait jamais mis les pieds. Ce qu'il cherchait devait se cacher à l'intérieur. Il actionna la porte. Elle était verrouillée. Il fouilla partout puis finit par trouver la clé sous un tas de papier. Il la glissa dans la serrure. Il abaissa la poignée. L'atelier était plongé dans la pénombre. Il ouvrit tous les tiroirs lorsqu'une voix se fit entendre derrière lui.

Chapitre 21

Jérémy trouva facilement l'ancien perturbateur de sa classe, Cédric. On aurait pu les croire jumeaux, avec leur taille et leur couleur de cheveux identiques, mais ils différaient par l'aspect de leurs corps et leur niveau de moralité.

Cédric, même si le plaisir de désobéir à la loi était présent, fit mine d'être peu intéressé. Tout travail mérite salaire, surtout lorsqu'il y avait un risque comme celui-ci. L'auberge des parents de Jérémy fonctionnait bien. Il voulait soutirer un maximum d'argent. Mais contrairement à ce qu'il pensait, il dut négocier durement sa rémunération face à Jérémy. Ils finirent par trouver un compromis. Jérémy lui exposa tout son plan. Celui-ci était très étudié et très élaboré, à l'image de la personne qui l'avait conçu.

L'appréhension de Jérémy augmentait à mesure que la date du délit approchait. C'était la première fois qu'il commettrait un acte répréhensible par la loi, et pas n'importe lequel : s'introduire dans les locaux de la milice pour consulter les archives secrètes. Face à cette prise de conscience du méfait qu'il organisait, le souffle de Jérémy se tarit. Il se raisonna : il était impératif qu'il garde son sang froid.

Avec Cédric, ils avaient conclu qu'il déposerait l'argent le lendemain. La moitié avant l'intrusion, et l'autre moitié après. Seulement ses parents ne lui versaient aucun salaire pour le travail qu'il fournissait. Au mieux, il touchait quelques pourboires des clients, mais les temps étaient durs et il en recevait de moins en moins. Sa mère prétextait qu'il était nourri et blanchi, et que cela avait un prix. C'était cher payé pour son investissement, mais peu importe. Aujourd'hui, il leur parlerait.

— Tu étais où? l'agressa Colette Baruti.

— Parti faire un tour… à la bibliothèque.

— Encore? Mais tu n'en as pas marre?

— Non ça va. Dis maman, est-ce que je pourrais avoir cinq fusains et trois noisetiers s'il te plait?

Il savait que c'était beaucoup d'argent. Il croisa les doigts.

— Tu es tombé sur la tête! Pour quoi faire?

Jérémy s'était attendu à cette réponse, mais cela ne l'empêcha pas d'être déçu.

— Pour des trucs personnels.

— Tu as tout ce qu'il te faut ici, tu n'as besoin de rien de plus.

— S'il te plait. Je vous rembourserai au fur et à mesure de mes pourboires. Je travaillerai doublement.

— Il te faudrait un an de pourboires pour nous rembourser. Et non, tu n'auras pas d'argent. On te fournit un travail, c'est déjà pas si mal.

— Un travail où on n'est pas payé, ce n'est pas un travail, c'est du bénévolat, expliqua calmement Jérémy, malgré la colère qui montait en lui.

— Ne me parle pas sur ce ton! Je suis bien contente de ne t'avoir rien donné tiens! Retourne travailler, tu as assez trainé à la bibliothèque pour aujourd'hui!

Jérémy n'en revenait pas d'avoir répondu à sa mère, mais en même temps il avait raison. Il n'aurait même pas dû demander, il savait qu'il n'aurait rien de la part de ces radins.

En pleine nuit, il descendit pour chercher dans la réserve de ses parents. Il connaissait la cachette et déroba la somme dont il avait besoin. Il remettrait, au fur et à mesure, les pourboires qu'il gagnerait pour que son emprunt passe inaperçu. Son cœur s'emballait. Il sursautait à chaque grincement de l'auberge. Il crut entendre des pas. Il se retourna. Personne. Malgré les désaccords permanents qu'il avait avec ses parents, jamais il ne leur avait désobéi, et encore moins volé. D'un geste décidé, il glissa l'argent dans sa poche et rejoignit Cédric.

CHAPITRE 21

* * *

— J'en étais sûre. T'es qu'un traitre!

Iris avait le visage fermé. Axel, pris en flagrant délit, ne pouvait pas nier qu'il fouillait le magasin et les affaires personnelles de sa patronne.

— Qu'est-ce que tu fais là?

— J'ai découvert ton trafic, avoua Axel. Je cherche à en savoir plus.

— Pourquoi? Tu comptes me dénoncer?

— Peut-être.

— Dommage, je ne t'imaginais pas comme ça. Je pensais qu'un humain dans le royaume sorcier se ferait beaucoup plus discret.

Axel était abasourdi par ces paroles.

— Je suis sorcier!

Il fit apparaitre son scutatus, tant pour lui prouver que pour se protéger.

— Tu peux faire ton malin autant que tu le veux. Il est facile de deviner que tu ne fais pas partie de ce monde.

— Comment le sais-tu?

Iris sentait qu'elle avait l'avantage. Elle marcha vers lui, en le pointant du doigt.

— Tu pensais que moi, qui fais du trafic d'armes, je n'arriverais pas à faire la distinction entre une vraie et une fausse identité? cracha-t-elle, un rictus dans la voix. Et sincèrement, ton manque de culture magique est affligeant.

— Mais tu ne m'as pas balancé, constata calmement Axel.

— Non, ce n'est pas mon genre. Mais je n'hésiterais pas. Oeil pour œil, dent pour dent. Tu me dénonces, je te dénonce.

— Ton trafic ne m'intéresse pas. Tout ce que je veux, c'est Opale.

— Ah, mais bien sûr! Voilà la pièce du puzzle qui me manquait!

Iris claqua sa paume de main sur son front.

— Comment ai-je pu être aussi bête?

— Est-ce que vous l'avez tuée, car elle avait découvert le pot aux roses?

— Tu es un grand malade! s'offusqua Iris. Comment peux-tu croire ça?

— Avoue que c'est troublant non ? Tu fais de la contrebande, Opale travaille pour toi et elle disparait… Sacrée coïncidence !

— Coïncidence tout de même.

Iris bouillait, sa voix tremblait de rage et elle lança un regard assassin à Axel.

— Il n'est pas question que je me laisse traiter de meurtrière chez moi. DÉGAGE !

Elle lui jeta toutes sortes d'objets qui rebondirent sur la bulle d'Axel. Comprenant qu'il n'obtiendrait pas plus d'informations, il préféra lui obéir. Il partit avant qu'elle ne casse tous les articles qu'il avait mis des mois à ranger. Sur le seuil, il se tourna vers elle.

— Si tu n'es pas impliquée dans la disparition d'Opale, je ne dirais rien, promit-il.

* * *

Topaze aidait de plus en plus ses codétenus avec les plantes qu'il subtilisait durant leurs travaux manuels. À l'extérieur, alors que tous les condamnés arrachaient toute la végétation d'une esplanade et y construisaient des cahutes qui serviraient de futures cellules, Topaze fourrait dans ses poches des plantes aux vertus médicinales. Il devenait connu à la prison, et il n'était pas sûr que les conséquences seraient positives pour lui.

* * *

Éléonore était exténuée. L'entrainement intensif commençait à fatiguer son corps, mais elle n'osait pas ralentir le rythme. La plupart s'étaient contentés de maitriser les bases, mais elle souhaitait se perfectionner le mieux possible. Guillaume était toujours d'accord pour l'aider. Ils étaient

CHAPITRE 21

maintenant plus que deux à s'exercer au combat. Guillaume avait un niveau remarquable et elle apprenait beaucoup de lui. En passant de plus en plus de temps ensemble, ils se connaissaient de mieux en mieux.

Guillaume lui parla de sa famille avec qui il était fâché. Il était noble de naissance, mais s'ennuyait dans son confort.

— Un jour, le cirque a joué son spectacle sur nos terres. J'avais adoré! Et je trouvais qu'ils étaient chanceux de voyager autant. Tu imagines? Nous parcourons tout le royaume, n'est-ce pas merveilleux? Quelle meilleure façon de découvrir le monde?

— C'est vrai!

— Un matin, je suis allé voir Alessandro en lui proposant mes services. Il avait besoin de protéger sa troupe, et j'étais surqualifié. Il a d'abord été étonné que je veuille travailler pour eux, mais il ne m'a pas posé de questions et il ne regrette pas son choix!

— À part quand tu enlèves des filles, taquina Éléonore.

Elle lui parla de l'attachement qu'elle avait pour ses grands-parents et combien ils lui manquaient depuis leur décès. Elle se confia aussi sur ses parents, chose qu'elle ne faisait jamais, et lui expliqua qu'ils travaillaient trop pour s'occuper d'elle.

Éléonore se couchait habituellement dès le repas fini pour être en forme. Ce soir là, lorsqu'elle rejoignit la caravane, seule Georgia était présente. Elle était en train de fouiller dans un vieux carton.

— Ah, Éléonore, c'est toi, tu tombes bien. Désires-tu voir mes premières tenues de spectacle, quand j'étais jeune? Dire que je rentrais dedans!

Elle déterra un accoutrement qui s'apparentait à un maillot de bain avec des ailes.

— Et je portais ça aussi.

Elle exhuma une longue perruque brune qui arrivait jusqu'en bas du dos.

— Quelle idée, je voulais me donner un style. Mes cheveux n'ont jamais réussi à dépasser mes épaules, alors quitte à intégrer un cirque, je souhaitais ressembler à une star! Je n'en ai plus besoin, je pense que je vais jeter tout ça. Éléonore, tu acceptes de m'en débarrasser?

Éléonore hocha la tête. Son visage impassible masquait en réalité une joie euphorique. C'était providentiel! Elle prit le carton et alla directement dans sa chambre. Personne n'était arrivé pour l'instant. Elle posa la perruque sur son crâne. Avec ses cheveux volumineux en dessous, elle n'était pas facile à fixer, mais Éléonore y parvint. La perruque était conçue pour les spectacles: elle tenait parfaitement bien face à n'importe quel mouvement.

Le lendemain matin, pour son entrainement habituel en forêt, elle l'embarqua. Le silence régnait encore autour du campement. Elle l'accrocha à une branche d'arbre, prit un couteau et un peigne et s'essaya au métier de coiffeur. Elle coupa les cheveux dans un long carré. Ce n'était peut-être pas droit, mais elle s'en moquait. Elle fixa la perruque sur son crâne et mit le bonnet par-dessus. Il n'était pas loin de craquer avec tout ce qu'il y avait en dessous. Éléonore ne voulait pas s'afficher clairement avec la perruque dans l'immédiat, mais elle se dit qu'il était plus sûr de l'avoir en permanence attachée sur la tête. Les gens commençaient à se poser des questions. Le printemps était arrivé. Il ne faisait pas chaud au point qu'il devenait bizarre de porter un bonnet, mais ça serait bientôt le cas. Maintenant qu'elle était parfaitement équipée, il fallait qu'elle rentre se cacher à Vénéficia au plus vite.

***

Jérémy donna la moitié de la somme à Cédric. Celui-ci sourit lorsqu'il la reçut, et se pencha vers Jérémy:

— C'est quoi le programme?

Ils évoquèrent de nouveau l'organisation de leur méfait. Cédric était beaucoup plus impulsif que Jérémy et il voulut intervenir le plus vite possible. Jérémy s'affola à l'idée, mais son partenaire de crime avait raison: il était inutile de reculer la date. Jérémy devait affronter la situation dans laquelle il s'était embarqué.

Le soir même, ils observèrent l'entrée de l'hôtel inquisitorial très discrètement. Un garde ayant fini son service rentrait chez lui. Cédric activa

CHAPITRE 21

son pouvoir, le suivit et attrapa son trousseau de clés coincé à la ceinture. La victime ne se rendit compte de rien. Cédric revint près de Jérémy, un énorme sourire étalé sur la face.

— Tadaaaa!

— Chut! Moins fort! On pourrait être repéré!

— Pas du tout, je t'ai déjà englobé dans mon absentus. Ne t'inquiète pas, c'est bon, on peut y aller.

Le cœur de Jérémy s'accéléra à mesure que la distance de l'entrée diminuait. Deux gardes surveillaient la porte. Ils ne les remarquèrent pas. Jérémy et Cédric pénétrèrent dans le bâtiment. Des miliceurs partout. Jérémy se sentait fiévreux. Il avait étudié parfaitement les lieux: il se dirigea vers la droite et descendit quelques marches. Le stress avait élu domicile en lui. Il tenta de le repousser, en vain. Il respira lentement. Il devait rester concentré. «Je ne risque rien», pensa-t-il. Le pouvoir de Cédric permettait que les personnes qu'il croisait n'enregistrassent pas leur présence. C'était un sentiment vraiment étrange d'être absenté. À chaque coin de couloir, il avait la sensation d'être démasqué jusqu'à ce que le garde le frôle sans lui porter d'attention particulière. Il n'osait pas faire de grands gestes devant les inquisiteurs comme le faisait Cédric. Une question d'habitude sûrement. Cédric lui demanda de s'arrêter, car il voulait fouiller le bureau d'un miliceur.

— Réfléchis un peu. Si tu voles quelque chose alors qu'ils sont tous là, ils vont soupçonner soit un de leurs collègues, soit quelqu'un de transparent, soit un absenteur. Donc tu seras dans leur liste de suspects, le raisonna Jérémy.

— Morbus! Je n'y avais pas pensé. C'est con.

— Avance.

Ils continuaient leur descente jusqu'à la porte où était inscrit «ARCHIVES» en lettres capitales.

— Ça y est, on y est, dit Jérémy. On a la clé pour celle-ci?

— Non, on les a toutes utilisées. On n'a pas celle-là. Peut-être qu'il n'y a que quelques agents qui ont le droit d'y accéder?

Jérémy poussa la porte.

— Non, c'est juste qu'elle est ouverte.

Ils pénétrèrent dans la salle bien éclairée.

— OK maintenant c'est quoi le plan? demanda Cédric.

— Je vais lire des tas d'informations.

— Et moi?

— Tu continues de m'absenter.

— Génial, dit Cédric, ironique. Tu ne peux pas les emporter?

— Non, pour la même raison que tu ne peux pas voler. Mais je vais me dépêcher, promis.

Jérémy commença à éplucher les dossiers à une vitesse fulgurante. Cédric s'assit par terre et attendit. Une heure s'écoula. Soudain, des pas résonnèrent dans le couloir. Jérémy et Cédric se levèrent d'un bond, les sens en alerte. Le cœur de Jérémy, qui s'était calmé, tambourina jusqu'aux oreilles. Cédric maintenait toujours son pouvoir. Ils s'approchèrent de la porte. Trop tard. Une clé tourna dans la serrure. Ils étaient enfermés.

Chapitre 22

— Je rêve où ils nous ont enfermés? dit Cédric.

Il se leva pour aller vérifier.

— Humainerie! Nous sommes coincés! Que va-t-on faire?

— J'ai bien l'impression qu'on va devoir passer la nuit ici, répondit calmement Jérémy.

— C'est mort je ne passe pas la nuit ici, ce n'était pas dans le contrat!

— OK je te laisse trouver une solution sans nous faire repérer alors.

— Je vais défoncer la porte!

— Très judicieux, ironisa Jérémy. Moi en attendant je consulte les dossiers.

Cédric tapait dans la porte sans le moindre effet. Il chercha dans les pièces à conviction de quoi trafiquer la serrure.

— Arrête, tu vas mélanger toutes les preuves.

— Et alors?

— C'est mal.

— Parce que ce n'est pas mal ce qu'on fait?

Jérémy réfléchit aux paroles de Cédric.

— Selon la loi peut-être. Selon mon éthique personnelle, non.

— Tout est une question de point de vue alors.

— Exactement.

— Selon mon point de vue, défoncer la porte pour la déverrouiller, c'est bien. Donc je peux?

Jérémy soupira et se replongea dans les dossiers. Il enregistrait tous les indices. Il analyserait plus tard. Cédric, quant à lui, essaya d'ouvrir la porte avec tous les moyens possibles, en vain. Il finit par s'endormir le premier. Jérémy ignora si le pouvoir de Cédric fonctionnait alors qu'il sommeillait, aussi évita-t-il de faire du bruit. Il tomba sur le dossier de la disparition d'Opale. Fébrile, il le descella délicatement. Il scruta toutes les dépositions. Il fut ébahi de lire celle de Charlotte, l'amie d'Opale. Elle affirmait qu'elle s'était enfuie avec un homme. Elle lui avait fait promettre de n'en parler à personne. C'est pour ça que les inquisiteurs ont arrêté leur recherche! Mais voyant l'ampleur que ça prenait, pourquoi Charlotte n'a-t-elle pas avoué? Et Opale n'aurait pas contacté sa famille une seule fois pour les rassurer? Jérémy restait sceptique face à cette découverte. Il y réfléchirait à tête reposée. En attendant, il préféra continuer son enquête sur les multiples disparitions. Aucune piste n'était à négliger. Il feuilleta les autres dossiers durant des heures, remontant plus loin qu'il ne l'avait prévu puisqu'il avait le temps. Ses yeux le brûlaient. Il enviait Cédric, mais savait aussi qu'il n'aurait qu'une seule chance d'être là alors il approfondit ses recherches autant qu'il le put. Malheureusement, à mesure que la nuit avançait, la fatigue de Jérémy prit le dessus sur sa curiosité, et il s'endormit sur le document qu'il était en train de lire.

* * *

Éléonore profitait des premiers rayons de soleil de l'année pour s'entrainer au lancer de couteau à l'extérieur. Elle ferma les yeux et visualisa la lame s'enfonçant dans le tronc en face d'elle. Avant même de soulever ses paupières, elle savait qu'elle avait visé juste. Elle en était à son dixième essai les yeux fermés quand elle entendit de l'agitation non loin du camp. Inquiétée par ce vacarme, elle rangea son équipement et se dirigea vers les roulottes. En s'approchant, elle comprit qu'ils cherchaient Aurora, l'ainée de Davide et Sofia, qui avait seulement cinq ans. Éléonore croisa

CHAPITRE 22

Alessandro, qui lui expliqua ce qui se passait:

— Aurora a disparu! Quand Sofia a réveillé les filles après leur sieste, le lit d'Aurora était vide. Ça fait dix minutes qu'on l'appelle!

Alessandro, en tant que grand-père, était préoccupé. Il avait déjà perdu son épouse et ne souhaitait pas un nouveau malheur dans sa famille. Éléonore déposa ses affaires, tout en gardant plusieurs couteaux sur elle, puis elle se joignit aux recherches. Ils se dispersèrent en binômes pour trouver l'enfant. Éléonore fit équipe avec Georgia. Elles longèrent la rive gauche de la rivière qui serpentait en contrebas. Certains ratissaient les bois, d'autres étaient partis pour le village voisin. Les trois frères Esposito se postèrent de l'autre côté du cours d'eau. Seul Lorenzo ne participait pas aux recherches, à l'instar de son investissement général dans la troupe. Pendant quelques minutes, les deux femmes restèrent silencieuses, à l'exception des «Aurora» criés de manière régulière.

Éléonore se risqua à demander:

— Pourquoi Lorenzo ne nous aide-t-il pas?

— Je comprends que tu poses la question. C'est vrai que son attitude doit te troubler. Lorenzo a beaucoup souffert, et souffre toujours beaucoup d'ailleurs, de ne pas avoir développé de don.

— Lorenzo n'a pas de pouvoir?

— Non. C'est délicat d'en parler, car Lorenzo ne veut pas qu'on aborde le sujet. Tu sais, tu as honte d'être dépourvu de magie lorsque tu viens d'une famille de sorciers. Après tout, tu n'es… qu'humain. Enfin moi je l'aime comme il est, mais lui n'a jamais su s'aimer. Il a été rejeté par tous, surtout par les femmes, et a sombré dans l'alcool pour oublier.

Éléonore ne savait pas quoi répondre alors elle préféra se taire pour laisser continuer Georgia.

— Il est du coup jaloux des autres, et se sent inférieur.

— C'est n'importe quoi.

— Oui, selon toi et moi, mais chacun a une vision différente des choses. Alessandro, par exemple, considère que son frère est un boulet pour le cirque, d'où les tensions que tu as pu apercevoir.

Éléonore hocha la tête.

— Mais ça a été très compliqué entre les deux dès le plus jeune âge. Alessandro a développé son pouvoir vers trois ans, pile dans la moyenne des enfants sorciers. Un soir, il a manipulé l'eau de son bain jusqu'à en mettre partout dans la pièce! Nous n'avons même pas été fâchés, car nous nous réjouissions de découvrir son don, différent du nôtre en plus! Le lendemain nous organisions la Naissance de Lumière, pour célébrer sa magie. Lorenzo n'a jamais eu le droit à cette fête, et a dû rester dans l'ombre, comme un rebut de la société. Il en a extrêmement souffert. Dire qu'avant ça, il était tellement heureux lorsqu'il était enfant, il s'intéressait à tout, adorait jouer avec son frère et m'offrait toujours une fleur dès qu'il posait un pied dans l'herbe...

Georgia soupira, les yeux dans ses souvenirs.

— Mais voilà, son pouvoir n'est jamais arrivé et plus les années ont passé, plus il s'est refermé sur lui-même.

Georgia avait donné, sans le savoir, la colle qui permettait d'assembler les morceaux négatifs qu'Éléonore avait collectés sur Lorenzo. Elle comprenait mieux maintenant la raison de son tempérament solitaire et étrange.

Grâce à cette conversation, elle découvrit tout un pan de la magie qu'elle ignorait. Elle réalisa soudain:

— Aurora a cinq ans, n'est-ce pas?

— Oui...

— Ce qui veut dire qu'elle est aussi en retard! Tu penses que, comme Lorenzo, elle n'a pas de pouvoir?

— Je ne sais pas... C'est quand même rare de ne pas avoir de don, alors deux dans la même famille! Mais après tout c'est possible... C'est vrai que Davide et Sofia s'inquiètent. Toute la...

Georgia fut coupée par les cris des garçons sur la rive d'en face. Ils les avaient devancées d'une centaine de mètres. Éléonore vit Mattéo et Enzo Esposito sauter à l'eau simultanément. Elle courut dans leur direction, laissant Georgia sur place. Aurora flottait sur le ventre, la face complètement immergée. Elle était coincée entre un rocher et un tronc d'arbre. Les garçons n'arrivaient pas à le déplacer. Éléonore observait la scène, tétanisée. Luca l'interpella:

CHAPITRE 22

— Éléonore! Aide-les avec ton pouvoir!

Elle se ressaisit, se concentra, mais la panique jouait en sa défaveur. Après de très longues secondes, le tronc vola à plusieurs mètres. Mattéo attrapa la fillette par son vêtement et l'attira à lui. Il la retourna, se préparant à la réanimer, mais au grand étonnement de tout le monde, Aurora riait. Son passage dans la rivière ne l'avait pas du tout affectée. Georgia arriva à ce moment.

— Remets-la à l'eau Mattéo!

Tous se tournèrent vers elle avec des yeux effarés.

— Remets-la à l'eau je te dis, fais-moi confiance!

Il s'exécuta et l'enfant se dirigea vers le rocher. Elle plongea sa tête et, durant dix minutes, tous observèrent Aurora produire de petites bulles remontant à la surface, prouvant qu'elle respirait encore.

— Il semblerait que nous avons une Naissance de Lumière à organiser! fanfaronna Georgia.

***

Cédric et Jérémy furent réveillés par des bruits de pas dans le couloir. Jérémy rangea aussitôt les dossiers encore ouverts. Cédric vérifia que son pouvoir fonctionnait toujours. La porte se débloqua. Deux gardes pénétrèrent dans la salle des archives, à la recherche de quelque chose. Jérémy et Cédric en profitèrent pour fuir. Ils montèrent quelques marches et virent une multitude de miliceurs dans l'établissement.

— C'est le matin, tout le monde est là, paniqua Jérémy.

— Morbus, je ne suis pas sûr que mon pouvoir soit assez efficace pour passer inaperçu avec tout ce monde.

Ils redescendirent l'escalier pendant que Jérémy réfléchissait à une solution.

— Il y a un autre chemin, viens. Prends une torche on va en avoir besoin.

Jérémy avait étudié les lieux à la perfection, dont le dédale de couloirs inutilisés depuis plusieurs dizaines d'années. Ils étaient tombés dans l'oubli. Les miliceurs actuels pensaient qu'ils menaient à un cul-de-sac. Et n'importe quelle personne aurait pu le croire si elle n'avait pas eu le plan sous les yeux ou la mémoire de Jérémy. Ils tournèrent à gauche, puis deux fois à droite, trois fois à gauche, suivirent un chemin en tête d'épingle, puis obliquèrent à droite. Cédric était totalement perdu. Il avait essayé au début de retenir le trajet, mais comprit vite que c'était impossible. Jérémy se trompa uniquement à deux reprises, et ils débouchèrent dans une crypte. C'était une salle étroite, mais longue. De chaque côté, des renfoncements dans les murs de pierres servaient de cercueil ouvert aux personnes décédées il y a plusieurs siècles. Vu le nombre d'alcôves, il devait y avoir plusieurs centaines de squelettes dans cette pièce dont il ne restait aujourd'hui que quelques parties plutôt bien conservées. Jérémy poussa les os de l'un d'eux.

— Pardonnez-moi, lui chuchota-t-il.

Il glissa à la place du mort. L'espace était réduit, et son nez touchait presque le sépulcre du dessus. Il ne fallait pas être claustrophobe. Il attendit quelques secondes puis entendit un bruit juste à côté de son oreille. Le passage s'ouvrait. Il s'introduisit dans l'embrasure et y coinça une roche.

— C'est bon tu peux venir.

— Ouah! Comment connaissais-tu ce passage?

— Je lis beaucoup, dit Jérémy, comme si c'était la réponse à tout.

Cédric se faufila à son tour.

— On enlève la pierre?

— Non. On ne sait jamais, ça peut toujours servir.

* * *

Axel repensait aux mots d'Iris. Si elle avait compris qu'il ne venait pas de leur monde, qui d'autre avait deviné? Il se remémora les évènements pour savoir

CHAPITRE 22

ce qui avait pu alerter Iris. Il se rappela certaines situations qui l'avaient mis mal à l'aise, car il n'avait pas saisi ce qu'elle lui demandait, ou parce qu'il ne connaissait pas l'utilité de certains objets. Finalement, c'était assez vraisemblable qu'elle l'ait percé à jour. Mais alors, pourquoi n'avoir rien dit? Devant quel autre sorcier avait-il montré son ignorance? Ces questions occupèrent son esprit durant la surveillance. Il espionnait le magasin et notait toutes les entrées et sorties. Cela l'ennuyait, mais lui semblait nécessaire pour en apprendre davantage. Puisqu'il ne travaillait pas, il pouvait tout à loisir observer les clients, leur provenance et leur destination. La journée passa sans qu'aucune personne n'attire son attention. Il était frustré, mais ne se découragea pas pour autant. En début de soirée, il prit Iris en filature. Il fut déçu, car elle regagna son logement sans même faire un détour. Dans le doute, il attendit longtemps dehors dans l'espoir d'être témoin d'un rendez-vous clandestin, puis abandonna lorsqu'il vit la lueur de sa bougie s'éteindre. Il rentra à l'auberge, dépité à l'idée de recommencer le lendemain. Le jour suivant passa aussi rapidement qu'un escargot traversant une rue. Il s'impatientait quand Iris ferma le magasin.

Cette fois-ci, elle ne prit pas le chemin pour son domicile. Axel était excité. Il avait deviné où elle se dirigeait: à la démagication. Elle paya Ghislain et entra dans la serre. Axel pesta. Il n'avait pas de monnaie. Tant pis. Une fois qu'Iris fut hors de vue, il se précipita sur le gardien:

— Salut Ghislain! Je suis désolé, il faut absolument que je rentre, je t'explique tout après.

Il avança sans même laisser le temps à Ghislain d'émettre quelconque objection. Celui-ci se leva et Axel mit un index sur ses lèvres pour lui ordonner de se taire, et de s'asseoir. «On ne peut pas dire que Ghislain soit un très bon gardien», pensa-t-il. Il entra, se faufila entre les objets, le dos vouté et les jambes en légère flexion, prêt à s'accroupir à la moindre occasion. Iris avançait d'un pas déterminé. Elle ne s'arrêta pas à la section habituelle 10 D, ce qui l'étonna. Elle avait dû parler de lui et de leur conversation aux trafiquants, et ils avaient convenu d'un autre lieu de stockage. Axel avait bien fait de la suivre. Elle entra au 35A. Il s'approcha le plus près possible, mais il ne pouvait rentrer dans la subdivision choisie sans se faire remarquer. Il se cacha à la 34 A. Il essaya d'apercevoir Iris à travers les objets, mais ne voyait rien. Par chance, le miroir d'une grande armoire refléta l'image d'Iris qui déposait le contenu de son sac sur une commode. Elle avait préalablement déblayé d'un geste le dessus du meuble pour libérer l'espace. Axel s'accroupit pour ne pas être repéré, et se cacha le mieux possible. Il était difficile d'être silencieux, puisqu'à chaque moment, il était susceptible de renverser des colonnes de bric-à-brac qui tenaient en équilibre. Une fois Iris partie, il rejoignit la section 35 A. Seuls deux objets étaient posés sur la commode. L'un était trop petit pour contenir quoi que ce soit, aussi s'intéressa-t-il directement à l'autre. Après deux ou trois minutes de recherche, il découvrit un mécanisme qui lui permit de dévisser la fontaine. Il l'ouvrit. À l'intérieur se trouvait une sculpture de cheval dorée de la taille de sa main. L'ouvrage était magnifique: l'or étincelait et les détails rendaient l'objet réaliste. Deux minuscules pierres précieuses faisaient office d'œil. Il se sentit irrémédiablement attiré par cet objet. Il l'empoigna. Au contact de sa peau, une lame aiguisée jaillit de la crinière de l'animal. La figurine était en réalité le manche d'une épée. Il l'observa attentivement. L'arme était magnifique, bien qu'un peu lourde. Lorsqu'il souhaita sa rétractation, elle le fit automatiquement. Cette fois-ci, Axel tenta le tout pour le tout: il embarqua l'objet dans sa poche. Axel savait qu'il ne risquait rien à la sortie, hormis les questions de Ghislain sur son comportement. Quand il arriva devant lui, il trouva une excuse très peu probable que le gardien accepta sans broncher. Décidément, les trafiquants avaient choisi le lieu idéal pour qu'aucun soupçon ne s'éveille. Il s'éloigna de la serre, remonta la rue et se posta discrètement à un endroit stratégique. Axel savait à quoi ressemblait le truand, mais il ignorait s'il le verrait. Après tout, l'homme à la tête de rat était invisible, et pouvait aisément faire la route entre son domicile et la démagication en utilisant son pouvoir.

Axel attendit longuement. Il pensait abandonner lorsqu'il remarqua le malfrat sortir du bâtiment de tri. Celui-ci était tellement furieux qu'il en avait oublié la transparence. Ça arrangeait bien les affaires d'Axel. Il décida de le prendre en filature. Il s'était exercé à plusieurs reprises et s'était trouvé un certain talent. Plein d'assurance, il le suivit à travers les

CHAPITRE 22

rues de la capitale. L'homme semblait nerveux: il jetait des coups d'œil par-dessus l'épaule et accéléra. Axel savait qu'il ne l'avait pas repéré. À un carrefour, le malfaiteur tourna à gauche. Quelques secondes plus tard, Axel lui emboita le pas. Il fut surpris de se retrouver seul dans une impasse sombre. L'inconnu avait disparu. L'entrée de leur gang était sûrement là. Axel sortit le cheval de sa poche. Il activa l'épée. Il avança lentement, frôlant un mur de pierres recouvert de graffitis. Ces dessins hétéroclites aux couleurs vives contrastaient avec la teinte grisâtre de la ville. Axel observa divers animaux, des paysages et une énorme rose. Mais ce qui l'intéressait était de dénicher l'entrée du repaire des malfrats. Pour l'instant, il ne voyait aucune porte. Il la cherchait quand il perçut un souffle sur sa nuque. Avant qu'il ait eu le temps de réagir, le rat posa un couteau sur sa gorge tandis que son acolyte lui tordit le bras pour lui faire lâcher l'épée.

***

Cédric suivit Jérémy dans ce passage secret minuscule. Leurs vêtements se recouvrirent d'une pellicule de poussière et de toiles d'araignée. Ils s'époussetèrent. De ce côté-ci, le dédale souterrain continuait. Jérémy, n'ayant pas étudié la cartographie des lieux, fut un bien plus mauvais guide que dans l'édifice inquisitorial. Cédric râlait:

— Ce n'est pas ce qui était prévu.

— Rien ne se déroule jamais comme prévu. Dis-toi que tu es entré dans les locaux de la milice sans te faire remarquer, ce qui est un exploit.

— C'est vrai, sourit Cédric.

Au milieu de la matinée, ils repérèrent une lueur devant eux.

— Enfin la sortie! se réjouit Cédric.

Le labyrinthe déboucha sur une grotte cachée dans la végétation de la forêt. Cédric réactiva son pouvoir d'absenteur jusque chez lui. Jérémy lui remit le reste de l'argent et rejoignit l'auberge.

Il avait disparu depuis hier après-midi. Ses parents devaient s'inquiéter de ne pas le voir rentrer. Surtout que ce n'était pas dans ses habitudes. Jérémy fut pris de remords. Il aurait dû leur avouer la vérité, ou leur laisser une lettre. Leur confier qu'il enquêtait sur Opale, sans donner les détails. Partir comme ça était irresponsable. Ses parents avaient peut-être prévenu la milice. Jérémy préférait qu'ils s'en soient abstenus: il n'avait pas encore inventé une excuse qui tienne suffisamment la route.

Lorsqu'il arriva à l'auberge, son frère s'occupait du service. Il lui lança un regard noir et fit un signe d'aller dans la cuisine. Il y trouva sa mère, furieuse, qui malaxait la pâte à pain plus énergiquement que de raison. Son chignon roux dans lequel brillaient quelques mèches argentées était solidement fixé sur sa tête. Elle essuya ses mains sur son tablier noué sur ses larges hanches. Ses yeux verts bouillonnaient de colère. Ses lèvres pincées accentuaient les rides de sa peau laiteuse pourvue de taches de rousseur. Malgré sa petite taille, elle effrayait ses enfants.

— Te voilà enfin!

— Oui, dit Jérémy, penaud.

— Ah! tu ne t'es pas enfui? Ou alors tu as été pris de remords? éructa-t-elle.

— Non, je suis désolé je…

— JE NE VEUX PAS DE TES EXCUSES, hurla-t-elle. Tu me fais honte. Qu'ai-je fait pour mériter un fils comme toi?

Ce n'était pas la première fois qu'il entendait cette phrase, mais il eut tout de même un pincement au cœur. Il n'arrivait pas à s'habituer.

— Tu as été un enfant trop gâté. Tu es nourri, logé, blanchi et tu te plains constamment. Tu ne t'investis pas à la mesure des espoirs qu'on a mis en toi. Je savais que tu étais fainéant et qu'il fallait toujours te pousser —d'ailleurs tu me donnes du travail supplémentaire— mais alors là, voleur en plus.. Je viens juste de m'en apercevoir! Comment as-tu osé faire ça à tes propres parents?

Jérémy était abasourdi. Non pas parce qu'elle avait découvert son méfait, mais parce qu'après dix-sept heures de disparition, sa mère ne s'était pas inquiétée. Elle n'avait pas appelé la milice, et n'avait pas cherché son fils.

CHAPITRE 22

Elle avait juste regardé dans la matinée son argent et était furieuse qu'il manque quelques sous. Pour la première fois de sa vie, il se rendit compte à quel point il n'y avait aucune tendresse entre eux. Il avait toujours su qu'il était très différent de ses parents, et qu'ils ne partageaient absolument rien. Mais il n'avait jamais pris conscience de la profondeur du malaise qui existait. Sa famille ne l'aimait pas. Il était le vilain petit canard qui aurait mieux fait de mourir à la naissance, plutôt qu'être un fardeau pour eux. Cette analyse le percuta de plein fouet. Son monde s'écroulait. Finalement seul Topaze avait de l'affection pour lui, et il ne le reverrait peut-être jamais plus.

— J'avais besoin d'argent, et je comptais vous rembourser.

— Tu avais besoin d'argent? Alors que tu ne manques de rien depuis toujours? Tu te moques de moi?

— Je n'ai pas d'argent pour mes activités extérieures.

— Je n'en reviens pas. Je me tue à la tâche pour toi, et tout ce que tu trouves à dire c'est que tu n'as pas assez d'argent pour tes... loisirs, lâcha-t-elle avec dégoût. J'aurais dû t'interdire dès le début de fréquenter la bibliothèque. Ce n'est pas pour rien que des milliers de livres ont été brûlés il y a des années.

Jérémy ne pouvait en supporter davantage. Il ne servait à rien de débattre avec elle. Elle se plaçait en victime alors que lui travaillait tous les jours pour eux sans rien gagner. L'argent qu'il avait volé aurait dû être à lui. Aussitôt, la culpabilité qu'il avait depuis hier s'évanouit. L'ignorance de sa mère au sujet des livres fomentait sa rage. Elle savait très bien qu'elle touchait le point sensible de son fils, et s'amusait à appuyer dessus.

— Monte dans ta chambre, nous discuterons de ta punition avec ton père.

— Non.

C'était la première fois que Jérémy utilisait ce mot.

— Quoi?

— J'ai dit non, répéta-t-il après une seconde d'hésitation.

— Oula! Tu files un mauvais coton! Robert? ROBERT?

Colette hurlait le nom de son mari. Toute l'auberge devait écouter leur conversation actuellement. Robert arriva, le visage rouge montrant qu'il avait déjà trinqué avec ses clients alors qu'il était à peine 10 h.

— Qu'est-ce qui se passe? Ah te voilà enfin toi!

— Jérémy, répète ce que tu as osé me dire! en profita sa mère.

Jérémy se sentait beaucoup plus mal à l'aise d'affronter ses deux parents, mais il ne pouvait plus reculer. Il ne le désirait pas. Cette situation avait trop duré, et il devait tenir tête pour ses droits.

— Je refuse de monter dans ma chambre. Je refuse d'être puni injustement. Certes, j'ai pris de l'argent, mais je pense que je le mérite.

— Ah oui tu «penses» que tu le mérites? grogna Robert.

Il fit un pas vers lui et Jérémy recula. Son père qui avait tendance à être violent lorsqu'il était alcoolisé. Heureusement que la dispute avait lieu le matin et qu'il n'avait bu qu'un verre ou deux. Jérémy avait peur, sa voix tremblait quand il répondit:

— Oui.

Il se reprocha immédiatement son chevrotement. Robert souriait. Il était persuadé d'avoir gagné, ce qui intensifia les émotions de Jérémy. La haine, la déception et la tristesse l'envahirent, mais il ne se laissa pas submerger. Il ne voulait pas perdre encore une fois.

— Oui je mérite cet argent, dit-il d'une voix plus affirmée. Je travaille tous les jours, du matin au soir et du soir au matin, et qu'est-ce que je récolte? De malheureux pourboires que des clients me donnent ponctuellement.

Jérémy ne parvint pas à arrêter sa plaidoirie. Elle libérait toutes ses pensées contenues trop longtemps en lui. Il se révolta:

— Vous êtes bien contents d'avoir des enfants hein? Ils vous servent de main d'œuvre gratuite. Vous travaillez de moins en moins, vous vous la coulez douce avec l'argent qui rentre. Et moi j'ai quoi à la fin? Rien. Je sais ce que vous allez dire, que Clément et moi hériterons de l'auberge à votre mort. Génial, et en attendant? Je suis dépendant de vous? Je n'entreprends rien qui ne soit pas validé par vous? Je ne serai jamais libre alors?

— Personne n'est libre, rétorqua sa mère.

— Au contraire, tout le monde l'est. Et en toute liberté, je décide de quitter cet esclavagisme! cria-t-il.

Jérémy ne savait pas qui avait été le plus étonné de ce monologue piquant

CHAPITRE 22

qu'il venait de déverser. Colette ne dit plus rien, outrée de la vision de son fils, tandis que Robert serrait les poings.

— Tu ne partiras pas d'ici sans t'être excusé de ton comportement, et sans nous avoir remboursés, gronda-t-il, le visage rouge de colère —ou d'alcool.

— Je ne m'excuserai pas. Je comptais renflouer la caisse avec mes pourboires, mais finalement, j'ai changé d'avis. Je ne resterai pas une journée de plus ici.

— Tu peux dégager d'ici, grand bien te fasse, je ne verrai plus ta sale tronche d'intello tous les matins. Mais avant ça tu nous paies.

— D'accord, je vous rembourserai quand je gagnerai de l'argent. Je ne veux pas avoir la moindre dette envers vous. Mais que tu approuves ou non, je m'en vais.

Son père s'avança vers lui dans le but de le frapper. C'était tellement prévisible que Jérémy n'eut aucun mal à esquiver le coup. Il le contourna. Il courut vers la porte de service qui donnait sur l'extérieur. Robert attrapa une bouteille en verre qui trainait sur la cuisine. Il la lança en direction de Jérémy. Elle explosa sur l'arrière de son crâne. Jérémy sentit qu'il s'évanouissait, mais se retint à la poignée, tandis que sa mère hurlait de frayeur. Il passa le seuil. Sa tête lui tournait toujours alors qu'il s'éloignait de l'auberge. Il essayait d'aller le plus vite possible pour être hors de portée de son père, mais celui-ci ne se donna pas la peine de lui courir après. Il se contenta de crier de ne jamais remettre les pieds ici.

— J'y compte bien, chuchota Jérémy, en esquissant un sourire en coin.

Chapitre 23

Jérémy, tout ensanglanté, gagna difficilement le domicile des Sauge. Plus il avançait, plus des taches blanches crépitaient sur les contours de sa vision. Les sorciers qu'il croisait le dévisageaient, mais personne ne lui proposa son aide. Il poussa la porte de l'apothicairerie. Agate, qui servait un client, écarquilla les yeux.

— Jérémy, Ma Magie que t'arrive-t-il?

Affolée, elle n'attendit pas la réponse pour le conduire dans une salle de repos. Elle appela Jaspe qui prodiguait un soin dans la pièce voisine. Il accourut dès qu'il le put. Jérémy leur relata les échanges houleux et l'agression qu'il avait subie. Ils furent indignés.

— Jaspe va te prendre en charge. Je te prépare la chambre de Topaze. Tu peux rester ici autant de temps que tu le souhaites, ça nous fait plaisir d'avoir de la visite, proposa Agate.

— Je ne veux pas vous embêter.

— Ne dis pas de bêtise! Tu fais partie de la famille! Et puis depuis que les enfants ne sont plus là, c'est beaucoup trop silencieux à mon goût. D'ailleurs, nous allons chercher Axel dans quelques jours, nous en avons discuté avec Jaspe hier, n'est-ce pas?

— Oui, la voie est libre. J'ai appris que les miliceurs ne s'intéressaient plus à nous, ils ont d'autres chats à fouetter.

— Vous avez eu des nouvelles de Topaze?

— Je sais qu'il a été transféré dans une prison au sud du royaume. J'essaie de négocier pour le faire sortir. Je suis parti la semaine dernière pour tenter de le libérer, j'ai embauché un défenseur, mais malgré ça, ils ont refusé d'annuler la peine.

— Il est incarcéré pour combien de temps?

— Six ans.

Jérémy était estomaqué. Six ans pour une insulte de rien du tout. Les sanctions s'alourdissaient d'année en année. Six ans sans voir son meilleur ami? Il ne pouvait l'imaginer. Ils étaient devenus proches un jour où Topaze apprit que Jérémy se faisait voler régulièrement son en-cas par la brute de l'école qui avait deux ans de plus qu'eux. Topaze, habituellement pacifique, s'attaqua au garçon. Il lui demanda de s'excuser devant toute la classe. Jérémy ne fut plus jamais embêté. Ce jour-là scella leur amitié indestructible, composée d'entraides réciproques et d'une confiance absolue. Jérémy n'imaginait pas ne pas le voir durant au moins six ans.

Il passa les jours suivants sur le lit de Topaze. Sa blessure le faisait de moins en moins souffrir. Il se reposait et réfléchissait aux documents trouvés aux archives inquisitoriales.

Durant les repas plus calmes que d'habitude, Jérémy se sentait mal à l'aise. Il hésitait à leur révéler le contenu du dossier d'Opale. Plusieurs fois, il humidifia ses lèvres, prêt à se lancer, puis abandonnait. Il ne voulait pas les faire souffrir. La méconnaissaient-ils tous? S'étaient-ils tous fourvoyés sur sa personnalité? Sur sa vie? Topaze s'était-il fait arrêter pour rien? Jérémy devait en avoir le cœur net. Dès qu'il serait en état, il rendrait une visite de courtoisie à Charlotte.

En attendant, Jérémy se replongeait dans les différents rapports de milice. Il avait enregistré tous les éléments et essayait maintenant de faire des recoupements, ce qui n'était pas facile vu la quantité d'informations. Celles-ci flottaient dans sa matière grise et il les examinait. De nombreuses enquêtes pour disparitions avaient été ouvertes ces dernières années et n'avaient pas abouti. Jérémy ne percevait pas le rapport entre elles: il y avait des enfants, des adultes, des hommes, des femmes, des personnes venant de quartiers ou de villes différentes… Le seul lien qu'il dégageait pour l'instant était que la plupart étaient pauvres, mais ce n'était pas un critère en soi, puisque la majorité des sorciers vivaient dans l'indigence. Jérémy relut les descriptions mémorisées:

«Gisèle, trois ans, a disparu dans la nuit du jeudi 3 au vendredi 4 août. Au matin, ses parents ont trouvé la chambre vide. La pièce, totalement nue, ne possédait qu'un lit à barreaux. Aucune preuve laissée. Uniquement un doudou brodé d'une rose avait été jeté sur le sol».

«Bertrand, quarante-cinq ans. Recherché par la milice pour non-paiement d'impôt. Disparition annoncée par la famille le 22 septembre. Perquisition au domilice: aucune lettre. Nous avons été reçus par sa femme et ses enfants. Ils ne disposent d'aucun moyen de règlement. Toutes les pièces ont le strict minimum. Aucun bijou. Aucune argenterie. Uniquement des meubles en mauvais état. La table, avec un bouquet de roses au milieu, n'a que trois pieds.»

Malheureusement, tous les inquisiteurs n'avaient pas rédigé en détail ce qu'ils avaient observé. Jérémy sentait qu'il n'était pas loin de découvrir un indice. Il calcula les mots les plus utilisés dans les comptes-rendus. Hormis les classiques comme «disparition», il fut surpris de repérer dans le palmarès le nom «roses». Alors que dans la vie courante, la fréquence d'apparition de ce mot était relativement faible, elle était bien plus élevée dans les rapports de la milice.

De plus, il surgissait de manière totalement saugrenue à chaque fois: la rose était généralement représentée sur des objets —des rideaux à fleurs, un paillasson, etc. Il s'agissait peut-être d'un hasard. Le lien était trop ténu pour que Jérémy considère ça comme une réelle preuve.

L'un des inquisiteurs qui avaient mené l'enquête possédait le don de vidéo. Jérémy visualisa le film du dossier comme s'il se trouvait sur les lieux. Il voyait par les yeux du miliceur. Il aperçut ainsi toute la maison de la victime. Un dessin accroché sur un mur attira son attention. Jérémy mit la vidéo mentale sur pause. De nombreuses roses y figuraient. Leur graphisme était très réaliste. L'œuvre n'avait pas pu être produite par un enfant.

Jérémy resta songeur face à cette découverte. Que cela voulait-il dire? Pourquoi les roses étaient-elles présentes partout? Était-ce une coïncidence ou une vraie piste? Jérémy était totalement perdu.

Il se remémora les personnes qu'il avait rencontrées lorsqu'ils cherchaient

CHAPITRE 23

Éléonore avec Axel. Avait-il vu des roses? Oui. Sur la table, alors que ce n'était pas du tout la saison. Ça ne l'avait pas étonné sur le coup, mais ça attirait son attention maintenant. En vérifiant de nouveau chaque dossier, Jérémy remarqua que la rose apparaissait pour un tiers des disparitions. C'était une proportion très importante pour un simple hasard. Même si ça ne prouvait rien, il ne pouvait pas négliger cette piste, c'est la seule qu'il avait.

Le soir même, il exposa sa découverte à Agate, Jaspe et Célestine.

— Est-ce que la rose vous évoque quelque chose?

— Non absolument rien! Et toi Jaspe? demanda Agate.

— Je suis en train de réfléchir... mais je ne vois pas. Je vais chercher des renseignements de mon côté. Et toi Célestine?

— Non, mais Jérémy va trouver, c'est sûr!

Jérémy souriait faussement. Il espérait qu'elle ait raison.

* * *

La soirée s'annonçait semblable à toutes celles que Topaze avait passées jusqu'alors. Il rentrait tard, après une journée de travaux forcés, trouvait sa gamelle dans sa geôle et mangeait en silence, avant de se coucher, éreinté. Le tas de paille qui lui servait de lit était inconfortable. Topaze ne s'y habituait guère. Il avait encore les yeux ouverts lorsqu'il perçut du grabuge. Il se leva et s'approcha des barreaux. Il ne vit rien. Des cris fusèrent depuis le couloir. Un prisonnier cavala devant sa cellule. À son passage, les autres détenus hurlèrent: ils félicitaient l'homme ou voulaient être libérés. Mais le fugitif ne s'arrêta pas, courant à toute vitesse pour échapper aux gardiens qui le poursuivaient. Au bout de quelques minutes, le silence se fit de nouveau. Topaze entendait des murmures, mais il ne parvenait pas à déterminer qui parlait. Il allait se rasseoir lorsque Vivian vint à sa rencontre.

— Topaze, tu es bien guérisseur? Un bon guérisseur?

— Le meilleur de Vénéficia, se vanta-t-il.

— D'accord. Si je t'ouvre, tu promets que tu ne vas pas t'enfuir?

Topaze se demanda ce qui valait de prendre autant de risques.

— Je te le promets.

Après une seconde d'hésitation, Vivian déverrouilla la porte de sa cellule.

— OK. Viens avec moi.

Ils remontèrent le couloir et trouvèrent un des gardiens au sol, dans une mare de sang. Topaze reconnut Charlie, un miliceur qu'il mettrait dans la catégorie neutre. Il n'avait pas sympathisé avec lui, mais Charlie n'était pas non plus un tortionnaire. Vivian se tint à côté de lui, angoissé. Marceau les rejoint, avec un autre inquisiteur que Topaze ne connaissait pas, bridant l'homme qui avait tenté de s'évader. Ils l'emmenèrent en isolement. Le fugitif, qui avait déjà le visage totalement tuméfié, passerait un sale quart d'heure. En attendant, ce n'était pas cet homme qui préoccupait Topaze, mais plutôt Charlie qui avait perdu bien trop de sang. Il s'agenouilla, examina les différentes blessures, et commença à soigner la plus grave. Bien sûr il n'avait pas son pouvoir, mais savait comment arrêter —ou tout du moins freiner— une hémorragie. Il enleva son t-shirt et l'arracha d'un coup sec. Il n'était pas propre, mais Topaze n'avait que ça. Il fit un garrot, ce qui stoppa le flux. L'homme était inconscient, mais respirait toujours. Il examina ses autres blessures, mais elles étaient superficielles. Il ne pouvait pas faire plus pour le moment.

— J'ai arrêté l'hémorragie, mais on ne peut pas laisser un garrot indéfiniment. Il faut un guérisseur au plus vite.

— Tu ne peux rien faire sans ton pouvoir?

— J'ai fait le maximum. Je peux nettoyer ses plaies et les désinfecter, mais je ne sais pas comment recoudre la peau autrement que par magie. Vous avez un guérisseur ici?

— Non. On en avait un qui est parti en retraite, et il n'a pas été remplacé… Comment on va faire?

— Déjà, il faut l'amener dans une salle propre. Vous en connaissez une?

— Oui.

— Très bien. On va attendre le retour de Marceau et de l'autre garde, et on le portera.

CHAPITRE 23

Quand ils revinrent, le miliceur inconnu de Topaze avait une mine renfrognée. Il se prénommait Gustave, mais exigeait qu'on l'appelle Mr Aubert. Il désapprouvait la promiscuité qu'avaient installée Marceau et Vivian en laissant certains détenus les appeler par leurs prénoms. Voir un prisonnier en liberté le dépassait totalement. Il n'était pas question qu'il mouille dans les affaires hasardeuses de ses collègues.

— On ne peut pas l'emmener, lui! dit-il en pointant du doigt Topaze. C'est interdit.

— Et comment va-t-on soigner Charlie? demanda Marceau.

— Je ne sais pas. Mais moi je ne veux pas être responsable de sa libération.

— OK on fera comme si tu n'étais pas là, répondit Vivian. Bon, que doit-on faire Topaze?

— Allez chercher une paillasse sur laquelle on peut le transporter. Il faut qu'il bouge le moins possible. Et amenez-le dans la salle où l'hygiène est relativement correcte. Mr Aubert, puisque vous ne voulez pas être avec nous, pourriez-vous s'il vous plait me dénicher de l'écorce de chêne, de l'eucalyptus, de la fumeterre et de l'absinthe?

— Pour qui me prends-tu? Ton homme à tout faire?

— Laisse tomber, j'y vais, se proposa Vivian. Toi tu portes Charlie.

— Non c'est bon! s'énerva-t-il. J'y vais. Mais je ne suis même pas sûr qu'on ait ça ici.

— Amenez tout ce que vous trouvez, je ferai moi-même le tri.

Aubert partit en serrant la mâchoire. Il ne supportait pas qu'on lui donne des ordres, surtout un prisonnier. Vivian et Marceau étaient tombés sur la tête! Cependant il obéit, car il ne voulait pas risquer de se faire attraper en présence de Topaze.

Marceau rapporta la paillasse demandée. À trois, ils soulevèrent délicatement Charlie et le posèrent dessus.

— Est-ce l'un d'entre vous peut aller chercher des bandages aseptisés, ou au moins des vêtements propres qu'on puisse déchirer, ainsi que de l'eau chaude?

— OK j'y vais, se proposa Vivian.

— Ouvre-nous les portes avant, réclama Marceau.

Topaze et Marceau transportèrent Charlie dans une salle nettoyée, pourvue uniquement d'une table et de deux bancs en guise de meubles. Ils posèrent la paillasse sur la table.

Peu de temps après, Vivian revint avec ce qu'avait demandé Topaze. Celui-ci commença à rincer les plaies pour avoir une vision plus étendue des dégâts. Certaines blessures saignaient, mais moins abondamment que celle qu'il avait freinée. Il avait également des bleus sur le thorax, mais Topaze était incapable d'estimer leur gravité. Sans magie, il ne pouvait pas détecter une hémorragie interne.

— Comment comptes-tu procéder? demanda Marceau.

— Je ne sais pas, je n'ai jamais soigné sans mon pouvoir et sans l'apothicairerie de ma famille. J'ignore comment arrêter un saignement.

— Il faut peut-être coudre? suggéra Vivian.

— Avec du fil et une aiguille? se moqua Marceau. Qu'est-ce que t'es con!

— Ce n'est peut-être pas une si mauvaise idée, réfléchit Topaze. Trouvez-moi de quoi recoudre.

— T'es sûr de vouloir faire ça comme… un humain? demanda d'une voix dégoûtée Marceau.

— Vous voyez une autre possibilité? À moins que vous me rendiez mes pouvoirs…

— Non!

— Dans ce cas-là, apportez-moi du fil et une aiguille. Nous allons tester la méthode humaine!

**

Maintenant que Jérémy se sentait mieux, il décida de rendre visite à Charlotte. L'air frais et la marche lui firent du bien. Sa blessure s'était totalement refermée, mais sa chevelure était encore parsemée de trous. Charlotte habitait tout près des Sauge, ce qui arrangeait bien les affaires de Jérémy. Il évitait toute une partie de la capitale où il risquait d'y croiser ses

CHAPITRE 23

parents. Il ne pouvait pas avertir Axel qu'il avançait dans l'enquête sans lui. Il le lui dirait quand il reviendrait chez les Sauge.

Il frappa chez Charlotte. Aucune réponse. Il tenta de nouveau. Personne n'était là. Il resta sur le seuil pendant une demi-heure puis abandonna. Il recommencerait demain.

Alors qu'il marchait sur le chemin du retour, il remarqua un heurtoir en forme de rose sur la porte d'une maison. Il fut assez surpris du contraste qu'offrait cet objet de belle manufacture accroché à un taudis qui menaçait de s'écrouler. Suivant son intuition, il empoigna le heurtoir et frappa trois petits coups, sans se donner la peine de préparer le prétexte qu'il allait utiliser. Finalement, quand une jeune femme vint lui ouvrir, il demanda:

— Bonsoir. Excusez-moi de vous déranger, mais j'adore votre heurtoir. Je le trouve magnifique. J'en recherche un dans le même style, où l'avez-vous acheté?

— Une cousine me l'a ramené du nord, dit-elle froidement.

— Oh dommage! J'aimais tellement la façon dont la rose avait été sculptée!

La femme ne tenta pas de continuer le dialogue.

— Mon amie adore les roses, et je voulais le lui offrir pour son retour... Elle a disparu, mais j'espère la retrouver et pouvoir lui acheter un objet aussi splendide que votre heurtoir.

La femme resta de marbre. Jérémy se lança dans un discours maladroit sur le fait de perdre un proche, pour lui susciter une réaction, en vain.

— Vous connaissez ce malheur?

— Non, nous avons la chance d'être tous encore là.

Son interlocutrice n'était pas très loquace. Son mari la rejoint pour voir à qui elle parlait sur le palier. Lorsque sa compagne lui expliqua, son visage se ferma.

— Nous ne pouvons pas vous aider, désolés. J'espère que vous trouverez rapidement votre amie.

Jérémy savait que la discussion était close.

— Je l'espère également. Merci pour tout et je m'excuse pour le dérangement.

Jérémy avait poussé la conversation aussi loin que possible, mais avait manqué de subtilité. Si le heurtoir n'était qu'une coïncidence, ils devaient le prendre pour un fou. Dans le cas contraire, il avait peur de les avoir alertés.

Le soir même de sa découverte, Jérémy raconta les évènements de la journée. Agate connaissait la famille de vue.

— Ils ont perdu leur bébé il y a quelques mois. C'était vraiment très triste. On nous a rapporté qu'ils n'avaient pas eu assez d'argent pour nous appeler, alors ils avaient fait avec les moyens du bord. Si j'avais su, je les aurais aidés gratuitement. Je ne suis pas allée leur dire bien entendu, mais j'ai fait passer le message pour les prochaines grossesses. Surtout que ce n'était pas la première fois que ça arrivait.

— Ah oui, il y a eu plusieurs mort-nés?

— Oui, quatre depuis l'année dernière. Quelle tristesse!

— Tu aurais leurs noms?

— Tu crois qu'il y aurait un rapport?

— Je ne sais pas. Je ne pense pas puisque j'ai trouvé la rose à de nombreux endroits où il n'y avait pas de nourrisson. Mais ça vaut le coup d'essayer.

— J'ai l'impression que plus tu découvres des choses, plus des questions s'ajoutent. Va-t-on un jour comprendre ce qui se passe?

Agate était désemparée. Elle supportait mal le fait d'être loin de ses enfants, et dans l'incertitude de leur avenir. Elle se sentait coupable. Elle n'avait pas rempli son rôle de mère comme elle l'aurait dû. Elle n'avait pas réussi à les protéger.

Jaspe, qui savait à quoi pensait sa femme, posa sa main sur son épaule pour la rassurer.

— Bien sûr. On va trouver. On ne lâche rien.

* * *

L'état du gardien semblait stable, mais il n'avait pas repris connaissance.

CHAPITRE 23

Topaze ignorait s'il avait recousu tout ce qu'il fallait. En même temps, planter une aiguille dans le corps était tellement bizarre. Les humains procédaient-ils vraiment de cette façon? Le sang avait giclé en grande quantité, et Topaze avait opéré à l'aveugle comme il avait pu. Le sang ne s'évacuait plus, mais le miliceur n'avait pas l'air en bien meilleure santé, contrairement aux patients avec qui il utilisait son pouvoir. Charlie était toujours aussi blanc.

— Vous croyez qu'il lui faut du sang? demanda Marceau, devinant les pensées de Topaze.

— Vous n'avez personne qui peut récolter le sien?

— Avec la magie? Non. Mais peut-être qu'on peut le ramasser avec une éponge et le lui remettre dans la bouche? suggéra Vivian.

— C'est impossible, expliqua Topaze. Il n'est plus pur, ça pourrait l'empoisonner.

— Et si on donnait le nôtre?

— Je ne sais pas si ça marche... avoua Topaze. Je n'ai jamais testé. Laissons-le comme ça pour l'instant. Couvrez-le bien et surveillez-le à tour de rôle. Appelez-moi si nécessaire.

— Où vas-tu? demanda Marceau.

— Eh bien je retourne dans ma cellule, non? Après tout, je suis prisonnier.

— Voilà enfin un commentaire censé! intervint Aubert, qui était resté silencieux jusqu'ici.

Il avait amené les herbes qu'il avait trouvées, dont aucune n'était celle qu'avait réclamée Topaze. Mais celui-ci s'en était contenté. Il avait pu au moins désinfecter le matériel avant de procéder à l'opération.

Aubert ne se fit pas prier pour attraper Topaze par le bras et l'emmener sans ménagement, comme s'il venait de commettre un grave délit. Il le raccompagna jusqu'à son cachot.

Visiblement, Marceau avait utilisé sa paillasse pour transporter Charlie. Peu importe, Topaze était tellement las qu'il se coucha à même le sol. Il n'était guère plus dur que ce à quoi il s'était habitué, et s'endormit aussitôt. Il fut réveillé par Vivian, qui le secouait gentiment.

— Topaze! Topaze! Charlie, ça ne va pas du tout, chuchota-t-il.

Le jeune homme se leva immédiatement, et suivit Marceau. Les gardes n'avaient pas pris la précaution de venir à plusieurs, ni de le menotter. Même Aubert attendait sagement dans la salle avec Vivian. Une auréole sombre autour de la blessure recousue s'était formée sur Charlie. Le sang avait dû continuer à se déverser dans son corps.

— Merde! C'est pas bon signe!

— Qu'est-ce qu'il faut faire?

— Je n'en sais rien.

— Comment ça, tu n'en sais rien?

— Je suis guérisseur bon sang! Pas un de ces charlatans humains!

Il se calma et examina la plaie:

— Je dois l'ouvrir de nouveau pour voir ce que j'ai loupé, mais...

— Mais tu ne t'y connais pas plus que nous? compléta Marceau.

— Exact. Le meilleur moyen de sauver votre ami, c'est que j'utilise mes pouvoirs.

— C'est impossible.

— Pourquoi?

— Nous n'avons pas la clé qui donne accès à la salle des démagicatrices. Seul le directeur de la prison la possède.

— Alors allez le chercher.

— Il n'est pas encore là.

— Eh bien il n'y a plus qu'à prier, rétorqua Topaze.

Il s'assit par terre, dos contre le mur. Vivian s'approcha de son ami malade, se coupa l'avant-bras avec son arme, et lui ouvrit la bouche pour qu'il ingère son sang. Topaze se leva vivement:

— Arrêtez, vous êtes fou! Il va s'étouffer comme ça!

— Ah! Vivian haussa les épaules. Je voulais juste le sauver moi...

Il se rassit, penaud, en tenant son bras qui saignait.

— Si tu veux le sauver, va trouver le directeur. Sinon vous pouvez lui dire adieu.

Marceau et Vivian se regardèrent.

— Si notre chef apprend que tu peux librement circuler dans les locaux, on risque de se faire virer, expliqua Marceau.

CHAPITRE 23

— Entre votre travail et la vie de quelqu'un, je comprends que vous hésitiez, ironisa Topaze.

— Il a raison. Il faut y aller, dit Vivian. Mais le directeur n'est peut-être pas encore arrivé.

— Moi je me casse d'ici, je ne veux pas être impliqué. Et je vous préviens, menaça Aubert, vous n'avez pas intérêt à dire à quiconque que j'étais là.

— On ne te balancera pas, le rassura Marceau.

Aubert partit faire la ronde de nuit. Topaze se tourna vers Vivian et Marceau qui semblaient stressés. Eux aussi auraient préféré patrouiller et s'éloigner des ennuis.

— Je vous suis, dit Topaze avant que les geôliers ne changent d'avis. Menottez-moi, ça fera meilleure impression.

Ils s'exécutèrent et parvinrent au bureau du responsable où, à cette heure matinale, il venait tout juste d'arriver. Le déranger alors qu'il n'avait même pas bu son stimulant était un risque à prendre, mais ils n'en étaient plus à ça près.

— Monsieur le directeur, hasarda Marceau.

— Que faites-vous ici?

Marceau relata toute l'histoire, en plaçant quelques détails sous silence —comme la liberté de Topaze— tandis que Vivian confirmait par des hochements de tête. Puis il lui exposa la raison de leur visite.

— Non, nous ne pouvons pas déroger au règlement.

— Même quand la vie d'un de vos employés est menacée?

— Les règles sont les règles, elles ne sont pas faites pour être enfreintes. Amenez-moi à Charlie.

Ils retournèrent sur leurs pas, déçus et contrariés de la réaction de leur supérieur. Vivian était de plus en plus mal et Marceau de plus en plus furieux à mesure qu'ils s'approchaient de leur collègue mourant. Cependant, le directeur resta campé sur ses positions en observant l'état de son employé.

— Il n'y a plus qu'à prier Mère Magie pour qu'elle abrège ses souffrances.

Il changea totalement de sujet:

— Je n'ai pas d'autre choix que d'avertir le ministère de la Justice. Ils vont mener une enquête approfondie sur les circonstances de ce drame. Ça ne va pas arranger nos affaires tout ça! Il ne manquait plus ça.

Il s'approcha de Charlie.

— Mais qu'est-ce qui s'est passé ici? Qu'avez-vous fait sur son corps? Je rêve ou…

Le directeur s'écroula au sol sans finir sa phrase. Vivian se tenait derrière lui, avec un chandelier en fer.

* * *

L'investigation prenait une direction tout à fait inattendue. Jérémy récapitula les faits qui jalonnaient son chemin. Opale disparait. Charlotte dit aux inquisiteurs qu'elle s'est enfuie avec un homme. Ils closent leur enquête. Opale travaille pour Iris. Axel découvre que sa patronne fait partie d'un trafic d'armes. On apprend que de nombreuses personnes disparaissent tous les ans. Chez plusieurs d'entre elles, une rose est présente, sous de multiples formes. Les enlèvements sont parfaits. Il n'y a aucun indice.

Jérémy réfléchit. Un homme seul n'aurait jamais pu les commettre tous sans se faire attraper. Certains miliceurs étaient peut-être incompétents, mais ce n'était pas le cas de tous, et personne n'avait résolu l'enquête. Cette bande de malfaiteurs responsable des enlèvements était-elle la même que celle du trafic d'armes? Y avait-il un lien entre les deux? Et pourquoi s'intéressaient-ils aux familles ayant perdu un bébé à la naissance?

Jérémy leur rendit visite. Il prétexta venir de la part d'Agate, qui offrait un ensemble de flacons contenant un tas de potions dont elle seule avait le secret. Chez deux d'entre elles, il trouva un objet où était représentée une rose. Il ne posa aucune question à ce sujet, de peur de trop attirer l'attention.

Plus il avançait, plus il était perdu. Si leur enfant avait disparu, quel était leur intérêt de rester silencieux? Étaient-ils menacés? Jérémy sentait qu'il

CHAPITRE 23

tenait une piste, mais elle était bien plus complexe qu'il ne l'avait imaginée au départ. Ce groupe bien organisé se montrait très intelligent. Ce qui était dommage pour eux, c'est qu'ils n'étaient certainement pas plus intelligents que lui.

***

Éléonore profitait du temps clément en compagnie de Guillaume. Ils s'étaient installés en haut de la colline. D'ici, il y avait la vue la plus dégagée sur la Voie lactée. Ils ne parlaient pas. Ils se contentaient d'admirer le ciel. L'infinité de l'univers et le scintillement des étoiles apaisaient Éléonore. Guillaume comprenait qu'il ne devait pas intervenir, et passait autant de temps à contempler les astres qu'à la dévisager. Chaque fois qu'il avait voulu faire le premier pas, quelque chose l'avait retenu. La peur sans doute. Éléonore sentit le regard de son ami, mais ne tourna pas la tête. Elle n'entreprendrait rien. Elle n'entamerait pas une relation sur des mensonges. Elle ne lui avait jamais révélé qui elle était vraiment. Elle mentait continuellement. Elle trompait tout le monde. Cette situation la mettait de plus en plus mal à l'aise. Elle aurait aimé leur dire la vérité, surtout à Guillaume, Georgia et Francesco, mais elle savait que c'était trop dangereux, pour elle et pour les eux. L'avenir était plus qu'incertain, et ceux qui décideraient de la suivre prendraient le risque d'y perdre la vie.

Elle réfléchissait à ce qu'elle désirait vraiment. Aspirait-elle à assumer son rôle de reine ? Était-elle capable de rentrer en conflit avec la royauté actuelle ? Voulait-elle provoquer une rébellion ? Elle n'était pas sûre d'en avoir le courage. Pourquoi elle ? Elle n'avait rien de plus que les autres. Elle avait peur.

Guillaume lui souhaita une bonne nuit. Il hésita, lui embrassa la joue et regagna sa tente. Dix minutes plus tard, Éléonore se leva à son tour. Tout était silencieux et sombre. Éléonore se sentait en sécurité, grâce à sa vision nocturne et aux couteaux attachés à sa ceinture. Elle chemina vers les roulottes. Tout le monde dormait. Pas un bruit ne parvenait des caravanes. Ses pas semblaient résonner dans le camp. Soudain, un craquement, derrière elle, transperça la nuit. Sa respiration se bloqua. Elle continua d'avancer en tendant l'oreille. Elle mima de faire tomber un couteau. Elle le ramassa et profita pour examiner les alentours. Lorenzo la suivait en se dissimulant. Son cœur s'accéléra. Heureusement pour elle, personne ne savait qu'elle était nyctalope, aussi ses précautions se révélaient minimes. Elle se hâta. Sa caravane était stationnée à l'autre bout du campement. Elle n'atteindrait pas à temps sa chambre, sauf si elle se mettait à courir. Dans ce cas, elle attirerait l'attention de Lorenzo. Mieux valait crier, mais personne ne la prendrait au sérieux. Lorenzo avait le droit de flâner au clair de lune autant qu'elle. Ses mains devenaient moites. Elle empoigna fermement son couteau.

Elle tourna à gauche. Elle passait devant la roulotte d'Alessandro lorsque la porte s'ouvrit brusquement. L'éclairage éblouit Éléonore, dont les yeux s'étaient habitués à l'obscurité nocturne.

— Tiens Éléonore, tu tombes bien, je souhaitais m'entretenir avec toi.

Il tombait à pic. Le soulagement se dessina sur les traits d'Éléonore.

— Tu veux bien qu'on discute à l'intérieur?

Éléonore profita de l'occasion. Elle accepta. Il allait encore lui parler de ce fameux numéro de couteaux. Depuis qu'il avait vu l'entrainement, l'idée qu'Éléonore fasse partie du spectacle avait germé et ne l'avait plus quitté. Et quand Alessandro avait une idée en tête, il était difficile de la lui faire sortir. Éléonore avait plusieurs fois esquivé les insinuations, mais il devenait évident qu'elle devait s'investir davantage dans la troupe. Elle était une bouche à nourrir en plus et ne leur fournissait rien.

À sa grande surprise, Davide se trouvait à l'intérieur, appuyé contre la table, en face d'elle. Il avait l'air penaud. Il tenait un bout de tissu.

Il se jeta sur elle pour la bâillonner. Alessandro, derrière elle, lui attrapa les bras. Déconcertée face à ce guet-apens, Éléonore ne réagit pas. Ils savaient qu'elle s'était entrainée avec Guillaume, et avaient pris toutes les précautions. Ils lui nouèrent complètement les mains des poignets

CHAPITRE 23

jusqu'aux ongles. Ils lui enfoncèrent le bâillon sur la bouche. Elle avait du mal à respirer. Ils lui arrachèrent les couteaux et les enfermèrent dans une boite qu'ils fermèrent à clé.

Éléonore était paniquée, déboussolée, désemparée. Elle ne comprenait pas ce qui se passait. Alessandro? Davide? Pourquoi?

Elle se galvanisa. Ils ignoraient qu'elle maitrisait sa télékinésie également par les yeux. Une chance pour elle. Elle chercha un objet assez lourd dans la pièce. Elle hésita. C'était une chose de s'entrainer, et une autre de blesser volontairement quelqu'un. Son indécision laissa le champ libre aux ravisseurs. Ils l'assommèrent. Elle s'écroula, inconsciente.

Chapitre 24

Jérémy frappa à la porte de Charlotte. Après quelques essais infructueux depuis la veille, Charlotte ouvrit enfin. Elle l'invita à s'asseoir à la table de son studio. Elle portait des vêtements luxueux et une paire de boucles d'oreilles que Jérémy n'avait jamais vue. Son visage manifestait une tristesse feinte.

— As-tu des nouvelles d'Opale? demanda faussement Charlotte.

— Oui, elle nous a contactés, mentit Jérémy. Elle s'est enfuie avec un homme.

Une expression de réelle surprise traversa Charlotte, puis elle reprit contenance.

— Ah oui?

— Tu as l'air étonné?

— Bien sûr! Je n'aurais jamais imaginé ça d'elle.

— Pourtant tu es son amie, non?

— Oui, mais tu sais Opale était très secrète…

— Arrête ta mascarade! J'ai vu le rapport de la milice. C'est toi qui leur as avoué qu'elle était partie de son plein gré.

— N'importe quoi, je n'ai rien fait de tel! se défendit Charlotte, nerveuse.

— Pourtant, continua Jérémy, tu as été étonnée quand j'ai raconté que nous avions eu des nouvelles d'Opale. Ce qui veut dire que tu es au courant qu'elle ne s'est pas enfuie. Si mes déductions sont exactes, ça montre que tu as induit en erreur la brigade inquisitoriale… Pourquoi?

Une lueur de panique assombrit les traits ternes de Charlotte.

CHAPITRE 24

— S'il te plait, ne dis rien...
— Pourquoi me tairais-je? Tu as menti! Tu as empêché les miliceurs d'aller au bout de leur enquête! Topaze est emprisonné à cause de toi! s'énerva Jérémy.

Des larmes s'échappèrent des yeux de Charlotte.
— Je t'en supplie... Je suis menacée... On m'a obligée à déclarer ça.
— Qui t'a obligée?

Charlotte refusa de répondre.
— Qui, bon sang? QUI?

Charlotte se bouchait les oreilles pour éviter d'entendre les cris de Jérémy. Ses sanglots formaient maintenant une rivière sur chaque joue. Elle secouait frénétiquement la tête.

Jérémy se calma. Il n'obtiendrait rien d'elle ainsi.
— Laisse-moi t'aider... Dis-moi qui te veut du mal, on te protégera...

Charlotte refusa de lui divulguer le nom des individus qui la menaçait. Tous les essais de Jérémy pour la rassurer restèrent infructueux.

De retour chez les Sauge, il sentait que quelque chose lui échappait. Charlotte ne lui avait pas dévoilé la vérité, mais il ferait tout pour qu'elle avoue. En attendant, il était sûr d'une chose: Opale ne s'était pas enfuie de son plein gré.

**

Le responsable était étendu sur le sol, le crâne ensanglanté. Vivian se tenait derrière lui, avec un chandelier en fer.
— Vous croyez que je l'ai tué? paniqua-t-il.

Topaze s'accroupit.
— Non, il respire encore. Tu n'as pas tapé assez fort.
— Mais tu es malade! s'insurgea Marceau. Le directeur! Nous sommes

foutus, nous sommes foutus!

Il marchait dans la pièce, couvrant son visage entre les mains comme pour se cacher de la terrible réalité extérieure.

— Quoi? Tu préfères qu'on laisse mourir Charlie?

Vivian se tourna vers Topaze.

— J'ai misé sur toi, ne me fais pas regretter mon choix.

— Tu peux avoir confiance.

Vivian hocha la tête et enleva la clé autour du cou du directeur.

— Allez, on y va. Marceau, tu fais le guet?

— Oui. Grouillez-vous, grogna-t-il.

Ils coururent dans les couloirs qui ressemblaient à s'y méprendre à un labyrinthe conçu spécialement pour empêcher les prisonniers de s'évader. Heureusement, Vivian connaissait le chemin par cœur, et ils se retrouvèrent dans les sous-sols, bien plus profondément encore que les geôles, devant une porte en chêne épaisse. Une odeur de moisi flottait dans l'air, due à l'humidité et la non-aération des lieux.

Vivian inséra la clé dans la serrure. Topaze s'attendait à une grande salle avec de multiples protections, mais elle ressemblait davantage à une cave. Les démagicatrices s'entassaient sur les étagères. Malgré la poussière qui les recouvrait, elles illuminaient la pièce. Topaze et Vivian plissèrent les paupières, éblouis par ce soudain éclairage. La magie pulsait derrière les parois des boites. Toutes les cellules de Topaze s'excitèrent sous la diffusion des ondes sorcières.

Les démagicatrices étaient rangées par ordre d'arrivée à la prison. Ils trouvèrent rapidement la sienne. Vivian la souleva. Son scintillement se refléta sur le visage des deux acolytes. Bien que Topaze ait appris peu à peu à vivre sans son pouvoir, le voir accessible ravivait son souvenir. Il était tellement impatient de le sentir en lui qu'il aurait voulu arracher la boite des mains de Vivian et récupérer son don, comme un junkie avec sa drogue. Il se contrôla. Il ne pouvait pas faire ça au garde qui avait pris tant de risques pour lui.

Ils rebroussèrent chemin en silence. Une fois avoir rejoint Marceau et les deux hommes inconscients, Vivian le fit s'asseoir et ouvrit le coffret.

CHAPITRE 24

Une légère brume violette s'éleva de la démagicatrice et se compacta en un filet dense qui se dirigea immédiatement vers Topaze. Il pénétra en lui par le plexus solaire et se diffusa dans tout son être. Topaze fut parcouru de frissons incontrôlables. On lui avait enfin rendu son pouvoir, cette partie qui était intégrante de lui. Il réalisa soudain combien la magie lui avait manqué. Comment avait-il fait pour oublier cette sensation? Ce bien-être général, cette légèreté? Il était redevenu lui-même, et non cette pâle imitation de lui, amputée des perceptions magiques.

Topaze retrouva ses esprits. Il se dirigea vers Charlie. Il put enfin analyser véritablement son état de santé. Privé de son don, il avait été aveugle ces dernières heures en observant le gardien. Il pouvait maintenant sentir tous les fluides corporels, l'énergie qui s'échappait de la plaie, et apprécier la vitalité de chaque organe. Le travail de couture qu'il avait effectué n'avait pas arrêté l'hémorragie. Elle continuait de s'écouler à l'intérieur du corps. Topaze pesta face à la l'état périclitant du miliceur. S'il avait pu intervenir immédiatement avec son don, Charlie se serait déjà remis sur pieds. Mais puisqu'il frôlait désormais les portes de la mort, Topaze n'était sûr de rien. Il plaça les mains au-dessus du gardien. Elles dégagèrent une teinte violette pailletée de doré et d'argenté. L'énergie magique se posa sur les blessures. Peu à peu, les tissus s'accolèrent et cicatrisèrent parfaitement. La vie reflua dans l'organisme. Les organes se renforcèrent. Charlie reprit immédiatement des couleurs. Cependant, il avait perdu beaucoup de sang. Il restait très faible. Il lui faudrait une grande quantité de repos.

Topaze détailla l'état de Charlie à ses collègues, et nota les instructions concernant le traitement à adopter durant les prochains jours. Ils le déplacèrent précautionneusement dans une chambre de garde —disposant d'un lit bien plus confortable que la paillasse de Topaze— et l'installèrent là, promettant de veiller constamment sur leur ami. Ils laissèrent sur la table de chevet de l'eau et de quoi se restaurer, puis rejoignirent le directeur. Topaze l'ausculta: il n'avait rien de grave et garderait une légère bosse comme seule trace du méfait durant les prochains jours.

— Bon maintenant, qu'est-ce qu'on fait? demanda Marceau.

— Vous m'enlevez le pouvoir et je retourne dans ma cellule comme si de rien n'était...

— Mais pour le chef, qu'est-ce qu'on dira?

— On a qu'à lui expliquer qu'il s'est évanoui avec tout ce sang, suggéra Vivian.

— Et comment justifie-t-on qu'on ait réussi à soigner Charlie?

— Il va forcément savoir que j'ai récupéré mes dons à un moment... songea Topaze.

— Je n'avais pas pensé à ça, avoua Vivian.

— Du coup, qu'est-ce qu'on fait? réitéra Marceau.

— On fait évader Topaze, et on dit que c'est lui le coupable? proposa Vivian.

— Vous plaisantez ou quoi? s'offusqua-t-il. Je n'ai rien fait de mal dans l'histoire, je vous ai aidés et c'est comme ça que vous me remerciez?

— Je sais Topaze, mais là on n'a pas trop le choix. Et de toute façon, tu risques de ne jamais sortir de prison.

— Comment ça?

— J'ai entendu dire que certaines personnes haut placées ne voulaient pas que tu sois libéré. Donc crois-moi, finalement c'est ta meilleure option.

Topaze fut choqué par la nouvelle. Il s'était comporté de façon la plus convenable possible. Il avait dérapé une unique fois, et on souhaitait le laisser enfermer? Il était bouche bée. Comment pouvait-on agir de la sorte? Il se sentait trahi par les gardes, par la milice en général. Rien n'était juste dans ce monde. La colère lui tordit les entrailles. L'iniquité dont il était victime lui nouait la gorge. Il soupesa le pour et le contre. Dans quoi s'était-il encore embarqué? Mais il se rendait compte qu'il n'avait pas le choix.

— OK. Amenez-moi vers la sortie avant qu'il se réveille, renâcla-t-il.

Marceau et Vivian l'y conduisirent. Ils chuchotaient un plan pour détourner totalement les soupçons d'eux. Topaze hésita à leur dire que la stratégie qu'ils avaient mise au point était bancale, mais s'en abstint. Il n'avait qu'une préoccupation: que pouvait-il faire une fois dehors?

Lorsque les gardes lui ouvrirent la porte qui donnait vers l'extérieur, Topaze fut ébloui par le soleil. Avec tous les évènements, il n'avait pas

CHAPITRE 24

réalisé que la matinée avait déjà commencé.

— Au revoir Topaze! Merci pour tout! dit Vivian.

— Bonne chance! dit Marceau.

Ils refermèrent la prison.

Tu parles. Il se retrouvait maintenant en pleine forêt, à l'autre bout du royaume, avec bientôt une légion de sorciers à ses trousses. Effectivement, il lui en faudrait de la chance pour survivre!

* * *

Piétiner dans l'enquête agaçait Jérémy. Il avait repéré le point commun de plusieurs disparitions: la rose. Mais cette découverte ne le menait à rien. Il avait abouti dans un cul-de-sac, dont il n'observait aucune issue possible. Allongé sur son lit, Jérémy traversa une nouvelle fois le flot de ses enregistrements. Il était forcément passé à côté d'une information. Il nageait à l'intérieur de son crâne, désespéré, lorsqu'il attrapa le canoë qui le conduisit sur la rive des petites annonces.

Il se releva, en alerte. Il avait déjà parcouru tous les journaux disponibles. À chaque édition, une page était consacrée aux petites annonces. Celles-ci avaient peu suscité l'intérêt de Jérémy car, à l'époque, il recherchait les articles de disparitions.

Mais aujourd'hui, une information lui traversa l'esprit: il avait remarqué un message tellement décousu qu'il était incompréhensible. Cet indice ne captiva pas Jérémy jusqu'à ce que le nom de l'expéditeur attire son attention: NITRAM. L'anagramme de MARTIN.

Jérémy avait en tête tous les noms des disparus, et «Martin» en faisait partie. C'était le nom d'une petite Joséphine. Jérémy avait rencontré ses parents quelques jours plus tôt, lorsqu'il menait son enquête. Ils semblaient dévastés de l'enlèvement de leur fille de quatre ans.

Ça aurait pu être une coïncidence, Martin était un nom de famille courant.

Mais un autre paramètre attira son attention: l'annonce fut publiée une semaine avant la disparition de Joséphine.

De plus, le fait que le message soit tellement alambiqué que Jérémy ne parvenait pas à le déchiffrer l'intriguait. C'était soit un code, soit un homme ivre qui avait écrit. Jérémy penchait pour la première solution.

De bon matin, il se rendit à la bibliothèque. Il salua Ilda puis l'aspiratum l'attira à l'étage des journaux. Il consulta la rubrique «annonce» car il en avait fait l'impasse pour un grand nombre d'entre eux, ne voyant pas l'utilité à l'époque de les lire.

Il fut surpris de découvrir une vingtaine de publications dans le même genre que la première. Il analysa les noms: plus de la moitié des messagers figurait sur la liste des personnes disparues. Jérémy était surexcité. Il tenait une piste! Enfin! Mais c'était à n'y rien comprendre. La bande organisée passait-elle par les journaux pour se mettre d'accord sur la prochaine victime? Pourquoi?

Il arrêta la recherche des annonces. Il en avait assez pour confirmer un lien entre celles-ci et les enlèvements.

Maintenant qu'il avait déchiffré les anagrammes des noms de famille, il fallait deviner le code des messages. C'était primordial pour la suite. Il s'y plongea avec ferveur, assis à une petite table de la bibliothèque. Il ne rentrerait que lorsqu'il aurait compris! Les phrases, les mots, les lettres flottèrent à la surface tandis que Jérémy tentait d'établir un rapport. Il resta ainsi des heures, reliant les composants du message dans un tout cohérent. Puis finalement, il le déchiffra! Il bondit, excité, et sauta dans tous les sens. Le code n'avait pas été facile à identifier, mais il avait réussi! Jérémy ne tenait plus en place.

Il reprit les annonces trouvées et en traduisit le contenu. L'intuition de Jérémy était la bonne: les messages de disparitions précisaient le lieu, l'heure et la personne à enlever. C'était sous les yeux de tous et personne n'avait remarqué! C'était dingue!

Sa joie fut teintée d'une légère déception de ne pas avoir repéré celle de l'enlèvement d'Opale. Peut-être avaient-ils procédé autrement car elle avait découvert le pot aux roses concernant le trafic d'armes?

CHAPITRE 24

Jérémy se demanda s'il y avait des annonces très récentes qui mentionnaient une personne qui n'avait pas encore été enlevée. Il éplucha les journaux de la capitale, fébrile. Non. Il feuilleta ceux des villes plus éloignées. Oui! Une annonce datait d'une semaine. S'il avait traduit correctement ce message, ça disait qu'un garçon de cinq ans serait capturé dans deux jours à Sésudia. Il y avait même l'adresse. Il fallait agir vite! Il accourut chez les Sauge. Ils finissaient leur service du matin. Jérémy s'installa à la table de la salle à manger et leur relata ses récentes découvertes. Ils l'écoutaient attentivement. Ils étaient très impressionnés.

— C'est génial ce que tu as déterré. Mais est-on certain qu'Opale se soit fait enlever par ce gang? demanda Agate.

— Non, je ne dispose d'aucune preuve, mais ça ne veut pas dire qu'il n'y ait pas de rapport...

— Peu importe, cette histoire est louche et tu as raison de l'explorer, dit Jaspe.

— Mais puisque ce groupe a sûrement un lien avec le trafic d'armes découvert chez Iris, c'est possible qu'Opale se soit fait enlever par eux... Le mieux serait de repérer qui procède aux enlèvements. Je dois me rendre à Sésudia.

— Tu prendras le transporteur, c'est le moyen de plus rapide, dit Jaspe.

— Mais c'est aussi le plus cher, rétorqua Jérémy.

— Peu importe. Même si c'est une fausse piste, il ne faut rien négliger.

Jérémy se sentait un peu embarrassé.

— Jaspe, nous ne pouvons pas l'envoyer en transporteur! Ils deviennent de plus en plus dangereux!

— Ne vous inquiétez pas, ça ne me gêne absolument pas de voyager par ce biais.

— Tu vois? L'affaire est réglée! clôtura Jaspe face à la moue désapprobatrice d'Agate.

Le lendemain, Jérémy empaqueta quelques effets personnels. Il n'avait rien pu reprendre de chez lui et portait depuis son arrivée les vêtements de Topaze trop grands pour lui. Malgré les évènements récents, il était heureux de quitter Vénéficia. Il avait toujours rêvé de voyager, mais n'en avait jamais eu les moyens. Il ne connaissait que l'auberge, l'école, et les routes qui séparaient l'une de l'autre. Il n'avait du coup jamais utilisé le transporteur, mais savait où le trouver. C'était un grand bâtiment en pierres, pourvu de portes vitrées qui donnaient sur la plus belle place de la ville. Des miliceurs étaient postés devant chaque entrée. Il s'y engagea et se dirigea vers l'accueil. Il demanda un billet pour Sésudia. L'homme réclama son identité. Il lui tendit un ticket en lui expliquant où patienter. La queue qui le précédait était longue et il regretta de ne pas avoir un livre dans ses bagages. Il en profita pour observer les lieux et les sorciers autour de lui. Il y avait plus de personnel qu'il ne l'aurait cru. La file avança d'un pas. Il ne voyait pas très bien où elle menait, avec toutes ces têtes devant lui. Il progressa encore légèrement. La salle était plus propre que ce à quoi il s'attendait. Des employés le frôlaient régulièrement. Ils avaient l'air très occupé. Il fit un autre pas. Était-ce vraiment plus rapide que de prendre un balai? Rester debout comme ça, surtout sans livre, lui faisait paraitre le temps long. On l'achemina vers une deuxième pièce. Une personne le fouilla, puis examina le contenu de sa sacoche. Le hochement de tête fut suivi d'une main lui indiquant la direction. Il rejoignit de nouveau une queue. Jérémy remarqua de nombreux décrets publiés par le gouvernement. Habituellement, il ne les lisait pas car il ne passait jamais devant les bâtiments officiels et, à vrai dire, ça ne l'intéressait pas. C'était la plupart du temps de nouvelles lois, plus absurdes les unes que les autres, dont il fallait bien prendre note. Puisque, dans cette file qui ne semblait jamais se terminer, il n'avait que ça à faire, il en profita pour parcourir les affiches placardées. L'une d'elles attira son attention: plusieurs personnes chuchotaient devant. «LES DONS MAGIQUES SERONT RÉPARTIS DORÉNAVANT EN PLUSIEURS CATÉGORIES ALLANT DE 1 A 4. VEUILLEZ VOUS RENSEIGNER AUPRÈS DES AUTORITÉS COMPÉTENTES». C'est quoi cette histoire encore? On était maintenant classé selon notre pouvoir? C'était vraiment n'importe quoi. Comme si c'était comparable! Et alors, qu'allait-il se passer ensuite? Cette information datait d'il y a trois jours. Il n'en avait pas entendu parler pour le moment.

CHAPITRE 24

Est-ce que la catégorisation des personnes allait avoir un impact? Sûrement, mais Jérémy ignorait lequel.

À la fin de la queue, une femme survola tout son corps tandis qu'un homme vérifiait son avant-bras.

— Sorcier. Pouvoir: hypermnésie. Catégorie 4, dit-elle d'une voix monocorde à son collègue.

Celui-ci hocha la tête et invita Jérémy à passer à l'étape finale. Catégorie 4? C'était bon ou mauvais signe?

Il était en pleine réflexion lorsqu'il arriva devant le transporteur. La cabine était beaucoup plus petite que ce à quoi il s'attendait. Elle était blanche, légèrement jaunie par le temps. Une femme se tenait collée contre la porte. Elle invita le sorcier qui précédait Jérémy à s'approcher. Jérémy n'entendit pas ce qu'elle lui expliquait, mais il put voir l'intérieur au moment où l'homme entra. Les murs étaient de la même couleur qu'à l'extérieur, quoiqu'un peu plus clairs, tandis que le sol était usé de trop de pas foulés. Quand vint son tour et que la femme ouvrit la porte, il n'y avait plus personne dans la cabine. Elle barra la route à Jérémy en attendant que le sol réapparaisse. C'était un carré en fer où étaient dessinées deux empreintes. Ses bords ne touchaient pas les parois. La sorcière lui expliqua d'une voix monocorde:

— C'est grâce à la plaque du sol que vous allez voyager. Donc n'effleurez pas les murs du transporteur. Vous risqueriez d'y laisser un membre. Placez correctement vos pieds comme indiqué. Rangez votre sac entre vos jambes, il ne doit pas être en contact avec les parois. Sinon, nous pouvons le mettre dans le transporteur de colis.

Jérémy lui répondit que ça irait et lui tendit son billet. Il suivit les recommandations de la femme. Même s'il appréhendait un peu le trajet, c'était l'excitation qui dominait. Il prenait enfin un transporteur pour la première fois de sa vie!

* * *

Éléonore se réveilla lors d'une altercation entre Alessandro, Davide et Lorenzo. Ce dernier se battait farouchement, mais était en infériorité numérique et ne gagnerait pas. Il criait des «pourquoi» auxquels personne ne répondait. Éléonore ne comprenait pas non plus. Pourquoi la dénoncer? Qu'est-ce que ça leur apporterait? Elle s'était tellement bien intégrée à la troupe les semaines précédentes qu'elle avait l'impression de faire partie de leur famille. Ce n'était clairement pas le cas. Une larme coula sur la joue d'Éléonore. Elle a été idiote de croire que personne n'avait remarqué la couleur de ses cheveux ou que personne ne la trahirait. Le seul qu'elle avait soupçonné était Lorenzo, et c'était lui qui la défendait aujourd'hui.

— C'est la reine! Tu ne peux pas faire ça, ils vont la tuer! protesta-t-il.

— Arrête Lorenzo, calme-toi! dit Alessandro.

La caravane était retournée. Éléonore était étonnée que ce grabuge n'ait pas réveillé tout le camp. À moins qu'ils soient tous dans le coup. La bouche pleine d'amertume, son esprit balaya les visages de Georgia, Francesco et Guillaume, avec qui elle avait créé un lien plus fort.

Alessandro et Davide vinrent à bout de Lorenzo qu'ils muselèrent. Davide l'emmena dans la chambre tandis qu'Alessandro surveillait Éléonore. Elle desserra son bâillon et le cracha.

— Pourquoi? J'avais confiance en vous!

— Nous n'avons pas eu le choix.

— On a toujours le choix! rétorqua-t-elle.

— Certes. Et mon choix s'est porté sur ma famille.

Éléonore sentait que c'était le moment pour repérer discrètement un objet à lever.

— Depuis le braquage, nous sommes endettés. Nous n'arrivons pas à avoir la tête hors de l'eau. Je ne peux payer personne à la fin de leur contrat. Nous allions couler et j'ai vu qu'ils recherchaient les blonds. J'ai vite fait le rapprochement. J'avais remarqué tes cheveux durant la Nuit Noire, et je pensais jusqu'alors que mes yeux m'avaient trompé. Mais pas du tout. Quand j'ai lu les affiches, j'ai compris. Adélaïde était morte. Aucun membre de la famille régnante n'avait hérité du pouvoir. Ils recherchaient le véritable roi —ou reine. Visiblement, la Magie avait choisi une personne

CHAPITRE 24

bien étrangère aux Corvus. Cette personne pouvait être n'importe qui dans le royaume. Une grande récompense est offerte à ceux qui la leur remettent. Et moi je savais que c'était toi. Mais dis-moi, je suis curieux, d'où viens-tu?

— Je suis la petite-fille d'Adélaïde II.

— C'est impossible.

Éléonore ne se donna pas la peine de répondre. Une lampe se fracassa sur le crâne d'Alessandro qui s'écroula. Alerté par le bruit, Davide accourut.

— Humainerie! Mais que s'est-il passé?

— Ses yeux… bandent ses yeux… murmura Alessandro qui n'avait pas perdu connaissance.

Il était à terre, affaibli par le coup. Il se touchait la tête ensanglantée, puis se releva lentement pendant que Davide détachait le bâillon pour le glisser sur les paupières d'Éléonore. Elle ne voyait plus rien, mais percevait qu'Alessandro était fou de rage.

— Tu peux lancer sans tes mains! Tu nous l'as bien caché, sal'Autre!

— Je n'avais pas confiance en vous. Finalement j'ai eu raison.

— Papa, calme-toi. Elle n'a fait que se défendre après tout.

Davide avait visiblement plus de remords qu'Alessandro. Mais il ne la libéra pas pour autant.

— Je suis désolé. Il faut nous comprendre. Si on te garde près de nous, on pourrait tous être pendus en place publique! Et j'ai deux filles en bas âge, je dois les protéger.

— Quelle belle image elles auront de leur père en tout cas.

Éléonore jouait la carte de la culpabilité. Elle espérait créer une discorde entre les deux kidnappeurs. C'était le meilleur moyen pour elle de s'en sortir. Mais son stratagème ne fonctionna pas.

— Elles comprendront en vieillissant.

— Elles comprendront surtout que tu as laissé le régime totalitaire se renforcer en étouffant l'insurrection dans l'œuf. Je suis la seule personne qui peut permettre un changement. N'aimerais-tu pas que tes filles grandissent dans un monde meilleur?

— C'est trop tard, intervint Alessandro. Ça fait bien trop longtemps que les Corvus sont au pouvoir. Ils ont implanté peu à peu leur autoritarisme jusqu'à tenir tous les sorciers en muselière. C'est fini.

Éléonore était étonnée du regard pessimiste qu'avait Alessandro sur la situation. Était-ce l'avis général de la population? Peu importe, il fallait qu'elle sorte de là. Ses ravisseurs ignoraient également qu'elle pouvait contrôler la télékinésie sans les yeux. Mais aucune arme n'était à sa disposition.

On toqua à la porte. Alessandro, toujours ensanglanté, l'ouvrit sur deux miliceurs.

— Vous êtes bien Alessandro Spettacolo?

— Oui c'est moi. Entrez, elle est là.

Éléonore fut terrorisée d'un seul coup. Ce qui était encore abstrait quelques minutes plus tôt se concrétisait. Deux miliceurs étaient ici pour l'emmener. Elle allait être à leur merci. Ils la conduiraient sûrement à la famille royale où on la tuerait. Peut-être même pire. Elle eut des hauts-le-cœur qu'elle tenta de contenir puis elle déversa toute la teneur de son estomac sur le sol. Elle se rendit compte également que l'humidité avait gagné son entrejambe.

Les deux inquisiteurs revêtaient fièrement leur uniforme. Un sourire dessiné sur leur visage, ils marchèrent sur la vomissure, l'attrapèrent par chaque bras sans ménagement et la soulevèrent. Éléonore avait l'impression que ses membres se détachaient. Ils descendirent de la caravane tous les trois, Alessandro et Davide sur leurs talons. Une fois dehors, Éléonore sentit le vent frais lui caresser les cheveux. Les gardes continuaient d'avancer à un rythme différent, traînant Éléonore comme une poupée de chiffon. Les itinérants sortaient peu à peu de leurs roulottes, ahuris.

— Noooon! Mais que se passe-t-il?

Éléonore reconnut la voix de Georgia sous son bandeau.

— Ce ne sont pas vos affaires, madame, répondit un des miliceurs.

— Bien sûr que si, elle fait partie de notre famille, nous avons le droit d'en savoir plus.

— Maman, arrête, dit Alessandro.

— Ne me dis pas que c'est toi qui as fait ça! Non, pas toi! s'insurgea Georgia.

CHAPITRE 24

— Maman, il faut comprendre que…

— TAIS-TOI! Je crois que je n'ai jamais été autant déçue de toute ma vie. On en reparlera plus tard.

Elle s'avança vers les gardes. Éléonore le savait puisqu'elle sentit son parfum.

— Laissez-la, c'est une enfant!

— Ordre de la reine. Ne vous mettez pas en travers de notre chemin, où on vous embarque aussi.

Quelqu'un la tira de côté alors que Georgia sanglotait.

Le vacarme commençait à réveiller tout le monde. Éléonore entendit quelques personnes raisonner Guillaume qui était prêt à se battre face aux gardes.

— Si l'un d'entre vous essaie encore de nous atteindre ou de libérer la fille, on vous tuera tous, c'est compris? se pavana l'un des inquisiteurs.

Éléonore doutait que ça soit possible, mais il était évident qu'ils allaient faire un rapport sur les sorciers qui avaient tenté de la protéger.

— Mais a-t-on au moins le droit de savoir pourquoi vous l'embarquez? demanda Sara, qui n'avait rien remarqué.

— Tiens, regarde!

Un des miliceurs tira sur sa perruque. Éléonore cria de douleur car elle avait pris soin de bien la fixer, et des touffes de cheveux partirent avec elle.

Sa chevelure épaisse, plaquée sous la perruque, se gonfla une fois à l'air libre, sous les murmures de la troupe. Elle forma une crinière pratiquement dorée qui captait les éclats de la lune et des étoiles.

Chapitre 25

Finalement, il y avait peut-être une bonne raison à ce que le destin ne le mette jamais sur la route d'un transporteur. C'était vraiment le moyen de locomotion le plus désagréable qui soit! Et dire que c'était le plus cher! Au moins, il était arrivé à bon port. C'était impressionnant de sauter d'une ville à une autre en une fraction de seconde. S'il avait le pouvoir de se déplacer partout dans le monde, il passerait son temps à voyager pour découvrir de nouvelles cultures. Ça serait génial! C'était bien plus intéressant qu'être hypermnésique.

Il chercha un plan de Sésudia dans le bâtiment de son atterrissage. Plusieurs y étaient affichés à hauteur d'homme, le long du couloir menant à la sortie. Il s'approcha de l'un d'eux. La carte devina ses pensées: sa destination se mit en relief. Elle lui donna également l'itinéraire, en illustrant en gras les rues par lesquelles il devait passer. Il enregistra les informations et partit. Il n'y avait pas de temps à perdre.

Il repéra facilement la maison qu'il cherchait. Elle se trouvait dans un quartier résidentiel calme. Il examina l'extérieur de la demeure: il n'observa aucune rose. Il frappa à la porte. Une femme portant un enfant dans les bras vint lui ouvrir. C'était visiblement celui dont il était question dans l'annonce. Jérémy soupira de satisfaction. Tant mieux, il n'avait pas encore été enlevé! Les cheveux du garçon reflétaient un blond presque blanc et ses yeux bleu clair persans fixaient Jérémy. Celui-ci exposa à la mère la raison de sa visite. Comme pour le couple de la capitale, il bénéficia d'un accueil froid.

CHAPITRE 25

— Ah bon? Il va être kidnappé? On fera attention. Merci.

Elle allait claquer la porte quand Jérémy lui demanda un verre d'eau. De mauvaise grâce, elle le convia dans le salon. Il en profita pour observer les lieux. Aucune rose au rez-de-chaussée.

— Vous avez une jolie maison.

— Merci.

— Je suis désolée d'avoir été aussi brusque, un inconnu qui vous annonce que votre fils va être enlevé, j'imagine à quel point vous avez dû avoir peur...

— Non ça va. Je ne risque rien, retournez chez vous.

La conversation s'arrêta là. Jérémy se sentit idiot. Il avait trouvé le comportement des familles de la capitale bizarre, il aurait dû se douter qu'ici ça serait la même chose. Est-ce qu'elle ne le croyait pas, ou était-elle dans le coup? Pour quelles raisons voudrait-elle que son fils disparaisse? Avait-elle peur d'un risque plus grand encore? Que pouvait-il y avoir de pire que de perdre son enfant? Jérémy ne comprenait pas. Il s'éclipsa, la tête envahie de réflexions.

Il trouva une auberge et avala un morceau. Une fois dans sa chambre, il enfila une tenue de mendiant. Il se posterait devant la maison de la famille. Il découvrirait la vérité. Il ne pouvait pas demeurer avec des questions et abandonner.

Il s'assit sur le trottoir en face, et plaça une de ses chaussures devant lui, pour l'aumône. Plusieurs heures défilèrent sans qu'il ne se passe rien. L'attente devenait insupportable. Il n'avait pas pour habitude de rester inactif, et l'exercice se révéla plus difficile qu'il ne l'avait imaginé. Sans distraction, Jérémy comptait les secondes. De plus, la rue était excentrée, ce qui entrainait peu d'allées et venues. Jérémy réalisa que l'endroit n'était pas très stratégique pour un mendiant. Sa couverture était inadaptée, mais c'était la seule dont il disposait.

L'obscurité gagnait du terrain. Bientôt Jérémy ne pourrait plus surveiller la famille. Il ne pouvait décemment pas s'éterniser ici durant toute la nuit. «Je recommencerai demain», se désespéra-t-il. L'idée de croupir à la même place, sans livre, lors des prochains jours, le rebuta. Il se résolvait à quitter son poste d'observation quand un homme s'approcha furtivement de la maison. Celui-ci déposa une couronne de fleurs sur la porte et repartit aussitôt. Des roses. Ça y est! Jérémy était excité. Il se leva discrètement, fit mine de rentrer s'abriter après une longue journée de mendicité, puis suivit l'inconnu. Celui-ci marchait d'un pas vif. Jérémy le pista difficilement à travers les rues de la ville qu'il connaissait mal. D'ici, il ne pouvait pas voir son visage. Jérémy accéléra. L'écart diminuait. Il allait enfin découvrir le repaire. Malheureusement, au détour d'une allée, il finit par perdre sa trace.

— Eh merde, murmura-t-il, dépité.

∗ ∗ ∗

Topaze n'avait pas beaucoup de temps. Ce n'était qu'une question d'heures, ou peut-être même de minutes, avant qu'on ne donne l'alerte à la prison et qu'on ne se lance à sa poursuite. Il devait faire vite. Il se mit à courir à travers la forêt. Il ignorait totalement où il était. Le matin n'avait pas encore séché la rosée, et l'herbe humidifiait son pantalon. D'après le soleil, il avançait vers l'ouest. Peu lui importait la direction, tant qu'il sortait de la route principale. Son corps était affaibli par le peu de nourriture équilibrée de ces derniers mois. Malgré les travaux forcés, ses muscles avaient fondu, notamment ceux des membres inférieurs qu'il utilisait peu. Courir le fatigua très vite, mais il repoussa ses limites. Il n'était pas question de se faire capturer. Qu'infligeait-on à la personne qui avait assommé le directeur? Sûrement la peine de mort. Vivian et Marceau avaient beau être sympathiques, ils défendraient leur peau.

Peu à peu, les arbres se clairsemèrent. Topaze redoubla d'efforts. Il était tellement focalisé sur sa fuite qu'il ne prit pas conscience qu'il avait quitté la forêt. Il foula le bitume. Perplexe, il s'accroupit pour le toucher. Il se demanda ce que pouvait être ce sol étrange. Soudain, un monstrueux bruit gronda sur sa gauche. Il tourna la tête. Une voiture fonçait sur lui. Elle

CHAPITRE 25

pila. Par réflexe, Topaze ferma les yeux. Il ne bougea pas, tétanisé. Le conducteur donna un coup de volant pour l'éviter. Par chance, il dérapa et s'immobilisa en plein milieu de la route sans aucun dégât matériel et humain.

— Hey mec! T'es malade ou quoi? Tu cherches à te suicider? s'énerva-t-il.

Topaze était pétrifié. Il avait atterri dans l'Autre monde et avait manqué de peu d'être tué par un objet étrange.

— Tout va bien? se radoucit le conducteur. T'as l'air sous le choc. Reste pas là, tu vas te faire écraser.

L'humain vint voir si Topaze se sentait bien. Il jeta des coups d'œil à la route. C'était une nationale et les gens roulaient comme des fous, il fallait qu'ils partent d'ici.

— Allez, monte!

Topaze ne comprenait pas ce qu'il lui disait. Il lui faisait des gestes pour qu'il rentre dans cet étrange objet qui faisait un bruit diabolique. Il obéit, actionna facilement la poignée et s'installa. Le conducteur enclencha la première. Le sorcier sursauta. Il regarda le paysage défiler à vive allure. Il était impressionné. Comment pouvait-on aller si vite? C'était de la magie, c'est sûr!

— Je m'appelle Greg. Et toi?

— Topaze.

— Plutôt rare comme prénom. Qu'est-ce que tu fais ici?

— Je me suis perdu.

— Vu l'état de ta tenue, ça fait un bout de temps que t'es perdu nan? plaisanta-t-il.

Greg était blond, le teint pâle, mince et avait les pupilles dilatées. Il sentait une herbe que Topaze n'arrivait pas à reconnaitre. Peut-être était-ce cette herbe qui faisait avancer cet engin. Il se remémora les conversations sur le monde humain qu'il avait eues avec Éléonore et Axel. Jérémy avait été subjugué par tout ce qu'il apprenait. Topaze s'y intéressait moins, mais il le trouvait tout de même fascinant. Il se souvint du nom de ce véhicule.

— Où vas-tu avec ta fouature?

— Avec ma voiture? Là je rentrais chez moi. Et toi?

— Je ne sais pas. Vers le nord.

— Dans le Nord? Ouah c'est loin mec, va t'en falloir des heures de stop.

Topaze ne comprenait rien à la conversation. Le conducteur parlait lentement et semblait zen. Cependant, Topaze sentit à l'intérieur un stress et un malaise profonds. Jamais il n'avait vu un tel décalage entre le visible et l'invisible.

— Tu veux que je te dépose quelque part?

— Le plus au nord où tu iras.

— Ah! ah! tu as cru que j'avais une boussole intégrée? T'es bizarre comme mec! Mais je pense que t'es un type bien! T'as faim?

— Oui un peu.

— Allez viens je t'emmène dans mon studio, on se fera un petit-déj' de feu. T'as l'air de pas avoir mangé et dormi depuis des jours.

— C'est le cas, admit Topaze.

— Mon pauvre! Vas-y, on va se poser, tu me raconteras tout ça.

Topaze ne dit plus rien du trajet. Il se contenta de contempler le paysage qui défilait à toute vitesse. Il n'avait pas le temps d'admirer les vaches qui broutaient dans l'herbe ou les oiseaux qui virevoltaient. À cette vitesse-là, il pourrait rejoindre Vénéficia en une journée!

Greg tourna à gauche au bout d'une quinzaine de minutes. Il entra dans un village fait de maisons semblables dans un matériau que le sorcier n'avait jamais vu. Les résidences étaient blanches ou gris clair, et la plupart possédaient le même genre de véhicule stationné devant.

Greg se gara devant une petite habitation et l'invita à monter. Il expliqua à Topaze qu'il s'agissait d'une dépendance de la demeure de ses parents. Topaze le suivit dans les escaliers et s'introduisit dans un minuscule studio où régnait un capharnaüm. Cependant, l'endroit avait l'air propre. Greg dégagea les objets de la table et posa de quoi petit-déjeuner. Topaze salivait à l'idée de manger. Le pain, le beurre, le fromage, les céréales, tout était dans un plastique. Le sorcier découvrait ce matériau pour la première fois et fut surpris de sa malléabilité. Au début, il attrapa prudemment les contenants, puis s'amusa à le tordre pour vérifier sa souplesse. Greg le regardait, intrigué.

CHAPITRE 25

— Toi, t'es encore plus fonce-dé que moi!

Assis en face de lui, Topaze pouvait à loisir observer son sauveur. Toute la phrase prenait son sens avec les éléments qu'il avait recueillis. Greg était sous psychotropes, mais il ignorait lesquels. Les humains avaient sûrement leurs propres drogues. Ça ne lui était jamais venu à l'esprit. En tout cas, son cerveau paraissait juste engourdi. Il ne semblait pas être violent.

— Mec, je te redépose après?

— Ça serait gentil, oui.

— Une p'tite douche te ferait du bien aussi, tu pues mec!

Topaze accepta ce répit. Après tout, personne ne penserait à le chercher dans l'Autre monde, il y était plutôt en sécurité. Même si être dans une contrée inconnue ne le rassurait pas, il se sentait en confiance avec Greg. Le ventre plein et le calme de l'appartement détendirent Topaze. Greg le conduisit à une douche. Topaze n'en revenait pas. Les humains avaient l'eau qui arrivait directement d'un tuyau, sans recourir à la magie. Il revêtit un tee-shirt blanc et un jeans. Il n'avait jamais porté cette matière et eut du mal à l'enfiler. C'était vraiment étrange comme sensation. On était tout d'abord serré dans le vêtement, puis il se détendait. Il profita du fait que Greg soit sous la douche pour admirer la technologie. Il ouvrit et ferma le réfrigérateur un nombre incalculable de fois, sursauta lorsqu'il entendit un bip en effleurant la plaque à induction et tourna les boutons du four. Il abandonna ses recherches et s'assit dans le canapé quand Greg revint le voir.

— Je vais me coucher un peu, je sors ce soir, je te dépose à ce moment-là?

— Oui c'est parfait, merci pour tout.

— De rien. Tu veux regarder la télé?

Topaze hocha la tête. Il ignorait ce que c'était, mais dans le doute il vaut mieux toujours dire oui. Greg attrapa la télécommande et le sorcier écarquilla les yeux. Devant lui, l'écran noir s'était transformé en des personnages qui bougent dans tous les sens. Greg se coucha et Topaze s'approcha du poste. Il toqua. Personne ne répondait. Il leur parla. Personne ne répondait. Il changea de chaine. Il tomba sur les informations. Topaze découvrit alors ce qu'il se passait dans le monde humain. C'était fascinant. Il avait envie de rester devant pour en apprendre davantage. «Je ressemble à Jérémy», pensa-t-il, un sourire en coin.

Au bout d'un moment, la fatigue le gagna et il s'assoupit devant la télévision. Il savait qu'il était primordial qu'il se repose pour que son corps et son esprit soient en alerte, car les prochains jours s'annonceraient mouvementés.

Ils dormirent ainsi plusieurs heures. Quand Topaze se réveilla, Greg était en train de fumer des végétaux.

— Tu veux un joint?

— Non merci.

Topaze devinait que c'était ce produit qui anesthésiait une partie de son cerveau. Il était intrigué.

— Quelle plante utilises-tu?

— C'est du cannabis.

— Je ne connais pas! Où la cueilles-tu?

— Toi t'es vraiment un marginal!

L'humain riait et Topaze n'en saisissait pas la raison.

— Je l'ai acheté à un revendeur.

— Ça se cultive dans cette zone géographique?

— Ça se cultive dans toutes les caves! Ah! Ah!

Topaze n'insista pas. Visiblement, Greg ne comprenait pas ses questions.

— Bon, je suis attendu à une soirée assez loin d'ici, mais ça t'arrangera peut-être, car c'est vers le nord. Je vais à Orléans.

— Je ne connais pas la ville.

— Regarde sur la carte et dis-moi où tu veux que je te dépose.

Greg lui tendit un autre objet étrange qui tenait dans sa main. Les couleurs et la luminosité éblouirent Topaze. Il perçut les ondes électromagnétiques qui se dégageaient de l'appareil. Elles affaiblissaient son pouvoir. Il eut un frisson de dégoût. Il se dépêcha donc de survoler ce que Greg lui montrait. C'était la carte du royaume, et une ligne bleue en traversait une partie. Topaze ne savait pas ce qu'on attendait de lui. Greg pointa son index sur l'écran du portable.

— On est là, et je vais ici. Où veux-tu que je te dépose?

CHAPITRE 25

Même si Topaze avait remarqué que la végétation et les senteurs étaient différentes, il n'avait pas imaginé que la prison soit autant vers le sud. Hormis le fait d'être nocif, le téléphone était une invention géniale: Topaze voyait toutes les forêts de France, et parvint facilement à se repérer.

— C'est possible que tu me déposes près d'ici?

Il montra un point au sud qu'Orléans.

— Oui, nickel, c'est sur mon trajet.

Ils mangèrent un plat consistant. Malgré le petit-déjeuner copieux, Topaze avait une faim de loup. Cette petite parenthèse humaine lui avait fait le plus grand bien.

Ils reprirent la voiture et le sorcier s'y sentit déjà plus à l'aise. Au moment où il commença vraiment à se détendre, ils s'engagèrent sur l'autoroute. Topaze, qui croyait avoir tout découvert de cet engin, fut ébahi par son accélération soudaine. Son corps supporta difficilement les nouvelles expériences humaines. Il demanda à Greg de s'arrêter, et il vomit tout le contenu de son estomac.

— Ça va mec? T'es malade?

— Je n'ai pas l'habitude de la voiture.

— T'as le mal des transports? Merde c'est con!

Greg lui tendit un sac. Il retourna à contrecœur dans l'automobile. Ils roulaient à toute allure. Topaze essayait d'admirer le paysage, en vain. Il n'apercevait que des lignes vertes à cause de leur vitesse excessive.

— Pour éviter d'être malade, il faut fixer la route.

Il écouta les conseils de Greg. Il scruta l'étendue grisâtre qui s'aplatissait sous eux. Ils n'étaient pas les seuls à emprunter ce chemin, et Topaze observa plus d'humains qu'il ne l'aurait cru. Il comprit alors qu'il existait différents modèles de voitures dont la conduite était réservée aux adultes. Son corps s'habitua peu à peu à la vitesse vertigineuse de cet engin roulant, et le trajet passa rapidement.

Au bout de quatre heures, Greg sortit de l'autoroute et le déposa sur un parking près de la forêt.

— Merci pour tout Greg. Je ne sais pas comment te remercier.

— Oh t'inquiète. T'avais l'air un peu perdu comme gars, je suis content d'avoir pu t'aider.

— Comment pourrais-je te rendre la pareille?

— Prends soin de toi. Allez, à un de ces jours mon pote!

Topaze regarda Greg partir, à la fois nostalgique de quitter l'humain et plein de gratitude pour lui. C'était vraiment une rencontre hallucinante, qu'il n'oublierait jamais.

Il s'enfonça dans la forêt. Le ciel s'était assombri au fur et à mesure de la route et les étoiles permirent à Topaze de se repérer. Il ne connaissait pas précisément la localisation du passage pour le monde sorcier, mais il savait une chose: il était loin de la prison et personne ne le chercherait ici.

**

Éléonore avançait dans le noir le plus total. En plus du bandeau, les gardes avaient glissé des sacs en toile sur sa tête et ses mains pour éviter au maximum qu'elle utilise son pouvoir. Elle avait des difficultés à respirer et à marcher, mais elle essaya de ne pas céder à la panique. Elle devait analyser la situation. Ils n'avaient l'air d'être que deux. Elle était peut-être en infériorité numérique, mais elle avait l'avantage de la surprise en pouvant télékinésiant uniquement avec son esprit. Lui avoir bloqué les mains et les yeux rendait ses actions moins précises, mais n'arrêtait pas son pouvoir. Elle devait trouver de quoi se battre. Les miliceurs possédaient des armes, mais Éléonore ignorait quel genre, ainsi que leur localisation. Elle se concentra sur son audition, le seul sens qui pouvait l'aider. Ils marchaient. Le cliquetis d'une épée se fit entendre sur sa droite. Trop grand et trop difficile à manier. Un poignard serait plus adapté. Elle se traîna en silence très longtemps, jusqu'à ce que les gardes établissent un camp. Ils l'attachèrent à un arbre et allumèrent un feu. Ils étaient surexcités. Ils parlaient de sa capture comme si elle n'était pas là, ou comme si elle était un animal qui n'avait aucune compréhension du langage humain.

— Tu te rends compte, Marcus? Dire qu'on ne voulait même pas y aller.

CHAPITRE 25

Tu crois que c'est l'héritière de la magie?

— T'as vu ses cheveux? C'est sûr! On va avoir une sacrée récompense, c'est moi qui te l'annonce!

— Que vont-ils lui faire à ton avis?

— Aucune idée, la tuer peut-être! On s'en moque, ce ne sont pas nos oignons, on fait notre travail, point barre. Que vas-tu t'acheter avec l'argent?

— Je vais réparer ma maison, et toi?

Ils parlèrent de leur vie privée et de toutes les possibilités qu'ils avaient à portée de main grâce à Éléonore, sans se soucier de son sort. Elle mima de s'endormir et attendit que les miliceurs fassent de même. Malheureusement pour elle, ils décidèrent de faire des tours de garde, ce qui lui compliquerait la tâche. Elle réfléchissait. À la lumière du feu, ils verraient qu'elle pouvait faire voler les objets. Elle ne pouvait pas prendre le risque de perdre son effet de surprise. Elle devait attendre le moment propice. Mais si elle retardait exagérément son action, il serait peut-être trop tard: on l'enverrait au château royal et elle ne pourrait plus rien contre la multitude de miliceurs. Elle entendit un premier ronflement, tandis que l'autre attisait le feu ou soupirait. À travers le sac, elle remarqua la lueur des braises diminuer tout doucement, jusqu'à s'éteindre. Elle ignorait si le deuxième inquisiteur somnolait, mais c'était le meilleur moment pour agir. Elle appela une dague. Elle ne l'avait jamais fait sur un objet qu'elle n'avait pas visualisé auparavant, et n'était pas sûre de réussir. Rien ne vient. Elle convoqua par télékinésie l'arme qui lui conviendrait le mieux. Sans utiliser sa vue, elle subodora qu'un couteau s'élevait dans les airs pour la rejoindre. Elle lui indiqua comment couper ses liens. Il lui semblait que la lame sur les cordes faisait un tel bruit que les gardes réagiraient d'un moment à l'autre, mais rien ne se passa. Son cœur battait si fort dans ses oreilles qu'elle ne parvenait plus à entendre distinctement les ronflements. D'un seul coup, elle sentit les liens se relâcher. Elle bougea légèrement ses bras engourdis et patienta quelques secondes pour que les picotements s'estompent. Elle ne voulait surtout pas se précipiter. Elle retira délicatement le sac qui lui couvrait la tête, puis le bandeau sur ses yeux. Ils étaient clos depuis des heures et il lui fallut quelques secondes pour s'habituer à l'obscurité. Sa nyctalopie fonctionnait à merveille. Elle avait l'avantage sur eux. Le feu n'était plus que des braises fumantes. La lune était masquée par de lourds nuages noirs. Mais pour dominer la situation, elle devait pouvoir se battre. Maintenant qu'elle avait retrouvé la vue, elle appela délicatement les armes à elle. Elle récupéra le couteau qui avait tranché ses liens. Elle choisit un poignard et une épée en plus, qu'elle coinça à sa ceinture. Elle se leva. Les cerbères somnolaient. Elle devait se montrer très vigilante pour ne pas les réveiller. Mais le sol de la forêt n'était pas des plus silencieux pour quiconque voulait s'échapper. Elle marcha sur la pointe des pieds. Malgré ses précautions, des feuilles crissèrent sous ses pas. Le premier garde se réveilla en sursaut, suivi du second. Il n'était plus l'heure d'être prudente. Elle devait partir, et vite. Elle choisit une direction au hasard. Elle courut promptement, avec une rapidité qu'elle ignorait posséder. Les branches et les ronces l'égratignaient, mais peu importait. Elle sentit des mèches de cheveux s'arracher. Du sang dégoulinait de ses blessures. Sa respiration se fit difficile. Elle avait un point de côté. Elle entendait les gardes juste derrière elle, à sa poursuite. Elle jeta un œil par-dessus son épaule pour estimer la distance qui les séparait puis s'écroula de tout son long. Elle se releva immédiatement. Ils étaient proches, bien trop proches. Comment faisaient-ils dans le noir? Avaient-ils le même pouvoir qu'elle? Ou percevaient-ils trop facilement ses pas? Elle était terrorisée. Ils ne pouvaient pas gagner! Elle reprit la course, espérant un miracle.

Chapitre 26

Topaze marchait dans la forêt. Il n'avait aucune idée de la direction qu'il prenait, mais il était rassuré. Il se trouvait encore trop près de l'Autre monde pour qu'il lui arrive quoi que ce soit. Il ramassa des brindilles puis ne s'arrêta que lorsqu'il repéra l'endroit idéal pour passer la nuit. Il s'agissait d'une petite surface plane d'où il avait une vue dégagée sur le ciel et sur les animaux sauvages. Des humains avaient dû s'établir ici il y a peu de temps, car des vestiges d'un feu de camp étaient toujours visibles. Topaze s'en servit pour allumer le sien, et s'allongea à proximité. Il ne pouvait rien faire de plus pour le moment: il faisait nuit et il ne disposait d'aucune lanterne. Il scruta les étoiles pour déterminer la direction du village. Il congloméra des cailloux sur le sol pour s'en souvenir. Il s'endormit facilement: après tout, la litière forestière était aussi confortable que la paillasse de sa cellule.

Le lendemain, Topaze éteignit les braises qui rougeoyaient encore. Il chemina vers la prochaine ville sorcière. Il cueillit sur le sentier toutes les plantes médicinales et tous les fruits comestibles qu'il trouvait. Subvenir à ses besoins durant quelques jours ne l'inquiétait pas le moins du monde. Le fait qu'il porte une tenue humaine le préoccupait nettement plus. Même si, grâce au pull que lui avait donné Greg, il n'avait pas eu froid de la nuit, son entrée dans le monde magique se ferait forcément remarquer. Il marcha des heures, jusqu'à atteindre une piste assez large. Sur un panneau était indiqué Formaltus à douze kilomètres de là. Ça y est, il avait accédé au royaume. Il parviendrait sûrement demain dans le premier village sorcier, mais n'avait pas encore réfléchi à la stratégie à adopter. Dans ses pensées, il continua à avancer sur le chemin tout en se tenant prêt à se cacher à la moindre occasion.

Il perçut le bruit d'une rivière. Il sortit du sentier et s'enfonça dans la forêt, à sa droite. Arrivé près de l'eau, il s'agenouilla. Il s'arrosa le visage et but quelques gorgées. Il était assoiffé. «Une gourde m'aurait été bien utile», songea-t-il, désabusé.

À quelques pas de là, se dressait un château abandonné. Topaze ne pouvait pas voir, car des centaines d'années de protection le rendait invisible à tout sorcier ne faisant pas partie de la famille. Si le sortilège n'avait pas fonctionné, Topaze n'aurait eu qu'à tendre la main pour sentir le mur d'enceinte. Malheureusement, il ne dérogea pas à la règle. Il regagna le sentier, en se détournant du bâtiment. La végétation avait envahi le domaine, certaines fenêtres étaient cassées et le grand portail était complètement rouillé. Les chevaux en bronze qui montaient la garde de ce domaine avaient verdi et offraient un spectacle désolant. Topaze continua son chemin, délaissant cette demeure loin derrière lui.

Le jour commençait à tomber. Dormir dans la forêt non loin d'une ville sorcière était un risque qu'il n'avait pas envie de prendre, mais il n'avait pas le choix. Il désespérait quand il remarqua une minuscule maison abandonnée sur la droite. Il enjamba l'herbe haute puis frappa à la porte plusieurs fois par précaution. Visiblement, personne ne s'y trouvait. L'entrée était condamnée. Il fit le tour de la bâtisse, puis passa par la percée d'une vitre cassée. L'intérieur devait être inhabité depuis longtemps. La poussière s'y était accumulée. Il alluma un feu dans la cheminée avec les brindilles ramassées à l'extérieur. Il fouilla les placards: la maison avait dû être pillée de nombreuses fois car il ne restait plus rien. Il dénicha tout de même quelques vêtements qui n'avaient intéressé personne au fond d'une armoire. Ça fera l'affaire. Topaze les nettoya à la rivière puis revint les étendre près de l'âtre. Il déterra une vieille casserole avec laquelle il fit bouillir de l'eau. Il se confectionna un repas à partir de ce qu'il avait cueilli le jour même puis s'endormit.

* * *

Éléonore avait repris la course. Les inquisiteurs parvenaient à la suivre, même si elle les distançait quelque peu. Si elle continuait à ce rythme, elle serait épuisée avant d'être complètement libérée de leur joug. Elle s'arrêta pour récupérer son souffle. Elle devait changer de méthode. Éléonore réfléchit à une stratégie. Elle ne connaissait pas leur pouvoir, mais en les observant davantage, elle comprit qu'ils n'étaient pas nyctalopes. Ils se prenaient bien plus de branches qu'elle et tombaient souvent par les racines des arbres. Cependant, elle devait rester prudente : elle ignorait leur don et leurs compétences, et eux aussi pouvaient jouer sur cet élément de surprise. Elle s'immobilisa. Elle sortit l'épée qui avait une portée plus longue que le poignard, et calma sa respiration. Elle ne bougeait plus, totalement statique. Les gardes, à une dizaine de pas d'elle, n'étaient plus orientés par le bruissement des feuilles sous les foulées d'Éléonore. Ils ralentirent progressivement jusqu'à s'arrêter.

— Merde, elle est où ? Tu crois qu'elle a trouvé une planque ?
— Possible. Ou alors elle s'est épuisée. Mordicans de nuages, on y voit rien !

Ils s'approchaient lentement mais sûrement d'elle. Éléonore espéra pouvoir garder l'élément de surprise assez longtemps pour se jeter sur eux.

* * *

Jérémy était contrarié d'avoir perdu la trace de l'homme qui avait déposé la gerbe de fleurs. Puisqu'il était apparu à visage découvert, Jérémy avait pu retenir ses traits, mais ce n'était d'aucune utilité s'il ignorait son identité. Le lendemain, Jérémy se posta au même endroit dans l'espoir d'assister à l'enlèvement. Il avait déjà fait le tour du quartier pour étudier les lieux. Il avait également détaillé la maison, qui ne contenait qu'une seule entrée. À part la façade qui donnait sur la rue, les autres murs étaient collés aux bâtiments voisins. Il n'y avait aucune échappatoire possible. Jérémy était sûr de lui. S'il restait sur place sans bouger, il ne pourrait rien rater. Il avait entr'aperçu la famille par la fenêtre le matin puis le père était parti. Jérémy n'avait pas osé manger ni boire, de peur de devoir s'éclipser pour ses besoins. Ses privations furent vaines: vers le milieu de l'après-midi, la femme sortit en hurlant. Son fils avait été kidnappé. Jérémy se leva pour la suivre puis se ravisa. Elle allait sûrement signaler la disparition aux autorités, et il n'apprendrait rien de plus là-bas. Il s'approcha de la maison, regarda par la fenêtre et ne vit rien, à part la couronne de roses accrochée sur le mur du salon. C'était étrange. Comment avait-il fait? Jérémy n'avait pas bougé. Y avait-il une entrée souterraine dont il ignorait l'existence? Et comment avait-il réussi à enlever l'enfant sans que la mère le remarque? Il retourna s'asseoir à sa place. Peut-être que le kidnappeur était encore à l'intérieur et qu'il attendait que la rue se calme pour sortir. Quelques minutes passèrent, mais Jérémy ne releva rien de particulier. Les inquisiteurs arrivèrent peu de temps après, accompagnés de la maman terrifiée. Ils fouillèrent la maison puis l'un d'eux vint à la rencontre de Jérémy. Il lui demanda s'il avait aperçu quelque chose. Jérémy répondit la vérité.

— Je n'ai vu personne entrer et sortir, à part cette femme.
— Depuis quand es-tu ici?
— Depuis ce matin très tôt.
— Et tu dis que tu n'as rien constaté?
— Non, rien. Personne. Il y a sûrement une autre entrée.
— Il n'y a pas d'autre entrée. Merci.

On ne lui demanda rien de plus. Il resta encore un peu pour que ça ne paraisse pas suspect, puis rentra. Cette enquête était vraiment très étrange. Le fait de ne pas réussir à assembler les morceaux disparates en un tout

CHAPITRE 26

cohérent énervait Jérémy. Comment était-ce possible?

Une fois arrivé à l'auberge, il prit les escaliers. Il préférait se changer avant d'entamer le premier repas de la journée. Il inséra la clé dans la serrure, actionna la poignée et entra dans sa chambre. Elle était plongée dans la pénombre et il alluma une bougie. Quand la pièce s'éclaira, Jérémy remarqua deux hommes assis sur son lit.

Chapitre 27

Éléonore tenait l'épée fermement. Elle essaya de ralentir son cœur en respirant calmement, en vain. C'était une chose de s'entrainer avec Guillaume en utilisant des armes factices, c'en était une autre de se battre pour de vrai, en pouvant infliger des blessures fatales. De plus elle risquait elle aussi de se faire tuer. Ils étaient tout de même deux hommes expérimentés et elle était seule. Elle ne voulait pas mourir. Pas ce soir. Mais aurait-elle assez de détermination pour meurtrir quelqu'un? Un des inquisiteurs était à présent à la portée de son épée. «Allez Éléonore, vas-y, frappe-le» s'encouragea-t-elle intérieurement. Il s'approchait bien trop près, elle devait agir immédiatement. «Éléonore c'est maintenant ou jamais!» Elle prit son arme à deux mains, la leva tel un club de golf pour lui donner de l'élan, et enfonça la lame dans le genou du garde. Celui-ci hurla de douleur, tenant son articulation explosée. Du sang se déversait abondamment de la plaie qui était profonde. Heureusement, elle n'avait pas eu assez de force pour lui couper complètement la jambe. Averti par le bruit, l'autre miliceur s'approcha, mais il était plus en alerte que le premier, ce qui compliquait la tâche. Éléonore dégaina son poignard et chercha une zone qui le blesserait suffisamment pour abandonner la poursuite, mais pas assez pour le tuer. Elle savait que l'idéal serait certaines parties du ventre, mais elle avait peur de rater sa cible d'un centimètre, entrainant des dégâts irréversibles. Une nouvelle fois, elle visa le genou. Elle télékinésia l'arme qui flotta dans les airs. Par une impulsion de son esprit, celle-ci vola

CHAPITRE 27

jusqu'au deuxième miliceur qui s'écroula en un cri. Ils étaient tous les deux à terre, c'était le moment: elle se remit à courir.

* * *

Topaze dormit mieux que la veille dans cette maison abandonnée. À l'aube, il enfila la tenue de sorcier élimée et dissimula dans le fond d'une armoire ses vêtements humains. Il alla à la rivière boire et se passer de l'eau sur le visage puis reprit la route. Il se sentait bien plus en sécurité maintenant, habillé normalement et loin de la prison. Il arriva enfin au village de Formaltus vers le milieu de la matinée. C'était un bourg plus grand qu'il ne l'aurait cru, et revoir les gens vaquer à leurs occupations lui procura une étrange sensation. Pour lui, la vie s'était arrêtée durant quelques mois, mais ce n'était pas le cas pour le reste du royaume. Il parcourut les allées au hasard, demandant aux commerçants s'ils avaient besoin d'un coup de main, mais personne ne requérait son aide. Il fallait absolument qu'il travaille. Même s'il parvenait à trouver de quoi de restaurer en forêt, un repas consistant lui ferait un plus grand bien, surtout s'il avait encore quelques jours de marche. Au détour d'une rue, il écouta des gens se plaindre de la pénurie de guérisseurs. Tous étaient partis ou étaient morts, et la population alentour en souffrait. Topaze s'arrêta près d'eux.

— Je m'excuse d'avoir prêté attention à votre conversation, mais je suis guérisseur, de passage dans le bourg. Si vous entendez parler de personnes qui ont besoin de mes services, je suis disponible pour la journée.

— C'est vrai?

Les hommes étaient dubitatifs.

— Venez avec moi, je connais quelqu'un dont l'état de santé nécessite d'un guérisseur. On vous paiera uniquement si ça fonctionne.

Topaze ne se formalisa pas du ton bourru du sorcier et le suivit vers une maison où une femme d'une cinquantaine d'années était couchée. Sa peau était blanche, quasi translucide et son regard éteint était alourdi par des cernes noirs. Il s'approcha de son lit. Les galets qu'il avait ramassés sur la route devront suffire à absorber une partie de l'énergie négative de sa patiente. Il l'analysa puis procéda au soin. Ça faisait des mois qu'il n'avait pas pratiqué, mais son don ne s'était pas altéré: tout demeurait instinctif chez lui. Cependant, il lui faudrait plusieurs séances pour venir à bout de sa maladie. Elle devait être présente depuis longtemps, car elle avait envahi tout son corps. Il conseilla également la nourriture qu'elle devait ingérer dans la journée, mais il ne pouvait rien fournir. Il n'avait pas les plantes nécessaires sur lui.

— Si je les achète, vous pensez pouvoir préparer des décoctions efficaces? demanda sa fille qui avait une vingtaine d'années.

— Oui très certainement.

— Très bien, pouvez-vous faire la liste? Mon frère ira chercher ce qu'il faut immédiatement.

Topaze s'exécuta, puis il profita d'être dans cette maison pour décharger l'air ambiant des énergies négatives. La mère qui avait seulement hoché la tête pour accepter le soin s'exprima pour la première fois d'une voix faible.

— Merci, je me sens déjà mieux.

— J'en suis ravi. Je ferai tout ce qui est en mon pouvoir pour vous aider.

— Merci, répéta-t-elle. Vous resterez quelques jours à Formaltus?

Topaze lisait la supplication dans ses yeux et ne voyait pas comment refuser.

— Je resterai dans les parages aussi longtemps que possible, répondit-il vaguement, car il ne souhaitait pas mentir.

— Très bien. Morgane, donne-lui quelques sous, veux-tu?

Sa fille s'exécuta et Topaze fut soulagé d'obtenir de quoi passer la nuit au sec.

On lui offrit de quoi se restaurer. Le ventre plein le fit soupirer d'aise. L'après-midi, il prépara les potions à base de plantes en promettant de revenir le lendemain. Il gagna la taverne du village où il prit une chambre. Il se réjouissait de s'abriter dans le confort de l'auberge.

À son réveil, le fait qu'un guérisseur était présent en ville avait fait le

CHAPITRE 27

tour de Formaltus et on vint le solliciter dès son petit-déjeuner. Il aurait peut-être dû se montrer plus discret concernant ses dons, car il finirait par être vite repérable. Sa conscience professionnelle bien ancrée en lui, il ne put refuser les soins qu'on lui demandait. Il passa la matinée à travailler, et renfloua ses poches suffisamment pour les prochains jours. Vers l'après-midi, les rumeurs avaient gagné le château du village, où logeaient le comte et la comtesse Coudray. Topaze savait que ces nouveaux nobles avaient un lien étroit avec la famille royale actuelle. Il hésita à s'y rendre. Mais on lui rapporta qu'ils étaient désespérés: la comtesse vivait une grossesse difficile et ils s'inquiétaient pour la fin du terme. C'était toujours sa mère qui participait aux accouchements, car, chez les sorciers, c'était la tradition qu'une femme, qui disposait généralement d'un plus grand pouvoir que les hommes, attrape le bébé pour sa venue au monde. S'ils appelaient un guérisseur, c'est qu'effectivement ils devaient vraiment avoir besoin d'aide.

C'était un château de taille respectable, à l'extérieur de Formaltus. Le couple gérait toute la vallée qui comprenait cinq villes. Un majordome attendait Topaze au seuil de la porte. Il le fit entrer immédiatement et lui proposa une tisane dans un petit salon richement décoré. Topaze accepta et se retrouva seul jusqu'à l'arrivée de la comtesse. Son ventre était énorme et elle marchait en canard en se tenant le bas du dos. La femme aux longs cheveux ondulés lui sourit faiblement. Elle semblait souffrir: elle grimaçait souvent et parlait d'une voix essoufflée.

— Je suis très heureuse de vous avoir parmi nous. Mes prières ont été entendues!

— Je serai ravi de pouvoir vous aider. Que se passe-t-il?

La comtesse lui raconta sa grossesse difficile entrecoupé de gémissements.

— Laissez-moi vous consulter. Préférez-vous la chambre ou le salon?

— Je suis trop fatiguée pour me déplacer.

— Nous ferons donc ça ici. Allongez-vous, je vous prie.

Son mari les rejoignit. L'homme, d'une trentaine d'années, portait le cheveu très court. Topaze se présenta. L'allure raide du Comte contrasta avec la bonhommie dont il fit preuve avec le guérisseur. Il semblait aussi soulagé que son épouse. Il s'assit près d'elle. Il resta silencieux, lui tenant la main durant le soin qui se déroula parfaitement bien. La patiente se sentit revigorée, même si le poids de la grossesse la fatiguait encore.

— Madame, c'est parce que vous attendez des jumeaux.

La surprise figea leurs traits.

— Vous êtes sûr? Je n'ai rien remarqué.

— Absolument sûr. Un des enfants est plus chétif et plus calme que l'autre, c'est certainement pour ça que vous ne l'avez pas perçu. Ils appuyaient sur certains organes vitaux, empêchant leur bon fonctionnement. Maintenant tout est rétabli.

— J'en suis soulagée!

— Mais ce n'est pas fini. Ils se présentent en siège alors que le terme est imminent. Je vais devoir pratiquer de nombreux soins et les manipuler régulièrement pour essayer de les retourner. Ça ne sera pas très confortable pour vous.

— D'accord, tout ce que vous voulez.

— Je repasserai demain pour commencer les palpations. En attendant, je vais vous préparer des potions pour vous redonner des forces pour l'accouchement.

— Je vous en prie, demeurez ici, avec nous, supplia-t-elle.

— Je comprends que vous ayez peur, tout va très bien se dérouler.

— S'il vous plait, intervint le Comte. Nous vous offrirons tout l'argent nécessaire. Votre présence continue dans le château nous rassurerait. Mon épouse a besoin d'être apaisée.

Topaze réfléchissait: la femme accoucherait dans moins de trois jours. Pouvait-il se permettre de prendre un tel risque, surtout chez des partisans des Corvus? Mais avait-il le droit de dire non? Il négocia le fait d'être disponible pour la population et accepta de rester jusqu'à la naissance des enfants.

***

CHAPITRE 27

Éléonore courait depuis assez longtemps pour voir qu'elle n'était plus poursuivie. Elle se sentait extrêmement coupable de les avoir invalidés, mais refoula ses sentiments. Sa survie était la priorité. Elle espérait seulement qu'ils se remettraient facilement des blessures qu'elle leur avait infligées. Elle ralentit la cadence lorsqu'elle aperçut du coin de l'œil une lumière dorée. Elle s'en approcha prudemment. Elle était trop loin pour en distinguer l'origine. Plus elle s'avançait, plus elle percevait qu'il s'agissait en réalité d'une multitude de halos phosphorescents qui flottaient dans la nuit. Ils étaient minuscules et virevoltaient rapidement. Des lucioles, pensa Éléonore. Au fur et à mesure que ses pas se dirigeaient vers elles, Éléonore se rendit compte de son erreur. Des fées volaient, plongeaient, dansaient. Elle n'en croyait pas ses yeux. Ce peuple existait-il vraiment ou elle délirait? Finalement, elle était peut-être toujours attachée à un arbre, morte étouffée par le sac. Elle avança sans parler. Elles mesuraient environ sept centimètres et étaient entièrement dorées: leur peau, leurs ailes, leurs cheveux qui flottaient dans les airs. Même lorsqu'elles se mouvaient, elles laissaient échapper de minuscules paillettes de la même couleur. Éléonore remarqua que c'était également le cas lorsqu'elles conversaient.

— Bienvenue Reine des Sorcières. Nous sommes ravis de t'accueillir parmi nous. Je m'appelle Tatiana.

— Et moi Éléonore, balbutia-t-elle, surprise.

— Je sais. Nous venons te porter secours. Suis-nous.

Le timbre de Tatiana était très différent d'une voix humaine, douce et mélodieuse, elle s'exprimait autant avec des mots qu'avec des images mentales qu'Éléonore recevait. C'était la première fois qu'elle utilisait ce mode de communication, et il lui sembla aussi étrange qu'efficace. Tatiana perçut la réticence d'Éléonore.

— Nous ne te voulons aucun mal. Nous souhaitons te protéger des inquisiteurs qui te poursuivent. Tu les as blessés assez grièvement, mais ils ne comptent pas abandonner de sitôt. Dépêche-toi.

Comme pour confirmer ses dires, elle discerna des voix au loin. Elle n'hésita plus un seul instant et les suivit. Contrairement à ce qu'elle avait entendu sur les fées, il y avait des mâles. Tatiana lui indiqua un arbre. Éléonore ne comprit pas tout de suite ce qu'elle voulait lui transmettre. L'image mentale qu'elle lui envoya était une rivière d'où jaillissaient des saumons. L'eau disparut, le paysage également et les deux poissons perdirent leur réalisme pour s'intégrer dans des armoiries. Ils y étaient représentés debout, de profil. Leurs bouches et leurs nageoires se touchaient, et leurs queues s'entrelaçaient pour former un «M» et un «L». Le dessin richement illustré se transforma peu à peu en gravure dans le bois. Grâce au message visuel que lui avait envoyé Tatiana, Éléonore comprit où celle-ci voulait en venir: l'écorce de l'arbre, face à elle, esquissait le blason d'une famille dont l'emblème était le saumon. Éléonore s'accroupit et vit un trou à la base du tronc qui ressemblait à un terrier.

— Saute. Et vite.

Entendant les cris des gardes, Éléonore se précipita. Elle y introduisit ses pieds, ses jambes, mais son bassin coinça. Elle força, le passage s'ouvrit légèrement et tout le reste de son corps s'engouffra dans l'excavation. Elle fut surprise de chuter de plusieurs mètres. Elle s'écrasa sur le sol. Face au choc inattendu, une de ses chevilles se brisa. Son dos et sa tête heurtèrent violemment le plancher de la caverne.

— Tu n'as pas réfléchi qu'elle ne volait pas, remarqua Rhoswen.

— Peut-être, mais nous n'avions pas d'autre choix, rétorqua Tatiana. Nous allons la soigner.

Éléonore était proche de l'évanouissement. Seule la douleur la maintenait éveillée. Tatiana convoqua ses camarades. Elles formèrent un cercle autour d'Éléonore. Elles dansèrent gracieusement. Éléonore sentit l'augmentation des vibrations de la grotte. La Magie pulsait dans l'espace souterrain. Des paillettes dorées se libérèrent des corps des fées et créèrent une aura qui l'engloba. La jeune femme avait l'impression d'être dans un cocon. Après le soin qui dura trois minutes, elle était revigorée et ne souffrait plus, mais sa cheville était toujours enflée.

— Nous ne pourrons rien faire de plus, il faudra te la faire soigner durant quelques jours.

— D'accord.

Tatiana s'approcha d'elle.

CHAPITRE 27

— Reine sorcière, je décèle en toi une grande magie, rarement atteinte par les sorciers.

— Merci, répondit Éléonore qui ne savait pas quoi dire.

— La Magie t'a choisie. Alors comment comptes-tu t'organiser pour récupérer la place qui t'est due?

Éléonore était interloquée par ces questions directes.

— Je... je l'ignore.

— Est-ce parce que tu as peur de prendre la mauvaise décision? D'être une mauvaise personne?

Tatiana percevait les pensées d'Éléonore avec une bien plus grande clarté qu'elle-même.

— Oui. Comment savoir que je fais le bien, si des sorciers meurent ou sont blessés à cause de moi? Si je provoque de la tristesse là où je passe?

— Dans chaque sorcier et sorcière, il y a deux animaux: un blanc et un noir. Celle que tu es, c'est l'animal que tu choisis de nourrir. Sois la meilleure version de toi-même, fais de ton mieux. Aucun sorcier n'est parfait. Et tu n'es pas responsable des blessures que d'autres personnes infligent. Vous avez tous votre libre arbitre. Quel lion choisis-tu de nourrir, Reine sorcière?

— Le blanc.

— Bonne réponse. Et penses-tu que tu ferais un souverain préférable à ceux qui occupent le trône actuellement?

— Certainement.

— Tu n'es pas sûre.

— Je suis peut-être plus légitime qu'eux, mais est-ce suffisant pour faire éclater une guerre?

— La guerre est une solution possible, pas la seule.

— Comment ça?

— Chère Reine Sorcière, ça sera à toi de découvrir ta voie. Nous ne pouvons décider à ta place. Si la Magie t'a choisie, c'est que tu es apte à trouver les réponses à tes propres questions. Aie confiance en toi.

Éléonore resta silencieuse.

— Reine sorcière, nous te proposons d'accomplir ce soir le rituel d'Elwing, que tu es en droit d'accepter ou de refuser bien entendu.

— De quoi s'agit-il?

— Il est advenu au cours de l'Histoire que le peuple des fées et le peuple des sorciers s'allient. Durant ce processus, nous insufflons notre magie pour renforcer celle du souverain. L'Elwing est habituellement réalisé lorsque le monarque est couronné et qu'un de nos peuples traverse une période de crise. Néanmoins, face à la conjoncture actuelle, après de longues discussions sur le royaume des sorciers et sur ton arrivée, nous avons pris la décision commune de t'aider. La contrepartie est que tu devras protéger le peuple des fées comme ton propre peuple. Qu'en dis-tu?

Éléonore ne savait pas quoi en penser. Elle n'avait jamais étudié les créatures fantastiques avec Jérémy, et ignorait si elle pouvait leur faire confiance, mais son intuition lui soufflait qu'elle pouvait se fier à elles.

— Je comprends que les conditions ne soient pas idéales: nous sommes sous terre, tu es blessé, tu viens de frôler la mort et il n'y a aucun autre sorcier pour assister à l'Elwing. Mais quelque chose nous dit que tu pourrais en avoir besoin. Cependant, tu restes libre de tes choix, Reine Sorcière, et notre offre sera valable encore longtemps —à moins que tu sombres du côté obscure. Nous pouvons te laisser réfléchir.

— Non, j'y consens.

— Très bien. Moi, Tatiana, représentante des Fées, je décide de transmettre notre Magie à Éléonore, Reine Sorcière, afin d'apporter le positif sur Terre. À toi.

— Moi, Éléonore, Reine Sorcière, j'accepte de recevoir l'aide des Fées. En contrepartie, je m'engage de mon vivant à protéger le peuple des fées comme mon propre peuple.

Les mots étaient venus tout seuls et Éléonore en avait été la première étonnée. De nombreuses fées s'ajoutèrent à la dizaine déjà présente et tous secouèrent leurs pieds. Les filaments dorés s'élevèrent du sol et imprégnèrent les fées qui s'illuminèrent davantage. Éléonore n'aurait jamais cru cela possible. Elle reçut les paillettes que soufflèrent les fées. Elles s'infiltrèrent sous sa peau et la jeune femme fut parcourue de frissons chauds. Elle se sentait électrisée. Ses yeux, qui avaient évolué du marron

CHAPITRE 27

au mordoré au cours des mois précédents, devinrent totalement dorés, à l'instar de ses cheveux qui s'épaissirent et s'ensoleillèrent. Elle ressemblait à une fée taille humaine, et éclairait le souterrain comme ces dernières, mais à plus grande échelle. Seule la couleur de sa peau avait gardé une teinte naturelle.

— Voilà. Le processus est fini. Je te souhaite une bonne Elwing.

— Merci pour tout ce que vous avez fait pour moi.

— Je t'en prie. Maintenant, rejoins les tiens. Suis le couloir, il te mènera à des alliés. Fais attention à toi, jeune Reine Sorcière.

— Merci, Représentante des Fées.

Toutes les fées disparurent aussi vite qu'elles étaient apparues. Malgré le soin qu'elles lui avaient prodigué, elle se sentait nauséeuse et fatiguée. L'adrénaline était retombée, et elle prenait vraiment conscience des évènements des dernières heures. Elle tremblait sous l'effet du choc. Elle s'enfonça dans le souterrain en claudiquant. De l'eau stagnante coulait sur le sol et éclaboussait ses mollets lorsqu'elle sautait. La lumière que ses cheveux dégageaient chassait les rats. Face aux nombreuses intersections qui se présentèrent à elles le long du trajet, Éléonore dut choisir et opta souvent pour le mauvais chemin. Elle était exténuée, ne parvenait plus à réfléchir. Tout ce qu'elle voulait, c'était arriver. L'éclairage de sa crinière s'amenuisait. Atteindrait-elle la sortie avant de s'épuiser totalement de fatigue? Elle souhaitait pleurer de rage, mais n'avait même pas la force. Elle faillit abandonner lorsqu'elle vit un escalier au loin. Dans un dernier sursaut d'énergie, elle claudiqua plus rapidement pour s'en approcher et s'assit sur la première marche. Son état de faiblesse l'empêchait de le gravir en sautant, et la contraignit à utiliser la vigueur de ses bras et de sa jambe valide. À chaque palier, elle posa son postérieur pour reprendre son souffle. Une fois arrivée au sommet, elle chercha comment activer la porte secrète. Elle ne perçut rien au premier abord, puis remarqua une brique plus saillante que les autres. Elle l'enfonça et le passage s'ouvrit. Elle se hissa à l'intérieur d'une pièce où brûlait un feu de cheminée. Le sol était recouvert d'un tapis moelleux et elle s'y évanouit.

Chapitre 28

La pénombre de la pièce cachait les visages des deux hommes assis sur son lit. Ils semblaient parfaitement à l'aise dans ce lieu privé. Jérémy, lui, hésita à s'enfuir. L'un des malfaiteurs, d'une cinquantaine d'années, était confortablement installé, les mains posées sur son ventre proéminent. L'autre, plus jeune, était plus raide, comme prêt à bondir. Le sentiment de danger imminent entraina des palpitations cardiaques chez Jérémy.

— Que nous veux-tu? demanda calmement l'homme le plus opulent des deux.

Jérémy décida de jouer franc jeu.

— Je suis à la recherche d'une amie qui a été enlevée, Opale Sauge.

— Et pourquoi penses-tu que nous l'avons?

— J'ai mené mon enquête et j'ai vu que vous étiez à l'origine de certaines disparitions.

— Tout ce que je peux te dire, c'est que nous ne sommes pas responsables de celle de ton amie. Nous ne connaissons aucune Opale.

L'échange ne pouvait subir aucune réplique. Jérémy savait qu'il ne dominerait pas la conversation, aussi hocha-t-il fébrilement la tête.

— Je t'interdis donc de continuer dans cette direction. Arrête de fouiner dans nos affaires, ou tu le regretteras.

En un clignement d'œil, l'homme disparut. Jérémy en fut soulagé durant une fraction de seconde, avant de remarquer que le bandit se tenait derrière lui. Jérémy n'eut pas le temps de réagir: le malfrat lui fendit l'oreille.

CHAPITRE 28

— La prochaine fois, je te crève les yeux. Je me suis bien fait comprendre?
Jérémy hocha fébrilement la tête.
— Je n'ai pas entendu.
— Ou... Oui, balbutia Jérémy.
— Très bien.

L'autre homme était toujours assis sur son lit. Quand il se leva pour rejoindre son acolyte, Jérémy reconnut à sa démarche celui qui avait déposé la couronne de roses. Jérémy n'osait pas bouger. Il était paralysé de terreur. Du sang s'égouttait sur son épaule.

Il attendit ainsi, les muscles contractés par le stress, jusqu'à ce qu'il se rende compte qu'il était de nouveau seul dans la pièce. Il se retourna, et actionna la porte: elle était toujours fermée à clé.

— Un transporteur, murmura-t-il.

Il comprenait maintenant comment ils pouvaient enlever les sorciers sans se faire repérer. Il s'aspergea de l'eau sur le visage et s'assit sur son lit pour reprendre ses esprits. Il ne serait en sécurité nulle part! Il soigna son oreille comme il le pouvait. Elle ne saignait plus, mais avait taché ses vêtements. Il les nettoya puis réfléchit. Transporteur était un don très peu répandu, à tel point que les machines commençaient à tomber en panne les unes après les autres sans que personne ne puisse les réparer. Jérémy avait lu un article là-dessus: d'ici dix ans, il n'y en aurait plus! Les voyages rapides comme celui de la veille ne seront qu'un souvenir. Il n'aimerait pas être la personne qui serait dans l'appareil pour son dernier trajet!

Tout ceci lui avait donné une idée: il pourrait facilement retrouver le nom de l'homme. Il avait un jour mémorisé le registre des pouvoirs, et se rappelait qu'à l'époque, il n'existait que cinq transporteurs dans le royaume. Deux étaient des femmes, l'un était trop vieux, et l'autre trop jeune. Jérémy souriait, car en un rien de temps il avait déterminé l'identité du bandit: Robert Capuchon.

* * *

Éléonore se réveilla sur le sofa du petit salon, et entr'ouvrit les paupières. Une femme blonde aux yeux verts de presque soixante ans passait un bandage autour de son pied tout en chuchotant.

— Eileen m'a prévenue qu'une Reine allait arriver. Je ne t'en ai pas parlé, car nous n'y avons pas cru toutes les deux. Évidemment nous avions songé à Victoire, mais je me doutais qu'en aucun cas elle n'aurait fait la route jusqu'ici; elle est trop bien installée dans son château à Vénéficia.

Ses gestes étaient doux et le tissu qu'elle enroulait délicatement autour de la cheville d'Éléonore était d'un froid apaisant.

— Je pense qu'elle est cassée. Un guérisseur devrait venir pour vérifier, mais ça fera l'affaire.

— À ton avis, qui est-ce?

L'homme qui avait parlé était grand, brun aux yeux bleus. Sa carrure imposante contrastait avec sa voix suave et son regard malicieux.

— Je ne sais pas. Mais il n'y a pas de doutes sur le fait que ça soit la Reine. Une chance que nous soyons arrivés les premiers. Tous les domestiques dorment-ils encore?

— Je crois que la cuisinière est réveillée.

— Va lui dire qu'elle retarde le petit-déjeuner puis revient ici. Nous la transporterons dans une chambre du troisième étage.

Son mari s'exécuta. Éléonore reprit peu à peu ses esprits et cligna des yeux. La pièce dans laquelle elle avait atterri était un salon dont le sol était recouvert d'un majestueux tapis moelleux. Une grande cheminée chauffait la salle, devant laquelle deux canapés s'observaient face à face autour d'une petite table basse.

— Votre Altesse, vous êtes réveillée? Comment vous sentez-vous?

— Bien, mentit-elle d'une voix faible. Je vous remercie pour votre soin. Avez-vous de l'eau?

— J'aurais dû y penser, pardonnez-moi.

Elle se leva et remplit un verre qu'elle lui tendit. Éléonore se redressa et but de petites gorgées. La femme ne dit plus un mot jusqu'au retour de son mari.

— Votre Altesse, je me prénomme Shanna. Je vous présente mon époux,

CHAPITRE 28

Machar. Nous sommes les McLellan.

— Enchantée de faire votre connaissance. Je m'appelle Éléonore Beaulieu.

— Faites-vous partie de la dysnastie des Beaulieu?

— C'est exact, je suis la petite fille d'Adélaïde.

Il ne servait plus à rien de mentir. Elle voyait que ses cheveux illuminaient le sofa et les visages de ses interlocuteurs.

— Comment est-ce possible? Adélaïde n'a-t-elle pas donné naissance à une non-sorcière? s'exalta l'homme.

— Machar! rappela à l'ordre sa femme. Ce ne sont pas des questions qui se posent! Et Son Altesse doit être exténuée.

Éléonore la remercia du regard. Effectivement, elle n'était pas prête pour un interrogatoire de si bon matin. Il lui était étrange que des personnes la nomme par son titre, mais elle ne releva pas. Elle était bien trop fatiguée pour dire quoi que ce soit.

— Machar, aide Son Altesse à gagner la chambre pendant que j'occupe les domestiques. Personne ne doit la voir.

— Compris.

Machar s'exécuta et soutint Éléonore lorsqu'elle se redressa. Il la tint fermement pour l'aider à claudiquer. Quand elle vit les trois étages à gravir, elle prit une grande inspiration.

— Voulez-vous que je vous porte?

— Non ça devrait aller.

Éléonore sauta les premières marches rapidement puis décéléra au fur et à mesure de sa progression. Elle s'arrêta pour reprendre son souffle.

— Dites-le-moi dès que vous souhaitez mon assistance.

Éléonore montait trop lentement. D'une minute à l'autre, les domestiques commenceraient leur journée, et verraient une reine en plein milieu des escaliers, en train de suer sous l'effort.

— D'accord, je veux bien de votre aide. Je vous en remercie.

— Mais de rien!

Machar était bien moins protocolaire que Shanna, et ne la nommait presque jamais par son titre. Il la souleva facilement et l'emmena sur le palier d'une chambre. Là, il la redéposa délicatement et ouvrit la porte.

C'était une pièce spacieuse avec une fenêtre qui donnait sur le jardin. Un lit baldaquin trônait contre un mur. Dans un angle, des paravents cachaient une baignoire en porcelaine ornée de pieds en forme de queues de poisson. Lorsque Shanna les rejoignit, elle tourna les nageoires du saumon qui faisait office de robinet. De l'eau s'écoula par sa bouche. Elle y ajouta des huiles essentielles qui embaumèrent les lieux.

— Machar, peux-tu nous laisser?

Son mari s'inclina légèrement et sortit.

— Votre Altesse, je me permets de vous proposer un bain. Vous êtes couverte de boue et des feuilles.

Éléonore jeta un coup d'œil dans le miroir et analysa son reflet. Shanna avait raison: elle n'avait pas pris conscience de l'état désastreux dans lequel elle était. Elle faisait peur à voir.

— Ne vous inquiétez pas, je vais vous aider. Je vous laisse vous installer, je vais chercher des baumes réparateurs.

Shanna sortit de la pièce. Éléonore se déshabilla et s'observa plus attentivement. Les branchages de la forêt avaient écorché tout son corps et son visage. Certains morceaux s'étaient coincés dans ses cheveux. Les cordages avaient entaillé ses poignets. La trace rouge du bâillon lui traversait la mâchoire. Elle était plus amochée qu'elle ne l'avait cru. Elle plongea dans le bain chaud et huma les différentes odeurs qui s'en dégageaient. Malgré les plaies à vif qui la piquaient, elle se détendit. Shanna la rejoignit en silence en apportant tout le nécessaire de toilette. Lorsqu'elle sortit de l'eau, celle-ci était marron. Son hôte enduit son corps d'une épaisse couche de baume apaisant et la couvrit d'une chemise de nuit. Elle lui proposa de démêler ses cheveux, mais Éléonore ne souhaitait qu'une chose: dormir.

Elle se réveilla en milieu d'après-midi. Elle dévora l'en-cas posé sur sa table de chevet et se leva lentement. Une robe bleu marine pendait sur le paravent, bien plus élégante que ce qu'elle avait eu l'habitude de porter. Des broderies grises bordaient le col en V et le bout des manches très évasés, et dessinaient une ceinture. Elles étaient également présentes sur une la longue fente qui partait de la taille jusqu'aux pieds et sur le bas de la robe

CHAPITRE 28

formant une traine. Le tissu du jupon était de la même couleur que les broderies. Éléonore se déshabilla et contempla son corps. Les baumes avaient eu l'effet escompté: les traces d'agression avaient grandement diminué. Elle se sentait en forme, quoique très légèrement courbaturée de la veille. Elle enfilait difficilement sa robe quand Shanna toqua à la porte. Elle l'aida à se vêtir tout en lui racontant sa matinée.

— Deux inquisiteurs sont venus aujourd'hui pour nous interroger sur une jeune femme blonde en fuite.

— Ah... et qu'avez-vous répondu?

— Que nous n'avions aperçu personne, mais que nous les tiendrions au courant si, par malheur, cette rebelle osait mettre les pieds sur nos terres.

— Merci.

— Mais de rien. Nous n'allions tout de même pas vous livrer à ces hommes.

Shanna gardait en permanence un air sévère qui perturbait Éléonore. Celle-ci la remercia encore. L'hôte disciplina ses cheveux en un chignon sophistiqué, puis elle camoufla le tout d'un voile assorti à la robe, assez long pour recouvrir ses bras.

— Je n'ai que ça, mais ça devrait convenir pour le moment. Accepteriez-vous de dîner avec nous?

Éléonore hocha la tête. Elle avait une faim de loup. Ils descendirent dans la pièce par laquelle elle était arrivée cette nuit. Devant le feu, Machar était installé sur un des deux canapés richement décorés. Il se leva à l'arrivée d'Éléonore. Il courba son dos pour la saluer et attendit qu'elle s'assoie en face de lui pour la copier. Elle n'avait pas remarqué la veille qu'il s'agissait en réalité d'une bibliothèque: tous les pans de murs étaient recouverts de livres. Elle avait été tellement désorientée qu'elle n'avait pas non plus fait attention à l'entrée du passage secret; par conséquent aujourd'hui elle ne parvenait plus à le repérer.

— Avez-vous bien dormi?

— Parfaitement, merci beaucoup. Je vous remercie de m'accueillir chez vous et d'avoir menti aux inquisiteurs.

— Nous ne faisions que notre devoir, dit modestement Shanna qui rejoignit son mari sur le sofa d'en face.

— Vous n'étiez pas obligés. Merci.

— Pouvons-nous en savoir plus sur la raison de votre présence ici?

Éléonore raconta son parcours qu'ils écoutèrent attentivement. Ils ne furent interrompus que par le personnel qui apporta des boissons chaudes et des pâtisseries. À la fin du récit, ils restèrent silencieux puis Shanna proposa:

— Nous n'avons qu'à déclarer que vous êtes une cousine éloignée qui nous rend visite, qu'en dites-vous? Si nous tardons trop à la présenter, les domestiques commenceront à jaser.

— Mais non voyons, tout le monde s'en moque bien, contredit Machar.

— Tu vis vraiment dans ta bulle. Ouvre un peu les yeux sur ce qui t'entoure!

— J'ouvre les yeux sur toi, tu devrais en être heureuse, taquina Machar.

Shanna souffla, mais Éléonore crut apercevoir l'esquisse d'un sourire.

— Votre Altesse, que diriez-vous si nous cessions le protocole en présence de public?

— Je suis totalement d'accord avec vous! Nous pouvons même l'arrêter tout court!

— Votre Altesse, pardonnez mes propos, mais si aujourd'hui vous n'approuvez pas oralement le titre de reine, demain serez-vous vraiment capable d'en être une?

Éléonore resta sans voix face à cette remarque cinglante, mais juste. Elle avait hérité d'une responsabilité à laquelle elle ne s'était pas attendue et dont elle ne savait pas quoi faire. Elle ne se considérait pas comme supérieure aux autres, et encore moins supérieure aux sorciers. Elle n'avait aucune des qualités qui faisaient un bon souverain, et n'avait pas reçu l'enseignement adéquat. Elle ignorait encore bien trop de choses de ce monde qu'elle aurait dû diriger. Elle n'avait aucun code et devait se débrouiller seule. Elle avait souvent songé à ce qu'elle aurait aimé mettre en place pour son royaume, mais n'avait jamais envisagé la monarchie sous l'angle protocolaire. Fallait-il vraiment que les sorciers s'adressent à elle comme s'ils étaient inférieurs?

— Nous allons vous introduire comme une cousine éloignée aux do-

CHAPITRE 28

mestiques et personne ne posera de questions. Allons dîner que je vous présente mes enfants.

Le couvert était déjà dressé lorsqu'ils s'installèrent dans la salle à manger. Le personnel vint tout de suite à leur rencontre pour les aider à s'asseoir et pour leur servir de l'eau. Aileen arriva la première. Elle ressemblait fortement à son père par ses cheveux bruns et ses yeux bleus. Quant à son caractère, elle avait plutôt hérité de sa mère son côté sérieux. Elle fut surprise de découvrir une inconnue à table.

— Aileen, je te présente ta cousine Éléonore, tu te souviens d'elle?

Aileen passa de Shanna à Éléonore plusieurs fois en restant muette, puis sourit à Éléonore.

— Bien sûr que je me souviens de toi. Je suis contente de te revoir Éléonore, ça fait si longtemps.

— Mais que fait Fearghas?

— Je ne l'ai pas croisé ce matin.

Le silence s'installa, puis Machar le combla lorsque les serviteurs rejoignirent la cuisine.

— Aileen, si tu te présentais?

— Mmm. Je suis Aileen McLellan, j'ai vingt-six ans et je suis la petite sœur de Fearghas qui se montre très impoli en se faisant désirer, dit-elle de façon caustique.

— Je suis là! cria le concerné depuis le couloir.

Son frère aîné arrivait en courant. Il avait la carrure large de son père, mais semblait bien plus sportif que lui. Ses cheveux blonds et ses yeux verts rappelaient davantage sa mère. Il s'installa à table puis remarqua ensuite la présence d'une inconnue.

— Oh bonjour. Je ne savais pas que nous avions une invitée. Moi, c'est Fearghas.

— Et moi, Éléonore.

— Enchanté.

— C'est ta cousine, voyons, releva Shanna.

— Depuis quand avons-nous une cousine qui se prénomme Éléonore?

Shanna leva les yeux au ciel. Fearghas ne déchiffrait pas sa communication non verbale, alors celle-ci préféra changer de sujet.

Après le repas copieux dont Éléonore se régala, Shanna proposa d'aller au petit salon prendre le café. Fearghas fut surpris de cette annonce, mais suivit l'ordre de sa mère.

Dans cette pièce qu'elle savait à l'abri des regards, elle avoua la situation à ses enfants. Fearghas fut abasourdi de la nouvelle contrairement à sa sœur.

— C'est Aileen qui m'avait notifié ta venue. Nos défunts l'ont prévenue.

— Maman!

Aileen n'appréciait pas qu'on parle de son don. Elle le détestait. Il était bien moins intéressant que les autres pouvoirs de la famille. Il était même inférieur à celui de son frère, alors que c'était un homme! Par conséquent, elle évitait de s'en servir, mais certaines entités forçaient tellement qu'elle percevait tout de même leur message.

— Oh ma chérie, regarde comme ça a été utile.

Aileen ne préféra pas débattre.

— Je peux voir tes cheveux?

— NON MAIS FEARGHAS! s'indigna sa mère. C'est comme ça que je t'ai élevé? Je te rappelle que c'est la reine; par conséquent, vous faites une révérence et c'est Son Altesse qui pose des questions.

Éléonore ne releva pas que son hôte lui avait elle-même donné des ordres un peu plus tôt dans la journée. Ses enfants obéirent et ne dirent plus rien. Éléonore était très gênée de la situation, mais la dépassa:

— Bien sûr Fearghas que je peux te les montrer. Veux-tu bien verrouiller la porte?

Une fois la vérification faite, elle ôta son voile et ses cheveux dorés illuminèrent la pièce. Leur réverbération sur tous les murs laissa Aileen et Fearghas bouche bée.

**

CHAPITRE 28

Jérémy prit de nouveau un transporteur, ce qui épuisa totalement ses réserves d'argent. Il se savait surveillé par la bande organisée et espérait par ce biais montrer aux malfrats qu'il retournait à la capitale. Cependant, ce ne fut pas Vénéficia qu'il choisit, mais Formaltus, lieu de naissance de Robert Capuchon. Certes, ils lui avaient fait peur, tous les passants portaient leur regard sur son oreille coupée, mais il n'abandonnerait pas. Jamais il ne pourrait vivre avec un mystère non résolu.

Il se rendit à l'auberge où avait séjourné quelques jours plus tôt Topaze, et posa des questions sur le malfrat.

— Oh Robert? Il est décédé depuis longtemps, le pauvre petit! répondit le tavernier.

— Vous êtes sûr?

— En tout cas, y'a sa tombe au cimetière.

— Des rumeurs avaient quand même circulé comme quoi il n'était pas vraiment mort, se mêla à la conversation une habituée.

— Oui, mais ce ne sont que des on-dit.

— Mmm...

La cliente afficha une moue sceptique.

— À votre avis, pourquoi de telles rumeurs?

— Son paternel, c'était un vrai connard. Il battait femme et enfants. Du coup, tout le monde a supposé que Robert s'était enfui.

— Mais il aurait très bien pu être assassiné par son père? analysa Jérémy.

— C'est exact, je n'y avais jamais songé. Il ne me semblait pas violent au point de tuer son fils, mais on ne connait jamais vraiment les gens, n'est-ce pas?

Jérémy se garda bien d'exposer ce qu'il pensait de l'inaction des voisins.

— Et ses parents sont toujours vivants?

— Son père est décédé peu de temps après. Quant à sa mère, elle est encore en vie, mais est devenue complètement folle. Faut dire que se faire frapper pendant des années ça ne doit pas aider.

Quel doux euphémisme. Jérémy était quelque peu irrité par la tournure de la conversation.

— Où puis-je trouver la tombe?

Jérémy se rendit au cimetière directement après leurs échanges. Il s'inquiétait pour la suite. Comment subvenir à ses besoins jusqu'au retour à Vénéficia? Son oreille le grattait; elle était sûrement en train de s'infecter. Jérémy repoussa cette pensée et observa la sépulture qu'il avait devant lui. Le bouquet de roses éternelles confirma son intuition. Il sourit. Il lut toutes les plaques funéraires, et deux attirèrent son attention: «J'espère que là où tu te trouves, tu es heureux» et «Que le miracle de la Magie t'accompagne». La tournure de la première phrase, écrite par la mère du défunt, était ambiguë: il pouvait s'agir de l'au-delà ou du lieu où se serait réfugié Robert. Très peu de tombes portaient ce genre de formulation. La deuxième était encore plus étrange: chaque sorcier savait que lorsqu'il mourait, ses dons retournaient à la Terre. Si Robert était vraiment parti pour une sorte de paradis, personne n'aurait souhaité que la magie l'y accompagne.

Il était sur la bonne piste. Il devait rencontrer la mère de Robert. Il regagna l'auberge en se grattant l'oreille.

— Alors mon ami, as-tu trouvé ce que tu cherchais? demanda le propriétaire.

— Je pense.

Sa femme sortit de la cuisine et passa près de Jérémy.

— Ma Magie vous avez vu votre oreille? Elle est en train de s'infecter!

— Tant que ça?

— Encore un peu, et vous propagerez votre odeur sur tous mes plats! Heureusement, il y a un guérisseur en ce moment dans le village, je vous le conseille. Il loge chez le comte et la comtesse Coudray. Je pense qu'il acceptera de vous aider. Ne tardez pas, ou on devra vous couper l'oreille!

* * *

Ça faisait maintenant une semaine qu'Éléonore vivait chez les McLellan. Elle y restait enfermée, mais la demeure était tellement grande qu'elle n'en

CHAPITRE 28

avait pas fait le tour. Elle portait un nouveau vêtement chaque jour, et les robes étaient plus somptueuses les unes que les autres. Mais pour les fermer, elle avait sans cesse besoin de Shanna, ce qui était très handicapant. Éléonore lui demanda la raison de son changement vestimentaire.

— C'est le protocole. Une reine ne revêt pas deux fois la même tenue.

— Dorénavant, c'est un protocole que je vais bannir. Quel gâchis! Les sept robes que vous m'avez prêtées sont magnifiques, je souhaite remettre les mêmes si ça ne vous dérange pas.

— Comme vous voudrez, répondit Shanna les lèvres pincées.

Éléonore prenait de plus en plus d'assurance avec son statut, mais elle n'était toujours pas à l'aise d'aller à l'encontre de son hôte.

— Le personnel commence à se poser des questions, ajouta Shanna.

— Que voulez-vous dire?

— Ils se demandent pourquoi vous restez enfermée dans le château alors que mes enfants vont aider les paysans, pourquoi est-ce moi qui vous prépare, pourquoi...

— Je vois. Quelle solution proposez-vous?

— Je ne sais pas.

— Je vais accompagner Fearhas et Eileen.

— Vous ne pouvez pas! Ça serait déraisonnable!

— Bien sûr que si. Et je le dois. Après tout, c'est mon peuple, et les rencontrer me ferait plaisir. Mais je vous accorde qu'il faut de la préparation.

— Je vais voir ce que je peux faire, obtempéra Shanna.

* * *

Jérémy se dirigea vers le château des Coudray. Il n'avait clairement plus les moyens de se faire soigner, il n'avait pas non plus les moyens de dormir ou de se restaurer à l'auberge, mais il n'avait pas le choix. Le temps qu'il remonte à pied jusque Vénéficia, son oreille aura infecté le reste de son corps et il serait décédé avant que les Sauge ne puissent l'aider. Qu'allait-il marchander ? Il n'avait jamais été doué pour les négociations, mais il comptait sur l'empathie du guérisseur pour être soigné : qui laisserait mourir un sorcier par manque d'argent ? À y réfléchir, sûrement quelques personnes.

Des gardes l'arrêtèrent à l'entrée et lui demandèrent l'objet de sa visite. Ils avaient visiblement l'habitude qu'on fasse appel au guérisseur, car ils ne requirent pas l'autorisation au comte ou de la comtesse, et conduisirent Jérémy à l'intérieur. Il attendit sur un fauteuil confortable. Les miliceurs étaient repartis. Il n'y avait pas un contrôle très sévère dans ce château. Il patienta quelques minutes, son oreille le démangeant douloureusement lorsqu'un homme grand à la peau couleur café et aux yeux pétillants entra dans la pièce. Jérémy fut bouche bée.

— Topaze ?!

Chapitre 29

— Vous allez être la première à entrer dans mon jardin secret. Attention à vous! exulta Machar.

Éléonore le suivait dans un étroit escalier en bois. Elle se demandait comment il parvenait aisément à monter les marches avec sa carrure et son poids. «Sûrement la joie et l'habitude», pensa-t-elle. Éléonore, curieuse, voulait en savoir plus sur cette pièce mystérieuse dont Shanna ignorait tout.

— Et voilà! Entrez vite!

Il referma immédiatement la porte. Éléonore fut accueillie par une assiette dirigée en plein sur sa tête. Gardant ses réflexes, elle se courba et l'objet s'écrasa derrière elle.

— Oh pardon Votre Altesse! MAIS QUE SE PASSE-T-IL ICI? rugit-il à l'attention des meubles.

Éléonore sursauta lorsqu'un vaisselier se mit à parler.

— C'est lui qui a commencé!

Il pointait du doigt un chandelier à proximité d'Éléonore qui se rebiffa:

— Non Machar, c'est lui qui a commencé!

— Arrêtez tous les deux, où je vais devoir vous détruire!

Éléonore était sidérée.

— Mais comment est-ce possible?

— Vous avez vu les tableaux dont le paysage se meut en fonction du vent? Mon pouvoir est de rendre vivants les objets que je conçois. Ma famille m'a interdit de créer autre chose que des toiles, car il y a fort longtemps, je façonnais des œuvres d'art et elles avaient fait un tel remue-ménage dans la maison que ma femme n'a plus jamais voulu en entendre parler. Elle pense que j'ai tout détruit, mais j'en ai gardé quelques-uns.

Une sculpture d'homme comprit qu'il était le sujet de la conversation. Il s'avança vers Éléonore, lui fit un baise-main puis un clin d'œil.

— D'ailleurs, Shanna croit que c'est une pièce réservée à la peinture, ne lui dites rien surtout, sourit Machar.

— D'accord, promit Éléonore.

Des déguisements étaient éparpillés devant un portant, et Machar se fâcha.

— QUI A ENCORE MIS LE BAZAR ICI?

Personne ne répondit. Le silence se fit dans la salle. Lors des rares fois où il s'emportait, Machar prenait une voix grave qui faisait oublier sa bonhommie habituelle. Même Éléonore n'osait rien dire. Puis il fouilla dans le mont de tissu.

— Où est-ce qu'elle est?

Éléonore supposa qu'il s'agissait d'une question rhétorique et l'observa balancer les costumes à travers la pièce.

— Aaaaah la voilà!

Il brandit fièrement une perruque châtain clair longue et bouclée.

— Je me disais bien qu'on avait quelque chose qui pourrait vous convenir. On va bien sûr la laver et la préparer, mais je suis sûre qu'elle vous ira comme un gant.

Éléonore n'avait pas vraiment envie de porter de nouveau cet artifice, sachant que la dernière lui avait été arrachée violemment de la tête, mais elle n'avait pas le choix.

— À partir de demain, vous pourrez sortir!

— Avez-vous également des lentilles pour cacher la couleur mes yeux?

— Des quoi?

— Laissez tomber, grommela-t-elle.

— Je peux peut-être les fabriquer?

— Non merci, je vais me contenter de la perruque, sourit-elle en

CHAPITRE 29

imaginant ce que donneraient des lentilles vivantes.

∗ ∗ ∗

— Ma Magie, Topaze, c'est toi?
— Jérémy?!
Topaze et Jérémy se jetèrent dans les bras l'un de l'autre.
— Comme c'est bon de te revoir!
— Mais tu as bouffé un animal mort ou quoi? plaisanta Topaze en grimaçant.
— C'est mon oreille, c'est pour ça que je venais chercher un guérisseur…
— Ouah elle s'est gangrénée! Comment as-tu fait ça? Attends, je te soigne, et tu me raconteras après.

Topaze fit ce qu'il put pour sauver l'organe, mais la plaie était trop infectée pour laisser intacte toute l'oreille; il dut couper un morceau puis utilisa son don. Puis pendant qu'il lui préparait une pommade nécessaire à la cicatrisation, Jérémy lui narra tout ce qui s'était passé en son absence. Topaze posa parfois des questions, mais resta silencieux la plupart du temps, surpris par l'évolution de la personnalité de son ami.

— Je n'en reviens pas! Jérémy, tu as vu tout ce que tu as accompli? Comme tu m'as manqué!

Ils s'étreignirent de nouveau. Il était ému et euphorique de le retrouver. Avec son acolyte de toujours, il avait enfin l'impression que le pire était derrière lui. L'amitié qui les reliait était si forte qu'ils se sentaient invincibles.

Jérémy lui expliqua la raison de sa présence à Formaltus.
— Je viens avec toi interroger la mère de ce Robert Capuchon.
— Tu as le droit de quitter le château?
— Oui, je ne suis de passage que quelques jours, le temps que la comtesse accouche. Il faut juste voir si le travail n'a pas commencé avant de me rendre au village, attends-moi ici.

Il revint au bout d'un quart d'heure, puis ils descendirent à Formaltus. Topaze raconta sa vie en prison et son évasion. Jérémy était à la fois choqué et admiratif.

— Tu veux dire que tu es en cavale là? Et que tu es hébergé par le comte et la comtesse Coudray, en toute illégalité? Génial!

— Oui, mais j'espère qu'elle ne tardera pas à accoucher, je ne tiens pas à me faire repérer.

— Et le monde humain? Tu as vraiment trop de chance, je rêverai de m'y rendre!

— Nous irons un jour. Quand Éléonore sera reine.

— Je nous le souhaite!

— La cliente de l'auberge avait raison: la vieille dame était devenue sénile. Elle avait accueilli les deux jeunes sorciers dans sa petite minuscule maison au jardin fleuri, et avait depuis lors tenu des propos incohérents. Elle leur servit un gâteau immangeable, se leva plusieurs fois pour vérifier si le four fonctionnait alors qu'il était vide, et leur parla de son défunt mari qui allait arriver d'une minute à l'autre. Par moments, ses yeux dans le vague indiquaient une absence qu'aucune parole ne permettait d'évaporer, et Topaze et Jérémy se regardaient en haussant les sourcils. Malgré tout, ils menèrent la barque de la conversation jusqu'à Robert Capuchon, espérant tirer quelques renseignements du discours décousu.

— Ah mon Robert, c'est un beau garçon, mon Robert!

— Vous avez une photo?

— Oh oui! Attendez.

Elle s'éclipsa et leur rapporta les portraits d'un enfant et d'un adolescent. Elles étaient trop anciennes pour que Jérémy reconnaisse formellement le commanditaire de son oreille coupée.

— Il me manque. J'ai hâte qu'il revienne. Il m'amène toujours un bouquet de roses.

Jérémy tilta.

— Et où est-il en ce moment?

— À la Cité.

— Quelle cité?

— À la Cité des Miracles voyons! dit-elle comme si Jérémy était simple d'esprit.

Jérémy réfléchissait. Le mot «miracle» lui était étrangement familier. Oui, il l'avait lu sur la tombe quelques heures plus tôt! Ça ne pouvait pas être un délire de la vieille femme.

— Madame Capuchon, je suis le guérisseur de Formaltus durant quelques jours et la comtesse Coudray offre un soin aux personnes âgées. Souhaitez-vous en bénéficier?

— Oh! ce n'est pas de refus, avec tous mes rhumatismes. Et peut-être pourriez-vous en faire un à mon mari quand il rentrera du travail?

— Oui bien sûr.

Topaze lui proposa de s'allonger dans son canapé. Il était vraiment criminel de laisser une vieille dame sans défense. N'importe qui pouvait abuser de sa confiance. Pendant que Topaze lui fit le soin, Jérémy monta à l'étage à la recherche de la chambre de Robert. Il était sur la bonne voie: le dessus de lit était brodé de roses. Il fouilla la pièce et trouva un carnet poussiéreux où étaient rédigés de nombreux poèmes et quelques réflexions personnelles. Il se sentait coupable de pénétrer ainsi l'intimité d'un inconnu, mais cacha ses sentiments derrière le fait que Robert avait fait bien pire à son égard. L'une des poésies attira particulièrement son attention: il parlait de façon subtile de la Cité des Miracles. Jérémy glissa le cahier dans sa poche. Il descendit rejoindre son ami qui se dépêcha de finir son soin, et ils se dirigèrent vers l'auberge pour dîner.

— Alors qu'en penses-tu? murmura Topaze.

— Résumons la situation: un groupe de malfaiteurs commet des enlèvements. Ils marquent les lieux du crime par une rose. Ils sont certainement liés au trafic d'armes, qui se déroule chez Iris, la patronne d'Opale. Ils indiquent leurs méfaits sur des annonces. Le code me permet de me rendre à Sésudia, où un nouvel enfant disparait. Deux malfrats me menacent, dont l'un est transporteur. Je découvre son identité qui me conduit ici. Il est soi-disant mort. Sur sa tombe, des roses. Dans sa chambre, encore des roses. Sa mère, sénile, nous parle de la Cité des Miracles. D'ailleurs au cimetière, il y avait également le mot «miracle» inscrit sur une plaque commémorative. Est-ce une vraie piste? Je l'ignore.

— Réfléchis. Dans tous les ouvrages que tu as dévorés, la Cité des Miracles est-elle évoquée à un moment?

— Je ne vois pas.

— Ou un nom qui ressemble, je ne sais pas moi...

— Attends! Quelque chose me revient! Je me souviens avoir lu dans un vieux livre d'histoire qu'il existait, il y a plusieurs siècles, un groupe de hors-la-loi se faisant appeler «Les Miraculés»... Tu crois à une coïncidence?

— Pas tellement.

— Mmm, moi non plus. Beaucoup de rumeurs se sont propagées à l'époque, car ils étaient incapturables. Très bien organisés, on disait même qu'ils avaient construit une cité. Beaucoup de légendes ont circulé à leur sujet, mais comment démêler le vrai du faux?

— C'est troublant ce que tu me racontes. Du coup, est-il possible que les Miraculés aient survécu aussi longtemps?

— Oui. Et je suis certain que la cité qu'ils ont érigée existe toujours.

* * *

Éléonore était heureuse de sortir avec Fearghas à l'air libre. Il l'avait prévenu que c'était un rythme soutenu, mais ce n'était rien comparé à sa vie itinérante. Le jeune homme, dont le pouvoir était la fertilisation des sols, était très demandé. Serviable et doux, il était apprécié de la population. Il présenta Éléonore comme sa cousine et s'adressa à elle de façon beaucoup moins protocolaire qu'en présence de sa mère. Elle fit connaissance de certains artisans, discuta avec eux de leurs conditions de travail et suivit Fearghas dans les pâturages. Sa tenue n'était vraiment pas appropriée et se sentait gourde à côté de Fearghas qui marchait d'un pas vif dans la boue.

— Monsieur McLellan, merci d'être venu! Nos terres ont été totalement ravagées par les eaux des derniers jours. Regardez!

CHAPITRE 29

Effectivement, une mare s'était formée au centre du champ et les légumes étaient immergés.

Fearghas s'accroupit et toucha le sol.

— C'est bon, dit-il au bout de quelques minutes, vos plants sont conservés. Ils parviennent à gérer leur excès hydrique. Il ne vous reste plus qu'à prendre votre mal en patience.

— Un grand merci pour votre aide!

— C'est bien normal.

— Maintenant, nous allons sauver notre charrette. Avec la pluie, elle s'est enfoncée complètement dans la boue, nous essayons de l'extraire depuis ce matin.

— Bon courage! dit Fearghas. Je ne peux malheureusement rien faire pour vous.

— Moi je le peux, se proposa Éléonore.

Ses mains dessinèrent des arabesques dans les airs et le véhicule se dégagea dans un bruit de succion. Éléonore la déposa dans l'herbe au bord de la route. Ses roues étaient encore couvertes de terre.

— Oh merci, merci, merci Madame. Que la Magie bénisse toute la famille McLellan.

— Ce fut un plaisir de vous aider.

Éléonore sourit au vieil homme, puis ils prirent le chemin du retour.

— C'est cool comme don! dit Fearghas.

— Merci, le tien aussi.

— Ma mère va me reprocher ton état. Tu ne devais pas revenir couverte de boue. «Ce n'est pas convenable pour une femme de son rang», va-t-elle me dire.

— Je suis responsable de mes actes, et elle n'osera pas me faire de remarques.

— Non, mais à moi si.

— Je te défendrai.

— Comme si ça allait la persuader, ria-t-il.

Effectivement, Shanna ne fut pas contente de l'état d'Éléonore.

— Je vais me changer Madame. Commencez à manger, je reviens tout de suite.

— Nous ne commencerons pas notre repas tant que vous n'êtes pas là, répliqua Shanna.

— Pourquoi?

— C'est le protocole.

Éléonore leva les yeux au ciel.

— Encore lui, dit Éléonore.

Le silence s'installa pendant que Machar cherchait les mots qui manquaient à sa femme.

— Moi non plus, je ne suis pas féru des conventions, dit-il d'une voix douce. Mais vous savez, elles sont enracinées depuis des millénaires, et vous ne pouvez pas tout balayer d'un revers de main. Si vous m'autorisez cette comparaison, votre grand-mère aussi faisait fi du protocole puisqu'elle a épousé un humain. Regardez où ça nous a amenés. S'il existe, c'est qu'il est important pour la royauté. Puis-je me permettre un conseil?

— Je vous écoute, dit Éléonore d'un ton amer.

— Si vous souhaitez un jour montrer que vous êtes la reine légitime, donnez-vous tous les moyens pour que la population vous prenne au sérieux. Et pour cela, ce protocole que vous abhorrez tant est un outil efficace pour asseoir votre autorité. Quand votre place sera bien définie, allégez-le un peu. Mais petit à petit, de manière subtile. C'est la seule solution pour venir à bout de traditions millénaires.

Même si elle appréciait peu la façon mielleuse qu'avait prise Machar pour oser la contredire, elle percevait la justesse de ses paroles.

— Merci de votre éclairage, Monsieur. Je vous saurais gré de me former aux rouages de la royauté, se résigna Éléonore.

Shanna sourit.

— Avec plaisir Votre Altesse.

**

CHAPITRE 29

Madame Coudray eut des contractions la nuit même. Topaze avait laissé Jérémy à l'auberge, payant les frais avec l'argent qu'il avait gagné. Il avait été réveillé en pleine nuit par la femme de chambre.

Le comte tenait la main de son épouse. Le guérisseur donna des ordres aux personnes qu'il avait préalablement sélectionnées pour l'assister lors de l'accouchement. Celui-ci ne se déroula pas comme prévu: l'un des enfants avait le cordon ombilical autour du cou. La manœuvre était difficile, mais il savait comment procéder grâce à Agate. Il fit un soin aux nouveau-nés, qui étaient une fille et un garçon, et un soin à la mère. Le soleil pointait le bout de son nez lorsqu'il put regagner sa chambre. Il était exténué, mais heureux: avec Jérémy, il retournerait enfin chez lui!

***

Malgré les conseils de Shanna, Éléonore accompagnait maintenant chaque jour Fearghas à la ville. Elle aidait le maximum de personnes et rentrait fourbue. Elle s'essayait également à certaines activités lorsqu'on les lui proposait. Une apprentie l'initia à l'art de la poterie pendant que son patron parlait à Fearghas. Un autre lui montra comment souffler le verre. Elle trouva ça passionnant même si ce fut un véritable fiasco: elle n'était vraiment pas douée manuellement. Chez le forgeron, elle battit le fer, mais la chaleur fut rapidement insupportable. Elle avait peur également que sa perruque ou son voile ne s'embrase. Elle abandonna l'apprenti pour chercher Fearghas. Elle s'approcha de l'arrière-boutique et le surprit en plein échange salivaire avec le forgeron. Ils remarquèrent sa présence et s'interrompirent. Fearghas était rouge de honte et se dirigea vers la sortie, sans un mot, Éléonore sur ses talons.

— Excuse-moi, je ne voulais pas pénétrer ton intimité.

— Tu n'as pas à t'excuser, tu as le droit de connaître la vie de tous tes sujets, dit-il la mâchoire contractée.

Il marchait vite et Éléonore avait du mal à le suivre.

— Arrête. Je m'excuse tout de même. Il n'y a rien de honteux tu sais, quand je vivais dans le monde humain, j'avais des amis comme toi.

— Ah oui? C'était bien accepté?

— Pas toujours, reconnut Éléonore.

— Ici non plus. Surtout que je dois faire un bon mariage et que j'ai déjà trente ans. Ma mère ne s'en remettrait jamais si elle l'apprenait.

— Ne dis pas ça, elle sera peut-être contente.

— Oh non! Elle a d'autres projets, tu verras!

* * *

Ils avaient décidé de remonter Vénéficia à cheval. Ils avaient eu les moyens de s'en procurer deux, ainsi que des armes, grâce à l'argent que Topaze avait gagné. Par mesure de sécurité, ils l'avaient déguisé pour qu'il ne puisse pas être démasqué, mais le risque était grand. Plus ils avançaient vers la capitale, plus le fugitif avait de chance d'être reconnu. Ils évitaient au maximum la route principale et dormaient le plus souvent à la belle étoile.

— Pendant la nuit, j'ai réfléchi à toutes les informations que j'avais pu lire sur ces «Miraculés».

— Et tu as trouvé autre chose?

— Oui, visiblement la cité aurait été construite au sein même de Vénéficia.

— Tu veux dire qu'il existerait une ville dans une autre ville? Comment est-ce possible?

— Je l'ignore…

* * *

— Votre Altesse, pardonnez mon impertinence, mais j'ai une proposition à vous soumettre.

Shanna avait attendu que tous les domestiques quittent la pièce. Tous les regards de la tablée étaient tournés vers elle.

— J'aimerais que vous épousiez Fearghas.

Éléonore manqua de s'étouffer et le principal concerné rougit.

— Mère!

— Chut! Tu n'as pas ton mot à dire! Ce mariage, continua-t-elle à l'attention d'Éléonore, avantagerait nos deux familles: vous apporteriez le titre à ma famille, et nous vous apporterions l'argent.

Éléonore prit le temps de répondre.

— Une telle alliance provoquerait une guerre, vous en avez conscience?

— J'ai conscience qu'une guerre va éclater dans tous les cas.

— Sauf s'il y a une autre solution.

— Il est dans l'intérêt général de faire disparaître les Corvus. Nous sommes une contrée riche, car nos pouvoirs d'abondance assurent à nos gens une satiété permanente, mais les charges commencent à peser lourdement sur nos épaules. L'économie est en train de chuter, la moitié de la population est trop pauvre pour s'abriter ou se nourrir. Le système ne peut continuer ainsi.

— Lorsque je gouvernerai, je ferai mon maximum pour rattraper les dégâts.

— Je le sais. Mais vous n'arriverez pas sur le trône sans alliés.

— Me jurez-vous allégeance uniquement si j'épouse votre fils?

Shanna ne répondit pas tout de suite.

— Je vous soutiendrai et vous protégerai du mieux possible tant que vous êtes sur mes terres. Je peux même envisager de proposer aux volontaires de vous suivre, tant que je ne paie pas leurs frais. Malheureusement, mes fonds serviront à ma population, et non à un coup d'État.

— Je comprends. Je vous remercie de votre offre, et je vais y réfléchir.

— Merci.

Le débat était clos et Éléonore eut l'appétit coupé. Elle n'avait que dix-huit ans et n'avait jamais songé au mariage, a fortiori au mariage arrangé. Fearghas était gentil, mais il avait douze ans de plus qu'elle et il était homosexuel. Jamais ils ne s'aimeraient. Jamais ils n'auraient d'enfants. À l'instar de sa grand-mère, elle préférerait choisir un homme dont elle était amoureuse, mais Éléonore devait se rendre à l'évidence: Shanna avait une très bonne analyse de la situation. Elle avait besoin d'alliés.

* * *

Le trajet jusque Vénéficia se déroulait sans encombre. Jérémy et Topaze croisèrent de nombreuses personnes portant un carré bleu brodé sur leur vêtement et se demandèrent ce que ça signifiait. Ils eurent la réponse lorsqu'ils rencontrèrent des colporteurs.

— Toi le blond, regarde!

Il lui tendit l'affiche qu'avait vue Éléonore.

— On en colle dans chaque bourg, tu as intérêt à le faire, ça a l'air sérieux.

Jérémy les remercia pour leur avertissement. Ils s'arrêtèrent à l'auberge suivante. C'était la seule qui se trouvait sur la route de la capitale. Les premiers villages sorciers étaient à des kilomètres de là, et de nombreux voyageurs y séjournaient pour se sustenter ou pour la nuit. Lors du repas, les affiches fraîchement collées furent le sujet principal des conversations. Une femme à côté de leur table couvrait, par sa voix tonitruante, les discussions alentour:

— Il paraîtrait que la reine Victoire était folle de rage quand elle a su qu'Adélaïde était morte et que personne de sa famille n'a hérité des cheveux dorés. Du coup, ils recherchent tous les blonds du pays, quelle affaire!

— Moi j'ai entendu dire que c'est pour permettre aux blonds de classe 1 de se rencontrer, pour améliorer la race sorcière.

— N'importe quoi! Comme si les gens allaient accepter de faire des enfants uniquement avec des blonds comme eux. Ça serait vraiment bizarre de sélectionner la population sur un critère physique.

— Tu oublies qu'il y a les catégories de pouvoirs qui existent maintenant.

CHAPITRE 29

— Ce n'est qu'un numéro, c'est n'importe quoi.
— C'est quoi cette histoire de catégorie ? murmura Topaze.
— Laisse tomber, répondit Jérémy.

Le recueil de poèmes de Robert Capuchon était posé à côté de son assiette, et Jérémy observait distraitement les dessins. Sur une des pages, les lettres «CDM» étaient joliment calligraphiées. «CDM» comme «Cité des Miracles», supposa-t-il. Mais ainsi présentées, elles lui rappelaient autre chose. Il surfa sur ses souvenirs enregistrés dans l'espoir d'apercevoir une plage. Soudain, il se souvint d'un vieux conte dont la couverture ouvragée portait les mêmes initiales. Que racontait-il déjà ? Jérémy était bien plus jeune lorsqu'il l'avait lu. Il dut chercher dans sa mémoire profonde. Ça y est, il tenait l'information : ce conte parlait d'une petite fille se rendant à la «Cour des Merveilles». Il n'y avait sûrement aucun rapport. Après tout, ce n'était qu'une histoire pour enfants. Mais de nombreux points concordaient, comme le fait que les personnes vivant dans cette cour étaient des hors-la-loi un peu fous, et qu'aucun sorcier n'en avait trouvé l'entrée. Jérémy, qui avait pu observer depuis le début que les coïncidences étaient rarement fortuites, préféra approfondir la piste.

* * *

— Merci de n'avoir rien dit à ma mère.

Malgré l'interdiction de Shanna, Fearghas avait toqué à la porte de la chambre d'Éléonore avant de se coucher.

— De rien. De toute façon, ta sexualité n'était pas le sujet de la conversation.

— Il n'est pas question que je me marie avec toi, enfin si je peux me le permettre, ajouta-t-il gêné.

— Ça sera à toi de convaincre ta mère. Dans tous les cas Fearghas, elle va te faire épouser une femme de bonne famille, tu le sais.

— Oui.

— À moins que tu lui dises.

— Je ne peux pas.

— Très bien. Je ferais mon maximum pour éviter le mariage. Mais tu as entendu Shanna: je peux compter sur votre appui uniquement si je deviens ta compagne.

— Je vais la persuader de t'apporter une aide plus conséquente.

— Merci.

Fearghas lui souhaita bonne nuit et s'éclipsa. Éléonore se coucha, mais ne parvint pas à trouver le sommeil. Elle se montrait forte et essayait d'asseoir son statut comme les McLellan le lui avaient conseillé, mais au fond elle était terrifiée. Elle n'avait aucune idée des prochaines étapes, ignorait quelle décision prendre. Tout le monde s'en remettait à elle comme si elle détenait les réponses de façon intuitive, comme si elle avait hérité des connaissances ancestrales sur la gérance d'un royaume, mais elle ne savait rien. Que devait-elle faire? Elle sortait tout juste de l'adolescence après tout. Elle ne se sentait pas légitime à les gouverner tous. Elle s'endormit sur ses questionnements qui passaient en boucle dans sa tête.

∗ ∗ ∗

Topaze recopiait le conte que lui dictait mot pour mot Jérémy à la lueur du feu. Dans le livre, une jeune fille blonde, appuyée contre un arbre, dessinait une montre à gousset lorsque surgit un lapin qui en portait une. Intriguée, elle suivit l'animal pressé. Celui-ci colla son singulier objet sur un mur et s'enfuit par le terrier qui venait d'apparaitre. Elle voulut l'accompagner, mais n'y parvint pas: le trou s'était refermé. Elle remarqua une magnifique représentation de la montre à gousset devant elle. Elle imita le lapin, en plaquant son croquis contre la paroi. Le passage s'ouvrit et elle atterrit dans un monde merveilleux, comprenant toutes sortes de personnages étranges et souvent immoraux.

CHAPITRE 29

— Qu'en penses-tu? demanda Jérémy.

— Je pense qu'il est fort possible que cette œuvre soit une référence à la Cité des Miracles. Trop d'éléments coïncident. La Cour des Merveilles et la Cité des Miracles. Les noms sont très proches et ce sont les mêmes initiales. Il y a des hors-la-loi. Le symbole de la Cour des Merveilles est une montre à gousset. La Cité des Miracles possède aussi un symbole...

— La rose, intervint Jérémy. Dans le conte, ils rentrent dans la Cour des Merveilles grâce à la représentation d'une montre à gousset sur un mur...

— La Cité des Miracles procèderait de la même façon?

— Certainement. J'ai remarqué de nombreux dessins de roses dans la capitale. Toutes identiques et présentes dans les rues les moins fréquentées de Vénéficia.

— Ce seraient des passages?

— Possible.

— Tu penses te souvenir des adresses où tu les as vues?

— Bien sûr.

— Ça serait fou qu'il y ait vraiment un lien entre le conte vieux de plus d'un siècle et une réelle organisation de hors-la-loi!

— Je ne trouve pas ça très surprenant. Depuis toujours, beaucoup de poèmes ou de fables ont critiqué de façon déguisée le pouvoir en place ou les grands évènements historiques, alors pourquoi pas?

— Mmm, réfléchit Topaze. Tu crois que l'accès à la Cité des Miracles grâce aux roses sera si facile?

— Qui ne tente rien n'a rien...

Le lendemain, ils regagnèrent la route principale pour se débarrasser de leurs chevaux. Ils approchaient de Vénéficia et ne voulaient pas être repérés. Ils avaient eu la chance de ne pas se les faire voler, ce qui devenait rare ces temps-ci, mais eurent des difficultés à trouver des acquéreurs. Personne n'avait d'argent, et ils les vendirent moins cher qu'ils ne les avaient achetés. Une fois leurs réserves de nourriture en poche, ils s'enfoncèrent à pied dans la forêt. Ils n'en sortiraient que lorsqu'ils arriveraient au cœur de Vénéficia.

***

Éléonore dormait paisiblement quand elle fut réveillée par un bruit fracassant. Ensommeillée, elle eut d'abord des difficultés à comprendre ce qui se passait, puis son cœur s'emballa: on défonçait sa porte. Avant qu'elle n'ait eu le temps de réagir, un groupe de six gardes pénétrèrent dans sa chambre.

— La voilà!

Il était évident qu'ils avaient atterri au bon endroit: sa chevelure ensoleillait l'obscurité opaque de la pièce. La plupart n'avaient jamais connu de reine légitime et ils furent ébahis par le spectacle qui s'offrait à eux, avant de se reprendre immédiatement: ils devaient la capturer pour la ramener à Vénéficia.

Quatre d'entre eux se jetèrent sur son lit pour attraper Éléonore. Terrifiée, elle se débattit, arrachant des touffes de cheveux et mordant des bras. Elle se rendit à l'évidence: elle ne pouvait pas vaincre quatre hommes à elle seule. Elle ne faisait que s'épuiser. Résignée, elle se calma.

Deux autres miliceurs tenaient de grandes torches en souriant. Chacun savait qu'ils seraient richement récompensés face à cette trouvaille. Dire qu'ils avaient préalablement réfuté ces rumeurs ridicules. Puis, quand deux collègues finirent par avouer, rouge de honte, qu'ils avaient perdu une femme aux cheveux dorés près d'ici, ils n'avaient plus hésité: il fallait pénétrer dans le château des McLellan. Cette fois-ci, ils ne la sous-estimèrent pas, et partirent en grand nombre pour la capturer. Ils avaient tout planifié pour maximiser les chances de réussite, ça avait pris un peu de temps, mais enfin ils y étaient parvenus. Et il n'y avait aucun doute: c'était bien elle.

Un des gardes fixa Éléonore tout en plaquant sa torche contre les rideaux de sa chambre. Ceux-ci s'embrasèrent immédiatement. Il sourit béatement face au spectacle.

— Allez-y, brûlez toute la maison de ces traitres! cria un des hommes qui

CHAPITRE 29

tenait Éléonore.

Ils enflammèrent tous les tapisseries qui se trouvaient sur leur chemin. La fumée obscurcissait peu à peu leur vision. Éléonore suffoquait. Ils descendirent les marches et se pressèrent de gagner la cour du château. Éléonore avait l'impression que ses membres se disloquaient face aux quatre gardes qui couraient de façon désynchronisée. D'autres miliceurs attendaient près d'une cage en fer. Ils la jetèrent violemment à l'intérieur. Sa tête rebondit durement sur le sol et une tache de sang se forma. Elle se redressa et réagit aussitôt. Une statue, très proche des ravisseurs, indiquait l'entrée de la demeure. Éléonore pouvait peut-être en assommer un ou deux par l'effet de surprise. Elle fit un geste de la main. La sculpture ne bougea pas d'un centimètre. Éléonore ne comprenait pas. Elle tenta de nouveau, avec ses yeux, son cerveau: la statue resta de marbre. Elle essaya de faire voler une épée qui était bien plus légère, mais le même résultat se produisit. Sa télékinésie ne fonctionnait pas. L'avait-elle perdue? Impossible. «La cage est hermétique aux pouvoirs», comprit-elle. Désemparée, elle regarda les derniers inquisiteurs sortir en courant du château. Éléonore voyait des flammes lécher de plus en plus de fenêtres. La fumée s'était propagée partout, et le feu gagnait du terrain de minute en minute. Quelques domestiques parvinrent à s'échapper, notamment ceux vivant au rez-de-chaussée. Aux étages supérieurs, là où dormaient les McLellan, les lumières étaient éteintes. Impossible qu'ils soient encore en vie. Ils auraient perçu le vacarme dans le cas contraire. Des larmes de rage, de culpabilité et de tristesse coulèrent sur ses joues. L'odeur étouffante du monoxyde de carbone la fit tousser. Le cortège s'éloigna rapidement. Sa chemise de nuit était à moitié déchirée. Elle avait froid, ainsi exposée à la fraîcheur nocturne. Elle remarqua qu'elle s'était urinée dessus sous le coup de la peur. Elle avait honte. Elle se sentait fautive. Elle ne voyait plus le château, mais percevait les cris de la foule qui s'alarmait face à cette tragédie. La fureur s'empara d'elle: elle hurla en secouant les barreaux de la cage. Les miliceurs rirent. Elle essaya de passer une main à l'extérieur, mais fut repoussée par une protection magique.

— Par contre nous on peut! dit un des gardes en lui caressant la jambe.

Elle fut parcourue d'un haut-le-cœur et se recroquevilla. Qu'allaient-ils faire d'elle?

Chapitre 30

Jérémy et Topaze voyageaient depuis plusieurs jours maintenant. Le trajet s'était bien déroulé, sans arrestation ni pillage, ce qui n'était pas loin d'être un miracle par les temps qui couraient. L'arrivée à Vénéficia s'annonçait plus compliquée. Puisque Jérémy n'était pas recherché, il était facile pour lui d'entrer dans la capitale. Faire passer Topaze serait plus délicat. Ils se cachèrent dans la grotte par laquelle Jérémy s'était échappé des archives de la milice.

— Attends-moi là, je vais trouver une solution avec ton père.

Topaze approuva et Jérémy rejoignit les sentiers qu'il connaissait tant. Revenir dans sa ville lui procurait un sentiment de joie mêlée d'excitation. Il avait l'impression qu'il était parti il y a des mois alors qu'il ne s'était absenté que deux semaines.

Il entra à l'apothicairerie, et retrouva Agate qui finissait de servir un patient.

— Ah! Te voilà de retour enfin! On s'inquiétait tellement! Sais-tu qu'Axel s'est volatilisé? Nous pensions que vous aviez tous été enlevés comme Opale. Jaspe a arrêté de travailler pour vous chercher, soliloqua-t-elle.

— Jaspe est-il là? Je dois vous parler, c'est urgent. Quoi? Axel a disparu? réagit-il après un temps de réflexion.

— Oui. Mais qu'y a-t-il?

— Pas ici, chuchota Jérémy.

— On arrive immédiatement.

Jérémy monta au salon et les attendit. Agate le rejoignit aussitôt.

— Célestine cherche son père. Tu dois être épuisé par le voyage, tu veux boire quelque chose?

— Je veux bien.

Agate lui prépara un petit-déjeuner qui était bienvenu après la longue marche de la nuit. Jérémy lui posa des questions sur Axel.

— Après ton départ, nous sommes allés à l'auberge, mais Guy nous a confié qu'il ne l'avait pas vu depuis plusieurs jours. Ses affaires sont restées dans sa chambre, et il n'a plus donné signe de vie. Nous nous sommes rendus chez Iris, qui nous a expliqué qu'il avait démissionné une semaine auparavant. Elle était seule et n'était pas très disposée à nous parler. Mais depuis on ne la lâche plus. Ses deux employés disparaissent et elle ne s'inquiète pas? Elle est forcément dans le coup.

Jérémy écoutait son résumé en silence.

— On n'a pas prévenu la milice, car Axel n'est pas né ici, et ça se serait vite su... Dire qu'on avait promis à son père de veiller sur lui... Quand est-ce que le calvaire s'arrêtera?

La détresse voutait ses épaules. Elle n'eut pas de réponse à sa question rhétorique.

— Ce monde est de pis en pis. J'ai peur de sortir de chez moi. J'ai peur pour mes enfants, se lamenta-t-elle.

— Je sais. Tout va très vite s'arranger.

Jérémy se voulait rassurant, mais le désarroi l'habitait.

— Nous voilà! s'exclama Célestine.

Elle entra dans la pièce, son père sur ses talons. Ils saluèrent Jérémy et s'installèrent en face de lui.

— Bonjour Jérémy! Nous sommes contents de te voir. Alors dis-nous, qu'as-tu découvert? demanda Jaspe, impatient.

— Je suis avec Topaze.

— QUOI?! s'exclamèrent-ils tous les trois.

Jérémy leur raconta tout son périple de son départ à son arrivée ici.

— Il faut aller le chercher! dit Agate.

— Oui, mais on ne peut pas faire ça n'importe comment.

CHAPITRE 30

Ils contactèrent Ambre et Arnaud et convinrent d'un plan. En pleine nuit, Jérémy regagna la grotte, tandis que les Sauge firent diversion dans les quartiers les plus éloignés de leur domicile. Jaspe et Arnaud firent mine d'être en conflit. Les miliceurs, attirés par le bruit d'une bagarre, quittèrent leur ronde habituelle. Les femmes trouvèrent un prétexte pour retenir les inquisiteurs restants. L'un surveilla Célestine qui feignit d'être alcoolisée, un autre aida Ambre qui s'était blessée, et Agate épiait les alentours de la maison. La voie était libre. Topaze et Jérémy gagnèrent le domicile familial sans encombre.

Lorsqu'il pénétra chez lui après des mois d'absence, une vague d'émotions le submergea. Retrouver l'odeur familière de ce cocon le bouleversa. Topaze se surprit à avoir les yeux emplis de larmes face à cette mosaïque de sentiments.

Puis la gaieté prit le dessus. Sa famille allait arriver! Il trépignait d'impatience. Ne pouvant rester debout, il tourna dans toute la pièce, toucha à tout et s'agitait autour de Jérémy.

— Calme-toi.

— Je ne peux pas!

— Je sais.

Soudain, ils entendirent des pas monter l'escalier. Topaze se jeta sur sa mère qui passa la porte la première. Ils sanglotèrent et s'étreignirent de longues minutes. Jaspe serra son fils plus brièvement, mais tout aussi ému. Célestine arriva peu après, suivie d'Ambre, d'Arnaud et d'Aventurine. Tous criaient ou pleuraient de joie face au retour de Topaze. Le vœu d'Agate était en partie réalisé ce soir-là. Il ne restait plus qu'à ramener Opale à la maison.

***

Au détour du chemin, Éléonore eut une vue imprenable sur le domaine qui l'avait abritée durant quelques semaines. Les flammes, qui s'échappaient des fenêtres, dansaient sous le vent et léchaient la toiture. Même de loin, elle percevait les hurlements de la population et le crépitement du feu. La totalité du château brûlait. Peu de personnes avaient dû survivre. Tout était de sa faute. S'ils ne l'avaient pas abritée, jamais ils ne seraient morts. Depuis son arrivée dans le monde magique, elle mettait tous ses proches en danger. Son sentiment de culpabilité la fit pleurer de rage.

* * *

Jérémy, habitué à son costume de sans-abri, décida le lendemain de surveiller les entrées de la Cité des Miracles. Jaspe, Agate et Célestine, qui avaient écouté le résumé des dernières découvertes avec attention, l'assistèrent. Chacun était posté devant une rose différente.

Topaze restait caché dans la maison. Il profitait du confort retrouvé pour se reposer et donner à son corps tout ce dont il avait été privé durant de nombreux mois. Malgré l'attente, ils ne virent personne passer à travers les murs de la ville. Jérémy avait-il fait fausse route? Il douta un moment, mais Topaze le rassura.

— Ils sont trop intelligents pour se faire repérer comme ça. On va devoir trouver une autre solution.

* * *

Ça faisait maintenant plusieurs jours qu'Éléonore n'avait pas mangé. Son corps était passé par différents stades: les tremblements incontrôlables, la douleur à l'estomac, les maux de tête. Elle ne tenait plus assise, vidée totalement de son énergie. Sa capacité à réfléchir semblait s'être évanouie par la même occasion. Elle ne réagissait plus aux attaques des gardes. Elle

CHAPITRE 30

était la plupart du temps inconsciente, et ils en profitaient pour la toucher. Seul le fait de devoir la remettre en «bon état» à la reine les empêchait d'aller plus loin, mais pour combien de temps? Elle avait entendu plusieurs disputes la concernant: certains éléments du groupe ne se contrôleraient pas indéfiniment.

Malgré le vide de son estomac, Éléonore eut une forte envie de vomir quand le paysage changea soudainement. Ils avaient passé la Manche. Elle reconnut la sensation très désagréable de la traversée qu'elle avait déjà subie avec la troupe. À l'époque, bien qu'elle ait été en pleine forme, elle avait régurgité tout ce qu'elle avait ingéré le matin même. Elle avait eu l'impression que son corps avait été transporté de plusieurs kilomètres, en laissant ses organes digestifs sur place. Ils s'étaient tous moqués d'elle, alors que plusieurs avaient le teint blanchâtre. La sensation se rapprochait d'une descente à pic dans les montagnes russes. Elle, qui avait toujours détesté les manèges, avait appréhendé son retour par le même moyen de locomotion.

Aujourd'hui, elle n'avait pas été préparée et c'était sûrement mieux ainsi, mais la traversée l'affaiblit davantage. Dans quel état arriverait-elle au château?

***

Tous cherchaient une solution pour pénétrer dans la Cité des Miracles.

— D'après les anciens écrits que j'ai lus, le meilleur moyen serait de se faire tatouer une rose. Les miraculés de l'époque avaient visiblement une marque commune qui leur permettait de se reconnaître et de passer d'une cité à l'autre, mais je n'en sais pas plus, dit Jérémy.

— Ça peut se tenter, qu'en penses-tu, papa?

— Je suis de ton avis. On est trop proches du but pour abandonner.

Jaspe appela Martinez, l'identificateur. Il avait tatoué Éléonore et Axel il y a quelques mois. Il refusa de les aider. Il avait rempli largement sa part du contrat d'après lui.

— Tu me demandes de fabriquer une fausse identité pour la reine légitime, et maintenant tu veux que je tatoue un homme recherché par l'inquisition?

— Je te paierai très généreusement.

— Je risque gros. C'est non.

Jaspe négocia farouchement. Il lui proposa une somme rondelette. Martinez accepta de mauvaise grâce.

— Allez, Topaze, approche, abdiqua-t-il.

Son index dessina de façon invisible la fleur sur l'épaule de Topaze, puis il plaça sa main à quelques centimètres. Une lumière rouge pâle se dégagea de sa paume, et une rose, très semblable à celles peintes sur les murs, apparut.

— Alors comme ça, on s'est évadé de prison? Balaise!

— Comment le sais-tu?

— J'en ai entendu parler, répondit vaguement Martinez.

Il recommença l'opération avec Jaspe et Jérémy.

— Voilà. J'espère que vous n'aurez plus besoin de moi.

— Je l'espère aussi, soupira Jaspe.

Martinez les abandonna tout sourire, les poches pleines d'argent.

***

Éléonore dormait lorsqu'elle fut réveillée en sursaut par une altercation particulièrement violente. Sans son pouvoir, elle ne voyait rien durant la nuit. Elle fut prise de panique à l'idée qu'ils se battaient certainement à son sujet. Elle se recroquevilla encore plus, serra les cuisses et ferma les yeux. Elle écouta attentivement ce qu'il se passait. Son ouïe remplaçait sa nyctalopie déficiente. Contrairement à ce qu'elle avait cru de prime abord, il ne s'agissait pas d'une dispute. Les nombreux bruits d'épées qui s'entrechoquaient et les cris des blessés laissaient penser plutôt à une bataille entre deux groupes. Le cœur d'Éléonore s'emballa. C'était le moment

CHAPITRE 30

parfait. Dans un sursaut d'énergie, Éléonore se rua à quatre pattes vers la porte. Elle tenta de l'ouvrir, mais le cadenas magique était bien trop solide. Il fallait trouver une méthode plus violente. Elle se redressa tant bien que mal. Sa tête tournait. Elle recula de quelques pas. Elle prit le peu d'élan dont elle était capable et fonça vers la porte en lui donnant un grand coup d'épaule. Elle hurla de douleur. S'était-elle cassé quelque chose? Elle s'en moquait. Elle n'abandonnerait pas. Elle recula de nouveau et recommença. Ses os se brisèrent. Elle glapit. Son corps servait de bélier pour sa liberté. La porte ne cédait pas d'un pouce, mais elle non plus. Elle cria de rage. Elle continuerait, peu importe les conséquences. C'était sa dernière chance.

Chapitre 31

Topaze, Jaspe et Jérémy traversaient la ville silencieusement. Malgré la douceur de la nuit, les Sauge avaient enfilé leurs capes. Jérémy portait celle des Baruti. La couleur vert bouteille la rebutait. Elle lui rappelait le métier d'aubergiste qu'il détestait et sa famille qui l'avait rejeté.

Dans l'après-midi, ils étaient tombés d'accord sur le fait d'utiliser le passage le moins exposé de tous. C'est la raison pour laquelle ils tournèrent ce soir-là dans un cul-de-sac à l'odeur nauséabonde. À cette heure-ci, aucun éclairage ne fonctionnait. Les rayons de la lune ne parvenaient pas à percer les hauts murs des immeubles adjacents, mais la nuit était assez claire pour leur permettre de voir où ils mettaient les pieds. Ils s'arrêtèrent devant le graffiti de la rose.

— J'y vais le premier, chuchota Jaspe.

— Papa, il vaut mieux que ce soit moi, car si la milice patrouille par ici...

— C'est non négociable.

Jaspe posa sa main sur la fleur tout en vidant son esprit. Il attendit quelques secondes, en vain. Le passage refusa de s'ouvrir. Il essaya de nouveau en plaquant directement son tatouage sur le tag, avec le même résultat.

— Peut-être qu'il faut penser à la Cité des Miracles? suggéra Topaze.

Jaspe recommença en suivant les conseils de son fils. L'accès lui résista. Il tenta avec les autres parties de son corps, sans plus de succès.

Ils s'attardaient bien trop longtemps dans l'impasse.

CHAPITRE 31

— Laisse-moi essayer, proposa Topaze.

Le mur resta silencieux face à leurs offensives. L'embarras envahit Jérémy.

— Je me suis sûrement trompé.

— Arrête! le raisonna Topaze.

— Alors pourquoi ça ne fonctionne pas? Si ça se trouve, il n'existe même pas de Cité des Miracles. Je vous ai entrainés dans cette chimère! Vous prenez des risques sur de simples suppositions de ma part, tandis que...

— Chut! intima Jaspe. Quelqu'un arrive.

***

Éléonore s'acharnait sur la porte en pleurant de rage. Elle avait tout essayé, mais elle résistait à ses assauts. Ses épaules en mille morceaux l'empêchaient de continuer. Elle se traina au bord de la cage. Ses genoux raclèrent sur le sol ses propres déjections. Sa chemise de nuit était tellement déchirée qu'elle ne couvrait quasiment plus son corps. Elle appuya son front sur les barreaux.

— Aidez-moi, aidez-moi... gémit-elle.

Elle ne reconnut pas sa voix cassée. Elle tenta de crier, mais elle n'avait pas assez de force. Dehors, le combat continuait. Elle ne parvenait pas à en distinguer les protagonistes. Elle plaqua son oreille vers l'extérieur. Elle entendit des bruits de métaux qui se rencontraient, le son visqueux d'une lame qui pénètre la chair, des interjections d'hommes et de femmes. Un corps lourd s'écroula sur le sol, près d'elle. Éléonore eut un mouvement de recul, puis s'avança de nouveau. Il était assez proche pour qu'elle reconnaisse un des miliceurs. Son cœur s'accéléra. Venait-on la sauver ou l'emmener? Allait-on lui faire subir des sévices pires encore que celles prévues par la reine Victoire? Effrayée, elle se glissa vers la porte: elle devait sortir! Mue par son envie de survivre, elle usa ses dernières forces pour tenter de se libérer. Ses ongles en sang et son corps meurtri n'y changèrent rien: elle resta coincée. Elle sanglota. Elle pensait mourir lorsque sa cage s'ouvrit sur un homme de son âge, aux cheveux bruns et aux yeux vairons, qui lui souriait.

— Axel! s'exclama Éléonore, ahurie.
— En chair et en os!

* * *

Un petit homme avançait discrètement dans l'allée, sur le qui-vive. Il jetait des coups d'œil derrière son épaule. Personne. Il s'arrêta à un mètre de la rose. Il écouta les bruits alentour. Tout était parfaitement silencieux. Il était rassuré. Il progressa lentement jusqu'au passage, toujours aux aguets. Seule la torche qu'il tenait devant lui éclairait sa destination. Les trois comparses, cachés dans un renfoncement d'immeubles, observaient la scène. Ils se regardèrent. Jaspe donna le feu vert. Ils sautèrent sur l'inconnu avant qu'il ne traverse. Topaze, qui mesurait une bonne tête de plus que lui, le maitrisa facilement. Il lui tint les poignets contre son dos, et Jaspe couvrit sa bouche.

— Je vais enlever ma main. Tu n'as pas intérêt à crier.

Le malfaiteur lui jeta un regard haineux. Jaspe s'exécuta. L'homme n'en profita pas pour demander de l'aide.

— Comment fait-on pour passer de l'autre côté?

Le malfrat ne réagit pas.

— Répond, ou je te fais très mal, le secoua Topaze.
— Aïe! Je ne vois pas de quoi vous voulez parler.
— Bien sûr que si! La Cité des Miracles!

Une expression de surprise traversa brièvement son visage, suivi d'un stoïcisme lorsque l'individu se rendit compte de son erreur.

— Je ne vois pas de quoi vous voulez parler, répéta-t-il.
— Laisse tomber, nous allons chercher nous-mêmes rétorqua Topaze.

Tous les trois inspectèrent la surface de sa peau, qui ne présentait aucun

CHAPITRE 31

tatouage.

— Soit c'est un tatouage transparent, soit c'est une fausse piste... soupira Jérémy.

— Je penche pour le tatouage transparent, répondit Topaze, optimiste.

Il serra un peu plus fort l'inconnu en le poussant vers la fleur.

— C'est parti, on essaie!

Il plaqua violemment l'homme contre le mur couvert de graffitis, puis entreprit d'appuyer toutes les parties de son anatomie sur la rose.

— Hey vous là-bas! entendirent-ils crier. Qu'est-ce que vous faites?

Tous les quatre tournèrent la tête vers l'entrée de l'impasse. Deux miliceurs s'y tenaient, fronçant les sourcils. Ils soulevèrent leurs lanternes et écarquillèrent les yeux. Ils les avaient repérés! Ils dégainèrent leurs armes et se lancèrent à leur poursuite. Jérémy tourna la tête de l'autre côté. Il n'y avait aucune sortie possible. Ils étaient coincés.

— On est foutu, paniqua-t-il.

Chapitre 32

Les miliceurs lâchèrent leurs lanternes. Ils se ruaient vers eux, arme à la main. Ils s'approchaient dangereusement.

— Ne bougez pas! dit l'un.

— Plus un geste! hurla l'autre.

— On est mort, paniqua Jérémy.

— Arrête! Tenez-vous à ce miraculé pour qu'on passe à quatre si je trouve la zone du tatouage! ordonna Topaze.

Il continuait de tourner l'homme dans tous les sens.

— J'expliquerai la situation aux inquisiteurs, dit Jaspe.

— Jamais! s'emporta Topaze. Je te rappelle que je suis accusé d'avoir agressé un directeur de prison!

Les gardes n'étaient plus qu'à trois mètres d'eux.

— Vite! cria Jérémy.

Topaze plaqua la nuque de l'inconnu contre la rose. Le passage s'ouvrit subitement et ils tombèrent à la renverse.

***

— Axel? Mais... mais qu'est-ce que tu fais là? balbutia Éléonore.

Il allait répondre quand un inquisiteur lui asséna un coup sur le visage

CHAPITRE 32

avec la lame de son épée. Du sang dégoulina de la longue estafilade et l'aveugla d'un œil. Immédiatement, le magnifique halo bleu pailleté de sa bulle de protection apparut, repoussant l'homme qui l'avait attaqué.

— Je suis vraiment trop con, grogna-t-il. Erreur de débutant. Je n'aurais jamais dû baisser ma garde. Allez, viens!

Il avait tellement été déstabilisé par l'état de dépérissement d'Éléonore qu'il avait marqué un temps d'arrêt et avait oublié son scutatus un millième de seconde. Ce laps de temps avait suffi pour qu'on le blesse, mais non grièvement.

Axel tira Éléonore de la cage, et la saisit par la taille. Son corps était faible d'inanition, mais sa volonté féroce repoussa encore un peu plus ses limites. Elle titubait au milieu d'une effusion de sang, soutenue par Axel. Plusieurs sorciers étaient à terre, mais la plupart s'affrontaient toujours. Par réflexe, Éléonore baissait la tête lorsque de nombreux coups d'épée perdus s'approchaient dangereusement d'elle, mais ils touchaient le scutatus sans jamais la transpercer. Les hommes et les femmes venus à son secours se battaient farouchement face aux gardes. Ils étaient environ une vingtaine, soit pratiquement le double de leurs adversaires, mais ils étaient moins bien entrainés et moins armés. Même si Éléonore s'était initiée au combat des semaines durant avec Guillaume, elle n'était pas préparée à cette image atroce. Les corps transpercés et des têtes tranchées sur le sol lui donnaient envie de vomir alors qu'elle n'avait plus rien dans l'estomac.

— Éléonore, plus vite!

Elle ne trouva même pas la force de répondre. Elle était au maximum de ses capacités. Elle tenta d'accélérer le mouvement, tiré par Axel, mais sa vision s'obscurcit. Elle s'écroula.

— Éléonore!

Axel paniqua.

— Pardon... Je... Je n'y arrive pas... souffla-t-elle.

Il la souleva et l'entraina à l'écart de la bataille. Il balaya la foule du regard pour trouver celui qui devait sauver son amie. Où était-il bon sang? Puis il l'aperçut. L'homme, d'une cinquante d'années, les rejoignit. Il semblait un tantinet trop enjoué face à la situation, comme si aucun combat n'avait lieu juste derrière lui. Il était gros, les cheveux châtain foncé et blanc, et ses yeux bleus rieurs rassurèrent Éléonore.

— Capuchon, dépêche-toi, s'énerva Axel.

— Redescends d'un ton mon p'tit, ici c'est moi le chef, le calma Robert Capuchon.

Il porta Éléonore dans ses bras et lui sourit.

— Vous êtes prête?

* * *

Jaspe, Topaze, Jérémy et l'inconnu traversèrent le mur et tombèrent à la renverse sur une petite place pavée de pierres gris clair où une fontaine de la même couleur laissait échapper un filet d'eau. Les trois protagonistes étaient sûrs de n'avoir jamais vu cette partie de la capitale. Jérémy l'était d'autant plus qu'il connaissait par cœur le nom et l'histoire de chaque rue de Vénéficia. Un groupe d'individus armés les encercla dès leur arrivée. Comme pour confirmer leurs pensées, une prénommée Sylvie prit la parole:

— Bienvenue à la Cité des Miracles. Nous vous y attendions.

C'était une femme d'une quarantaine d'années aux formes arrondies. Sa chevelure blonde était attachée en une longue queue de cheval.

— Dis donc, Plétus, t'es toujours dans les coups foireux! dit un malfaiteur à l'inconnu qui avait permis le passage dans la Cité des Miracles.

— Mais… mais je ne m'y attendais pas! bredouilla-t-il.

— T'es vraiment un abruti, soupira l'une des femmes.

— Assez! rugit Sylvie. On nous a demandé de surveiller cette entrée, et d'amener tous les individus suspects qui pourraient traverser, pas de débattre sur l'imbécillité de Plétus. Attachez-les et on y va!

Ils ligotèrent les trois prisonniers et les poussèrent à travers la Cité des Miracles. Elle ressemblait en tout point à un vrai bourg: les rues étaient nommées et de nombreuses maisons semblaient habitées. Jaspe maudissait leur inconscience. Topaze réfléchissait à un plan d'évasion tandis que

CHAPITRE 32

Jérémy admirait l'ingéniosité des concepteurs de ces lieux emprunts d'une sorcellerie jamais égalée. Cacher une ville dans une autre ville relevait de l'exploit, et jamais il n'aurait supposé cela possible ailleurs que dans des livres pour enfants. Certes, la magie permettait la naissance de choses merveilleuses, mais jamais elle n'avait été utilisée à si grande échelle. La Cité était bien plus vaste qu'il ne l'avait imaginée. Depuis quelques minutes, le groupe traversait des rues, passait par des galeries ou s'enfonçait dans les souterrains, et Jérémy était certain qu'ils étaient loin d'en avoir fait le tour. Il y avait aussi plus d'habitations qu'il ne l'aurait cru, et il se demandait combien de personnes vivaient ici. Éviter d'être découverts devait réclamer une logistique considérable, et Jérémy était impressionné par l'intelligence dont devait faire preuve cette bande organisée qui avait la taille de la population d'une bourgade.

Ils arrivèrent devant un bâtiment dont les colonnes en pierres et la haute porte en bois laissaient supposer la présence d'une instance supérieure. La lune illuminait le vitrail rond magnifiquement ouvragé qui se reflétait sur les maisons alentour. Le petit palais s'intégrait parfaitement au paysage, collé aux habitations adjacentes. Ils montèrent quatre marches, passèrent entre deux piliers. Sylvie parla au miraculé qui surveillait l'entrée. Ils traversèrent une longue pièce étroite recouverte d'un tapis qui menait tout droit à une autre porte. Un garde les fit patienter et revint un quart d'heure plus tard. Il invita le groupe à le suivre et tous admirèrent une nouvelle petite cour où siégeait une fontaine à trois étages. L'eau sortait par les épines d'une rose sculptée dans la pierre dans un bruit apaisant. Ils contournèrent l'œuvre d'art, longeant la végétation abondante des murs alentour. Ils pénétrèrent directement dans une pièce dont les larges portes ouvertes donnaient sur le patio qu'ils venaient de traverser. Un homme d'une soixantaine d'années assis sur un trône les scrutait d'un regard bleu clair perçant. Une mèche blanche sur sa tempe droite dénotait sur sa chevelure noir corbeau. Tous firent une révérence. Jaspe, Jérémy et Topaze furent contraints de s'agenouiller. Ils restèrent ainsi, les fesses sur les talons et la tête penchée, lorsque le chef du gang s'adressa à eux.

— Ah! Mes enquêteurs en herbe préférés sont enfin arrivés!

Personne ne soufflait mot dans la salle. Il dégageait de lui une aura d'hégémonie, coloré par son charisme, sa ruse et son intransigeance.

— Vous avez égayé mes dernières semaines! Je me demandais si vous finiriez par trouver la Cité des Miracles, et vous voilà. Je dois vous applaudir!

Il joignit le geste à sa parole et le claquement lent et appuyé de ses mains résonna dans la grande pièce. Topaze vit certains hésiter entre imiter leur dirigeant et rester de marbre, et tous choisirent finalement la deuxième solution.

— Vous pouvez m'être reconnaissants, car certains désiraient vous tuer. Mais que voulez-vous, j'aime les challenges et ça fait bien longtemps que je n'ai pas eu d'adversaire à ma hauteur.

Le Grand Séroce se leva et marcha vers Jérémy.

— Jérémy Baruti. C'est donc toi que je dois remercier d'avoir révélé les failles de ma Cité? Redresse la tête quand je te parle.

Jérémy obéit et déglutit.

— Oui, c'est moi, répondit-il.

— Bien. J'ai hâte que tu m'exposes ton raisonnement. Je t'écoute.

— Que voulez-vous savoir? balbutia-t-il.

— Comment tu es arrivé jusqu'à moi. Je veux tout savoir depuis le début, et ne me mens pas, le prévint-il.

— Comme vous le savez, tout a commencé à l'enlèvement d'Opale, amorça Jérémy d'une voix faible. Nous n'avions aucune piste, jusqu'à ce qu'Axel lève le voile sur un trafic d'armes par le biais du magasin d'Iris. Conjointement, nous avons découvert une multitude de disparitions. Je cherchais le lien entre tous, mais je ne trouvais pas. Je n'avais pas assez de renseignements. Mais c'est là que vous êtes intervenus. Vous m'avez été d'une grande aide.

Toute la salle fronça les sourcils sauf le Grand Séroce qui s'esclaffa.

— Tu m'as donc reconnu!

— Oui, vous étiez le sans-abri devant le château. Vous m'avez dit de consulter les archives de la milice, mais je ne comprends toujours pas pourquoi.

— J'ai sondé tes pensées: tu cherchais des renseignements sur l'enlève-

CHAPITRE 32

ment de ton amie, et je ne me sentais pas visé. Je ne prenais pas de risque. J'étais curieux de voir jusqu'où tu irais. J'aime les challenges. Et on peut dire que je suis impressionné. Continue.

— J'ai réussi à y pénétrer, et j'ai lu tous les dossiers des enquêtes. Certaines avaient comme point commun la rose. Je me suis souvenu également d'annonces abracadabrantes contenant le nom des disparus. Je les ai déchiffrées, et j'ai trouvé le lieu du prochain enlèvement. La suite, vous la connaissez.

— Tu as rencontré Robert Capuchon, dit Le Grand Séroce en pointant son oreille.

— Exactement. J'avais mémorisé le registre des pouvoirs, et une seule personne correspondait. Je suis allé dans son village natal, et j'ai découvert son carnet.

Jérémy rapporta les derniers évènements qui les avaient conduits jusqu'à eux. Le Grand Séroce l'écouta attentivement, tout en regagnant son trône.

— Je t'avais demandé de ne pas me mentir.

— Je ne vous ai pas menti.

— Tu ne m'as pas tout révélé. Quand comptais-tu intégrer notre jeune reine dans ton récit?

Jérémy s'alarma et jeta un coup d'œil à Jaspe et Topaze qui avaient relevé la tête. Il lisait dans leurs regards la même inquiétude que lui.

— C'est la dernière fois que tu me mens, y compris par omission, c'est compris? rugit le Grand Séroce.

Jérémy acquiesça. Il tremblait de peur et ne parvenait pas à le masquer. Le chef de la Cité ne s'intéressa plus à lui et demanda à un des gardes de convoquer Léon Cartouche, puis revint sur Jérémy.

— Néanmoins, ton pouvoir est impressionnant. La royauté fait une erreur en le plaçant en catégorie 4.

— Ce n'est qu'un numéro.

La profondeur de son regard interpella Jérémy.

— Je n'en suis pas si sûr.

Léon Cartouche, un homme long, mince et au nez aquilin arriva dans la pièce. Grâce à la description qu'Axel avait faite, Jérémy reconnut le sorcier transparent responsable du trafic d'armes de la démagication.

— Bonsoir, Grand Séroce.

— Ah te voilà. Tu as loupé l'histoire très intéressante de l'enquête de ce jeune homme qui l'a conduit tout droit ici. C'est le deuxième qui découvre la Cité des Miracles en peu de temps, il faut que tu renforces les systèmes de protection, sinon je change de chef de défense.

Jérémy tiqua. Le deuxième? Ça voudrait dire qu'Axel était venu? Avait-il été tué?

Cartouche pinça ses lèvres et serra ses poings, ce qui accentua son air rigide. Il jeta un regard noir aux prisonniers et demanda à entendre le récit. Jérémy attendit l'approbation du Grand Séroce qui hocha la tête.

— Cette fois-ci n'omet rien.

Jérémy lança une œillade à Jaspe.

— Ce n'est pas dans ton intérêt de mentir, crois-moi. Robert Capuchon t'a déjà coupé l'oreille et il se ferait un malin plaisir à réitérer avec ta gorge.

Jérémy expliqua derechef, en parlant d'Éléonore. Il avait l'impression de la trahir et s'en voulait énormément. Il s'était juré de la protéger et la balançait à la première occasion. Il aurait peut-être mieux fallu qu'il se fasse trancher la jugulaire.

À la fin de son récit, Jérémy leva les yeux vers la chef de la Cité des Miracles.

— Qu'en penses-tu, Léon?

— Je pense que nous devons détruire les livres «Alice et la cour des merveilles», et revoir notre façon d'accéder à la Cité.

— Vous ne pouvez pas faire ça! C'est un livre ancien et très précieux! s'indigna Jérémy.

— Comment oses-tu intervenir dans notre conversation? s'insurgea Léon Cartouche.

— Calme-toi, ordonna son chef. D'abord, j'aimerais avoir la théorie de l'intello sur le fait que deux humains donnent naissance à une sorcière, ça m'intéresse grandement.

Jérémy n'eut pas le temps de répondre, car tous se retournèrent vers le patio. Un miraculé corpulent portait une jeune femme affaiblie dont la

CHAPITRE 32

chevelure flamboyante illuminait les portes de la salle du trône.

Chapitre 33

Robert Capuchon entra dans la salle, Éléonore dans ses bras. Il la coucha délicatement sur le tapis en face du trône. Le Grand Séroce y était assis et admirait le rayonnement inconstant des cheveux de la sorcière. Jaspe, Topaze, et Jérémy étaient toujours agenouillés et ligotaient. Ils observaient l'évolution d'Éléonore avec fascination: ils avaient quitté une jeune fille mal à l'aise de ses mèches dorées à une femme à la crinière flamboyante. Son visage amaigri la vieillissait. Malgré sa position de faiblesse et sa luminosité vacillante, elle envoûtait tous les membres de la Cité des Miracles présents dans la salle. Pour la plupart, ils rencontraient une Reine pour la première fois. Même Léon Cartouche abandonna son allure austère, admirant les chatoiements que la chevelure reflétait alentour.

— Excusez-moi d'intervenir, mais je suis guérisseur. Puis-je la soigner? proposa Jaspe.

Le Grand Séroce le fixa quelques secondes avant de répondre.

— Oui, venez. Vous, libérez-le, ajouta-t-il à l'attention des personnes qui le maintenaient.

Il s'approcha d'Éléonore et l'examina. Des cernes noirs marquaient son visage d'une blancheur mortuaire. Ses joues creusées, l'amaigrissement de son corps et les faibles battements de son cœur indiquaient qu'elle souffrait d'inanition. On devait y remédier au plus vite.

— Il lui faut de l'eau! Tout de suite! Et de quoi manger! ordonna-t-il.

CHAPITRE 33

Le Grand Séroce hocha la tête et un homme obéit. Jaspe réalisa un soin, en espérant qu'il aiderait Éléonore à reprendre conscience. Il mit en elle toute l'énergie qu'il put. Son cœur battait de nouveau normalement, ses organes avaient repris leurs fonctions, mais réclamaient un apport hydrique et nutritionnel.

Robert Capuchon fut surpris de découvrir de nouveaux prisonniers. Il faillit demander la raison de leur présence à la Cité des Miracles lorsqu'il reconnut Jérémy. Sidéré, il fit un pas vers lui, l'air menaçant.

— Qu'est-ce que tu fais là, toi ? L'oreille coupée ne t'a pas suffi ? rugit-il. Tu te souviens de ce que je t'ai promis si tu venais trainer de nouveau dans mes pattes ?

— Pas maintenant, Robert. Va chercher les autres. Tu t'occuperas du gamin plus tard, somma le Grand Séroce.

Robert hocha la tête et se volatilisa.

Éléonore ouvrit les yeux. Jaspe lui sourit. Elle essaya de se redresser, mais elle était trop faible. Il lui maintint la nuque pour l'aider à boire l'eau qu'avait rapportée un miraculé.

— Avale doucement, par petites gorgées en faisant des pauses.

Il était difficile pour elle de se contrôler, car elle avait envie de se désaltérer d'une traite et de se jeter sur la nourriture qu'elle voyait sur un plateau à ses pieds.

— Tiens, mange un peu, mais juste une bouchée pour l'instant.

Dans la pièce, la douzaine de personnes présentes regardaient le spectacle en silence. L'éclat de ses cheveux s'était intensifié avec le soin prodigué par Jaspe, mais il restait toujours instable.

Robert revint avec une femme couverte de sang puis repartit aussitôt.

— Éléonore a besoin de repos, conseilla Topaze.

— Très bien. Qu'on la porte jusqu'à une chambre.

— Évitez qu'elle mange trop. Il faut la réveiller toutes les heures pour qu'elle se nourrisse par petites quantités.

— Vous veillerez sur elle. En attendant, vous soignerez mes sorciers et sorcières qui se sont battus vaillamment ce soir.

— Topaze est aussi guérisseur, il peut vous prêter main forte.

— Non. Il n'y aura que vous qui vous occuperez de tout le monde. Nous appellerons votre fils en cas de force majeure. Lui et son ami seront enfermés.

D'un claquement de doigts, des hommes soulevèrent brusquement Jérémy et Topaze. Ils parcoururent de nouveau les rues de la Cité des Miracles jusqu'aux cachots communs. Les gardes les y jetèrent sans ménagement. Ils mordirent la terre battue. Ils n'étaient qu'à deux et l'espace était bien plus propre et spacieux que ce à quoi Topaze était habitué. Il songea, caustique, qu'il commençait à devenir expert en prison.

— Ils vont me tuer, geignit Jérémy.

— Mais non, on va s'en sortir, positiva Topaze.

— Toi peut-être, mais moi j'ai déjà eu une mise en garde. Et tu as entendu Le Grand Séroce?

Topaze ne savait pas quoi répondre et préféra changer de sujet.

— Où crois-tu qu'ils cachent Opale?

Jérémy haussa les épaules, songeur.

***

Le Grand Séroce, accompagné de deux gardes du corps, entra dans la chambre où dormait Éléonore. La pièce, petite et lumineuse, possédait des fenêtres qui offraient une vue imprenable sur une longue rue de la Cité.

Jaspe avait passé le reste de la nuit à contrôler l'état d'Éléonore entre chaque soin prodigué aux miraculés. Après le bataille, ceux-ci avaient regagné leur repaire au goutte-à-goutte grâce à Robert Capuchon. Leurs blessures étaient bénignes. Aucune perte sorcière de leur côté n'était à considérer. Les soins avaient suffi à les remettre d'aplomb. Cependant, certains garderaient des cicatrices.

Jaspe avait fini par s'assoupir au chevet d'Éléonore lorsque le soleil avait pointé l'horizon. Il sortit de sa torpeur en entendant des pas approcher.

— Comment va-t-elle? demanda Séroce.

CHAPITRE 33

— Bien mieux. Elle a repris des forces, mais reste fatiguée, elle a besoin de repos.

— Très bien. Dès qu'elle est réveillée, faites-la descendre pour déjeuner.

Jaspe hocha la tête. Il faisait profil bas en attendant de pouvoir chercher ses enfants. Il ne pouvait rien faire pour l'instant, avec des gardes à la porte de la chambre, mais réfléchissait à un plan d'évasion.

***

Axel cherchait Éléonore dans la Cité. Il effleura son visage. Il avait survécu à sa première bataille, mais en garderait une marque indélébile. L'adrénaline de la victoire pulsait toujours dans ses veines. C'était une expérience incroyable. Ils avaient réussi à sauver Éléonore! Il voulait laver le sang qui avait entaché ses vêtements, mais pas avant d'avoir pris des nouvelles de son amie.

Il se dirigea vers un miraculé qui surveillait la salle du trône.

— Où est la jeune reine? demanda-t-il.

— En train d'être guérie par un prisonnier, un certain Jaspe. Il a soigné tous ceux qui s'étaient battus. Tu devrais peut-être aller le voir pour ta blessure?

— Quoi?

Axel était bouche bée. Que faisait Jaspe ici? Il reprit contenance et tenta de se montrer désintéressé.

— Nous avons un captif, c'est nouveau! Pourquoi s'est-il fait capturer?

— Ils ont réussi à trouver le passage.

— Qui ça, «ils»?

— Lui et deux autres personnes. Je ne me souviens plus de leurs noms.

L'excitation gagna Axel. Il remercia le garde et feignit de flâner dans les rues de la Cité. Il se dirigea vers les geôles.

Il salua les gardiens, qui le félicitèrent pour leur bataille. Ils ne posèrent aucune question lorsqu'Axel demanda à parler aux prisonniers. Ils se contentèrent de le fouiller, mais il n'avait aucune arme sur lui. Il s'enfonça dans une impasse couverte et s'agenouilla devant la cellule où Jérémy et Topaze sommeillaient. Il murmura leurs prénoms de plus en plus fort.

Jérémy et Topaze se redressèrent, croyant rêver. Leur ami se tenait là, face à eux, tout sourire.

Chapitre 34

Éléonore se réveilla dans une chambre minuscule, où seuls un lit et une commode faisaient office de meubles. Une chaise avait été ajoutée pour que Jaspe veille sur la reine et il dormait.

— Jaspe, Jaspe, murmura-t-elle.

Celui-ci se leva aussitôt et s'enquit de son état de santé. Éléonore allait beaucoup mieux, le soin de la veille l'avait revigorée. Il tint à lui en prodiguer tout de même un deuxième, et Éléonore accepta. Puis, ayant repris ses esprits, elle demanda, étonnée:

— Où sommes-nous?

— À la Cité des Miracles.

— Est-ce près de l'endroit où vous m'avez libérée?

— De quoi te souviens-tu?

— D'Axel qui m'ouvre la porte de la cage.

Éléonore fut traversée par un frisson.

— Il se blesse, il m'intègre dans son scutatus, et là... trou noir.

— Axel? Axel est venu te délivrer? C'est à ne plus rien comprendre...

Jaspe faisait les cent pas autour du lit d'Éléonore tout en lui relatant les derniers évènements. Éléonore raconta aussi son parcours. Son ventre grondait de faim. Elle jeta un coup d'œil dans sa chambre: il n'y avait aucune nourriture.

— Il faut que nous récupérions Opale, Topaze, Jérémy et Axel.

Jaspe tentait d'échafauder un plan lorsqu'une femme apparut pour préparer Éléonore. Elle l'invita à la suivre dans la pièce principale du palais. Dès qu'elles furent parties, des miraculés ligotèrent le guérisseur pour le conduire aux cachots.

Éléonore, elle, gagna une table pleine de victuailles. Elle se souvint que Jaspe lui avait dit de ne pas se jeter sur la nourriture, mais elle était affamée.

Le Grand Séroce la rejoint alors qu'elle mangeait.

— Éléonore, dit-il en penchant légèrement la tête.

— Votre Altesse, si vous voulez bien, rectifia Éléonore d'une voix plus assurée qu'elle ne l'était réellement.

La Grand Séroce explosa d'un rire franc. Éléonore essayait de suivre les conseils de Shanna. Elle avait pensé que rappeler son titre lui serait bénéfique pour être appuyée ou tout du moins respectée par cette bande de hors-la-loi, mais elle était peu sûre d'elle-même. Elle était en position de faiblesse, et ne savait pas comment se sortir de ce pétrin.

— Je dois reconnaitre que vous ne manquez pas de culot, s'esclaffa Séroce. Mais j'aime ça. Cependant ici nous sommes à la Cité des Miracles, et c'est moi le roi.

— Cela veut-il dire que vous ne respectez pas les titres de vos invités?

— Seulement quand ils sont là de leur plein gré. Et si je ne m'abuse, vous n'avez pas été couronnée reine.

Éléonore resta silencieuse.

— Continuez de manger, ne vous arrêtez pas pour moi. Comment vous sentez-vous?

— Très bien, merci.

— Vous me devez la vie. Mes hommes se sont battus pour vous. Certains ont été blessés. Sachez-vous en souvenir.

— Axel?

— Mr Duval va bien, rassurez-vous.

Le Grand Séroce souriait. Éléonore se demanda quelle contrepartie allait être négociée à la suite de sa libération. Il continua, suivant les pensées d'Éléonore:

— Ne nous occupons pas des conséquences pour l'instant. Le principal est que vous êtes en bonne santé. Souhaitez-vous faire le tour de ma Cité?

CHAPITRE 34

Éléonore hésita. Risquait-elle sa vie? Sûrement pas, puisqu'elle était vivante grâce à eux. Il serait peut-être utile d'avoir de bons rapports avec le commanditaire de son sauvetage. De toute façon, elle ne s'enfuirait pas tant qu'elle n'avait pas trouvé Opale. Faire la visite de la Cité serait peut-être bénéfique. Le Grand Séroce, qui lisait dans ses pensées, souriait intérieurement aux élucubrations d'Éléonore.

— Avez-vous peur? Souhaitez-vous un garde?

— Pourrais-je oser vous demander Axel?

— Faites chercher Axel Duval, ordonna Séroce à un des miraculés derrière lui.

***

— Axel, c'est toi? bredouilla Jérémy

— Non, c'est son fantôme, plaisanta Topaze. Tu t'es donné un genre bad boy?

— Quoi, ça?

Axel toucha la balafre qui traversait son sourcil, sa paupière et le début de sa pommette gauches.

— Je me suis fait ça hier en allant délivrer Éléonore.

— Quoi?

— Je vais tout vous raconter.

Il jeta un coup d'œil vers les gardes.

— Vous vous souvenez quand j'enquêtais sur le trafic? murmura-t-il. Léon Cartouche était l'homme qui venait chercher les armes à la démagication. Je l'ai pisté jusqu'à une entrée de la Cité des Miracles. Il m'a repéré et il m'a tendu un piège. J'avais un couteau sous la gorge, je ne pouvais rien faire. Il m'a amené ici. Je me suis retrouvé dans cette prison. Puis on m'a interrogé dans la salle du trône. Ils ont voulu tout savoir. Sur Opale, sur l'enquête. Même sur Éléonore. Avec Le Grand

Séroce, impossible de mentir à son sujet. De toute façon, ils étaient au courant qu'elle existait, car des rumeurs circulaient dans Vénéficia. Enfin c'est ce qu'ils ont dit, mais j'ai vu l'identiteur dans la Cité des Miracles, c'est l'un des leurs!

— Non? Martinez? Celui que mon père a appelé pour vous faire vos fausses identités et notre tatouage de la rose?

— Lui-même. En même temps un sorcier qui fait de fausses pièces d'identité a de grandes chances de se retrouver ici. Attendez… votre tatouage?

Topaze et Jérémy le lui montrèrent en lui expliquant qu'ils pensaient s'être fait tatouer la clé qui permettait d'accéder à la cité. Axel s'esclaffa.

— Ce n'est pas comme ça que ça fonctionne pour entrer ici!

— Et toi, comment tu as fait pour passer de prisonnier à l'un d'entre eux? demanda Jérémy, vexé de sa propre stupidité.

— Au bout de quelques jours, le Grand Séroce m'a laissé le choix: soit je rejoignais leur camp et je leur jurais fidélité, soit je mourais. La plupart voulaient me tuer d'ailleurs. Autant te dire que je n'ai pas hésité. Depuis, ma mission est de rechercher Éléonore et de la ramener à la Cité des Miracles.

— Tu la livres à des malfrats à la première occasion, tu es sérieux? s'indigna Topaze.

— Jamais je ne ferais ça. Je lui ai sauvé la vie hier. Elle est bien plus en sécurité ici qu'ailleurs. Ça m'étonnerait qu'ils la tuent.

— Mais tu n'en es pas sûr.

— Bien sûr que si, ce n'est pas dans leur intérêt.

— C'est ça, cracha Topaze. Sors-nous de là.

— Je ne peux pas, je t'ai dit que j'avais juré allégeance.

— Et?

Axel leur relata alors l'après-midi où il accepta à contrecœur l'offre qu'on lui proposait. Il était enfermé depuis plusieurs jours. Il espérait que quelqu'un se soit rendu compte de son absence, mais il en doutait. Le seul qui pouvait remarquer qu'il avait disparu était Jérémy, et il ne le voyait pas quotidiennement. De toute façon, personne ne saurait où le trouver. Peut-être que quelqu'un allait reprendre la suite de son enquête et être un

CHAPITRE 34

peu plus intelligent que lui? Dans quoi s'était-il embarqué? Et s'il tentait de s'évader?

On vint le chercher. On le conduisit à la salle du trône, où le Grand Séroce lui proposa le marché. Il rejoignait la Cité des Miracles et jurait allégeance, ou on le tuait, car il en savait trop.

— Pourquoi souhaitez-vous que je rejoigne votre gang?

Le Grand Séroce s'esclaffa.

— Notre «gang»? J'aurais plutôt dit une nation, mais ne nous vexons pas pour une histoire de vocabulaire. Je veux la reine, et tu la connais.

— Je ne vous livrerai pas Éléonore!

— Voyons Mr Duval, vous m'avez l'air d'être un homme censé, alors je vais vous raconter ce qui se passe chez les Corvus. La famille royale est au courant qu'Adélaïde II est décédée. Ils savent donc qu'une personne dans le royaume possède l'héritage magique. Heureusement pour nous, ils ignorent pour l'instant qui c'est. Ils mènent une campagne agressive pour la retrouver. Combien de temps pensez-vous qu'ils mettront pour la découvrir?

Axel réfléchissait à toute allure. Si ce qu'ils disaient était exact, Éléonore était en danger. Sa mâchoire se contracta. Il avait été totalement inconscient de la négliger pour enquêter sur Opale.

— De toute façon, nous n'avons pas besoin de vous pour la dénicher, nous savons où elle se trouve.

— C'est vrai?

Axel sentit son cœur s'emballer.

— Oui, et elle était en mauvaise posture. Vous n'êtes pas le meilleur scutateur qui existe...

L'uppercut envoyé toucha le point faible d'Axel. Le Grand Séroce appuyait toujours là où ça faisait mal. Axel ruminait.

— Je vous laisse une occasion de survivre et de vous racheter. À vous de voir.

Axel savait qu'il se faisait probablement piéger. Mais avait-il réellement le choix? S'il refusait, l'homme à la tête de rat le tuerait. Mais s'il entrait dans cette organisation criminelle, pourrait-il en sortir un jour? Resterait-il dans cette prison jusqu'à la fin de sa vie? Allait-il devoir faire ses preuves pour se montrer digne de cette bande? Quelles épreuves lui préparaient-ils? Allaient-ils lui demander d'assassiner quelqu'un? Il en était hors de question. Plutôt mourir. Vraiment, plutôt mourir? Il n'était plus sûr de rien.

— Je suis prêt, s'entendit-il dire solennellement.

Est-ce bien lui qui avait accepté ce contrat de fou?

Léon Cartouche appela Robert Capuchon. Celui-ci paraissait bien plus sympathique que son acolyte. Il sortit de sa mallette une sorte de tampon représentant une rose d'une dizaine de centimètres. Des rayons solaires partaient des pétales de manière à éblouir le monde qui la regardait.

Capuchon ouvrit une fiole contenant un liquide transparent et le versa sur un minuscule plateau aux bords surélevés qu'il avait préalablement posé sur une table.

— Promets-tu de ne jamais divulguer l'existence de la Cité des Miracles?

— Oui.

Il prit le doigt d'Axel et y piqua une aiguille. Une goutte de sang tomba et se mélangea à la préparation, qui se teinta en rose pâle.

— Promets-tu d'être un bon citoyen de la Cité des Miracles?

— Oui, hésita Axel.

Une autre goutte s'échappa de son index. Capuchon y ajouta des pétales de roses fraîches qui fondirent totalement dans la potion. Il y trempa généreusement un tampon représentant l'emblème de la Cité des Miracles en relief, puis le souleva. Le liquide imprégné s'y détacha: la fleur était parfaite. Il flottait dans les airs, entre les deux personnages.

— Ne bouge pas, ordonna Capuchon.

La rose contourna la tête d'Axel pour passer derrière lui. Il résista difficilement à la furieuse envie de la suivre des yeux. Soudain, il sentit des picotements sur la nuque qui le firent tressaillir.

— Tu portes maintenant l'estampille de la Cité des Miracles. Sois-en digne.

— Et si quelqu'un la voit?

— Impossible, la marque est transparente. Mais si un jour tu nous

CHAPITRE 34

dénonces, elle se chargera de toi.

Axel avait pris l'avertissement au sérieux et profita de son récit pour demander l'avis de ses amis.

— Est-ce qu'il existe ce genre de poison dans le monde sorcier?

— Je sais que certaines potions tuent, mais je n'ai jamais entendu celles qui déversent leur venin à retardement, dit Topaze.

— Moi non plus, dit Jérémy. Mais ils peuvent avoir des techniques qu'on ignore. Leur magie a l'air plus évoluée que la nôtre. Après tout, la Cité porte bien son nom, c'est un miracle en soi. Rien de surprenant à ce qu'ils aient inventé une telle barbarie.

— Je m'excuse de ce que j'ai dit tout à l'heure, ajouta Topaze, j'aurais peut-être fait la même chose à ta place.

— Ne t'inquiète pas, je comprends.

— Axel, pendant ce temps, as-tu découvert où ils cachaient Opale?

Axel n'eut pas le temps de répondre. La porte derrière lui s'ouvrit. Il se redressa subitement. Un garde entrait, tenant Jaspe menotté. Il le jeta dans la cellule et s'adressa à Axel:

— Le Grand Séroce te réclame.

* * *

— Axel Duval est à la porte, Grand Séroce

— Faites-le entrer.

Éléonore était encore en train de manger, mais elle se leva à son arrivée.

— Axel! se réjouit-elle.

Elle alla à sa rencontre, mais n'osa pas le prendre dans ses bras en présence de son hôte. Axel la regarda attentivement: elle avait changé depuis la dernière fois qu'il l'avait vue. Elle avait minci, s'était musclée, et ses cheveux et ses yeux s'étaient agrémentés d'une teinte plus dorée. Il la trouvait toujours aussi belle. Elle paraissait également plus affirmée.

— Tu as bonne mine, dit-il.

Après une hésitation, il la serra contre lui. Il n'osait pas avouer à quel point il s'était inquiété pour elle. Lorsqu'il l'avait libérée de cette cage, affamée et les vêtements déchirés, une fureur s'était emparée de lui et il s'était battu jusqu'à la fin. Il avait été le dernier à repartir des lieux, malgré le sang qui coulait abondamment de sa blessure et qu'il l'empêchait de voir d'un œil.

Éléonore voulait lui demander s'il savait où se trouvait Opale, mais elle n'osa pas en présence du roi de la cité.

Celui-ci observait la scène sans rien dire.

— Vous êtes prêts? Axel, inclus-moi dans ton scutatus. Il n'est pas question que cette jeune femme profite de l'occasion pour me tuer, ça serait dommage. Il n'est pas dans votre intérêt de tenter quoi que ce soit, nous visiterons avec mes gardes les plus aguerris.

Éléonore hocha la tête. Elle n'était pas folle au point d'affronter tous les malfrats de la ville.

* * *

Éléonore avait été impressionnée. Elle n'aurait jamais imaginé qu'une telle cité pouvait exister à l'intérieur de la capitale. On trouvait de tout: de la nourriture, des commerces, des auberges. On aurait pu croire que tous les habitants vivaient normalement s'il n'y avait pas eu dans leur regard ce mélange de colère et de méfiance. Tous ceux qu'elle croisait portaient des armes. Lorsqu'elle passait près d'eux, tous arrêtaient leur activité et la fixaient jusqu'à ce qu'elle soit hors de vue. Éléonore se sentait très mal à l'aise. Heureusement, percevoir la présence très proche de son ami, même si elle n'était pas incorporée dans son scutatus, la rassurait. Éléonore remarqua également que la cité commençait à être trop étroite pour

CHAPITRE 34

accueillir l'ensemble de la population et que peu d'enfants y vivaient. Elle ne posa aucune question indiscrète et se contenta d'écouter attentivement son hôte et d'analyser la conjoncture. De retour au palais, elle trouva que la situation avait bien trop trainé. Elle se sentait désormais en parfaite santé et souhaitait clarifier certains points.

— Sommes-nous en otage ? demanda-t-elle à brûle-pourpoint.

— Ma Magie non ! ria faussement le Grand Séroce. Vous êtes libre de partir d'ici. Mais je vous le déconseille, si la reine Victoire découvre votre existence, elle vous tuera aussitôt.

Éléonore réfléchissait aux paroles de son interlocuteur. Mais n'était-ce pas choisir entre la peste et le choléra ?

— Et mes amis ?

— Ils ont désobéi. Ils devront être punis, dit-il d'une voix grave.

— Ils cherchaient juste Opale, les défendit Éléonore. C'est la fille de Jaspe, comprenez sa peur.

— La raison pour laquelle ils ont pénétré la Cité des Miracles n'est pas mon problème.

— En quelque sorte si, puisque vous avez sa fille.

Le Grand Séroce haussa le ton.

— Nous n'avons pas Opale, combien de fois vais-je devoir me justifier ? Allez chercher tous les prisonniers, dit-il à l'intention d'un de ses gardes. Installez-les dans la salle du trône. Il est temps qu'on règle cette affaire au plus vite, trancha-t-il.

Certains acquiescèrent et obéirent, tandis que les autres veillèrent sur leur roi. Éléonore se demanda si elle n'avait pas envenimé la conversation.

Ils rejoignirent une salle décorée simplement. Seul le long tapis ouvragé réchauffait la pièce en son centre. Robert Capuchon et Léon Cartouche les attendaient.

— Ne m'en voulez pas, mais on m'a rapporté l'étendue de vos pouvoirs et je préfère être bien protégé, expliqua le Grand Séroce.

Éléonore ne confirma pas ses dires. Moins il en savait, mieux c'était. Il s'installa sur son trône, et invita Éléonore sur une petite chaise à sa droite.

Comme la veille, des miraculés agenouillèrent Topaze, Jaspe et Jérémy en face d'eux, totalement ligotés.

Le Grand Séroce prit la parole d'une voix sentencieuse.

— Vous avez pénétré nos terres sans autorisation. Vous devez donc être punis.

— Nous ne serions jamais venus si vous n'aviez pas enlevé Opale! dit farouchement Topaze.

— Ils ne l'ont pas, dit Jérémy. Ils te l'ont déjà expliqué.

Le Grand Séroce était étonné de l'intervention du jeune homme.

— Vous nous croyez? Pourquoi?

— Vous n'avez aucune raison de nous mentir. Nous sommes capturés, prêts à être tués. Quel serait l'intérêt pour vous? De plus, ce n'est pas votre façon de procéder. En cas d'avertissement, vous mutilez une partie du corps. Sauf si, à l'instar d'Axel, Topaze et Jaspe, une personne est sur le point de franchir l'entrée de la Cité. Opale n'avait aucune marque. Elle n'est pas une fille très curieuse et n'aurait pas cherché à en savoir plus sur le trafic d'armes sans en informer quelqu'un. Et vous n'enlevez personne, à part les fouineurs comme nous. Tout le monde ici vient de son plein gré.

— C'est exact, répéta Séroce, impressionné. Depuis quand as-tu deviné?

— Comme je vous l'ai dit, j'enquêtais sur les disparitions. J'étais, au départ, persuadé que vous étiez responsables de la plupart d'entre elles. Que vous correspondiez par le moyen des annonces déguisées pour choisir la victime. Je présumais alors que la rose représentait une menace. Si les personnes en question n'obéissaient pas, vous les enleviez. Et en ce qui concerne Opale, j'ai imaginé qu'elle avait démasqué le trafic d'armes, et que vous l'aviez réduite au silence pour ça. Mais je me trompais!

Le sourire du Grand Séroce s'élargit.

— Dis-moi tout! Comment as-tu découvert le pot aux roses?

— J'ai mis du temps. Des éléments ne collaient pas. Certaines de vos annonces ne conduisaient pas à des enlèvements. Et certains enlèvements n'avaient eu ni annonces ni roses. Le modus operandi ne correspondait pas.

Tout le monde écoutait attentivement le récit de Jérémy.

— De plus, quel était l'intérêt de menacer de pauvres gens? Avec la

CHAPITRE 34

puissance de votre organisation, vous pouviez vous attaquer aux plus grands. Qu'auriez-vous pu réclamer à des sorciers qui n'avaient rien? Et c'est là que j'ai compris. Ces miséreux intégraient de plein gré la Cité de Miracles. C'est eux qui mettaient les annonces. Vous, vous signalez votre accord par une rose, puis vous embarquiez la personne qu'il fallait protéger. Cela pouvait être des hors-la-loi recherchés par l'inquisition, des bébés dont les familles n'avaient pas de quoi les nourrir ou plus récemment les blonds qui craignaient pour leur vie...

— Bien joué! applaudit Le Grand Séroce. Pourquoi être venu dans ce cas?

Éléonore était abasourdie par ce qu'elle entendait.

— Je n'étais sûr de rien jusqu'à arriver ici. Lorsque vous m'avez dit que vous n'étiez pas responsable et que vous n'aviez aucune raison de me mentir, les pièces se sont emboîtées.

— Bravo, tu as compris que nous n'avions pas Opale, intervint Robert Capuchon. Mais tu as saisis un peu tard, dommage pour toi. Je t'ai fait une promesse à Sésudia, je compte bien la tenir!

— Attends Robert, ne veux-tu pas savoir qui a enlevé Marion? demanda Séroce.

— Pourquoi? Il connaît le coupable?

Robert était soudain intéressé.

— Si quelqu'un peut découvrir la vérité, c'est bien lui, dit Séroce.

— Quelqu'un d'autre a disparu? s'enquit Jérémy.

— Oui, la jeune fille que je suis allé voir en Bretagne, répondit Axel.

— Celle pour le poste d'Opale?

— Celle-là même!

— Nous attendons ta théorie, exigea le Grand Séroce.

— J'ai ma petite idée. Mais avant cela, je vais dresser la liste des personnes disparues ces dix dernières années. J'aimerais que vous entouriez le nom de celles qui ne relèvent pas de votre fait, ça m'aiderait.

Le Grand Séroce se tourna vers Robert qui acquiesça.

— Je peux faire ça.

Jérémy et Robert travaillèrent de concert tandis que les autres restèrent

silencieux. Jérémy scruta les noms entourés et réfléchit longuement.
— Alors? s'impatienta Séroce.
— Alors je pense savoir qui a fait le coup.

Chapitre 35

Charlotte, la meilleure amie d'Opale, fut capturée et emmenée sans ménagement dans la Cité des Miracles. Lorsqu'ils enlevèrent la cagoule, ils virent des yeux bleus paniqués. Son teint avait blanchi de peur et ses cheveux ternes étaient collés de sueur. Elle paniqua jusqu'au moment où elle reconnut les visages de Topaze et de Jaspe.

— Nous t'avons convoquée, car Jérémy a une théorie et nous aimerions que tu la confirmes, dit le Grand Séroce.

Charlotte resta muette.

— Tu as dit à la milice qu'Opale était partie avec un homme, est-ce vrai?

— Ou… oui.

— Mais en réalité, elle a bien été enlevée, n'est-ce pas?

Charlotte hésita.

— Réponds! mugit le Grand Séroce.

— Oui.

— Comment as-tu pu me mentir droit dans les yeux? s'énerva Topaze.

— Taisez-vous dans la salle! ordonna le Grand Séroce. Par qui a-t-elle été enlevée?

Un silence accueillit sa question.

— PAR QUI A-T-ELLE ÉTÉ ENLEVÉE? hurla-t-il.

Charlotte sanglota, mais resta muette.

— Opale a-t-elle été capturée par la famille royale? demanda doucement Jérémy.

Charlotte hésita puis hocha la tête. Le Grand Séroce reprit la parole:
— T'ont-ils menacée?
— Bien sûr que non, répliqua Jérémy. Ils lui ont proposé de l'argent. Une grosse somme d'argent. Quand je suis allé la voir, j'ai remarqué qu'elle avait de nouveaux bijoux.
— Donc, si je comprends bien, résuma le Grand Séroce, la reine Victoire t'a payée pour que tu dises aux miliceurs qu'Opale était partie de son plein gré, et tu as accepté?

L'atmosphère s'alourdissait. Chacun sentait dans les paroles du chef une sentence qu'il ne tarderait pas à proclamer.
— Réponds!
— Ou… Oui… balbutia-t-elle, mais je vous en supplie, je n'ai pas eu le choix, je…

On ne lui laissa pas l'occasion de finir sa phrase. Léon Cartouche, qui s'était approché d'elle par-derrière, lui trancha la gorge.

Éléonore hurla tandis que Jérémy, qui se trouvait près de la victime, vomit. Topaze et Jaspe, plus éloignés, étaient en état de choc. Axel ne s'était pas habitué à la barbarie, mais avait pressenti l'issue de la conversation. Il masqua son dégoût plus efficacement que ses amis.
— C'était une enfant! rugit Jaspe.
— C'était une adulte qui, en pleine connaissance de cause, a vendu votre fille pour de l'argent. Vous devriez m'en être reconnaissant! s'énerva Séroce.

Jaspe, choqué, ne dit plus rien. Un silence pesant s'abattit sur la salle. Telle une fontaine défectueuse, le sang giclait par à-coup de la gorge de Charlotte et formait une énorme mare grenat sur le sol. Jamais Éléonore n'avait imaginé qu'autant de sang pouvait sortir d'une personne. Prise de nausées elle aussi, elle détourna son regard de la scène. C'était donc la famille royale qui avait capturé Opale? Pourquoi? Était-ce pour faire pression sur elle? Éléonore culpabilisa à l'idée qu'Opale ait pu être enlevée par sa faute.
— Voilà ce qu'on fait aux délateurs, ricana Léon Cartouche.

Éléonore réfléchissait à un moyen de libérer ses amis. Comment aurait procédé Shanna? Elle étudia la question. Elle devait proposer au Grand

CHAPITRE 35

Séroce quelque chose qu'il ne serait pas en mesure de refuser. Oui, mais quoi? Une solution lui traversa l'esprit. Était-ce la bonne décision? Faisait-elle une erreur? Elle évalua les pour et les contre, puis se résigna.

— Puis-je vous parler en privé? réclama-t-elle au chef de la Cité.

Celui-ci sonda la jeune femme avant de répondre.

— D'accord. Que tout le monde quitte la salle. Immédiatement! aboya-t-il.

Tous obéirent, à l'exception de Léon Cartouche.

— Toi aussi tu sors, ordonna Séroce.

— Mais vous ne serez pas protégé.

— Je risque quelque chose? demanda le Grand Séroce à Éléonore.

— Non, bien sûr que non.

— Tu vois, dit-il à l'intention de Léon Cartouche. Elle dit que je ne risque rien.

Son lieutenant s'éclipsa à contrecœur de la salle du trône. Tous patientèrent à l'extérieur. L'entrevue s'éternisait. Que pouvait-elle bien lui vouloir? Il paraîtrait qu'elle était capable de tuer rien qu'avec les yeux. Le Grand Séroce était fou de rester seul avec elle! Ruminant ses pensées, il rejoignit les autres dans une pièce adjacente. Il était souvent en désaccord avec son roi, mais il lui faisait confiance quant à la gestion de leur Cité. Cependant, aujourd'hui il fulmina quand il apprit la raison de leur entrevue. Le Grand Séroce les convoqua lorsqu'il eut fini de s'entretenir avec Éléonore. Il leur annonça solennellement que les détenus étaient libérés.

— Mais pourquoi? On n'a jamais relâché des sorciers venus s'aventurer ici!

— Comment oses-tu contredire ma décision? rugit Séroce.

Personne ne se risqua à intervenir.

— Détachez-les et trouvez-leur un dortoir. Quant à Son Altesse Éléonore, donnez-lui une chambre plus spacieuse. Nous nous rassemblerons dans une heure pour établir le plan de libération des otages.

— Merci, répondit Éléonore en courbant la tête.

Tout le monde était abasourdi. Au départ du Grand Séroce, les commentaires fusèrent. Contre leur volonté, les gardes déligotèrent Jaspe, Topaze et Jérémy qui se frottèrent les poignets.

— Vous ne perdez rien pour attendre! cracha Cartouche à Éléonore. Dès que je ferai entendre raison au Grand Séroce, ça sera fini pour vous!

— Vous oubliez que vous parlez à une reine, Monsieur Cartouche. Alors je vous saurai gré d'utiliser un vocabulaire adapté, admonesta Éléonore. Votre roi et moi-même avons conclu un marché, et ce n'est pas à vous de contester le choix de votre dirigeant.

Le bandit lança un regard furieux et partit sans répondre. Elle devra se méfier de lui, pensa-t-elle.

Leur dortoir se composait de quatre lits à ras le sol. L'absence d'autres meubles renforçait l'aspect austère de la pièce. Axel, dont la curiosité avait besoin d'être comblée, demanda:

— Qu'as-tu promis?

— Ça ne te regarde pas.

— Bien sûr que si.

— Le commentaire que j'ai fait à Cartouche vaut aussi pour toi, fin de la discussion, répondit sèchement Éléonore.

— Je ne te reconnais pas.

— Tu m'as connue humaine découvrant la magie pour la première fois. Aujourd'hui, je dois assumer la charge de reine. Donc oui, j'ai changé. Tu n'es pas obligé d'approuver mon statut, mais tu es forcé de l'accepter.

Axel serra sa mâchoire, ne dit rien et claqua la porte. Jérémy, Jaspe et Topaze, qui avaient assisté à la scène, ne prirent pas parti.

Éléonore regagna sa chambre aussi dignement qu'elle le put, et lorsqu'elle se sut seule, les larmes qu'elle avait retenues coulèrent en un flot ininterrompu. On toqua doucement. Jaspe entra et s'assit sur le lit, à côté d'elle.

— J'ai peur. J'ai si peur Jaspe!

— C'est normal d'avoir peur.

— J'ai été horrible avec Axel.

— Non. Tu as imposé ton statut, ce qui est nécessaire à tout souverain qui veut se faire respecter.

CHAPITRE 35

Éléonore sourit.

— On croirait entendre Shanna.

— Shanna donne de très bons conseils.

— Shanna est morte.

Éléonore raconta ses péripéties à Jaspe qui l'écouta attentivement. Il l'entoura d'un bras protecteur tandis qu'elle se déversait sur son épaule.

— Jaspe, j'ai peur d'avoir pris une mauvaise décision.

— Je suis sûr que tu as fait ce que tu as pu, avec les éléments à ta disposition. Tu ne connais pas l'avenir, alors ne te reproche pas les conséquences de tes actes. L'important, c'est que tu considères tes choix comme les plus justes possible au moment où tu agis.

— Je n'ai pas réussi à négocier la libération d'Axel, avoua-t-elle.

— Tu as fait de ton mieux. Ne culpabilise pas, après tout tu n'es qu'une jeune sorcière. Si la Magie t'a désignée comme souveraine, c'est qu'elle avait ses raisons, faisons-lui confiance.

* * *

Un conseil se tint pour organiser la délivrance des otages. La salle, de taille raisonnable, était richement décorée. Éléonore et Séroce, de chaque côté de la table nappée de broderies, dominaient l'assemblée. Léon Cartouche, le chef de la brigade, proposait un plan d'attaque. Une dizaine de miraculés avaient répondu présents, ce qui faisait près d'une vingtaine de personnes assistant au conciliabule.

— Pénétrer de front le château me semble suicidaire.

— Pourquoi ne pas se transporter avec Robert?

— Impossible, j'ai déjà testé. Un vieux système de protection, installé par les prédécesseurs d'Axel, m'en empêche. Il bloque l'entrée à toute forme de magie, que ça soit un transporteur, un absenteur, un invisibiliteur, etc. Il faut s'introduire de manière traditionnelle.

— Ça ne nous arrange pas. Quelqu'un a une idée? demanda Séroce.

— Et si on passait par les souterrains?

— Tous les souterrains conduisant au château ont été construits à l'époque pour le rattacher aux bâtiments officiels; ils sont, de nos jours, trop surveillés pour qu'on y pénètre en si grand nombre, dit Léon Cartouche.

— Vous avez oublié les souterrains qui mènent à l'Autre monde, intervint Jérémy.

— Il n'y en a pas! assura Cartouche.

— Chut! Continue Jérémy, encouragea Séroce.

— Je pense surtout à l'un d'entre eux qui reliait le château à son jumeau localisé à Pierrefonds. Il était très utilisé il y a quelques siècles par un roi pour y retrouver sa maitresse humaine. Il est fort possible que le passage existe encore.

— Es-tu sûr de ce que tu avances? demanda Séroce

— Formellement.

— Eh bien nous vérifierons. Voilà qui est réglé. Que fait La Pie? Je pensais qu'attaquer le château serait un défi qu'il l'aurait intéressée tout particulièrement.

— Elle est en mission, mais ne devrait pas tarder.

Ils mirent au point l'organisation de la libération des otages. Les miraculés semblaient sûrs d'eux. Complètement dans leur élément, ils analysaient la situation avec calme. Éléonore, présidant l'assemblée, devait donner le ton et montrer la même confiance qu'eux face à ce qui se préparait. Cependant, le stress l'envahissait sans qu'elle ne parvienne à le contrôler. Et s'ils faisaient fausse route? Et si tout le monde mourait? Et si c'était un piège?

Jérémy tordait ses mains sous la table. Il écoutait attentivement toutes les idées qui fusaient autour de lui. On l'interpellait souvent pour des détails techniques, notamment pour la configuration des lieux. Être mis ainsi sur le devant de la scène ne lui plaisait pas. Ses lunettes glissaient, et Jérémy les remontait régulièrement. Il tapota son nez qui perlait avec une serviette que lui tendit Topaze. Celui-ci, bien que partageant la peur de ses amis, était envahi par un sentiment d'exaltation à toucher enfin le but.

— Ah Pie, te voilà! Tu as loupé le meilleur, l'interpella Séroce.

370

CHAPITRE 35

— Le meilleur, c'est la bataille! rétorqua-t-elle sur un ton enjoué.

Une sorcière à la peau laiteuse s'assit en se frottant les mains de façon énergique. Ses longs cheveux noirs brillaient à la lumière des chandeliers disposés un peu partout dans la pièce.

— Alors qu'est-ce que je dois savoir?

Elle balaya du regard l'assemblée et s'arrêta sur Éléonore.

— Oh, mais nous avons une invitée!

Éléonore fut décontenancée: la Pie était la femme de la Nuit Noire! Celle qui, du haut de son cheval, avait tué le chef et sauvé Éléonore d'un sort peu enviable avec Diraviro, le malfrat lubrique. Elle avait aussi volé l'argent du cirque, ce qui l'avait empêchée de regagner Vénéficia, songea-t-elle amèrement.

— Votre Altesse, je vous présente officiellement La Pie. La Pie, je te présente la reine Éléonore.

— Comme on se retrouve!

— Vous vous êtes déjà rencontrées? s'étonna Topaze.

— Nos chemins se sont croisés, oui, affirma Éléonore.

Quand elle résuma le pillage, les émotions qui l'avaient traversée à ce moment-là remontèrent à la surface, et elle s'empressa de les masquer.

— Est-ce grâce à la Pie que vous avez su où me trouver?

— Entre autres, répondit Séroce, évasif.

— Finalement, la Cité des Miracles vous a sauvé deux fois la vie, j'espère que vous vous en souviendrez, rétorque Léon Cartouche.

— Peut-être que cette fois-ci, c'est moi qui sauverai l'un des vôtres.

— Non, vous ne participerez pas à la bataille!

— Je suis d'accord avec le Grand Séroce, intervint Jaspe.

Jérémy, Topaze et Axel acquiescèrent également.

— Voudriez-vous dire que vous me retenez contre mon gré, Grand Séroce? demanda habilement Éléonore.

— Non.

— Je suis donc libre de mes mouvements?

— Oui.

La contrariété de Séroce se lisait sur son visage, car il comprenait vers où Éléonore dirigeait la conversation.

— Je peux donc décider de participer ou non à la bataille, sans que l'on désapprouve ouvertement mes choix?

— Bien entendu. C'était un conseil de chefs d'État. Si vous désirez mettre en danger votre vie, grand bien vous fasse, je vous attendrai sagement ici. Mais n'oubliez pas que mes hommes ont pris des risques pour vous sauver.

Il espérait activer la culpabilité d'Éléonore pour la persuader de rester à l'abri. Cependant, il ne comprenait pas qu'elle développerait une culpabilité bien plus grande si elle laissait les gens combattre sans elle.

— J'irai. J'ai une vision nocturne nécessaire pour emprunter les souterrains, et je me bats plutôt bien quand je ne suis pas privée de mes pouvoirs. Et Axel sera là.

— Non, objecta Séroce.

Axel était stupéfait.

— Quoi?

— Mes meilleurs éléments partent délivrer les otages. C'est leur choix, je ne les ai pas contraints. Cependant, moi je reste ici pour gouverner, je n'ai personne pour me protéger, et c'est ton rôle de veiller sur les dirigeants.

— Mon rôle est de protéger Éléonore.

— Plus depuis que tu as juré allégeance à la Cité des Miracles.

Axel regarda Éléonore qui hocha la tête.

— Le Grand Séroce a raison, ta place est auprès de lui.

Il lui avait coûté de dire cette phrase, mais elle ne pouvait pas changer la situation. Il fallait l'accepter et Axel le devait aussi. Pour l'instant, elle lisait sur son visage de la contrariété, mais il se calmerait.

En réalité, Axel n'était pas contrarié, mais furieux contre lui-même d'avoir pactisé avec un groupe de malfaiteurs pour sauver sa peau, et inquiet de laisser ses amis sans défense face aux dangers que représentait cette expédition.

***

CHAPITRE 35

Il faisait nuit depuis une heure quand ils se regroupèrent tous dans la salle du trône. Ils mirent leur plan à exécution. Robert posa sa main sur le bras de Jérémy. Ils se transportèrent. Jérémy était celui qui connaissait le mieux les galeries souterraines, alors il avait été convenu qu'il partirait le premier. Ils atterrirent en plein milieu de la cour intérieure du château humain. Il était magnifique: parfaitement rénové et conservé, il surplombait majestueusement le village de Pierrefonds. L'aspect irrégulier des nombreuses tours et des bâtiments en pierres blanches et en tuiles grises dégageait une aura de magie, confortée par la présence d'animaux fantastiques sculptés ici et là. À cette heure-ci, tout était totalement désert: il n'était plus habité depuis longtemps, servant uniquement d'attraction touristique. Robert repartit seul. Il revint quelques secondes plus tard avec Éléonore. Elle y était déjà venue avec ses grands-parents et avec l'école. Elle adorait cette commune agréable au milieu de la forêt de Compiègne. Elle avait fait du pédalo sur le lac, et avait mangé des glaces. Elle souriait face à la réminiscence de ses souvenirs. Puis elle regagna le moment présent lorsque Robert transporta un miraculé. Pour l'opération, elle s'était habillée en pantalon, choquant les sorciers. Elle avait déniché des vêtements fluides et cintrés. Elle avait accroché de nombreuses dagues le long de ses jambes et tout autour de sa ceinture. Le poids des armes alourdissait sa démarche. Leur grande quantité était pour Éléonore le meilleur moyen de se battre efficacement: elle pourrait planter plusieurs adversaires sur une longue distance.

Elle foula les pavés de la cour. Un silence absolu régnait. Éléonore scruta la façade intérieure du château, et sa multitude de fenêtres. Personne. Aucune caméra de surveillance.

Robert continuait ses allers-retours. Quand tous les membres du groupe furent présents, ils se dirigèrent vers la statue de Louis d'Orléans sur un cheval. Ils la contournèrent. Ils montèrent les dix-huit marches qui menaient à deux grandes portes en bois. Un des miraculés tendit la main, paume tournée vers la poignée, et fit un cercle dans le sens des aiguilles d'une montre. Celle de gauche se déverrouilla délicatement. Ils parcoururent furtivement le château endormi. Dans un couloir, Éléonore vit, au travers des meurtrières, l'éclat de la lune sur le lac. Le village en contrebas semblait désert, hormis les restaurants d'où elle percevait des rires.

Ils trouvèrent facilement ce qu'ils cherchaient: la chambre de la maitresse. Elle était excessivement ornementée de symboles. Des poutres rouge et vert soutenaient un plafond bleu agrémenté de marguerites. Sur les murs rayés orange et céladon, d'innombrables dragons dorés crachaient du feu. Au-dessus, une frise représentait des personnes accomplissant leurs activités quotidiennes. Seuls le parquet et le lambris, qui s'élevait sur près de deux mètres, restaient sobres. La boiserie évoquait à Éléonore des paravents fixés aux parois. La cheminée continuait l'esprit surchargé de la pièce. Un arbre s'épanouissait sur la hotte, et quatre cavaliers convergeaient vers son tronc. Des abeilles recouvraient le manteau rouge du foyer. Au-dessus, la tablette soutenait des fleurs sculptées. Sur leurs racines était écrit à six reprises «Qui veult peut», devise du roi sorcier adultérin, comme l'expliqua Jérémy. Sur chaque tige, deux glands faisaient office de feuilles. Jérémy avança vers la quatrième fleur. Il empoigna un gland dans chaque main. Il tira. Le fond de la cheminée se coulissa lentement dans un bruit qui résonna dans toute la pièce. Éléonore se pencha vers le passage secret.

— Allons-y!

**

Éléonore, en tête avec sa vision nocturne, avançait prudemment pour faire du repérage tandis que le groupe suivait quelques pas derrière. Il devenait de plus en plus évident que le souterrain secret n'avait pas été utilisé depuis des années. Ils accélérèrent l'allure au fur et à mesure de leur ascension. À leur grande surprise, ce passage ne présenta qu'un seul carrefour. Ils continuèrent tout droit jusqu'à arriver à un escalier en colimaçon en pierres. Ça y est, ils approchaient. Le cœur d'Éléonore commença à s'emballer. Tout

CHAPITRE 35

devenait concret. Ils allaient pénétrer dans le château de leurs ennemis et n'avaient aucune idée du nombre de gardes qui s'y trouvaient. Pourquoi s'était-elle jetée dans la gueule du loup comme ça?

— Je passe devant, déclara La Pie.

Son calme rassura un peu Éléonore, qui chercha un soutien supplémentaire auprès de ses amis. Topaze posa une main sur son épaule. Jérémy la regarda en souriant timidement. Ils avaient peur, mais évitaient de le montrer. Les miraculés, eux, avaient l'air plus à l'aise face à cette situation.

La Pie tâtonna à la recherche du mécanisme. Quelques minutes s'écoulèrent où tous restèrent silencieux. Soudain, elle trouva. Elle fit un signe à ses acolytes. Ils sortirent leurs armes. Elle actionna la poignée. La porte épaisse coulissa de la même façon qu'à Pierrefonds. L'équipe ne s'attendait pas à un tel bruit. Ils s'engouffrèrent dans une chambre spacieuse par la cheminée. Un lit baldaquin était situé en face. Sur la droite, une fenêtre donnait sur la cour du château. À gauche, l'accès au couloir était fermé. Le couple qui dormait sursauta à leur entrée. Avant que les miraculés ne se jettent sur eux, l'homme, les cheveux blonds froids et les yeux bleus, hurla.

— À l'aide! Au secours!

Un des bandits se rua sur lui, tandis qu'un autre maitrisait sa compagne terrifiée. Éléonore se revit capturée par les miliceurs en pleine nuit au château des Mc Lellan. Elle frissonna.

Deux gardes, postés devant la porte du prince, avaient perçu les cris. Ils firent irruption dans la pièce. Ils marquèrent un temps de surprise face à la foule présente. Visiblement, ils ignoraient tout du passage secret. Ces secondes d'égarement permirent à Éléonore de leur lancer un couteau pour les blesser. Ils hurlèrent de douleur. Le reste de la troupe se précipita sur eux. Sans un bruit, ils les désarmèrent et les agenouillèrent. Topaze referma la porte. Le prince, le visage triangulaire et le regard glaçant, fixa les intrus de façon hautaine.

— Le petit Jean Corvus, comme on tombe bien, ricana Cartouche. Tuez-le!

— Non! intervint Éléonore. On ne tue personne!

— C'est un sorcier de la pire espèce, si vous saviez…

Éléonore hésita. Tout le monde la scrutait.

— Le moins de morts possible, conclut-elle finalement.

— Je suis le chef de l'armée.

— Et moi la reine.

Le prince tiqua et se tourna vers Éléonore. Un mélange d'émotions coula au travers de ses yeux limpides, allant de l'étonnement face à la chevelure apparente d'Éléonore, pour finir par une haine perceptible.

La jeune femme se remémora soudainement le décès de sa grand-mère. Pourquoi ce souvenir surgissait-il à un tel moment? Elle eut envie de pleurer. Son existence était finalement une succession d'évènements affreux. Tout le monde mourait autour d'elle. Ses parents ne s'étaient jamais occupés d'elle, et ne s'inquiétaient certainement pas de sa disparition. Ils ne l'aimaient pas. Personne ne l'aimait. La vie n'était que des couches superposées de noirceur. Elle ne valait pas la peine d'être vécue. Que tout s'arrête. Il fallait qu'elle s'enfuie loin d'ici, qu'elle rentre chez elle. Ou qu'elle se suicide. Ce poids qui pesait sur ses épaules partirait enfin. Ça serait un tel soulagement! L'enfer était sur Terre, et elle voulait rejoindre le paradis. Si elle sautait de cette fenêtre, est-ce qu'elle mourrait?

Robert Capuchon remarqua la mine décomposée d'Éléonore et comprit.

— Couvrez les yeux de ce fils de vampire!

Les pensées négatives d'Éléonore s'évanouirent immédiatement après que les paupières de Jean furent fermées par un bandage serré.

— C'est son pouvoir qui m'a fait ça? s'inquiéta-t-elle.

— Oui. Et croyez-moi, il l'utilise souvent.

Éléonore interrogea du regard Robert.

— Je vous raconterai un jour. Vous êtes sûre que vous ne voulez pas le tuer? C'est un être ignoble.

— J'en suis sûre.

— Allons-y, ordonna Léon Cartouche.

Ils arrachèrent les rideaux du lit baldaquin et ligotèrent le couple ainsi que les gardes. Éléonore récupéra ses dagues plantées dans leurs jambes. Elle vérifia que les blessures ne saignaient pas trop et leur noua un bandage.

CHAPITRE 35

Elle rangea ses armes dans les sangles accrochées à ses cuisses, et du sang s'égoutta.

— Notre rôle est de sauver les otages, pas de tuer toutes les personnes sur notre chemin. J'attends de vous un minimum de pertes sorcières. Ne tuez que si vous n'avez pas d'autre choix.

Cartouche grogna et les miraculés ne dirent rien.

— Je conseille de commencer les recherches au niveau de la salle du trône, intervint Jérémy.

— On y va.

À part les gardes qui étaient habituellement prostrés à la porte, personne ne se trouvait dans l'aile du prince. Ils descendirent un énorme escalier en pierres sur plusieurs étages et suivirent Jérémy au travers des pièces luxueuses. Les tapis richement brodés couvraient le bruit de leurs pas, et les torches éternelles accrochées au mur leur permettaient d'admirer de magnifiques tableaux et de gigantesques tentures qui montaient jusqu'au plafond. Tout n'était que somptuosité: les meubles en or, les objets décoratifs en cristal, les assises confortables des nombreux salons par lesquels ils passaient. Éléonore était choquée de l'opulence des Corvus qui contrastait antinomiquement avec la pauvreté générale des sorciers.

Ils suivirent Jérémy jusqu'à la salle du trône. Celui-ci, incrusté de pierres précieuses, surplombait l'immense pièce. Sur l'estrade, se trouvaient également les fauteuils —plus petits mais tout aussi majestueux— des autres membres de la famille royale. À cette heure de la nuit, l'endroit était désert. La salle du trône abritait des tableaux dépeignant la reine Victoire, son mari et ses enfants. Éléonore reconnut Jean Corvus qu'ils venaient de ligoter à son lit. Il devait avoir une dizaine d'années sur le portrait, mais le peintre avait déjà pu capter la noirceur qui émanait de lui. Plus loin, une autre toile le représentait avec son frère jumeau, qui avait l'air de lui ressembler autant physiquement que mentalement.

Jouxtant la salle du trône, la salle de jugement était bien plus sobre. Le bois avait remplacé l'or des meubles royaux, mais des tableaux gigantesques envahissaient les murs pour montrer la puissance de la famille régnante sur les simples gens. Jérémy s'arrêta.

— Je ne suis plus sûr de la direction des cachots.

— Là-bas, ça a l'air très éclairé, releva Topaze.

Tous convergèrent vers le mince filet lumineux qui trouait les interstices d'une porte vers la droite. Le miraculé qui avait ouvert Pierrefonds grâce à son pouvoir de déverrouilleur, réitéra l'opération. Un très large escalier donnait accès au sous-sol. Il était en pierre, comme tout le reste du château, mais ne semblait pas entretenu. Les murs étaient nus, hormis de grandes torches aux flammes permanentes accrochées de façon rapprochée. Face à un tel éclairage, il n'y avait aucun moyen pour eux de se cacher, ni à Éléonore d'avoir l'avantage. Ils dévalèrent les marches. En bas, une porte aussi large que l'escalier leur barrait la route. Des gardes en surveillaient l'entrée.

Les miliceurs se levèrent d'un coup lorsqu'ils virent des intrus. Ils brandirent leurs armes. Ils se ruèrent vers eux, prêts à les attaquer. Éléonore, devançant le groupe, lança ses dagues à tout-va avant que quiconque ait pu réagir. Elle essaya de ne pas les toucher mortellement, mais ils étaient bien trop nombreux pour qu'elle contrôle correctement ses gestes.

— Tuez-les, bordel! On va tous crever si vous continuez à les protéger! admonesta Cartouche.

Il avait raison, Éléonore le savait. Les miliceurs se jetèrent sur eux. Leurs épées s'entrechoquèrent avec celles des miraculés. Heureusement, ces derniers étaient autant entraînés au combat que leurs adversaires. Jaspe, Topaze et Jérémy, quant à eux, n'avaient jamais tenu d'arme. Ils étaient une proie facile. Jérémy était nécessaire au bon déroulement de l'opération, mais les Sauge n'avaient rien à faire ici. Cartouche avait refusé qu'ils participent à la libération des otages, mais il n'avait pas eu gain de cause. Éléonore savait que personne ne les défendrait. Elle se rua à leur rescousse. Topaze balançait énergiquement l'épée de gauche à droite pour éviter qu'on l'approche, mais c'était peine perdue. Sans aucune connaissance du combat, il ne put esquiver l'attaque que lui porta un guetteur à l'épaule et il tomba à la renverse. Éléonore lut la terreur dans ses yeux lorsqu'il vit le garde au-dessus de lui, prêt à lui asséner le coup fatal.

CHAPITRE 35

— Noooon! hurla Éléonore.

L'homme interrompit son geste et se tourna vers elle. Une lame s'enfonça dans sa cage thoracique. Il s'écroula sur le sol, du sang coulant de la plaie. Éléonore se précipita vers lui. Elle retira sa dague avec une expression de dégoût. Elle se sentait extrêmement mal d'avoir ôté la vie de quelqu'un, elle qui n'avait jamais tué la moindre araignée.

— Ma Magie merci!

Topaze se leva et la prit brièvement dans ses bras. Les autres continuaient de se battre. Éléonore rappela à elle toutes ses armes qui jonchaient le sol et visa comme elle le put les miliceurs qui s'écroulèrent à leur tour. Le combat prit fin lorsque tous les gardes furent à terre. De nombreux miraculés étaient sérieusement blessés, mais aucun n'était dans un état critique.

— Jaspe, Topaze, pouvez-vous les soigner s'il vous plait? réclama Éléonore.

Pendant ce temps, le déverrouilleur recommença l'opération sur la grande porte que surveillaient les inquisiteurs. Quand il en vint à bout, tous furent stupéfaits d'y trouver une pièce entièrement tapissée de démagicatrices. La salle brillait de pouvoirs qui ne demandaient qu'à être libérés. Les nombreux coffrets, qui ressemblaient exactement à l'écrin qu'Éléonore avait découvert chez sa grand-mère, scintillaient. La plupart étaient fermés et en s'approchant, on pouvait déceler la magie qui se cognait aux parois, stressée d'être enfermée dans un espace si réduit. Le miroitement des démagicatrices sur les murs et sur le sol laissa pantois le groupe. Tous étaient éblouis. Ils plissèrent les yeux et continuèrent leur progression. Ils passèrent la seconde porte, elle aussi verrouillée. Ils se retrouvèrent dans des oubliettes privées. Basile, un des bras droits de Séroce resté à la Cité des Miracles, leur avait révélé leur existence. Elles étaient bien plus vastes qu'ils ne l'avaient imaginées. La douzaine de cachots étaient tous occupés.

Dans la première se trouvait une jeune fille brune aux reflets cuivrés de l'âge d'Éléonore, qui pleura à la vue de Robert Capuchon qu'elle connaissait bien.

— Oh ma petite Marion, comment te sens-tu? On va te sortir de là, ne t'inquiète pas. GASPARD! Dépêche-toi!

Jérémy reconnut, grâce à la description d'Axel, la magicatrice que celui-ci avait embauchée à Pentrif.

— J'arrive!

Le déverrouilleur entreprit d'ouvrir chaque cellule une par une.

Pendant ce temps, Topaze et Jaspe se précipitèrent dans le fond du couloir, où Opale était enfermée. La jeune fille n'était plus que l'ombre d'elle-même. Elle avait un œil au beurre noir et ne parvint pas à se lever à leur approche.

— Opale! OPALE! C'est nous! cria de joie Topaze.

— Oh ma puce! Je suis si heureux de te voir, s'émut son père.

— Papa? Topaze? C'est vous? murmura-t-elle.

— Oui, rassura Jaspe.

Opale se traîna jusqu'aux barreaux et tendit la main vers eux.

— Sortez-moi de là, je vous en supplie, sanglota-t-elle.

Jaspe croisa le regard de son fils qui refléta son inquiétude face à l'état d'Opale. Ça faisait maintenant six mois qu'elle était enfermée ici, qu'avaient-ils pu lui faire?

— Bien sûr ma chérie. PLUS VITE GASPARD! cria Jaspe, ce qui ne lui ressemblait guère.

Le déverrouilleur faisait son maximum, mais ce ne fut pas assez rapide. Une vingtaine de gardes firent irruption dans la pièce. À leur tête, Jean Corvus, qui était parvenu à se libérer et qui avait donné l'alerte, commandait la troupe.

— TUEZ-LES TOUS! SANS EXCEPTION!

Ses yeux croisèrent ceux, dorés, d'Éléonore.

— En commençant par elle, ordonna-t-il froidement, en tournant le dos à la bataille.

«Il va sûrement chercher du renfort, il faut faire au plus vite!» pensa Éléonore. Cette fois-ci, elle mit très rapidement ses scrupules de côté et attaqua sans vergogne. Les couteaux qu'elle lançait atteignaient systématiquement la cible, et elle les rappelait aussi souvent que possible. Cette division de son attention, tout en faisant abstraction des bruits de combats environnants, lui demandait beaucoup d'énergie, mais elle n'arrêterait pas tant que tout le monde n'était pas sain et sauf.

Chapitre 36

— Protégez Gaspard pour qu'il finisse d'ouvrir les portes! Robert, prends les otages valides avec toi et cours. Transporte-les dès que c'est possible! Il n'est peut-être pas nécessaire d'atteindre Pierrefonds. Regarde jusqu'où s'étendent les défenses du château. Certains d'entre vous partent pour les aider, les autres s'occupent des derniers gardes! lança Éléonore.

Gaspard était pratiquement arrivé au bout des cellules à ouvrir. Il ne restait plus que celle d'Opale qui hurlait de voir son frère et son père se battre pour elle. Heureusement pour eux, même s'ils ignoraient tout de l'art du combat, ils étaient grands et costauds, et l'amour qu'ils portaient à Opale fournissait une énergie aussi dévastatrice que n'importe quelle arme. Robert et quelques miraculés étaient partis avec les otages en bonne santé. Cependant, à l'instar d'Opale, beaucoup étaient faibles et avaient besoin d'être soutenus.

— C'est bon, j'ai ouvert toutes les cellules! indiqua Gaspard.

— OK! Fuyez maintenant! hurla Cartouche.

Topaze bascula sa sœur sur son épaule. Jérémy secourut un jeune homme qui avait des difficultés à se lever. Tous aidèrent les derniers otages et coururent vers la sortie. Éléonore fermait la marche en lançant des couteaux aux gardes encore vivants.

Ils pénétrèrent à nouveau dans la salle des démagicatrices. Ils plissèrent les paupières, éblouis, mais continuèrent leur ascension. Opale se mit à hurler. Surpris, Topaze relâcha son étreinte. Opale en profita pour se débattre comme une furie. Elle tapa de ses poings le dos de son frère. Elle lui donna des coups de pied. Décontenancé, Topaze la lâcha complètement. Éléonore, qui avait cru que la vision de la bataille l'avait perturbée, comprit que le malaise était bien plus profond que ça: d'autres otages se comportaient de façon semblable. Certains se tenaient la tête, d'autres s'agenouillaient. Tous fermaient les yeux, de peur de voir la réalité en face.

— Qu'est-ce qui se passe Opale? Parle-moi!

Elle continuait de hurler et de se débattre de manière totalement désorganisée. Elle lançait ses bras et griffait Topaze lorsqu'il s'avançait vers elle.

— Prenez les otages comme vous pouvez, et quittez cette pièce le plus rapidement possible! ordonna Éléonore.

— Ma chérie, calme-toi, on doit sortir d'ici.

Jaspe tenta de s'approcher, mais n'eut pas plus de succès que son fils.

— Je ne comprends pas, que se passe-t-il? demanda-t-il.

Ils ne restaient qu'eux dans la salle. Tous les autres captifs avaient été évacués et Éléonore revenait sur ses pas pour les aider.

— Saisissez-la à deux! Vous n'avez pas le choix, on va tous mourir sinon! Allez! Tant pis si vous lui faites mal! fustigea Éléonore.

Dans les oubliettes, certains gardes vivaient encore. Ils les rattrapèrent et se jetèrent sur eux. Ils esquivaient très facilement les coups de Topaze et Jaspe malgré leurs blessures du combat précédent. Par contre, ils avaient nettement plus de difficultés à éviter les dagues qui jaillissaient par télékinésie de nulle part et leur transperçaient l'abdomen. Cinq soldats déboulèrent en renfort par la porte opposée aux cachots. Opale, toujours au sol, semblait inhiber totalement la bataille qui faisait rage autour d'elle. Éléonore devina à la forme de son visage qu'elle continuait de crier, mais le bruit des armes qui s'entrechoquaient couvrait le son de sa voix. Personne ne l'approchait. Elle ne se débattait plus. Elle se recroquevilla en position fœtale. Pendant ce temps, Jaspe et Topaze perdaient le combat. Ils étaient tous deux blessés. Topaze saignait sur le côté. Éléonore se rua vers eux. Elle planta sa dague par télékinésie dans la nuque d'un des miliceurs, qui s'écroula immédiatement. Au même moment, avec son épée fine et

CHAPITRE 36

tranchante, elle asséna un coup mortel au deuxième soldat. Le troisième défendit aussitôt son ami. Éléonore contrecarra les coups d'épée.

Jaspe et Topaze, soulagés d'avoir été secourus par Eléonore, se permirent de jeter un œil vers Opale.

— NOOOON! hurlèrent-ils d'une même voix.

Éléonore tourna la tête: un quatrième garde se tenait au-dessus d'Opale. D'un simple geste, rapide et efficace, il lui sectionna la carotide. Le sang jaillit abondamment de la blessure, au rythme des battements de son cœur. Topaze, fou de rage, courut à toute vitesse et transperça l'homme qui ne s'attendait visiblement pas à une telle vivacité.

Ces secondes d'inattention permirent à l'adversaire d'Éléonore de prendre le dessus: il lui planta une dague dans le ventre, et elle s'écroula sur le sol, à sa merci.

Chapitre 37

Allongée sur le sol, Éléonore trempa ses mains dans ses vêtements poisseux de sang. La souffrance était insoutenable. Elle était totalement déboussolée. L'homme qui l'avait transpercée se tenait au-dessus d'elle, prêt à en finir. Elle savait que seul son pouvoir pouvait la sauver. Elle essaya de se concentrer pour lancer une épée sur son adversaire, en vain. Éléonore ne sentait plus sa magie. Elle ne percevait rien d'autre que sa douleur. Voilà comment allait se terminer sa vie, pensa-t-elle. Elle se résigna à mourir. Des larmes inondèrent ses joues. Elle attendit le coup fatal. Il ne vint pas. Elle ouvrit les yeux. Cartouche tirait le garde par les cheveux. Il lui trancha la gorge et lâcha le cadavre sur le sol dans un air de dédain.

— On y va, maintenant. Jaspe, Topaze, laissez ici Opale. C'est trop tard pour elle, dit-il d'un ton dépourvu de mansuétude.

Éléonore releva la tête et découvrit Jaspe au-dessus de sa fille. Il tendait les mains pour la guérir: de belles couleurs dorées et vert profond s'échappaient de ses doigts, mais contrairement à ce qu'Éléonore avait déjà observé, rien ne pénétra le corps d'Opale. Éléonore percevait la détresse du père, qui refusait de voir la réalité en face. Il ne comprenait pas la raison de l'inefficacité de son soin, et s'obstinait, tandis qu'Opale continuait de se vider de son sang.

Elle était morte en silence, sans même réagir à la menace qui pesait sur elle. Qu'avait-elle pu subir pour que sa personnalité change autant? Elle qui était si douce, si agréable. Éléonore se remémorait les instants qu'elle

CHAPITRE 37

avait passés avec elle, les questions sur les objets humains, la fabrication des vêtements, les moments de rires. Elle avait envie de pleurer, à l'instar de Topaze qui tirait sur son père pour le faire lever.

— Nous devons partir maintenant! Éléonore est blessée! s'énerva Cartouche.

À ces mots, Topaze tourna la tête vers son amie et accourut pour voir la gravité.

— Il faut la soigner.

Ils se regardèrent, les yeux emplis de larmes. Tous deux se comprenaient sans même se parler.

— Pas le temps, dit Cartouche.

— Mais elle a perdu beaucoup de sang et est sérieusement blessée…

— On risque notre vie à cause de vous, cracha-t-il. Vous restez ici si vous voulez, je dois ramener Son Altesse saine et sauve.

Il tendit la main à Éléonore pour l'aider à se lever. Jaspe essayait toujours de soigner sa fille de manière totalement déraisonnée.

— On vient, mais on prend Opale, affirma Topaze.

— Non, ça va nous ralentir.

— On prend Opale, confirma Éléonore d'une voix faible. Topaze, va la chercher. Cartouche, faites bouger Jaspe de force.

Topaze et Cartouche hochèrent la tête. Éléonore profita d'être seule pour enlever les mains de sa blessure: debout, elle saignait davantage.

Tout le monde était maintenant prêt à partir. Topaze, qui tenait Opale, était couvert de sang. Jaspe, résigné, suivait Cartouche quand une dizaine de miliceurs pénétrèrent dans la pièce, accompagnés de Jean Corvus. Lorsque celui-ci vit les cadavres de ses gardes sur le sol, sa colère se mua en haine féroce.

— POURQUOI EST-ELLE ENCORE VIVANTE? TUEZ-LA!

Éléonore n'avait plus aucune arme à sa disposition, mais elle resurgit avec une nouvelle ardeur. Elle ne laissera pas sa souffrance prendre le dessus sur sa magie. Elle respira calmement. Elle enferma la douleur provoquée par sa blessure dans un coin de son cerveau pour permettre à son pouvoir d'envahir le reste de son esprit. Elle plissa les yeux. Elle était éblouie par les démagicatrices collées sur les murs. Elle chercha des armes sur le sol. Malheureusement, elles étaient peu nombreuses et en trop mauvais état pour l'aider à vaincre cette bataille. Que pouvait-elle utiliser? Elle regarda les boites scintillantes qui accaparaient l'espace de la salle. Et pourquoi ne pas se servir d'elles? D'un seul mouvement, l'ensemble des démagicatrices fonça sur la milice se ruant vers Éléonore. Elles se fracassèrent sur leurs crânes en plein vol. Sous la violence du choc, elles s'ouvrirent et la magie qu'elles contenaient s'échappa. Les volutes de fumée multicolores brouillèrent la vision des combattants. Quand elles s'évaporèrent, Éléonore vit que de nombreux gardes étaient à terre, évanouis ou morts. Certains, encore debout, hésitèrent devant la puissance de la jeune femme. Ils ne souhaitaient pas finir comme leurs collègues ou comme leur chef, totalement inconscients sur le sol.

— Si vous nous laissez partir sans nous suivre, vous aurez la vie sauve.

— Votre Altesse, arrêtez et tuez-les! s'énerva Cartouche.

— Non, répondit froidement Éléonore. Que ceux qui désirent se rendre se mettent à genoux et attendent notre départ du château pour se relever.

La demi-douzaine de miliceurs restants se regardèrent, et trois gardes coururent vers Éléonore. L'un d'eux lança sa dague. Éléonore la contra et la retourna à l'envoyeur. Un autre fut assassiné par Cartouche. Le dernier était maintenant très proche d'Éléonore. Elle esquiva son coup puis explosa une démagicatrice sur son crâne.

Les trois inquisiteurs qui n'avaient pas pris place à la bataille s'agenouillèrent.

— Vos armes, je vous prie.

Ils tendirent leurs épées vers Éléonore. Elle sentit leur peur, et fut mal à l'aise de provoquer ce sentiment. Elle s'approcha près d'eux et leur murmura:

— Merci, je m'en souviendrai. Faites-vous passer pour inconscients, et restez —là, c'est le mieux pour vous.

Un garde osa lever le regard sur elle, hocha la tête et s'allongea sur le sol, suivi de ses confrères.

— On y va!

CHAPITRE 37

* * *

La reine Victoire se tenait assise sur son trône, furieuse. Sa fine silhouette surplombait la salle gigantesque. Réveillée en pleine nuit, elle s'était changée en toute vitesse. Elle arrangea discrètement ses cheveux noirs sous son diadème d'or blanc et de diamants. Présenter un aspect négligé ne lui ressemblait guère. Elle fulminait face aux regards appuyés de ses serviteurs. Qu'ils soient tous démagiciés! Ses yeux bleus scrutaient un à un les membres de sa garde rapprochée. On lui avait parlé d'une intrusion, et elle fut immédiatement mise dans la bulle protectrice de son scutateur.

— Avez-vous eu plus d'informations? interrogea Victoire.

— Visiblement, une bande organisée aurait réussi à pénétrer dans le château, et serait dans les cachots pour délivrer les... prisonniers, Votre Altesse, répondit Delaunay, le chef de son escorte personnelle.

— Par où sont-ils entrés?

— Nous l'ignorons, Votre Altesse.

— Vous l'ignorez? Vous êtes une cinquantaine à garder ce château, et vous l'ignorez? s'insurgea-t-elle.

— Je... je suis vraiment désolé, ça ne se reproduira plus. Nous allons renforcer la surveillance.

— Non, effectivement, ça ne se reproduira plus. Vous êtes un incompétent. Votre seule mission était de veiller sur notre sécurité, et vous parvenez encore à échouer..., dit-elle d'un air dédaigneux. Et où sont-ils maintenant?

— Toujours dans les cachots Votre Altesse. Votre fils Jean commande la milice partie se battre dans les oubliettes. D'après ce que nous savons, les intrus sont bien moins nombreux que nous, et nos gardes sont entraînés, il ne devrait plus y en avoir pour longtemps.

— Je l'espèce pour vous. Où sont mes autres enfants et mon mari?

— Nous avons établi le protocole d'urgence, Votre Altesse.

— Bien.

Delaunay déglutit avec difficulté. Comment des sorciers s'étaient-ils infiltrés dans le château sans que personne ne les voie? Les lieux étaient parfaitement protégés et les gardes connaissaient tous les passages secrets. Il avait fait son travail! Il observa du coin de l'œil la reine. Elle souriait. Qu'allait-il subir comme représailles? Pourquoi ses hommes n'étaient-ils pas encore revenus?

Victoire scrutait avec une attitude de félicité la porte menant aux oubliettes. Son visage se décomposa lorsqu'elle y aperçut des arabesques multicolores traverser l'interstice et s'évaporer par les vitres de la salle.

— ILS SONT EN TRAIN DE RUINER NOTRE TRAVAIL SUR LES DÉMAGICATRICES! rugit-elle. BANDE D'INCAPABLES! SAUVEZ-LES! ALLEZ!

Personne n'eut le temps de descendre: cinq sorciers surgirent. Ils couraient. Personne ne les poursuivait. Victoire vit le premier tenir le cadavre d'Opale. Deux autres hommes le succédaient, mais ce qui attira son attention fut la femme qui fermait la marche. La reine fut sidérée. Malgré sa blessure au ventre, Éléonore maintenait une vitesse assez rapide pour soulever ses cheveux. Ceux-ci éclaboussèrent de doré toutes les personnes de la pièce. Victoire n'en fut pas épargnée. Elle frotta inutilement les tâches mouvantes de sa tenue, prise de dégoût. Elle releva la tête. Éléonore tourna les yeux vers elle au même moment. Victoire crut voir un fantôme. Eugénie? La reine était bouche bée. Si ce n'était pas elle, c'était son sosie! Victoire connaissait bien le visage de son arrière-grand-mère, pour avoir contemplé son portrait maintes fois. Elle était morte bien avant sa naissance. Comment était-ce possible? Victoire et ses enfants étaient les seuls descendants. Qui était-elle? Il fallait qu'elle en ait le cœur net.

— ARRÊTEZ-LES IMMÉDIATEMENT. JE VEUX LA FILLE VIVANTE!

**

Face à la consigne de la reine Victoire, Éléonore ralentit la cadence.

— Courez! Je couvre vos arrières!

Cartouche se tourna vers elle d'un regard désapprobateur.

CHAPITRE 37

— C'est un ordre! ajouta-t-elle à son attention.

Victoire voulait Éléonore vivante. Ils ne tenteraient pas de la tuer, mais elle ne prendrait pas le risque de se faire capturer. Tout en s'enfuyant, elle télékinésia les tableaux de la salle. Ils se décrochèrent et se jetèrent sur les miliceurs. Uniquement ralentis, ils la poursuivirent à travers le dédale des pièces. L'écart entre elle et ses amis s'agrandissait. Celui avec les gardes s'amenuisait. Elle chercha la sortie. Elle les bombarda de tout ce qu'elle trouvait sur son chemin: des meubles, des bibelots. Assaillis de toutes parts, les miliceurs se protégeaient la tête des objets volants. Leur cadence ralentissait. Topaze, Jaspe, Jérémy et Cartouche avaient maintenant disparu. Éléonore n'était plus sûre de la direction à prendre. Elle ne pouvait pas se permettre de se perdre. Elle lança une armoire qui assomma quelques poursuivants et bloqua temporairement les autres. Il fallait vers vite. Soudain, elle eut une idée. Par la pensée, elle leva toutes les torches accrochées au mur et toutes les bougies des magnifiques lustres. Elle les écrasa au sol. Toute une partie de château se retrouva dans l'obscurité. Elle avait enfin l'avantage. Elle grimpa quatre à quatre les marches. Elle se retourna: un homme la talonnait! Il la fixait! Il voyait parfaitement dans le noir! Elle jura. Il fallait qu'elle tombe sur un assaillant qui avait un pouvoir identique au sien! Même si elle avait de l'avance, courir, monter les escaliers et lancer des objets aggravaient sa blessure. Elle s'affaiblissait de plus en plus. Elle perdait beaucoup de sang. De petites taches brillantes apparaissaient devant ses yeux. Elle tourna brièvement la tête au-dessus de son épaule: le garde nyctalope se rapprochait dangereusement! Elle atteignit l'étage et se précipita vers la chambre de Jean Corvus. Elle s'y engouffra. Elle n'eut pas le temps de placer le lit contre la porte pour la bloquer: l'homme était parvenu à passer. Il n'était plus qu'à deux mètres d'elle. Il souriait face à sa victoire prochaine. Il plongea à sa suite dans le souterrain secret. Il était maintenant à un mètre cinquante d'Éléonore. Elle n'avait jamais couru aussi vite de toute sa vie: elle dépassait les limites de son corps pour survivre. Sa vision commençait vraiment à se brouiller. Elle s'inquiétait: que faisait Robert? Plus personne ne semblait présent dans le tunnel à part eux deux. Elle se demanda un instant si on ne l'avait pas tout bonnement abandonnée. Elle céda à la panique. Elle n'arrivait plus à courir, elle ne distinguait plus rien, et l'inquisiteur pourrait bientôt l'attraper. S'il sautait sur elle, elle n'aurait pas les capacités de se défendre. Soudain, elle aperçut Robert Capuchon se matérialiser devant elle. Il tenait une torche. Il repéra Éléonore, blessée, tentant d'échapper au miliceur. Il était crispé. Il ne pouvait pas avancer vers elle, car les protections du château l'empêcheraient de se transporter. Il se trouvait à la limite. Il tendit sa main. Elle était si proche!

Voir Robert redoubla l'énergie d'Éléonore. Son poursuivant comprit les enjeux: il prit de l'élan et se jeta sur elle. Trop tard. Elle avait agrippé les doigts de son complice. Éléonore et Robert disparurent en une fraction de seconde, faisant écrouler le cerbère sur le sol du passage secret.

Chapitre 38

Éléonore et Robert atterrirent au milieu du chaos qui régnait dans la Cité des Miracles. Le Grand Séroce lançait des ordres sans discontinuer. Des miraculés étaient venus porter secours aux personnes blessées. Tout le monde parlait en même temps, et l'organisation légendaire de la Cité était mise à rude épreuve. Axel accourut vers Éléonore dès qu'il la vit.

Robert, la voyant entre de bonnes mains, l'abandonna pour voir si Marion allait bien. Axel, qui n'avait pas participé à la bataille, remarqua la jeune fille qu'il avait tenté d'embaucher.

— Marion, comment te sens-tu?

— Heureuse d'être libérée.

— Comment es-tu arrivée là-bas?

— Un autre homme m'a accostée, intervint Marion, en me proposant le double de salaire. Comme une idiote j'ai accepté, et on m'a emprisonnée au château…

Marion eut un frisson à ce souvenir et baissa les yeux. Robert l'entoura de son bras d'un geste paternaliste et la fit s'asseoir plus loin.

Axel se retrouva seul avec Éléonore et remarqua alors son état.

— Mais tu es blessée!

— Oui… mais ça va, minimisa Éléonore, qui tenait à peine sur ses jambes.

Elle s'écroula. Axel la rattrapa de justesse. Il découvrit la longue trainée de sang qui avait imbibé tout son vêtement.

— Topaze! TOPAZE! hurla-t-il.

Celui-ci pleurait sur le corps de sa sœur et ne réagit pas à son appel. Son père, à côté, était tout aussi inconsolable.

— Bordel Topaze! Éléonore est mal en point!

Topaze leva la tête. Il se hâta vers ses amis.

Séroce entendit la remarque d'Axel et porta son regard sur la situation.

— Jaspe, imitez votre fils! Relevez-vous immédiatement! Vous ne pouvez rien faire pour les morts, mais vous pouvez sauver les blessés. Ils se sont battus pour Opale!

Le ton de sa voix était sans appel. Jaspe, effondré, acquiesça. Il fallait soigner au mieux les sorciers qui avaient pris des risques pour eux.

Axel tenait Éléonore dans les bras. Ils s'écartèrent de la foule pour l'allonger.

— Je vais la guérir. Va voir si d'autres personnes ont besoin de nous.

Topaze apposa ses mains à quelques centimètres du ventre d'Éléonore. Axel en profita pour rejoindre Jérémy.

— Comment te sens-tu?

— Physiquement je vais bien. Je n'ai pas été touché. J'ai eu de la chance, comparé à d'autres. Moralement, il va me falloir un peu plus de temps. Je suis encore sous le choc.

— Je comprends, répondit Axel, amer de ne pas y avoir participé.

S'il était venu, Éléonore n'aurait pas été blessée. Il n'avait servi à rien.

Un homme de taille moyenne aux cheveux châtains l'accosta.

— Tiens, Axel, que fais-tu ici?

Axel chercha quelques secondes et se rappela qu'il l'avait vu à la démagication, lorsqu'il avait rencontré toute l'équipe.

— Nicolas? Tu es là aussi? Tu as été enlevé?

— Oui, il y a trois jours. Mais je suis bien content d'être sorti de ce cauchemar! Merci! dit-il à l'attention de Jérémy.

Celui-ci sourit puis murmura à Axel:

— Quel est son pouvoir?

— Il retire la magie des objets à la démagication.

Jérémy était songeur.

— Pourquoi? ajouta Axel.

CHAPITRE 38

— On en parlera plus tard.

Axel rejoignit Éléonore alors que Topaze finissait le soin. Elle avait repris des couleurs et s'assit.

— Ne te lève pas immédiatement, lui conseilla le guérisseur avant de s'occuper des autres victimes.

Jaspe se dirigea vers Séroce et lui demanda d'être relâché pour prévenir sa famille et s'enfuir. Éléonore et Axel, qui se trouvaient très près, écoutèrent la conversation avec curiosité.

— Pas tout de suite, soigne d'abord les miraculés.

— C'est fait.

— Grand Séroce, dois-je vous rappeler que Jaspe n'est pas soumis à votre autorité? intervint Éléonore.

Le chef du gang regarda la jeune femme avec condescendance.

— Vous allez mieux à ce que je vois, Votre Altesse. Monsieur Sauge, vous êtes libre.

Jaspe le remercia et convoqua son fils et ses amis. Il leur murmura:

— Cachez-vous le plus vite possible dans la maison familiale d'Axel.

— Laquelle?

— La sorcière bien évidemment. C'est la demeure des scutateurs depuis des générations, elle est parfaitement protégée.

— Mais je n'ai aucune idée de l'endroit où elle se situe!

— Fuyez vers le sud. Suis ton intuition. Tu es un Duval, tu la trouveras. Il faut absolument que vous y alliez, elle est bien plus sécurisée que la Cité des Miracles.

— Je pars avec toi, intervint Topaze.

— Non, il n'en est pas question. Toi, tu emmènes Opale pour qu'on puisse l'enterrer dignement. Je n'ai que très peu de temps et ça peut être dangereux. Je ne sais pas si on a été repéré, mais c'est mieux si nous sommes séparés. Je vous rejoins dès que c'est possible. Axel, peux-tu me faire traverser la rose?

Celui-ci hocha la tête et ils s'éclipsèrent tous les deux. Éléonore en profita pour s'entretenir avec le roi de la Cité des Miracles.

— Grand Séroce, je dois partir d'ici, je connais un lieu sûr pour moi, mais j'ai besoin d'Axel pour être protégée.

— Nous avons déjà négocié les termes du contrat, et il n'en fait pas partie.

— Je sais. Je demande ça comme une faveur. Uniquement le temps de me conduire dans un endroit sécurisé et il reviendra vers vous.

— Ça va lui prendre des semaines.

— Peut-être pas. J'ai une proposition à vous faire.

Éléonore expliqua l'idée qu'elle avait eue pour permettre à Axel d'assurer à la fois sa protection et celle de Séroce. Elle n'en avait encore rien dit à l'intéressé, mais elle trouverait l'instant propice. Quelle déception aurait-il quand il saurait qu'il n'avait pas retrouvé sa liberté à l'instar de ses amis ! Elle préféra repousser cette pensée loin dans son esprit: ce n'était pas le moment de ruminer.

Axel revint.

— C'est bon, Jaspe a traversé la rose.

— Le Grand Séroce nous a donné l'autorisation de partir également, expliqua Éléonore.

— On y va, dit Topaze en portant délicatement sa sœur.

— Votre Altesse, clama le Grand Séroce.

Tous les miraculés se tournèrent vers lui, y compris les quatre acolytes.

— Une longue collaboration nous attend, alors je vous dis à très bientôt.

— Je m'impatiente à l'idée de vous revoir, Grand Séroce, dit Éléonore.

— N'oubliez pas les termes de notre contrat, menaça-t-il.

— Jamais.

Elle s'inclina et le chef de la Cité des Miracles lui rendit sa révérence.

Ils sortirent dans la rue alors que l'aube commençait à se lever. Ils leur avaient semblé que des semaines s'étaient écoulées depuis qu'ils avaient franchi ce mur pour la première fois.

Ils parcoururent Vénéficia silencieusement. Aucun inquisiteur n'était dans les parages. Ils devaient tous converger vers le château.

Devant une auberge en lisière de forêt, ils trouvèrent la carriole d'un marchand. Il venait certainement d'arriver, car il n'avait pas dessellé ses chevaux. Ils se concertèrent du regard. Topaze déposa délicatement Opale à l'intérieur. Se reprochant leur méfait, ils vidèrent leurs poches en quête

CHAPITRE 38

de monnaie. Le propriétaire jaillit à l'extérieur à la vue des voleurs. Ils lui lancèrent tout ce qu'ils possédaient.

— Ma charrette! Bande de vauriens! hurla-t-il.

— Vas-y cocher! cria Axel.

Jérémy, en place à l'avant de la carriole, tenait les rênes. Il donna un coup de cravache. Ils sautèrent près de lui. Ils s'enfoncèrent dans la forêt sans que personne ne les poursuive. Ils ne disaient rien, écoutant les bruits d'éventuels adversaires. Se retrouver enfin à quatre les apaisait, malgré la peine immense qu'ils éprouvaient face au décès d'Opale. Cette jeune femme discrète et créative, qui avait la vie devant elle, était morte injustement. Topaze avait arrêté de pleurer et regardait fixement la route.

Quand ils furent assez loin de la capitale, Axel osa timidement briser le silence.

— Que s'est-il passé là-bas?

Ils ne répondirent pas tout de suite, essayant de remettre de l'ordre dans leurs idées. Tout était arrivé tellement vite! Éléonore commença un récit confus dont Jérémy redressait la ligne directrice. Topaze les coupa au moment délicat de l'assassinat de sa sœur.

— Comment as-tu deviné que la famille royale était coupable?

— Jusqu'à ce qu'on parvienne à la Cité, j'étais presque sûr que les miraculés étaient responsables des enlèvements. Vous le savez.

— Quand as-tu compris?

— Tous les éléments convergeaient vers ce gang. Pourtant, un détail me perturbait: ils procédaient toujours de la même façon. Or, certaines disparitions, comme celle d'Opale, différaient du schéma habituel. Puis ils nous ont juré qu'ils ne la détenaient pas. Ils n'avaient aucune raison de mentir, puisque nous étions tous condamnés. Alors j'ai réfléchi. Les enlèvements s'intensifiaient depuis la mort d'Adélaïde. J'avais un doute, mais aucune certitude. La Cité des Miracles ne capturait personne, tout le monde venait de son plein gré. J'avais une longue liste de disparus, mais j'étais incapable de différencier les disparitions volontaires vers la Cité des Miracles des autres enlèvements. J'ai demandé à Robert Capuchon d'entourer le nom de ceux n'ayant pas intégré leur communauté. Et devinez ce que j'ai vu.

Personne ne commenta.

— Des sans-abris, des magicateurs et des démagicateurs. Comprenez-vous à quoi cela nous mène?

— Non, répondit franchement Éléonore.

— Qui pouvait rechercher des sorciers possédant un certain type de pouvoir? Qui avait assez d'argent et d'influence pour faire pression sur Charlotte? Pour que, même sous la menace, elle hésite à dévoiler le nom des commanditaires?

— Les Corvus, réagit Topaze. Ils avaient besoin d'elle pour étouffer l'affaire, car nous sommes une famille bien trop importante pour se permettre une disparition sans détourner les soupçons.

— Mais je ne comprends pas. Pourquoi ont-ils fait ça? demanda Éléonore.

— Victoire tentait désespérément de récupérer les pouvoirs contenus dans les démagicatrices.

— Pourquoi?

— Je t'explique. Les démagicatrices sont créées depuis des centaines d'années dans le but de capturer la magie des sorciers condamnés par la justice, afin qu'ils ne puissent pas s'en servir. D'ailleurs Topaze, c'est ce que tu as vécu lorsque tu as été emprisonné, n'est-ce pas?

Le concerné hocha la tête.

— Donc comme je le disais, ces boites, fabriquées à la fois par des magicateurs et des démagicateurs, maintiennent la magie enfermée durant une période définie. Dès qu'on les ouvre, le don est restitué automatiquement à son propriétaire —ou alors remis à la Terre s'il est décédé durant sa peine.

Il fit une pause pour voir si quelqu'un avait une question, mais tout le monde l'écoutait attentivement.

— Originellement, un authentique souverain bénéficie de plusieurs pouvoirs, contrairement aux autres sorciers. L'afflux d'un tel pouvoir provoque une chevelure et des yeux dorés.

— Comme Éléonore, intervint Axel.

— Exactement. Mais ce n'est pas le cas de la famille régnante actuelle. Ils ne sont pas légitimes sur le trône et ils le savent. Ils ne s'inquiétaient pas

CHAPITRE 38

outre mesure, puisque la véritable reine était cachée dans le monde humain. Puis Adélaïde II est décédée.

— Comment l'ont-ils su? demanda Éléonore.

— Je n'en suis pas certain. Lors du coup d'État, Adélaïde, son mari et sa fille se sont enfuis. La famille d'Axel —leurs scutateurs et amis— est partie avec eux. Jacqueline Duval a installé de très bonnes protections. Aucun sorcier ne les a repérés, malgré leurs recherches. Mais à la mort d'Adélaïde, tous les boucliers magiques ont dû disparaitre, puisqu'ils étaient rattachés à elle. Les inquisiteurs l'ont retrouvée, et ont su qu'elle était morte. C'était une aubaine pour eux.

— Pourquoi?

— Puisqu'elle avait donné naissance uniquement à une humaine, sa lignée sorcière s'était éteinte avec elle. Le trône se succédait dans la famille Beaulieu depuis plusieurs générations. Ils ont espéré, grâce à la disparition de la vraie reine, que la Magie se porte sur l'un d'entre eux.

— Mais ce ne fut pas le cas, en déduisit Axel.

— C'est exact. C'est la raison pour laquelle ils ont supposé qu'un sorcier lambda avait hérité de grands pouvoirs, d'où les affiches demandant à tous les blonds du pays de se signaler aux autorités.

— C'est bien tout ça, mais quel est le lien avec ma sœur? s'impatienta Topaze.

— J'y viens, le rassura Jérémy. Je pense que les enlèvements ont débuté avant la mort d'Adélaïde. Victoire n'avait qu'un seul don, elle n'était pas légitime. Elle a cherché à en acquérir d'autres. Elle a eu l'idée des démagicatrices. Puisqu'on pouvait retirer la magie d'un sorcier, la contenir dans une boite et la lui rendre, ne pouvait-on pas libérer les pouvoirs enfermés et les transmettre à la reine?

— Elle est cinglée, murmura Topaze.

— Je ne te le fais pas dire. À la mort d'Adélaïde, elle s'est inquiétée. Elle a redoublé d'efforts. Il fallait absolument que son entreprise fonctionne. Ça lui permettrait d'asseoir définitivement son autorité sur le peuple. Elle aurait ainsi montré que la Magie l'avait choisie.

— Ses sbires ont enlevé Opale pour son expérience, dit Topaze.

— Exactement. Ils avaient besoin d'une magicatrice. Opale a essayé d'accéder à leur demande, en vain. Ils ont essayé avec d'autres magicateurs, sans résultat. Puis ils ont capturé Nicolas.

— L'homme qui avait le pouvoir inverse d'Opale, précisa Axel.

— Oui. Puisque les expériences avec Opale avaient été un échec, ils ont cherché des démagicateurs. Nicolas pouvait retirer la magie des objets, il pouvait peut-être la transférer sur la reine.

— Penses-tu qu'ils ont réussi? demanda Éléonore.

— Je suis sûr que non. As-tu vu la réaction des captifs dans la salle des démagicatrices?

— Opale hurlait… murmura Topaze, bouleversé. Ils ont été torturés parce qu'ils n'arrivaient pas à faire ce qu'exigeait Victoire.

Personne n'osait répondre. Jérémy confirma d'un signe de tête.

— À en croire leurs comportements, il est fort possible que ça se soit déroulé de cette façon. Sans parler des pauvres sans-abris qui ont subi l'emprisonnement puis le relâchement successifs de leur magie pour permettre l'expérimentation…

Topaze et Jérémy frissonnèrent au souvenir de leur don retiré.

— Ils ont utilisé des personnes sans domicile et sans famille pour être sûrs que leur disparition passerait inaperçue.

— Tout ça est de ma faute… culpabilisa Éléonore.

— Pourquoi dis-tu ça? s'étonna Axel.

— Car ils désirent ma magie.

— Tu n'es pas responsable. Les seuls responsables sont ceux qui ont torturé et tué ma sœur, trancha Topaze.

— Tu penses qu'ils auraient fini par y arriver si vous n'étiez pas intervenus? demanda Axel.

— Je ne pense pas. La Magie appartient à la Terre, et celle-ci ne permettrait pas que les pouvoirs qu'elle accorde aux sorciers soient répartis autrement que ce qu'elle a décidé. Victoire pourra faire ce qu'elle veut, elle n'atteindra jamais le niveau d'Éléonore. Tu as été impressionnante! admira Jérémy.

— C'est vrai, je n'aurais jamais cru que tu étais capable de faire ça! Tu as incroyablement progressé depuis ton départ. Tu te rends compte? Tu as pratiquement vaincu une armée à toi seule! confirma Topaze.

— Je n'ai jamais vu ça dans aucun de mes livres, ajouta Jérémy.

— Tout ça n'a servi à rien, interjeta Éléonore en regardant tristement le corps d'Opale.

— C'est faux! Vous avez sauvé de nombreux innocents cette nuit. Ce n'est pas «rien», contredit Axel.

Jérémy, qui tenait toujours les rênes, demanda la direction qu'il devait suivre. Un carrefour se trouvait à une centaine de mètres.

— Prends à gauche. Jaspe a raison, je sens la maison de ma famille. Je me souviens que mon père m'en a déjà parlé. Je pense que je la reconnaitrai quand je la verrai. Il parait que deux statues équestres dominent le portail.

Les quatre amis se turent, écoutant les bruits de la forêt qui s'éveillait sur l'aube de leur nouvelle vie.

Remerciements

Vous avez toujours pensé qu'écrire était difficile?
Pour moi, l'acte d'écrire est facile. C'est aller au bout de son roman qui est difficile. C'est se décourager puis se rebooster. C'est se rabaisser puis se valoriser. C'est renoncer puis se surprendre à vouloir continuer. C'est aller au bout de ses rêves, malgré les ratés, les imprévus et les dates repoussées.
Publier un manuscrit est aussi une forme de courage. Le courage de surmonter les peurs. La peur de l'échec, la peur du jugement des autres, la peur de se tromper de direction.

Si, en lisant les lignes précédentes, vous vous reconnaissez et qu'une envie vous a effleuré l'esprit —la peinture, la sculpture, les associations caritatives, qu'importe!— saisissez-la. Laissez-la vous envahir. Suivez-la et ne la lâchez plus. C'est votre Voie, celle qui vous rendra heureux.
J'ose vous dire cela, car aujourd'hui je le suis, heureuse. Mon chemin de vie est loin d'être clair, mais ce que je sais, c'est que j'ai pris plaisir à écrire ce livre. J'espère que de votre côté, vous aurez eu autant de plaisir à le lire.

À vous y avez cru en moi depuis le début, merci. Vos encouragements ont été comme des mains qui me poussent vers un meilleur avenir. Je sais que vous vous reconnaitrez. Sachez que vos paroles m'ont touchée bien plus que je n'ose le montrer.

Aux autrices, Caroline Vermalle «Le chat de l'écrivain» et Jupiter Phaeton, qui ont été mises sur mon chemin pour me faire découvrir le merveilleux monde de l'autoédition, merci.

À mes bêta-lectrices, qui se sont tant investies dans leur travail de relecture, notamment mon amie écrivaine A.L.Jean, la reine de la chasse aux incohérences, merci.

À ma maman, qui m'a transmis sa passion pour les livres, merci. Je me souviens des merveilleuses histoires que tu nous lisais avant de dormir puis des livres que tu m'achetais par série. Le moment le plus marquant restera le jour où tu as mis entre mes mains «Harry Potter à l'école des sorciers». Je t'ai dit que j'étais incapable de lire un si gros pavé, et tu m'y as forcée. Tu as bien fait. Je l'ai dévoré et ce jour-là, j'ai su que je voulais être écrivain. De là-haut, je sais que tu as veillé à la parution de mon livre.

À ma sœur Kerguelen, ma sœur de sang, ma sœur de cœur, ma sœur karmique, qui m'a soutenue, encouragée et poussée, merci. Tu es là quand je manque d'imagination, tu es là quand je suis paresseuse à créer des fiches personnages, tu es là quand je ne respecte pas les délais que je m'impose. Tu es la seule qui a suivi l'intrigue depuis le début, et qui connait ce monde magique autant que moi. Tu as ouvert la voie artistique dans la famille, et timidement je t'ai suivie. Nous avançons côte à côte comme toujours, soudées, unies pour la vie.

Enfin, à vous, mes lecteurs, merci. Chacun d'entre vous, en lisant ce livre, m'encourage à continuer d'écrire. J'espère que le livre vous a fait voyager et rêver. J'espère qu'il vous a procuré de nombreuses émotions. J'espère qu'en le refermant, vous serez heureux de l'avoir lu.

About the Author

Pour connaitre les actualités concernant mes sorties, vous pouvez me suivre sur les réseaux sociaux sous le nom «Loreleï Plume».

    Si mon livre vous a plu, n'hésitez pas à laisser un commentaire sur votre plateforme d'achat.

    Pour toute remarque ou question, adressez-moi un courriel à l'adresse suivante: lorelei.ecrivaine@outlook.fr.

Printed in Great Britain
by Amazon